Martin Gross
Nadjas Geschichte
Roman

· Sol · et · Chant ·

Martin Gross
Nadjas Geschichte
Roman

Sol et Chant

1. Auflage
© Copyright 2023 by
Verlag *Sol et Chant*, Letschin
Alle Rechte vorbehalten
Satz und Umschlaggestaltung:
Verlag *Sol et Chant*
Coverfoto: *Auf dem Jenissei* (© Martin Gross)
Foto Umschlagklappe: Martin Gross (©J. Groh)
Hergestellt in Polen
Druck: Sowa Sp. z o.o., Piaseczno
Papier aus nachhaltiger Forstwirtschaft

ISBN 978-3-949333-13-2

www.sol-et-chant.de

Personenverzeichnis
Andrej / Andreas: Nadjas Sohn, Student
Anita: langjährige Freundin des Erzählers, gelegentliche Mail-Kontakte, lebt in Berlin
Annette: Nadjas ehemalige Kollegin
Barbara: frühere Kollegin des Erzählers, lebt in Berlin
Boris: Russe, lebt in Berlin, mit Nadja befreundet
Brenner, Herr: Mieter der Nachbarwohnung des Erzählers
Cathy: eigentlich Chathuri, Nadjas Pflegerin, Singalesin
Davoud: medizinischer Pfleger, gebürtiger Iraker
Dima: Nadjas Jungendfreund
Ed: eigentlich Edgar, Rentner, ehemals Bauleiter
Friedrich, Herr: Hausmeister der Wohnanlage Fährholz
Galina: Nadjas Freundin, Ehefrau von Igor, im November 2021 Rückkehr nach St. Peterburg
Gudrun: Nadjas Freundin aus der Töpfergruppe
Igor: Freund von Nadja, Ehemann von Galina, im November 2021 Rückkehr nach St. Peterburg
Isabell: Freundin Nadjas aus dem Tennisclub
Jelena: russische Projektmitarbeiterin, Abteilungsleiterin im Sozialbereich
Julia: Freundin Nadjas aus dem Tennisclub
Konstantin (Bessonow): zweimaliger Anruf, Verhältnis zu Nadja unklar
Körner, Frau: Bewohnerin der Wohnanlage Fährholz
Maik: Lebensmittellieferant
Nadja: Hauptfigur des Romans, gebürtige Russin
Nicolai: Freund Nadjas, Ehemann von Roswitha, seit 20 Jahren deutscher Staatsbürger
Ohlsen, Frau: Einwohnerin von Fährholz
Richard: Kommunalpolitiker, aktiv in der Tourismus-Werbung
Roger: verstorbener Ehemann von Nadja
Roswitha: Freundin Nadjas, Ehefrau von Nicolai

Ruth:	Nadjas ehemalige Kollegin
Sashi:	eigentlich **Shashikala**, Nadjas Pflegerin, Singalesin
Sergej:	zwischen 1998 und 2007 mehrfach Partner in Sozialprojekten, Jim Morrison-Fan
Sigrid:	Nadjas Freundin aus der Töpfergruppe
Sinaida:	russische Projektmitarbeiterin, jetzt Krankenhausmitarbeiterin
Swetlana:	russische Projektmitarbeiterin, religiös
Tanja:	Kommilitonin von Nadja, Leukämie-Patientin
Valeri:	Russe, lebt in Berlin, mit Nadja befreundet

20. Dezember 2021. Als Nadja gestern ins Krankenhaus eingeliefert wurde, klang das alles noch nicht so ernst. Andrej rief an und sprach von Gehirnblutungen, sagte aber auch, Nadja habe großes Glück gehabt, dass sie in Berlin war und ein Notarzt sofort alarmiert werden konnte. Damit habe sie jetzt gute Chancen. In ähnlichen Fällen vergingen oft Stunden, bevor ein Patient in die Klinik eingeliefert wird.

Ich stand noch einen Moment am Telefon, sammelte meine Gedanken und begann dann, Prognosen zu recherchieren. Unter allen Angaben war im Grunde nur die Aussage zu verstehen: Etwa ein Drittel der Betroffenen überlebt die ersten Tage nicht, ein weiteres Drittel bleibt behindert, teils schwer. Nur ein Drittel kann mit einer gewissen Heilung rechnen. Und ich dachte: Klingt ziemlich dramatisch, aber die Ärzte geben ihr gute Chancen. Damit gehört sie wohl in das Drittel mit den günstigeren Prognosen.

Nachmittags dann die Nachricht, sie habe die OP gut überstanden und sei auf dem Weg der Besserung. Allerdings könne ich sie nicht so einfach besuchen. Andrej wird für mich eine Besuchserlaubnis beantragen, als Lebenspartner seiner Mutter. Das hätte ich zwar etwas anders formuliert, ist aber wohl notwendig so. – „Wird ein paar Tage dauern", sagte er noch, „und nicht vergessen: einen aktuellen PCR-Test mitbringen, Corona, du weißt schon." Ich rief also im Testzentrum an, das aber sonntags geschlossen ist, sah mir dann noch einmal die Prognosen an, ohne etwas Neues zu entdecken, und ging für eine Weile nach draußen.

Abends riefen Nadjas Freundinnen an, Julia und Isabell, sie konnten Andrej nicht erreichen und fragten, was denn genau passiert sei. Ich sagte, dass Nadja in Berlin war, bei Andrej zum Frühstück, starke Kopfschmerzen bekam, Aspirin schluckte und sich nach einer Weile erbrechen musste. Im Krankenwagen dann schon die Bewusstlosigkeit. Sie fragten, ob man Nadja besuchen dürfe. – „Nein, vorerst niemand und später vielleicht auch nur Angehörige." – „Ach", sagten sie, es müsse für mich doch schrecklich sein, nicht einfach ins Krankenhaus fahren zu können, um bei ihr zu sein. – Aber eigentlich war ich fast froh darüber. Gestern war das alles für einen kurzen Moment noch nicht so ganz real.

Aber das war gestern. Heute fuhr ich ins Testzentrum, dann zur Apotheke, um meinen Impfpass zertifizieren zu lassen, und war dann lange draußen. Als ich zurückkam, war auf dem AB eine Nachricht von Andrej: Nadja noch immer ohne Bewusstsein, offenbar ist das auch ärztlich so gewollt. Zustand stabil. Es hörte sich trotzdem bedrohlich an. Ich glaube, ich begreife erst allmählich, was mit ihr passiert ist. Gestern war alles noch so atemlos und ahnungslos, aber dann vergeht die Zeit, und alles wird immer gespenstischer.

Ich wusste nicht, was ich noch tun sollte heute, und begann einen Fallbericht zu lesen, musste dabei aber ständig auf die Uhr sehen und hatte es doch gleich wieder vergessen. Saß dann noch eine Weile am Schreibtisch und dachte, dass ich das jetzt alles aufschreiben sollte.

21.12. Vormittags rief Richard an und begann sofort mit den Russen: „Die ziehen massiv Truppen zusammen, fast 200.000 Mann, das ist doch nicht nur ..." Ich sagte: „Ja, ich weiß, aber Nadja ist im Krankenhaus, Gehirnblutung." Daraufhin er: „Ach Gott, was ist denn passiert?" Ich erzählte alles noch einmal. Richard hörte zu, hustete, fragte nach Prognosen und Therapien und wünschte mir viel Kraft, das alles durchzustehen. Ob ich vielleicht vorbeikommen möchte, würde ihn freuen. „Auf alle Fälle: Wenn was ist, ruf an!"

Später, in einer Regenpause, auf der Suche nach ein wenig Beschäftigung, habe ich begonnen, am Schuppen die Steinplatten auszutauschen. Unter den alten Platten lagen ein paar Lurche, von Sandkrümeln verklebt. Als ich sie anstieß, haben sie sich nur mühsam bewegt. Dann kam schon der nächste Regenschauer. Ich ging durchnässt in die Wohnung und stellte fest, dass eine Ladung Wäsche noch in der Maschine lag, offenbar seit vorgestern.

22.12. Corona-Test negativ. Habe ihn an Andrej weitergeleitet. Er wird sich darum kümmern. Etwas Neues weiß er nicht. Zustand weiterhin stabil. Damit wären die kritischen Tage schon beinahe überstanden.

Später riefen Igor und Galina an und fragten, ob ich mich an sie erinnere. Sie riefen über WhatsApp und hatten die Kamera eingeschaltet, so dass es mir nicht schwerfiel, sie zu erkennen, ja klar: Igor und Galina aus Nadjas Freundeskreis, ich kann mich gut erinnern. Sie hatten hier ein paar Jahre in einem Medizinlabor gearbeitet, bevor sie im November nach Petersburg zurückgekehrt sind. Jetzt riefen sie an, um sich nach Nadja zu erkundigen. Sie hatten schon mit Andrej gesprochen, wollten aber auch von mir wissen, wie ich Nadjas Chancen sehe. Aber ich wusste ja auch nur, was mir Andrej berichtet hat. Galina sagte, Nadja werde das durchstehen, sie schafft das, „du wirst sehen, sie ist eine zähe Frau". Es klang so, als wolle sie mich ermutigen, durchzuhalten, Geduld zu haben, Nadja nicht im Stich zu lassen – vielleicht wollte sie auch heraushören, ob überhaupt eine engere Beziehung zwischen uns entstanden ist. Alles in allem ein vorsichtiges Gespräch, wir hatten über persönliche Fragen ja nie gesprochen.

Überhaupt ist es seltsam, jetzt so öffentlich über Nadja zu reden. Bisher waren wir zwei ganz private Menschen. Aber jetzt auf einmal bin ich Lebenspartner, Kontaktperson, Betroffener. Etwas stimmt nicht, so vertraut waren wir uns noch nicht. Und ich muss mich beinahe schon fragen: Wer ist denn eigentlich diese Fremde, die mir da von verschiedenen Seiten jetzt so nahe gerückt wird?

Nadja und ich. Begonnen hat es im September mit einer kleinen Fahrgemeinschaft, als wir ein paarmal zu den Hearings nach Wüstrow gefahren sind. Sie: eine mir damals noch fast unbekannte Frau, dem ersten Eindruck nach sehr lebhaft, gesprächsstark, unterhaltsam, aber distanziert. Bei aller Lockerheit unnahbar.

Umso überraschender war es dann aber, dass sie irgendwann auf dem Rückweg kurz vor ihrem Haus fragte, ob ich noch auf einen Schluck mit reinkomme. Ich sagte, dass ich noch ein Stück zu fahren habe, kam nach Hause und kam ins Grübeln.

Das war vor drei Monaten. Danach noch ein paar Hearings zum geplanten Windpark, manchmal auch ein Abendessen bei „Enrico" oder im „Taj Mahal", ein paar Spaziergänge, eine Bootstour, eine vorsichtige Annäherung, langsam, langsam! – Und während wir zum ersten Mal über eine größere Reise nachdachten, wird sie ins Krankenhaus eingeliefert, vorgestern.

23.12. War heute noch einmal im Testzentrum, der Test vom 20.12. verliert bald seine Gültigkeit. Habe dann Andrej angerufen, aber es gibt nichts Neues. Besuchserlaubnis voraussichtlich ab Montag. Und die Prognosen? – Heute ist der fünfte Tag, und ihr Zustand bleibt stabil, die Ärzte nehmen es als gutes Zeichen. Spätere Behinderungen können aber nicht ausgeschlossen werden. Sobald er etwas Neues weiß, wird er mich anrufen. – Klar, ich verstehe, mehr kann er mir nicht sagen. Trotzdem ist es nur schwer zu ertragen, dass es in dieser Situation so wenig zu sagen gibt. Ich kann nur warten, warten, warten. Alles reglos, alles still. Ich muss aufstehen und rausgehen, aber dann komme ich zurück und alles ist reglos wie zuvor.

Abends eine kleine Ablenkung, als Galina und Igor wieder anriefen und fragten, ob ich schon bei ihr war. – „Nein." Und auch sonst konnte ich nichts Neues berichten. Ein etwas angespanntes Gespräch. Unausgesprochen stand die Frage im Raum, warum ich nicht mehr wusste, mich nicht hartnäckiger nach ihr erkundigt hatte, wenigstens telefonisch. Etwas leichter wurde es, als Galina das Thema wechselte, in Petersburg sei schon tiefer Winter, „und bei euch?" – „Noch kein Winter, bisher nur Regen." – „Na dann alles Gute. Wir drücken die Daumen." Sobald Nadja ansprechbar ist, solle ich sie grüßen. „Wir denken an euch", sagten sie und winkten in die Kamera, Igor mit schmalem Gesicht, Galina mit breiter Dauerwelle. „Und trotz allem: frohe Weihnacht."

24.12. Die „frohe Weihnacht" erreicht mich heute von verschiedenen Seiten; Anita schickt eine E-Mail mit einem Kerzenbildchen. Davoud schickt schöne Grüße mit einem Winterfoto und Swetlana ganz christlich ein Krippenbild. Ich beeile mich mit entsprechenden Antworten. Eigentlich nett, dass man an mich denkt. Demnächst werde ich vielleicht froh sein über ein paar verbliebene Kontakte; ich werde hier sitzen und Nadjas Anrufe vermissen.

Nachmittags von Westen her aufklarender Himmel. Ich saß am Schreibtisch und sah über die Bucht. Drüben am anderen Ufer, in Bischofsbrück, war Nadjas Haus zu erkennen: das letzte Haus rechts am Hang, nicht groß, aber hell. Und ich dachte: Von dort drüben hat sie immer herübergesehen, sie saß auf ihrer Terrasse und sah hier auf unser Dorf und die Wohnanlage. Ein Plattenbau mitten in der Landschaft, in DDR-Zeiten eine Unterkunft für LPG-Arbeiter, Ende der 90er Jahre modernisiert, inzwischen aber schon wieder etwas verwittert, von Flechten und Efeu überzogen, so unscheinbar und grau wie die ganze Bucht und die Wiesen, die sich die Hügel hinaufziehen.

Ich klickte dann noch eine Weile durch die Nachrichten und verbrachte den Rest des Abends in der ARTE-Mediathek.

25.12. Andrej rief an mit etwas bedrückter Stimme, ich war sofort alarmiert. Aber dann sagte er nur, Nadjas Zustand sei weiterhin stabil, die Ärzte bleiben verhalten optimistisch, zu irgendwelchen Prognosen wolle aber niemand etwas sagen. – Na gut; beruhigend ist es trotzdem nicht.

Wie wir uns kennengelernt haben: Anfang September. Ich ging über den Markt in Wüstrow, als mir ein kleiner Stand mit Töpferwaren auffiel. Eigentlich interessiere ich mich nicht für Töpfereien, aber diese hier waren sehr bunt, sehr lebhaft, und dahinter saß eine Frau, ebenso bunt gekleidet und ebenso lebhaft telefonierend (auf Russisch). Sie erklärte jemandem, dass sie auf dem Markt sei, erst nachmittags zurückrufen könne, auf alle Fälle aber viel Glück wünsche: „целую, обнимаю, пока" (Küsschen, Umarmung, dann bis später).

Ich fragte, Entschuldigung, woher sie denn komme – „aus Krasnojarsk". Wie lange sie schon hier lebe – „ach, schon ewig". Eine Frau, die leicht ins Gespräch kam, eigentlich sei sie Lehrerin, Töpferei sei nur ein Hobby, und dann die Gegenfrage: Warum ich Russisch verstehe, wann ich dort war, wo, aus welchen Gründen, wie lange ich in Russland war und so weiter. Während ich eine Obstschale aussuchte, speicherte das Gehirn: sportliche, schicke Frau mit einem neckischen Hauch von Mandelaugen.

Kurze Zeit später dann unsere überraschende Wiederbegegnung beim ersten dieser Windpark-Hearings. Sie nannte es einen „netten Zufall". Das Vergnügen wurde allerdings ein wenig getrübt durch die Feststellung, dass wir unterschiedlicher Meinung waren. Sie war für einen Windpark, ich eher dagegen, was uns aber nicht davon abhielt, von da an gemeinsam zu den Hearings zu fahren; wie gesagt: anfangs als eine etwas distanzierte, bald aber ziemlich muntere Fahrgemeinschaft.

Der Windpark und das Gewerbegebiet waren sozusagen die Starthilfe für ein paar streitlustige Abende bei „Enrico" oder im „Taj Mahal", wo Nadja immer zuerst begann, die Papierservietten zu arrangieren, einmal kurz gefaltet und zur Seite gerückt. Und mit den Servietten waren dann auch die Argumente in Stellung gebracht: Krise der Region, keine Industrie und eine schwache Landwirtschaft. „Für einen Aufschwung brauchen wir den Windpark und das Gewerbegebiet, so wie sie's versprochen haben."

Das war Nadja. Eine Frau, die sich bewegen musste: Arme, Hände, das ganze Gesicht sprach bis in die kleinsten Augenfalten. Die lebhaften Bewegungen passten allerdings nicht zu ihrer strengen Kleidung. Sorgsam ausgewählt, aber unbequem. Und ich selbst stand damals auch zum ersten Mal wieder lange vor dem Kleiderschrank und dem Spiegel. Mit sechzehn ist es vielleicht noch lustig, ein verwaschenes T-Shirt zu tragen oder ein falsch geknöpftes Hemd, ab sechzig ist es eher ein Alarmzeichen.

Ich habe mir also so einige Gedanken gemacht, bevor ich mit Nadja essen ging, wo sie dann aber unvermeidlich irgendwann wieder auf die Krise zu sprechen kam: „Die jungen Leuten geh'n rüber in den Westen, dazu jetzt auch noch Corona und der Lockdown. Und außerdem, hör dir nur mal die Ortsnamen an, ist doch Pessimismus pur: ,Düsterwalde', ,Drögenheide', ,Kaltengrabow' und wie sie alle heißen hier in der Gegend. Ohne ein paar neue Ideen bleibt hier nur eine abgehängte Provinz."

Gegenargument: Auch eine abgehängte Provinz hat ihren Reiz: ein paar Dörfer, ein paar Bauernhöfe, ja, auch eine Stadt, ansonsten Seen und Sümpfe und alles ziemlich hügelig, eine herrliche Gegend eigentlich. Deshalb bin ich doch hierhergezogen vor ein paar Jahren, wegen der abgehängten Provinz.

„Ach egal", sagte sie daraufhin und schüttelte ihr graues Haar, „mal seh'n, was daraus noch wird." Das war mutig formuliert, aber gehört jetzt schon in eine ganz andere Zeit. Damals: Das war im September, die Krise, der Windpark und Corona. Ach ja, die schöne Welt von gestern.

26.12. Heute kein Anruf, keine Mail, keine Ablenkung. Nachmittags begann ich, Geschirr zu spülen, Staub zu saugen, meine Mailbox aufzuräumen, alte Mails zu löschen. Dann war alles aufgeräumt, und ich bekam Angst. Aber an das Wort „Angst" darf ich gar nicht denken.

Ich gehe bleischwer durch den Tag, ich denke bleischwer, ich schreibe bleischwer, und nachts kommen die alten Fluchträume jetzt wieder. Meist bin ich allein, manchmal habe ich auch eine Schwester oder einen Sohn. Es ist Abend, wir sind in einer unbekannten Stadt, wollen noch weiter oder müssen noch weiter, gehen eine Hauptstraße entlang bis zu einem Platz voller Buden, Kirchen, Werkhallen. Immer mehr Leute, sie drängen sich und sind vielleicht auch auf der Flucht. Bis zur Grenze kann es nicht mehr weit sein, nur ein kurzes Stück noch und immer geradeaus. Aber dann teilt sich die Straße, wir gehen nach rechts und dann wieder nach links, die Stadt wird immer voller, es werden Pferde durch die Straßen getrieben, die Leute jubeln oder schreien oder werden zertrampelt. Ich drücke mich in eine Seitenstraße, und falls ich eine Schwester habe oder einen Sohn, dann haben wir uns schon verloren. Ich versuche, zum Bahnhof zurückzugehen, das war unser Ausgangspunkt, dort könnten wir uns vielleicht wiederfinden. Aber es ist fast dunkel, und die Straßen werden immer verwinkelter. Ich frage ein paar Männer, die mich wahrscheinlich gar nicht verstehen, sie deuten unbestimmt in Straßen hinein, die in leeren Häusern oder Hallen enden. Ich komme nur weiter, indem ich durch Ruinen klettere, über Bretter und Leitern, und dabei irgendwann auch mein Gepäck verliere. Ich ahne, wie das alles enden wird und wache auf, schweißgebadet.

27.12. Andrej rief früh an, eine Besuchserlaubnis liege jetzt vor für mich, ich fuhr also zu ihr. Nach Begutachtung meiner Dokumente, Desinfektion meiner Hände und Prüfung meiner Maske wurde ich zu ihr gelassen. Man wusste Bescheid, stellte keine weiteren Fragen und sagte, ich solle nur kurz bleiben, sie sei noch nicht bei Bewusstsein. Man führte mich durch einen Flur, rechts und links Krankenzimmer mit offenen Türen. Dort, fast am Ende, blieb man stehen und deutete in ein Zimmer und auf ein Wesen, das ich nicht erkennen konnte. Eine Atemmaske war übers Gesicht gespannt, Schläuche an den Seiten, eine Elektrode auf der Wange, am Kopf ein großes Pflaster, die Haare teilweise rasiert, die Haut bleich und schlaff.

Anfangs habe ich ihre Hand gehalten, was dann aber ganz mechanisch wurde. Ich saß noch eine Weile an ihrem Bett, die Fenster waren verhängt, alles war in ein bläuliches Licht getaucht und in das Seufzen und Klicken der Geräte.

Als ich gehen wollte, bat man mich ins Ärztezimmer. Nach einer Weile kam ein Arzt und zeigte sich mit dem Krankheitsverlauf der letzten Tage zufrieden, die kritische Zeit sei schon fast überstanden. Glücklicherweise habe ihr Sohn (Andrej) sofort reagiert, sodass der chirurgische Eingriff schnell erfolgen konnte. Er winkte mich an den Bildschirm, dämpfte das Deckenlicht, lud zwei CTs, ein aktuelles und eines vom 19.12. Er sprach von „subarachnoidaler Blutung", von Strukturen, Abgrenzungen und

Schwellungen in zentralen Bereichen. Ein Aneurysma sei geplatzt, also eine Ausbuchtung in den Arterien, starke Blutungen hätten zu einem Überdruck im Gehirn geführt. Das fragliche Gefäß sei mit einer Klammer geschlossen worden („geclippt"). Das war das ältere CT. Und hier das heutige CT: Das Aneurysma sei ungünstig gelegen. Es handle sich um ein „Sidewall Aneurysma", das schwer zu schließen war. Das sei ihnen aber gelungen. Das aktuelle CT zeige, dass keine weiteren Blutungen aufgetreten seien, „sehen Sie hier". Ich sah aber nichts und wollte auch nichts sehen, denn mit jedem dieser Begriffe wurde Nadjas Krankheit immer gespenstischer und das Leben immer zerbrechlicher.

Zuhause rief ich Igor und Galina an. Ich sagte, dass ich bei ihr war. Aber sie ist immer noch nicht ansprechbar. Die beiden machten betretene Gesichter. Später dann auch die Frage, wie es mir denn inzwischen gehe. Alles wieder in Ordnung? – Ich sagte, „derzeit keine Probleme, wird schon noch eine Weile halten". So ging das Gespräch hin und her, als würde uns eine lange Freundschaft verbinden. Und tatsächlich erscheint mir dieser Anruf heute wie das Geschenk einer unerwarteten Anteilnahme von weither.

Sah spät noch in die Nachrichten und las ein paar Kommentare zur Frage, ob es wohl zu einem Krieg kommen werde. Putin bestreitet Interventionsabsichten („alles Hirngespinste"), die Amerikaner glauben allerdings Beweise dafür zu haben. Eigentlich undenkbar, dass es zu einem richtigen Krieg kommen könnte, in Europa, in einer zivilisierten Welt, fast 80 Jahre nach dem letzten großen Krieg.

28.12. Vormittags in Wüstrow. Zuerst wieder im Testzentrum, dann bei Richard. Er fragte nach Nadja und fand, solange es nicht abwärts geht, gehe es aufwärts (Richard der Zuversichtliche). Das sollte mich ein wenig aufmuntern, aber ich bin nicht mutlos, – oder doch, ja: mutlos, aber auch ratlos. Es ist ja nicht so, dass ich einen geliebten Menschen verliere, eine langjährige Partnerin, eher jemanden, den ich noch wenig kenne, also kaum vermisse. Ich frage mich nur: Was war das denn nun eigentlich? Wenn es Liebe war (oder noch ist), müsste man den Begriff wohl ganz neu definieren oder zumindest etwas erweitern.

Nachmittags Anruf Barbara: Ob wir (Nadja und ich) über Silvester nach Berlin kommen wollen, kleine Party mit ein paar alten Kollegen.

„Michael hat auch schon nach dir gefragt." Ich erzählte von Nadja: Gehirnblutung, Intensivstation usw., bin derzeit nicht in Silvesterstimmung. Barbara fragte nach und sagte „ach Gott" und „gute Besserung" und versuchte, mir ein bisschen Mut zu machen.

Ich ging dann in die Küche, holte einen Kaffee, kam zurück, und alles wurde wieder sehr schwer. Ich sah über die Bucht und dachte: Ein helles Haus dort drüben und eine graue Wohnanlage hier auf meiner Seite. Eine schwierige Ausgangslage: Nadja eher ‚vornehme Dame'. Ich eher der Naturtyp. So was schafft Probleme.

Eine kleine Episode aus unserer ersten Zeit, Ende September: Ich war drei Tage in meiner Hütte für ein paar Wanderungen; eine alte Gewohnheit, einfach nur gehen. Aber diesmal ging ich umher im Nieselregen, ohne Ruhe, ohne das Gefühl von Zeitverlorenheit, zählte stattdessen die Stunden und zählte die Kilometer, dachte daran, abends mit ihr zu telefonieren, dachte dann aber an den hölzernen Ton, in den ich jedes Mal verfiel, sobald wir etwas Persönliches besprachen – also nicht den Windpark oder die Straßensperrung von letzter Woche, sondern sagen wir: was ich fühle, was ich spüre, was ich wünsche. Für solche Gespräche fehlt mir der jugendliche Schwung, die Unbekümmertheit. Es fehlt die Nachsicht gegenüber Halbwahrheiten und fragwürdigen Bekenntnissen.

Aber wie kommt man sich näher, wenn die Hormone nicht mehr drängen? Wie schafft man das ohne Peinlichkeit? Und vor allem: Will man das überhaupt noch einmal? Noch einmal das ganze Karussell von Träumen und Enttäuschungen und Kopfschmerzen? Noch einmal im Halbrausch durch den Alltag? Aber wer solche Fragen stellt, um den ist es wahrscheinlich schon geschehen.

Abends schickte ich ihr ein paar Fotos von dort oben: Ein paar Rinder, nass und müde unter den Bäumen. Auch ein paar Enten, die über den See zogen. Nadja schrieb, „sieht ziemlich ungemütlich aus". Wenn ich zurück sei, könnten wir zur Abwechslung vielleicht übers Wochenende an die Ostsee, in eines der Thermalbäder. Und in diesem Moment war die Vorstellung tatsächlich ziemlich charmant: die Bäder, die Spaziergänge, der Blick aufs Meer. Solange ich in meiner Hütte saß, den Ofen heizte und die Stiefel trocknete, war ein Thermalbad ganz verlockend.

Aber es reichte, an die Restaurants zu denken, nur an die Kellner zu denken. Ich wusste: Nadja wird sich viel Zeit nehmen und durch die halbe

Speisekarte nach den Details der Zubereitung fragen. Sie genießt es, sich in aller Ausführlichkeit vorzustellen, was sie essen könnte. Ich dagegen habe Hunger oder habe keinen Hunger, aber möchte die Bestellung hinter mich bringen, reden wir über etwas anderes. Und dann beginnt am Nebentisch ein Ehepaar die Speisekarte durchzubuchstabieren. An solchen Kleinigkeiten hätte schon damals alles scheitern können. Jemand Vertrautes zu haben, ist schön und gut, aber in unserem Alter noch einmal mit jemandem vertraut zu werden, ist eine Tortur.

Ich kam zurück (von meiner Hütte, letzten September), wir fuhren übers Wochenende an die Ostsee, gingen dann gelegentlich wieder zu „Enrico" oder ins „Taj Mahal" und machten ein paar Ausflüge. Aber Nadja gehört nicht zu den Frauen, die lange Spaziergänge lieben. Sie kam an den Wochenenden vor 10:00 nicht aus dem Bett und vor 12:00 nicht aus dem Haus. Ich dagegen liebe den frühen Morgen. Und dann auf den Wegen oder Pfaden richtet sich ihr Blick auf Blumen und Pflanzen: „Sieh mal, die Hagebutten." Ich dagegen richte den Blick ganz entschieden auf die Seen und die Wolken und den Horizont.

Kurz und gut, es knirschte und knarrte im Gebälk der Gewohnheiten; aber wir kamen voran, sie etwas mutiger, ich eher zögernd, mit ausgestreckten Schneckenfühlern: langsam, langsam, wir haben noch Zeit. So ging es bis letzten Sonntag, den 19. Dezember, ihrem Unglückstag.

29.12. War wieder im Krankenhaus. Nadja noch immer ohne Bewusstsein. Heute ein krampfartiges Zittern in den Beinen. Ich saß bei ihr und kam mir nach einiger Zeit aber ganz überflüssig vor, dachte an alles Mögliche, war abgelenkt von den Geräuschen auf der Station, dem Klicken der Geräte, dem Flüstern der Pfleger, dem Rauschen der Klimaanlage. Eine Schwester sagte, der Arzt sei über das Zittern der Beine informiert, aktuell aber nicht zu sprechen. Ich wusste nicht, was ich noch hätte fragen können und verließ die Station mit einfachem Gruß.

Fuhr dann nach Wüstrow in die Urologie zur Instillation. Davoud machte die Vorbereitungen und fragte nach irgendwelchen Beschwerden. Ich sagte: „Nichts, nichts, alles wieder in Ordnung."

– „Schön, der Doktor wird sich freuen."

Dann erzählte ich ihm von Nadja: Gehirnblutung, letzte Woche, bisher ist sie noch ohne Bewusstsein. Er fragte nach Prognosen und Befunden und sagte, derzeit habe er einen Patienten in Fährholz, könne also gerne mal wieder bei mir vorbeikommen, „sagen wir Montagvormittag, auf einen kleinen Kaffee".

Abends rief Andrej an: Man habe ihn um die Einwilligung in eine erneute OP gebeten. Nadjas Gehirndruck sei angestiegen, ein Schlauch zur Abführung von Liquor–Flüssigkeit solle in den Kopf gelegt werden. Das sei nur ein kleiner Eingriff, durch den man hoffe, Nadjas Epilepsie auszuschalten.

Das höre ich jetzt zum ersten Mal: Das Zittern ist also eine Epilepsie, möglicherweise ausgelöst durch zu viel Liquor–Flüssigkeit? Wieder einmal habe ich den Eindruck, das ganze Ausmaß dieser Krankheit noch nicht begriffen zu haben. Und was ist das überhaupt: „Liquor–Flüssigkeit"? Das Internet hilft mir nicht viel weiter, entfremdet mir Nadja nur noch mehr. Oder anders: Jeder dieser Begriffe verwandelt die mir eher unbekannte Nadja in eine allgemein bekannte medizinische Angelegenheit. Es gibt Arterien, die platzen, und es gibt Flüssigkeiten, die abgeführt werden müssen. Ein Vorgang ohne Diskretion oder Intimität.

Ich werde also um sie kämpfen müssen, nicht nur in dem Sinne, dass sie überlebt, sondern dass sie für mich, in meinen Gedanken, als Nadja überlebt, als Lebenslust und Lebenserfahrung. Als eigenwillige Person mit eigenartiger Geschichte. – An einem Wochenende im September saßen wir drüben auf ihrer Terrasse und haben ihre Cloud durchstöbert, unsortiert hunderte von Fotos: Kindheit, Schule, Studium usw. Auch ein paar Dokumente (Zeugnisse, Visa-Kopien). Und zum ersten Mal erzählte sie von Krasnojarsk: Hier die Brücke über den Jenissei, ein Herzstück der transsibirischen Bahnlinie. Sie war auf jedem 10-Rubel-Schein zu sehen. Und hier die Scans einiger Postkarten, leicht vergilbt: die Landungsbrücken für Postschiffe und Ausflugsdampfer, überragt von einem klassizistischen Bau, das Abfertigungsgebäude für den Schiffsverkehr, monumentale Ausmaße, ein spitzer Turm mit Sowjetstern obenauf. Ziemlich bolschewistisch.

Es waren Postkarten aus den sechziger und siebziger Jahren, breite Straßen, noch wenig Verkehr. Öffentliche Gebäude mit imposanten Fassaden, hoheitliche Bauten. Ein paar Stufen führten hinauf, viel Platz war drum herum. Keine überfüllten Parkplätze, keine verstopften Straßen. Diese Gebäude hielten Menschen und Fahrzeuge auf Abstand, erhoben sich machtvoll über das Leben. Man näherte sich ihnen über leere Flächen.

„Und das war ich", sagte sie und zeigte auf das Foto von ein paar Jugendlichen: Nadjas Schulklasse, alle in feierlicher Kleidung, sie legten Blumen am „Ewigen Feuer" nieder: ein paar Steinplatten und aus einem Sowjetstern aufsteigend die Flamme. Im Hintergrund die Skulpturen zweier Männer (ein Soldat und ein Arbeiter?). Gemeinsam recken sie ein martialisches Schwert in die Höhe. Und vor diesen Statuen standen die Jugendlichen, zwischen denen ich Nadja kaum erkannte, aber zu ahnen begann, aus was für einer anderen Welt sie kommt. Allerdings konnte ich nicht ahnen, wie wenig Zeit uns noch bleiben würde, diese Welt in Ruhe anzusehen. (Ich weiß: Wer im Osten geboren ist, kennt das alles wohl so ungefähr; aber für mich war das doch eine ziemlich fremde Welt.)

Während wir von da an gelegentlich in ihrer Cloud blätterten, ergaben sich beiläufig auch immer ein paar russische Begriffe und Sätze: „вокзал" zum Beispiel ist ein Bahnhof, das wusste ich noch. Und: „der Zug fährt über die Brücke: „поезд идет по мост." Aber Nadja sagte, nicht „мост", sondern „мосту" müsse es heißen (Dativ). Und überhaupt: Wir sollten öfter einmal ein bisschen Russisch üben. Aus den Übungen ist nicht viel geworden. Gelegentlich ergab sich aber ein kleiner russischer Wortwechsel: „Wollen wir noch was kochen?" Oder: „Vergiss nicht, Nicolai hat morgen Geburtstag." Das alles sagte ich holpernd und fehlerhaft, woraufhin Nadja jedes Mal so überaus charmant die Stirn runzeln musste, dass ich sie hätte küssen mögen (die Stirn).

30.12. War im Krankenhaus. Als ich zum Eingang kam, wedelte der Aufpasser mit den Händen und deutete auf mein Gesicht. – Ach ja, die Maske. Ich kramte in meiner Jacke, setzte die Maske auf und zeigte mein neuestes Testergebnis. Jetzt lächelte er und grüßte.

Ich saß dann eine Weile an ihrem Bett, und es war noch immer eine sehr abstrakte Gewissheit, dass dies hier Nadja sei. Dieser reglose Mensch an Schläuchen und Kabeln. Das Pflaster am Kopf hatte man entfernt, eine lange Narbe mit Klammern war sichtbar geworden. Heute erschien mir alles noch erdrückender. Dabei war es eigentlich kein persönliches Erschrecken über Nadja, eher ein allgemeiner Schreck über einen so entstellten Menschen. Während der ganzen Zeit hatte ich das Bedürfnis, auf die Uhr zu sehen, und ich dachte: Es sieht zwar niemand, ist aber trotzdem unhöflich.

Nadjas Bett war vom benachbarten Bett durch eine Stellwand getrennt, hinter der ein Stöhnen und Röcheln zu hören war. Es klang sehr unnatürlich. Ein Pfleger lief hin und her, ein Tupfer fiel zu Boden, eine Schüssel klirrte, eine ältere Frau wurde weinend zum Ausgang geführt. Dann war alles wieder still. Ich hielt noch eine Weile Nadjas Hand und schickte ein Signal in ihren tiefen Schlaf.

Als ich ging, kam ein Pfleger den Flur entlang, grüßte, lächelte und sagte, bisweilen sei sie schon in einem Zustand der Halbwachheit. Täglich werde die Pupillenreaktion geprüft, auch eine mögliche Reaktion auf einen Händedruck. Bisher noch ohne Ergebnis, „aber das entwickelt sich noch". Das Zittern in den Beinen habe nachgelassen, werde aber engmaschig beobachtet. In diesem oder in einem anderen Zusammenhang hörte ich zum ersten Mal vom Risiko eines „Vasospasmus" (das Wort musste er mir buchstabieren). Sie bekomme aber ein Gegenmittel.

Und dann noch eine andere Frage: Nadjas Sohn habe eine Vertretungsbefugnis für alle anstehenden Entscheidungen. Ob ich auch eine Vollmacht habe oder erwirken wolle. Ich sagte „nein" und war froh, diese Dinge Andrej überlassen zu können.

War erst abends zuhause, dann aber schon wieder mit dem Gefühl: Sie alle reden so zuversichtlich, aber es wird immer schwerer, daran zu glauben. Auch die Ärzte klingen immer zweifelhafter: Pupillenreaktion, Vasospasmus, Vertretungsbefugnis usw.

31.12. Leichter Frost heute früh. Reif an den Bäumen, lange Schatten, eingefrorene Landschaft und ein blasser Sonnenaufgang.

Mittags Anruf Richard. Wie geht es Nadja? Ich konnte nur wiederholen: „Zustand stabil, aber sie ist noch immer ohne Bewusstsein." Daraufhin er: Das sei doch kein schlechtes Zeichen. Diese Kommentare bin ich allmählich leid. Und dann auch noch die Russen: Richard sagte: "Du wirst sehen, die machen tatsächlich noch Krieg."

– „Ja vielleicht, aber ich glaube: eher nicht."
– „Na dann guten Rutsch."

Spät abends stand ich am Fenster, sah noch kaum eine Bewegung unten im Hof oder drüben in Bischofsbrück. Kurz vor 12 dann im Radio das Abzählen der letzten Sekunden, während im Dorf bereits das Knallen begann, dann auch das Feuerwerk unten im Hof, in den Nachbargärten und drüben in BB.

Nach einer halben Stunde war alles vorbei. Die Rauchschwaden hatten sich verzogen, die Augen gewöhnten sich wieder an die Dunkelheit. Allmählich zeigten sich die Umrisse der Hügel, dazwischen lag schwarz die Bucht. Die Schilfflächen flimmerten im Nachtlicht und im Wind.

1.1.2022. Heute zuerst Regen, dann Sonne. Ein paar letzte Regentropfen, die auf der Fensterscheibe glitzern. Unten im Hausflur und im Hof allseits ein „gutes neues Jahr".

Fuhr dann wieder ins Krankenhaus. Bei Nadja keine Veränderung. Sie reagiert auf nichts. Ich saß eine Weile bei ihr, hielt ihre Hand, mochte ihr aber nicht ins Gesicht sehen. Es lag da unter einer Maske, verschiedene Kanülen führten teils in die Nase, teils direkt in den Kopf. Es schien mir unanständig, sie so zu betrachten.

Davoud hatte gesagt, es sei vielleicht gut, dass ich bei ihr sitze, wenn sie allmählich wach wird, noch im Halbschlaf eine vertraute Stimme hört. Aber so wie sie hier lag, war es ganz undenkbar, dass sie irgendwann die Augen öffnet, sich umsieht und ein paar Fragen stellt.

2.1. Tagsüber ist es dunstig geblieben, am Abend hat sich der Nebel zugezogen. In der beginnenden Dunkelheit schwammen die Hoflichter ganz unbestimmt dort unten bei den Schuppen. Und jetzt, am späten Abend, nachdem sie erloschen sind, bleibt nur noch das Licht, das aus den Wohnungen nach draußen dringt. Da steht es dann als eine helle Nebelwand. Aber von weitem, falls jetzt noch jemand unterwegs ist dort draußen, zeigt sich Fährholz als eine kleine Aufhellung in der Nacht, sieht vielleicht ganz tröstlich aus.

3.1. Vormittags Davoud. Er fragte nach Nadja, ich sagte: „Noch keine Besserung, immer noch bewusstlos." Er fand, man könne das auch anders sehen: Ihr Zustand bleibe stabil, das sei eigentlich ein gutes Zeichen, damit habe sie die kritische Phase jetzt überwunden. Er sah sich Kopien von einigen Befunden an, lehnte sich schließlich zurück und ließ sich noch einmal berichten, wie alles gekommen ist (sie war bei Andrej, bekam Kopfschmerzen, Notarzt, Operation, ich konnte sie in den ersten Tagen

nicht besuchen usw.) Davoud sagte: "Du erzählst das alles so seelenruhig."
– „Hab's ja auch schon oft erzählt."

Als wir dann beim Kaffee saßen und er langsam in seiner Tasse rührte, sagt er, sie habe gute Chancen, „aber das wird aber ein mühseliger Prozess, sie wird hart kämpfen müssen, und du brauchst viel Geduld. Ruf mich an, wenn was ist". Wieder einmal gelang es ihm mühelos in einen freundschaftlichen Ton zu wechseln.

Aber er betreut mich ja auch schon seit ein paar Jahren. Er war Arzt im Irak, ist 2013 geflohen, über Jordanien nach Ägypten, dann hierher, wo er aber nur als Pfleger arbeiten darf. Hatte nie das Geld oder die Energie für die nötige Weiterbildung. Und sie hätte sich auch kaum noch gelohnt im Alter von 54 Jahren. So ist es bis heute geblieben: Er ist Pfleger in der Urologie und fährt herum für ein paar Hausbesuche. Ein paarmal sagte er, der Zufall oder das Schicksal oder irgendein Gott schenke ihm damit doch immerhin einen ruhigen Lebensabend. Anfangs hielt ich das für eine sarkastische Bemerkung. Aber vielleicht denkt er irgendwo in seiner orientalischen Seele tatsächlich so. Das ist Davoud: dünnes Haar, aber kräftiger Bartwuchs, kurze, schwarze Stoppeln, wirkt im ersten Moment ziemlich finster, ein bisschen wie Al Qaida.

Als ich dann wieder bei den Schuppen beschäftigt war, sah ich Maik vors Hauptgebäude fahren. Er lieferte ein paar Kisten aus, kam dann herüber und sagte, ich hätte meine Bestellung zweimal aufgegeben. Das sei wohl aus Versehen geschehen, ich müsse aber nicht die doppelte Bestellung abnehmen. – Ja, gut, den Wein kann er mir aber gerne in doppelter Portion hierlassen.

Er holte eine Kiste und eine Kühlbox aus dem Wagen und fragte, ob er sie nach oben bringen solle – nein, das schaffe ich schon noch selbst. Dann trug er alles in den Hausflur hinüber, kam leichten Schrittes zurück, sagte: „Schönen Tag noch" und schenkte mir einen kurzen Moment der Unbekümmertheit.

Irgendein digitaler Mechanismus scheint meine Lage erkannt zu haben. Seit einiger Zeit werden mir mit jedem Internet-Klick neueste Potenzmittel angeboten, diskreteste Partnerbörsen usw. Ist ja eine klare Sache: Da bestellt jemand regelmäßig Single-Rationen von Lebensmitteln und beträchtliche Mengen Wein; bis in den späten Abend recherchiert er Nachrichten und Studien. Fazit: alter, arbeitswütiger Alkoholiker. Könnte ein wenig Zweisamkeit vertragen. – Irgendein Algorithmus macht sich also Sorgen um mich. Gut zu wissen.

Nur ist es mit der Zweisamkeit gar nicht so einfach. Ende September, als wir uns seit drei Wochen kannten, saßen wir in ihrem Garten, als sie mit einem Mal sagte, ich sei so schweigsam heute, so verschlossen, ob es irgendeinen Grund gebe. Ich sagte: „Nein", schweigsam sei ich doch eigentlich immer. Aber sie beharrte darauf, irgendetwas sei heute anders, irgendetwas stimme nicht. Und ich beharrte darauf, alles sei wie gewöhnlich, bis ich dann ganz ungewöhnlich sagte, es sei wohl besser, wenn ich jetzt ginge.

Die einfachste Erklärung wäre: Ich war nicht verliebt. Aber wer weiß schon, wie einem in älteren Jahren die Liebe zustößt? Ganz allgemein fand ich Nadja attraktiv und hätte mir so manches vorstellen können. Aber ganz konkret und real, heute Abend, genau jetzt, war es unvorstellbar, sie auch nur anzufassen – oder von ihr angefasst zu werden. Man ahnt schon, wie das ablaufen wird, die Arme kommen sich konfus in die Quere, ein Husten reizt im Hals, man beobachtet sich selbst und ist sich fremder denn je.

Ich hätte mir nicht zusehen wollen, wie schwerfällig ich mich bewege, um auch nur die Schuhe auszuziehen, geschweige denn die Hose. Dazu wäre ein ganz anderes Selbstvertrauen notwendig gewesen, ein paar Vorbereitungen, ein Lockerungstraining oder ein kleiner Workshop, so etwas wie ‚sex in your sixties': Senioren, die in leichter Kleidung ihren Partnerinnen auf Meditationskissen gegenübersitzen. Alles gut, alles richtig. Aber ich war froh, dass es vorbei war.

Das ist vielleicht das eigentliche Problem: Nach dem Schock der Krebsdiagnose folgte ein Leben, das einfach weiterging: Man isst, man arbeitet, man absolviert seine Therapien. Der Alltag geht weiter, aber ein paar weniger alltägliche Dinge geraten in Vergessenheit, zum Beispiel jemanden ganz selbstverständlich zu umarmen – oder einfach zu sagen: „Ich mag dich."

Immerhin: das medizinische Drama blieb aus, ließ auf sich warten, schwebt seitdem irgendwo im Hintergrund. Und auch ich selbst schwebe irgendwo im Hintergrund, herausgefallen aus jeder Gemeinschaft, von nichts berührt, als vom Warten auf die jeweils nächste Untersuchung. Seitdem gibt es diejenigen, die weiterleben werden, und es gibt mich mit meinem Krebs. Es klingt hysterisch, ist aber vielleicht nicht ganz falsch: Das Leben hatte mich ausgesondert, ich lebte auf Abruf, hatte mich zurückgezogen hier in die Bucht. Warum Rückzug ins Wüstrower Land, diesem stillen Fleck zwischen Havel und Oder? Weil in der Geschäftigkeit einer Großstadt eine Krankheit nur schwer zu ertragen ist. Hier in der Bucht war ich dem Leben schon ganz harmonisch ein Stück entrückt. Aber dann tauchte Nadja auf und stand vor mir wie der Lockruf einer ewigen Jugend.

Am nächsten Tag (nach unserem „Schweige-Abend") rief ich sie an, sagte etwas von Freundschaft, von wunderbaren Spaziergängen, aber unklaren Gefühlen, „du weißt ja: die Krankheit, und dann kennen wir uns ja erst seit ein paar Wochen". – Obwohl das alles stimmte, klang es ziemlich falsch; vielleicht nicht falsch, aber dünn.

Sie sagte, ja gut, sie verstehe, sei momentan aber in der Stadt. Ich hörte allerdings keinen Verkehr, keine Stimmen, keine Shopping-Musik und dachte: Damit ist es jetzt ausgesprochen und wohl auch zu Ende. Seit drei Wochen kennen wir uns jetzt, und es ist nichts daraus geworden. (Das war Ende September.)

4.1. Nachmittags, im Krankenhaus, sagte man, die Zuckungen hätten jetzt gänzlich aufgehört, Liquor-Flüssigkeit werde allerdings weiterhin abgeführt. Vor allem aber habe Nadjas Atmung wieder eingesetzt, sehr schwach noch, aber immerhin. Man werde die maschinelle Unterstützung vorsichtig reduzieren, Nadjas Lunge müsse die entsprechenden Muskeln erst langsam wieder aufbauen. Zum ersten Mal verließ ich erleichtert das Krankenhaus.

War anschließend bei Andrej. Habe Nadjas Hund abgeholt, Kostja, der übergangsweise dort war. In einer weitschweifigen Entschuldigung erklärte Andrej noch einmal, dass er vorläufig keine andere Betreuung für Kostja gefunden habe, und er selbst sei mit dem Studium sehr eingespannt.

Nadja nennt ihn Andrej, er selbst nennt sich Andreas. Ein selbstbewusster junger Mann, der alles souverän geregelt hat: Postnachsendung beantragt, Heizung reduziert, Nadjas Schule informiert, auch die Nachbarn, den ganzen Freundeskreis. Und was Nadja betrifft, so kennt er alle Diagnosen und Prognosen bis ins Detail. Begriffe wie „subarachnoidale Blutung", oder „Aneurysma" kommen ihm so geläufig über die Lippen, als gehörten sie in sein Studienfach. Es steht mir nicht zu, in seinem Verhalten irgendwelche Anzeichen von Bestürzung zu suchen oder zu vermissen.

Dann der Rückweg mit Kostja: Als wir durch Bischofsbrück fuhren, erkannte er die Abzweigung zu Nadjas Haus, hat gebellt, gewinselt, gebettelt, ist auf der Rückbank hin und her gesprungen. Ich bin ein Stück weitergefahren, habe angehalten und überlegt, was macht man mit einem fremden, unglücklichen Hund? Anbrüllen, streicheln, ignorieren, ein paar Kekse geben?

Er saß dann in der Wohnung, war unruhig, spürte, dass etwas nicht in Ordnung ist, lief herum, wollte raus, und draußen zog er mich überall herum, schnupperte, suchte. Als wir den Weg zum Dorf heraufkamen, trafen wir Frau Ohlsen und ihren Hund. Sie fragte, warum ich mit einem Hund spazieren gehe. Ich erzählte ihr alles. Sie zeigte sich mitfühlend und wünschte gute Besserung. Ich kann Kostja gerne zu ihr bringen, wenn ich zu Nadja fahre oder sonst irgendwie beschäftig bin. Die beiden Hunde werden sich schon verstehen, sind auch ungefähr gleich groß.

5.1. Heute war sie wach. Man sagte es mir, als ich die Station betrat, und führte mich in eine andere Abteilung. Nadja liegt dort weiterhin unter Beobachtung, aber in einer weniger sterilen Bettnische: Bilder an der Trennwand und Blick aus einem Fenster. Man klopfte an ihr Bett, weckte sie und ließ uns dann allein. Ich stand einen Moment vor ihr und fragte „weißt du, wer ich bin?" Sie nickte, sagte etwas wie ein „u" (vielleicht das „u" von „du?). Dann wollte sie nach etwas greifen, konnte ihre Bewegungen aber nicht kontrollieren.

Ich sagte, was ihr wohl schon alle anderen erklärt hatten: Gehirnblutung, Operation und so weiter, das Schlimmste ist überstanden, ab jetzt geht es aufwärts. Aber dann verstand ich: Das ist alles viel zu kompliziert, ich sollte etwas Einfaches sagen: „Kannst du raussehen? Berlin, Fernsehturm am Alexanderplatz." Sie nickte wieder mit einem steifen, unbewegten Gesicht, kein Lächeln, keine Frage. Und schon wusste ich nicht mehr, was ich noch hätte sagen können. Es gab auch immer noch diese gespenstische Fremdheit: An Nadjas Narben waren die Klammern entfernt, die rasierten Haare sind ein wenig nachgewachsen, Schläuche und Elektroden weitgehend entfernt, das Gesicht ist jetzt also frei, aber es ist nicht ihr Gesicht. Da ist jemand ganz anderes zum Vorschein gekommen. Es fiel mir nicht leicht, ihre Hand zu halten.

Ein Pfleger sagte, es werde weiterhin Gehirnwasser abgeführt, es sei auch nicht sicher, ob Nadja ohne Ableitung von Gehirnwasser auskommen wird. Im Zweifelsfalle müsse ein dauerhafter Abfluss gelegt werden (Shunt), also ein Schlauch, der unter der Haut vom Kopf in den Bauchraum gelegt wird. Klingt wieder ziemlich gespenstisch.

Im Übrigen sei es wichtig, mit ihr zu sprechen, sie auch zu berühren und zu streicheln, so könne man sie „sensibilisieren". Ich solle ihr etwas erzählen, möglichst von uns beiden: Was haben wir gemacht, wo sind wir gewesen, was haben wir erlebt? Ich überlegte, was ich ihr erzählen könnte, aber es fiel mir nicht viel ein. Wir haben ja keine gemeinsame Geschichte. Es fehlen die Ereignisse. Wir haben keine Reise nach Afrika oder Amerika gemacht, haben keinen gemeinsamen Trauerfall verarbeitet oder einen Winter erlebt, in dem die Heizung ausfiel. Wir sind ein paarmal essen gegangen, haben uns ein paar Filme angesehen und sind einmal die Havel hinaufgefahren, mit dem Boot, vier Tage „erinnerst du dich?" – Unklare Reaktion.

Zuhause erzählte ich Kostja, dass ich bei ihr war, und hatte den Eindruck, dass er es auch roch. Er schnupperte an meinen Händen, winselte, lief um mich herum. Ich erzählte also, dass sie jetzt wach sei und nach ihm gefragt habe. Er wimmerte, schubste mich, wollte gestreichelt werden. Ich sagte: „Sie ist krank, man weiß nicht, wie es weitergeht, aber sie ist eine tapfere Frau, hat schon vieles überstanden." Ich erzählte und erzählte, bis Kostja neben mir lag, schnaufte und brummte und endlich seine Ruhe gefunden hatte.

Dann rief ich Igor an, er sah blass aus, wirkte fahrig, hatte vielleicht getrunken. Ich sagte, Nadja sei wach, aber noch kaum ansprechbar. Und auf einmal wirkte er wie aufgerüttelt, er rief Galina, die feuchte Augen bekam. Beide waren glücklicher in diesem Moment als ich, dem die Elendsbilder der letzten Wochen noch auf der Seele liegen.

Wir kamen dann auf Igors neue Arbeit zu sprechen: immer noch Laborarbeit, jetzt aber nur noch an drei Wochentagen. Er machte eine Pause, und ich dachte, dass ich etwas dazu sagen sollte. Aber dann fragte er schon: „Und du, was treibst du den ganzen Tag? Noch immer die Projekte? Sozialarbeit und solche Sachen?" – „Ja, solche Sachen. Das heißt aber:

Ich mache keine eigenen Projekte mehr, nur noch die Begutachtung von fremden Anträgen und Berichten. Schreibtischarbeit. Ein paar Stunden am Tag. Die Zeit meiner Projekte ist vorbei. Erst recht die Zeit meiner russischen Projekte, schon seit 13 Jahren. Ach ja, und Fotos. Gelegentlich mache ich jetzt auch Fotos, Landschaftsfotos für den Tourist-Office in Wüstrow, ein bisschen Werbung für die Region, könnt ihr euch mal ansehen auf www.wuestrow-tourismus.de."

6.1. Mittags kam Maik noch einmal vorbei und wunderte sich: Hundefutter? Ich habe Hundefutter bestellt? – Ich erklärte ihm alles. Das Hundefutter ist vorerst also fest gebucht. Als er mit einem Fuß schon im Wagen stand, fragte er nach Herrn Brenner, der schon länger nichts mehr bestellt hat. Ob wohl alles in Ordnung ist? – Ich sagte, Herr Brenner habe mir Bescheid gesagt, er wohnt den Winter über in Wüstrow, hat dort einen Bruder. Wird im Sommer zurückkommen.

Wir sprachen nicht darüber, aber so ist es: Im Winter wird es hier in der Anlage noch stiller. Ein paar Wohnungen stehen ohnehin leer, und wer nur eine Ferienwohnung hat, bleibt in der Stadt. Und die wenigen Alten, die dauerhaft hier draußen leben, können nichts miteinander anfangen, gehen sich aus dem Weg, entwickeln ihre Eigenarten, vergraben sich in Erinnerungen. Aber dann gibt es zum Glück noch Maik, der die Lebensmittel bringt und nachsieht, wer noch lebt.

Ging nachmittags mit Kostja den Uferweg entlang, er konzentriert auf die Enten, ich konzentriert auf die nächsten Regenwolken, die sich von Wüstrow her über die Bucht schoben. Dachte dabei an Nadjas Frage, warum ich immer nur „die Bucht" sage, nicht einfach „See" oder korrekt die „schmale Sophie". – Ich finde: Ein „See" klingt zu hübsch und die „schmale Sophie" zu offiziell und zu touristisch. Es ist ja einfach nur ein langes Seitengewässer, gehört zum Wüstrower See, ist folglich eine Bucht, also etwas Abgelegenes, das gefällt mir schon besser.

Als wir den Weg zum Dorf heraufkamen, trafen wir Frau Ohlsen und ihren Hund. Sie fragte, warum ich mit einem Hund spazieren gehe. Ich erzählte ihr alles. Sie zeigte sich mitfühlend und wünschte gute Besserung. Ich kann Kostja gerne zu ihr bringen, wenn ich zu Nadja fahre oder sonst irgendwie beschäftig bin. Die beiden Hunde scheinen sich ja zu verstehen, sind auch ungefähr gleich groß.

Im TV die Frage an einen Militärexperten: Wird es zum Krieg kommen?
– Eher nicht, das sind Drohgebärden. Verhandlungspoker.
– Aber wenn doch: Welche Chancen hätte die Ukraine?
– Keine. Null. Sie würde glatt untergehen.

7.1. Heute nehme ich mir vor, ihr ein paar Fotos auszudrucken und mitzubringen, Kindheitsfotos. Als ich ihre Cloud zu öffnen versuche, ist die Adresse unbekannt, beim zweiten Versuch klappt es. Ich beginne zwischen den Fotos zu stöbern: Nadja, die mit einer Katze spielt, Nadja in der Ballettschule, Nadja in Schuluniform: ein Mädchen mit langen Zöpfen, sorgfältig gekämmt, dazu zwei weiße Schleifchen. Das ist genau ihre Kopfhaltung. Man erkennt sie selbst auf den frühesten Fotos: neugierig und ein bisschen übermütig. Sie steht vor dem Hauseingang eines Wohnblocks, den Arm auf ein Treppengeländer gestützt. Seitlich ein Fallrohr und ein paar Kabel. Alles wirkt ramponiert und geflickt. Aber für Nadja war es wohl eine stabile Welt. Es war Sommer, ein erwartungsfroher Lebenstag. Das muss Ende der 70er Jahre gewesen sein.

Im Krankenhaus, als ich ihr das Foto zeige, betrachtet sie es lange mit konzentriertem Blick, aber die Hoffnung auf irgendeine Reaktion war übertrieben: keine Bewegung, kein Rucken. Ich sage: „Das warst du, hier hast du gewohnt", und habe höchstens den Eindruck, dass sie ein wenig nickt. Als eine Schwester hereinkommt, verabschiede ich mich, und sie nickt wieder mit unbestimmtem Gesichtsausdruck.

Zuhause ein Telefonat mit Davoud: Ich solle mich nicht entmutigen lassen, solle unbedingt weitermachen, das sei der richtige Weg: viel mit ihr reden, Fotos zeigen und Musik vorspielen. Welche Musik hat sie denn gemocht?

Heute sehe ich, was ich verpasst habe: nachzufragen, Einzelheiten noch einmal erklären zu lassen, Unklarheiten nicht einfach zu übergehen. Was ich über ihre Geschichte weiß, ist in groben Zügen schnell erzählt, beginnend mit der Wohnung in Krasnojarsk: zwei Zimmer, drei Personen; Mutter, Großmutter, Nadja. Die Mutter war oft auf Reisen, Dienstreisen, kam jedes Mal mit einem kleinen Geschenk zurück: Schuhe, Spielzeug, Süßigkeiten.

Nadja, was sie oft erwähnt hat und hier vermisst: die Eisenbahn, das Rauschen der Züge, das Poltern, wenn sie über die Jenissei-Brücke fuhren.

Die Pfiffe der Rangierlokomotiven. Nachts, wenn die Stadt still war, hörte man vom Bahnhof die Lautsprecheransagen: undeutlich, verweht, blechern. Tonwellen in der Nacht. Es war immer etwas in Bewegung. Gut zu wissen. Die Gleise führten bis Wladiwostok und bis Moskau, unvorstellbar weit, aber alles war verbunden. Auch die Mutter war unterwegs, wird nicht lange wegbleiben. Ist vielleicht schon auf dem Rückweg von Swerdlowsk oder Nowosibirsk oder Irkutsk.

An der Hand der Großmutter wird Nadja sie abholen, wird auf dem Bahnsteig stehen, auch im Winter und bei tiefem Frost, und wird den Zügen entgegensehen, wie sie in einer Wolke aus Schneestaub auftauchen, von einer Lokomotive gezogen, die näher und näher kommt, dann in den Bahnhof einfährt, von Eis verkrustet, und aussieht wie ein Held, stark und stolz und unbeirrt. Der ganze Bahnsteig zittert unter ihrer Kraft. Dann das Kreischen der Bremsen, ein letztes Rucken der Waggons, die Türen öffnen sich, eine Schaffnerin tritt heraus, danach die Reisenden und endlich auch die Mutter.

Das nächste Foto (wie alle anderen: schwarz-weiß). Nadja mit Milchkanne und Einkaufsnetz vor einem Geschäft. Ein. oder zweimal täglich wurde sie losgeschickt, sehen ob Milch da ist oder frische Wurst. Also die Treppe runter, über die Straße, ins „магазин" (Magazin), am Stand für Milch und Käse anstehen oder am Stand für Fleisch und Wurst.

„Heute reden alle über die Warteschlangen" (hat sie einmal gesagt) „Mangelwirtschaft, verlorene Lebenszeit! Ja, im Nachhinein kann man es vielleicht so sagen." Für sie war es ein bisschen lästig, aber auch interessant, was die Leute so reden: Geburten, Hochzeiten, Todesfälle und das Wetter, das immer schlimmer wurde oder früher viel schlimmer war – erst recht im Krieg. Und wenn es keinen Käse gab, dann eben noch eine Butter; und wenn es keine Karotten gab, dann eben wieder Kohl. Aber das war Ende der 70er Jahre. Da war doch schon einiges im Angebot.

Einmal erwähnte sie, anfangs hätten sie mit zwei anderen Familien in einem Holzhaus am Stadtrand gewohnt. Aber das weiß sie von ihrer Mutter, erinnern kann sie sich nicht daran. Ihre Erinnerung beginnt mit dem Glück, eine eigene Wohnung zu haben, nur für sich selbst, für Mutter und Großmutter und Nadja und niemand sonst: zwei Zimmer, ein Wohnzimmer und ein Schlafzimmer, in dem mitten durchs Zimmer zwei Schränke aufgestellt waren als Trennwand zwischen den Betten von Mutter und Nadja. Großmutter schlief auf dem Sofa im Wohnzimmer. Dazu gab es noch eine kleine Küche und ein winziges Bad.

Allerdings: Von Mai bis September war das städtische Heizkraftwerk abgeschaltet, offiziell war es ja Sommer; das heißt: fünf Monate kein heißes Wasser, keine warme Dusche, keine Zentralheizung. An kalten Tagen saß man in der Küche vor dem Backofen. Einen kleinen Elektroboiler fürs Bad hat man sich später irgendwann besorgt.

Ein Winterfoto: Nadja im verschneiten Hof; sie steht da wie ein Modepüppchen in der Haltung „zeig dich mal". Offenbar hat sie einen neuen Mantel bekommen, trägt dazu aber die alte Wollmütze und Wollhandschuhe (Fäustlinge).

Das nächste Foto sommerlich: Zwischen zwei Wohnblöcken eine Rasenfläche und ein Spielplatz. Ein paar Kinder klettern an einem Gestänge herum, ein Mädchen sitzt auf einer Schaukel von einfachster Konstruktion, an einem Ast hängen ein Seil und ein alter Traktorreifen. Das reicht im Zweifelsfalle auch. Vor dem Hauseingang sitzen drei Omas auf einer Bank, sie reden und stricken und weisen einen Jungen zurecht, der übers Blumenbeet läuft (sommerliche Sowjet-Idylle – man möchte sich irgendwo dazusetzen und in die Sonne blinzeln).

Vor dem 1. Mai wurde die Schule aufgeräumt, wurden Fenster geputzt, Böden gefegt, und dazwischen Nadja, etwa 8-jährig, mit stolzem Gesicht. Was mir dabei auffällt: die lackierten Wandsockel anstelle von Fliesen oder Wandfarbe. Ein kühler Glanz in den Räumen und Fluren.

Dann der erste Mai: Kinder tanzen im Kreis, Soldaten stehen gelangweilt im Hintergrund, Eltern diszipliniert vor den Absperrungen. Lautsprecher an den Hausecken, Fahnen an den Masten. Fotos einer untergegangenen Welt mit ihren Ritualen.

Seitlich neben der Schule ein öffentliches Gebäude: Es ist nicht zu erkennen, worum es sich handelt: riesige Portale, mächtige Säulen. Die weiße Farbe ist abgeblättert. Der Rasen bucklig und zerrupft. Bauschutt liegt noch darin, stört niemanden, aber der Fotograf hätte darauf achten können. Das heißt: Wer hat diese Fotos eigentlich gemacht? Nadjas Mutter? Hatte sie Geld und Interesse genug fürs Fotografieren?

Nadja erwähnte ein paarmal, jedes neue Schuljahr habe mit der Rede des Rektors begonnen. Schüler, Eltern und Lehrer standen dann in Reih und Glied (im Schulhof? In der Aula?). Es wäre interessant zu wissen, wie das für Nadja war. Lästig? Albern? War sie stolz? Eingeschüchtert? Amüsiert? Mit anderen Sorgen beschäftigt? Was sie als Ärgernis erinnert: die langen Schulveranstaltungen (Konzert, Theater, Sport und immer die Reden dazu). Was noch? Das ewige Warten auf einen Telefonanschluss, die Suche nach passenden Kinderkleidern und später, während sie älter wurde, die Hoffnung, über einen Chef oder Parteigenossen an eine Dreizimmer-Wohnung zu kommen.

Einmal sagte sie, wenn man das von heute aus betrachte, sehe vieles so überflüssig aus, womit man sich beschäftigt hat. Nicht dass man seine Zeit mit überflüssigen Dingen verschwendet habe, aber vieles, was so zwangsläufig aussah, war einfach der Rahmen, der ihnen allen gesteckt war, und niemand hat geahnt, wie leicht so ein Rahmen dann irgendwann zerbricht.

Das sind die ältesten Fotos in ihrer Cloud. Die meisten hat sie mir noch selbst gezeigt, aber ich war damals nicht besonders aufmerksam. Ja, diese Bilder waren erstaunlich, ziemlich erstaunlich sogar, aber ich hatte Kopfschmerzen oder war müde oder brauchte Bewegung, wir können das vielleicht ein andermal fortsetzen. Lass uns noch eine Weile rausgehen, bevor es dunkel wird. – Außerdem: Nadja, die ich noch kaum kannte, saß neben mir, erwartete eine Frage, eine Bemerkung, einen Kommentar, aber mir wollte nichts Kluges oder Einfühlsames oder Scherzhaftes einfallen. Erst jetzt, wo niemand eine Reaktion erwartet, könnte ich staunen, was für eine fremde Welt sich hier offenbart, und staunen über ein Mädchen, das sich ganz zuversichtlich in ihr bewegt. Aber natürlich heißt das auch: Ich staune über eine Welt, wie ich sie mir vorstelle, gefiltert durch Nadjas Berichte – oder eher: gefiltert durch meine Erinnerung an Nadjas Berichte. Etwas fehleranfällig also.

8.1. Nachmittags bei Richard. Er berichtete von einer Bekannten, die auch infolge einer Gehirnblutung ganz plötzlich operiert werden musste. Sie habe sich nur langsam erholt, sei aber halbwegs wieder gesund. Also hoffen wir auch für Nadja.

Als ich dann aber erwähnte, mit Nadja alte Fotos anzusehen, schien er gar nicht mehr zuzuhören, sondern fragte abwesend, ob er mir einen Kaffee anbieten dürfe. Und mir fiel wieder auf, er hat etwas Aristokratisches: höfliche, aber unverbindliche Ausdrucksweise, dezente Bewegungen, große Gestalt, ein charmantes, aber auch etwas unverbindliches Lächeln. Solchen Personen steht man immer etwas angespannt gegenüber.

„Ach und übrigens", sagte er schließlich, „nicht vergessen: Montag Teamsitzung, unsere Webseite auf Vordermann bringen." Das wird jetzt sein Altersprojekt, den Fraktionsvorsitz im Gemeinderat hat er bereits abgegeben und bei den nächsten Kommunalwahlen wird er nicht mehr kandidieren. Es werde Zeit, ruhiger zu leben, kürzer zu treten, sich um die eigene Gesundheit zu kümmern – und auch noch ein bisschen um den Tourismus, Werbung für die Region. „Ich zähl auf dich." – Da konnte ich ihm allerdings nicht viel versprechen; es gibt ja nicht nur meine Gutachten, sondern jetzt auch Nadja und Kostja.

9.1. Sie liegt da, kann die Augen öffnen und schließen, kann selbstständig atmen, ist endlich wiederzuerkennen. Ich frage, wie es ihr geht, und sie nickt. Ich könnte auch sagen: „Ich vermisse dich." Vielleicht versteht sie es. Vielleicht ist sie irgendwo in ihrem verletzten Bewusstsein beruhigt, dass es eine vertraute Stimme gibt. Ich sage also, Igor und Galina haben angerufen, Julia grüßt dich, Kostja ist bei mir zuhause. Auch er vermisst dich. Sie nickt und hat ein nachdenkliches Gesicht.

Am Bett der Nachbarin, hinter einer Stellwand, war die müde Stimme einer Frau zu hören, die einer Patientin etwas zu erklären versuchte. Manchmal fiel ein Name oder ein Datum („letzten Mittwoch") oder ein Halbsatz: „Aber das sage ich ihm dann vorher." Von der Patientin selbst war nichts zu hören, keine Bemerkung oder Frage – ja doch, vielleicht ein Röcheln.

Zuhause der Blick in die Nachrichten; und irgendwann sehe ich drüben in Nadjas Haus ein paar Lichter brennen. Ich weiß, die Zeitschaltuhr ist angesprungen, aber es gibt mir doch einen kleinen Stich, denn diese Lichter haben ihre kleine Geschichte. Es begann damit, dass ich einmal auf dem Balkon saß, als drüben bei Nadja das Licht anging; im letzten Haus am Hang. Kurz darauf, als ich selbst Licht machte, schaltete sie drüben die Lampen ein paarmal aus und an, es schien etwas nicht in Ordnung zu sein. Ich rief an, aber sie wollte mir nur einen Gruß herüberschicken, ein kleines Signal.

Und woran hatte sie meine Wohnung erkannt, auf diese Entfernung, über die ganze Bucht herüber? – Sie sagte, unsere Wohnanlage sei leicht zu erkennen. Links in Fährholz ragt sie über die Bäume heraus, und dort dann die oberen Lichter im Seitenflügel, „das sind deine Fenster". Von da an haben wir abends gelegentlich ein paar Lichtzeichen ausgetauscht. Kein Telefonat heute, nur ein kurzes „Ping"; und ich dachte, was auch immer aus unserer Freundschaft werden kann, aus diesem Abstand heraus lässt es sich leicht entwickeln. Das muss Anfang Oktober gewesen sein, damals, als wir noch viel Zeit hatten, alle Zeit der Welt.

Kostja schläft nicht ein, wenn er nicht noch einen Keks bekommen hat. Er hat sicher keinen Hunger mehr, braucht einfach nur die Gewissheit, dass jemand da ist, der für ihn sorgt. Dann dauert es nicht mehr lange, bis er eingeschlafen ist und ich an den Schreibtisch zurückkehre.

10.1. Mittags. Ein Wagen kommt zur Wohnanlage herunter, das Autoradio läuft auf voller Lautstärke, wird ausgeschaltet, eine Wagentür wird geöffnet und wieder geschlossen. Ich weiß natürlich, es ist nicht Nadja, aber so preschte sie immer den Weg herunter: Zuerst hörte man die Musik, dann den Wagen, sie parkte, stieg aus und winkte – für meinen Geschmack immer etwas zu rasant und zu euphorisch. Wegen seiner Farbe nannte sie den Wagen ihren „kleinen Bordeaux".

Nachmittags Teamsitzung im Touristenbüro, Aktualisierung unserer Webseite. Alles ist vorbereitet: sauberer Tisch, glänzende Tassen, polierte Tee- und Kaffeekannen, der Beamer startbereit. Alice und Daniel kommen mir entgegen, erkundigen sich nach Nadja. Als Richard auftaucht, fragt er ebenfalls nach Nadja, klopft mir auf die Schulter und ist dann schnell umringt vom ganzen Team. Wo auch immer er sich zeigt, bildet sich eine Gesprächstraube um ihn herum, aus der er herausragt mit seiner imposanten weißen Mähne (Spitzname: Richard Löwenherz). Er setzt die Themen, gibt die Antworten.

Kurze Frage an mich: Ich habe doch in Russland gearbeitet, wie ich die Lage sehe, „wird es Krieg geben?" – Ausweichend kann ich nur sagen „Ich habe nur noch wenige Kontakte, glaube aber nicht, dass es Krieg geben wird. So verrückt sind die Russen nicht."

Es folgt eine Diskussion über das neue Design unserer Plattform, die nächsten Fotostrecken, die Vereinheitlichung der Video-Formate, Werbeeinnahmen usw. Unser Problem bleibt, dass die Gegend für einen einträglichen Tourismus wenig geeignet ist: Viele Rumpelstraßen noch aus DDR-Zeiten, der Wüstrower See und unsere Bucht uninteressant, die Ufer wie mit dem Lineal gezogen, kaum eine Abwechslung, keine Biegungen, keine Inseln, wenig Wald, meist nur Viehweiden direkt bis ans Wasser. Manchmal Güllegeruch, das erzeugt natürlich kein Urlaubs-Feeling. Und in Zukunft dann womöglich auch noch ein Windpark, der jedes Landschaftsbild zerstört.

Darauf Richard: Zugegeben, schwierige Lage. Aber der Windpark weist den Weg in die Zukunft, ist ein Musterbeispiel für die Verträglichkeit von Natur und Technologie. Und außerdem: Gerade abseits des Massentourismus, ergibt sich die Chance für einen sanften, hochwertigen Tourismus, sozusagen als Geheimtipp. Alles, was wir brauchen, sind ein paar Investoren und einen entsprechenden Druck auf die Gemeinden und Landwirte, Wanderwege freizugeben, Kahlflächen abwechslungsreich zu bepflanzen, Straßen zu modernisieren. (Sieh an: Das ist Richard, wie er sonst vor den Mikrophonen steht und leicht und locker eine Vision formuliert oder auch nur eine Illusion.)

Nach der Sitzung ein kleines Essen. Ich entschuldige mich mit dem Hinweis, Kostja vor 20:00 Uhr bei Familie Ohlsen abholen zu müssen, fahre los, fahre durch den Regen in die Nacht. Wir haben Januar, es wird früh dunkel, und in der Dunkelheit fällt es besonders auf: Bis Lossnitz ist es eine noch halbwegs belebte Gegend. Aber dann ergibt sich Kilometer um Kilometer derselbe Eindruck: leerstehende Gehöfte und Häuser. Vor ein paar Jahren stand noch hier und da „zu verkaufen". Inzwischen ist klar: Für diese Gegend gibt es keine Käufer. Aber in den Siedlungen, auch wenn sie verlassen sind, brennen die Straßenlampen. Sie beleuchten die Häuser und Höfe, die alle noch in Ordnung gebracht worden sind, bevor man sie verlassen hat: Die Gebäude verschlossen, die Gärten aufgeräumt, ein wenig verwildert schon, nirgends eine Menschenspur. Nässe spiegelt sich auf der Straße.

In Hernau brennt in manchen Häusern noch Licht. Eine letzte Person lebt noch auf einem Hof, auf dem früher fünf oder zehn Menschen gewohnt haben. Aller Verlassenheit zum Trotz wirkt es jetzt feierlich, fast wie eine späte Weihnachtsbeleuchtung. Und ich ahne: Das weihnachtliche Gefühl hat viel mit Nadja zu tun, damit, dass sie endlich wach ist und manchmal nickt und sich bewegt.

11.1. Ging morgens mit Kostja ein Stück den Wald hinauf, zum ersten Mal ein längerer Spaziergang. Anfangs dachte ich, wir machen nur eine kleine Runde. Aber dann fing er an, Vögel zu scheuchen oder auch nur das Herbstlaub, das den Boden bedeckte und sich im Wind bewegte. Er rannte herum, erstarrte dann in einer aufgeregten Lauerstellung, als sei der Wald voller Hasen. Er scheint die trüben Gedanken für eine Weile vergessen zu können.

Das alte Laub erinnert mich an etwas, was Nadja ein paarmal erzählt hat – das Leuchten der Ahornbäume in der Herbstsonne; das gelb-rote Licht im Hof und an den Hauswänden. Manchmal ist sie hinuntergegangen, hat ein paar Blätter aufgesammelt, hat sie nach oben gebracht und auf dem Fensterbrett über der Heizung getrocknet. Dort haben sie gelegen, bis der letzte Herbstgeruch verflogen war.

Was sie auch erwähnt hat: Sie durfte nie hinuntergehen, ohne ihre Wollmütze aufzusetzen. Das war Großmutters Regime: Das Kind hat so oft Ohrenschmerzen.

Nachmittags war ich im Testzentrum, danach bei Ed. Wir schrieben seine Bewerbung um eine Hausmeisterwohnung am Stadtpark („solventer, technisch versierter Rentner, ehemals Bauleiter"). Dann wieder die Frage nach Nadja. Ich sagte „wenig Veränderung" und konnte mich nur wiederholen. Aber mit jeder Wiederholung verdünnt sich alles mehr und mehr zu einer Alltagsgeschichte. Ed ging dann in die Küche und brachte zwei Gläser und Bier; „auf Nadjas Gesundheit – das wird schon wieder". Ich muss zugeben, seine dunkle Stimme und seine kräftige Statur hatten für eine Weile etwas Beruhigendes.

Später dann das Thema „Windpark". Ed ist für einen Windpark, glaubt aber nicht, dass wir damit viel gewinnen. Die Wüstrower Gegend ist einfach tote Hose, „Arsch der Welt". Von all den landwirtschaftlichen Betrieben sei kaum einer geblieben, ein paar Felder und die Viehwirtschaft. Alles andere ist nicht mehr konkurrenzfähig. Die Gegend ist zu hügelig, teils auch zu sandig und trocken. Eine Moränenlandschaft eben: kreuz und quer in kurzem Abstand kleine, aber steile Hügel. Und dazwischen in den Senken überall Sümpfe oder Tümpel, beinahe eine Kraterlandschaft, alles viel zu klein und verwinkelt für die Maschinen, mit denen man heute arbeitet, die Traktoren mit ihren 500 oder 700 PS. „Für die brauchst du weite Flächen und immer geradeaus, zack, zack."

Ja, ich weiß das alte Thema: eine schwache Landwirtschaft und keine Industrie und überhaupt die ganze Krise. Aber sie wirkt heute Abend überraschend zahm, ein kleines Problem eben. Jetzt haben wir ganz andere Probleme.

13.1. Ein kalter Morgen. Reif bedeckt das Schuppendach – auch die Pappeln und Weiden, die am Ufer allmählich aus dem Nebel heraustreten, Konturen gewinnen. Es sieht aber nicht so aus, als würde es heute noch viel heller werden.
Ein Spaziergang mit Kostja. Solange kein Wind weht, ist die Kälte erträglich. Wir gehen durchs Dorf und schlittern über gefrorene Pfützen. Anfangs scheint Kostja sich zu fürchten.
War dann wieder bei Nadja. Eine Ärztin oder Therapeutin saß bei ihr, sprach mit ihr, während sie ihre Arme beugte und streckte. Sie schien zuversichtlich zu sein. Als wir alleine waren, zeigte ich ihr wieder ein paar Fotos: "Hier sieh mal: eure Schule, vor dem Ersten Mai, und das bist du." Sie hielt das Foto in der Hand, strich darüber, es war fast ein Streicheln, sah mich aber unklar an und schloss dann die Augen. Ich hatte vielleicht schon zu viel geredet, saß dann an ihrem Bett, während die Wintersonne hereinschien, und hätte noch länger so sitzen können. Dann fiel mir an der gegenüberliegenden Wand das Landschaftsbild auf, eine hüglige Gegend; sommerliches Flair, Pinien, weite Felder, gelblich, reif, alles ein wenig im Dunst verschwommen. Dieselbe Art von Bild hing auch in meinem Krankenzimmer, eine ebenso sanfte Landschaft. Das scheint das Konzept zu sein: „Beruhigen Sie sich, entspannen Sie sich." So ist es wohl in allen Krankenzimmern.
Abends der erste Schnee. Leichter Schneefall bis in die Bucht herunter. Auf dem Wasser schaukeln die Flocken noch einen Augenblick, dann haben sie sich aufgelöst. Kostja steht am Ufer, staunt und schnüffelt.

14.1. Heute heftige Schneefälle. Unsere Wege reduzieren sich auf ein paar kurze Spaziergänge. Wir gehen am Ufer entlang, soweit der Weg geräumt ist. Der Rückweg dann durchs Dorf, Hunde bellen, Vögel fliehen, hinter einem Fenster zeigt sich der Schatten eines Gesichts.
Anita ruft an. Ich erzähle ihr von Nadja, sie erzählt von Thomas; später dann die Frage, ob ich nicht doch bedauere, nach Fährholz gezogen zu sein, nach fast dreißig Jahren in Berlin.
– Nein, sie wisse doch: Ich liebe die Einsamkeit und die Natur.

– Darauf sie: „Früher warst du anders."
– „Früher war ich ja auch gesund."
– „Ausrede."

15.1. Schneetreiben, dabei nur wenig Wind. Trotzdem sieht man kaum bis zum Wasser hinunter. Ich gehe mit Kostja raus, beide lustlos, wir kommen zur Straße, die noch nicht geräumt ist, kein Verkehr, die letzte Wagenspur ist schon verweht. Wir gehen zurück, Kostja schüttelt den Schnee ab, kommt in die Küche, aber jetzt gibt es noch nichts für dich. Auch für mich kein Anruf heute, keine Nachricht, ein wunderbar menschenleerer Tag.

Abends legt sich Kostja auf seine Matte, ich setze mich neben ihn und sage, dass ich morgen wieder zu Nadja fahren werde. Ich glaube nicht, dass er das Wort „Nadja" versteht, aber er lauscht, als hätte ich ihm etwas Wichtiges mitzuteilen. Ich werde also zu Nadja fahren und ihr erzählen, wie es uns beiden geht. Ungefähr so rede ich mit Kostja in diesen Wochen. Ich könnte ihm auch Kindergeschichten vorlesen oder Kochrezepte, das hätte wohl dieselbe Wirkung. Ich muss ihn nur ab und zu streicheln und ein bisschen reden: „kein Hunger?", „langer Tag heute!" usw. Aber dann sitze ich in der Küche und stelle fest, dass ich auch mit mir selbst so rede. In Gedanken: „Hast wohl auch keinen Hunger? Willst lieber schon ins Bett, morgen ist ja Samstag, kannst lange ausschlafen. Unsinn, heute ist doch schon Samstag." Hilfe, ich verblöde. Wenn ich nicht immer alles aufschreiben würde, wäre mir der letzte vernünftige Gedanke wohl schon längst davongeschwommen. Schreiben = Gehirntraining. Mindestens eine halbe Stunde am Tag: Details erinnern, Zusammenhänge erfassen und ganz wichtig: Datum festhalten. Ach ja, meine Tagebücher, die langen Selbstgespräche. Aber ich schreibe das nicht für mich. Ich brauche jemanden, dem ich das alles erzähle, jemand, das neben mir steht und zuhört. Ein ‚Du', das mich versteht.

16.1. Heute murmelt sie vor sich hin, schläft auch bald wieder ein. Anfangs hatte ich vermutet, dass sie mich erkennt. Sie sah mich an, aber auf meine Frage, wer ich bin, gab sie nur eine unverständliche Antwort. Später kam Andrej, den sie auch nicht zu erkennen schien.

Anschließend ein Arztgespräch. Dr. Bliss berichtete von erhöhten Leberwerten, Bluthochdruck, Hirndrainage. Die Medikation erfolge über eine Magensonde. Er scheint mit dem bisherigen Krankheitsverlauf nicht zufrieden zu sein. Zur Prognose keine Auskunft. An eine Verlegung in die Reha ist derzeit noch nicht zu denken. Nervös saß er uns gegenüber, ein blasses Gesicht hinter starken Brillengläsern. Er sah uns mit großen Insektenaugen an. Nicht sehr vertrauenerweckend. Im Übrigen schlug er vor, für Nadja einen Rentenantrag zu stellen, sie werde wohl nicht mehr arbeiten können. Selbst wenn sich ihr Zustand noch deutlich verbessert, werde sie nicht mehr unterrichten können, vielleicht auch nicht alleine einkaufen, kochen, Auto fahren usw. Er sage es ungern, aber sie werde wohl ein Pflegefall bleiben.

Unten im Foyer dann ein kurzes Gespräch mit Andrej, der sich um den Rentenantrag kümmern wird. In diesem Zusammenhang ein anderes Thema: die Fotos, die ich jetzt mit Nadja bespreche. Andrej fand das eine gute Idee, sagte dann aber, er habe ihre Cloud vor einiger Zeit eingerichtet, Nadja habe auch vieles hochgeladen, alles unsortiert, auch sehr Privates (Zeugnisse), und wir wissen nicht, wer außer uns beiden noch Zugang hat. Nadja war in manchen Dingen etwas leichtsinnig. Es gibt einige Leute, die sich nach ihr erkundigen, Leute, die er selbst gar nicht kennt, die jetzt aber vielleicht in ihrer Cloud herumstöbern, ohne dass wir es ahnen. Ob ich das auch so sehe? – Ja, gut, da hat er wohl recht. (Daran habe ich noch gar nicht gedacht, so als wären all diese Fotos ganz selbstverständlich nur für mich vorhanden.)

Wir beschließen, die Cloud aufzulösen, den Inhalt separat zu speichern und parallel für Nadja eine Homepage einzurichten. Das wird dann ihre persönliche Homepage mit Fotos und einer biographischen Übersicht. Die Adresse erhalten alle, die sich nach ihr erkundigen. Ich übernehme die Zeit von Nadjas Kindheit bis 2002 (Andrejs Geburtsjahr). Er übernimmt die spätere Zeit mit Fotos und Briefauszügen und ein paar Infos über ihre aktuelle Krankheit und den Heilungsprozess.

Meine Rückfahrt dann im Schneetreiben. Bis Bischofsbrück ohne Probleme, hinter BB war die Straße dann allerdings noch nicht geräumt. Ich musste mich in der Dämmerung vorwärts tasten. Je dunkler es wurde, desto irrealer wurde die Welt dort draußen. Bald blieben nur noch die Schneeflocken, die im Scheinwerferlicht auf mich einstürzten. Wenn man ihnen lange entgegensieht, wird man verrückt. Was hilft: anhalten, eine Weile die Augen schließen, dann weiterfahren.

17.1. Die Bucht vereist allmählich. Es beginnt in den Nischen am Ufer. Zuerst überziehen sie sich mit einer dünnen Haut, die noch auf den Wellen schaukelt. Aber sie zerreißt nicht mehr. Es sind eigentlich auch keine Wellen, es ist ein Schwanken auf dem Wasser, und die Eishaut schwankt ein wenig mit. Dann verstärkt sich das Eis, es bilden sich Muster, Falten und Streifen, die schließlich erstarren.

Russland verlegt jetzt auch Truppen nach Belarus, 30.000 Mann, angeblich sind gemeinsame Manöver geplant. Sieht aber trotzdem gefährlich aus. Die Ukraine ist damit von Norden bis Südosten eingekreist. Nach wie vor bestreitet Russland jedwede Interventionsabsicht, fordert aber den Abzug von Nato-Truppen aus Osteuropa und den Verzicht auf die Aufnahme neuer Nato-Partnerstaaten. Allerdings haben die Polen, Balten, Tschechen usw. gewisse Erfahrungen mit Russland, würden einem Abzug von Nato-Truppen wohl kaum zustimmen.

19.1. Seit gestern Schneechaos. Es begann mit feinem, leichtem Schnee, stundenlang. Abends dann heftiger Wind. Er wirbelte im Hof umher, jagte über die Dächer, die Antenne zitterte wie in einem Nordpol-Sturm. Bin mit Kostja zur Straße hinaufgegangen, wir stapften durch einen inzwischen ziemlich hohen Schnee, Kostja mit fragendem Blick: ob das wohl mein Ernst sei. Kein Auto, kein Verkehr, Häuser wie in ein Märchen versunken. Wir gingen bis zum Dorfrand, dort gab es noch mehr Wind und noch mehr Schnee. Die Straße war nur noch eine Schneise, die sich durch den Wald zog. Dabei war es nicht einmal besonders kalt.

Barbara rief an, erkundigte sich nach Nadja, sagte: „Schön, dass es aufwärts geht." Sie fragte dann, wie oft ich bei ihr bin. – „Zwei oder dreimal die Woche." – Ob mir das nicht zu viel werde? – „Bisher nicht." Dann schaltete sie die Kamera ein, lächelte wie in alten Tagen und sagte: „Da scheint sich ja doch noch was zu ändern bei dir. Nicht mehr so ganz der alte Eremit? Wäre ja schön." Und wenn ich jetzt so oft in Berlin bin, könnten wir uns doch eigentlich mal wieder treffen.

20.1. Morgens schneit es noch immer, und die Straße ist auch noch nicht geräumt. Vor Fahrten außerhalb der Ortschaften wird gewarnt, Sturm und Schneelast haben Bäume umgestürzt, ein paar Straßen sind blockiert. Eine Bergung von Fahrzeugen ist derzeit fast unmöglich. Für kleinere Ortschaften kann eine Notversorgung nicht garantiert werden. Ist mir recht. Ich bin versorgt.

Mittags mit Kostja unten im Hof. Schneestaub, der in der Luft flimmert. Auf dem Rückweg treffen wir Herrn Friedrich im Treppenhaus. Er hat die Schlüssel von Herrn Brenners Wohnung, soll von Zeit zu Zeit nachsehen, ob alles in Ordnung ist. „Alles ist ok dort oben", sagt er. – „Bei mir auch."

Andrej rief an, wir besprachen die bisherige Form von Nadjas Homepage. Er hat ein paar Abschnitte fertiggestellt und mit kurzen Kommentaren versehen, was ich vielleicht auch machen sollte, obwohl ich vieles ja gar nicht weiß. Was genau sieht man auf diesem oder jenem Foto? Ist mir ja selbst manchmal ein Rätsel. Ich könnte mich auf ein paar bekannte Fotos beschränken, was Andrej aber schade fände. Ein bisschen Vielfalt darf schon sein.

21.1. Um neun kam Davoud auf einen Kaffee, saß wieder breit und atemlos in der Küche, sah sich um und sagte ich sei nachlässig geworden, früher habe ich meinen Alkohol sorgfältiger vor seinen Augen versteckt. – Ja, gut, ich werde mich bessern.

Dann wieder die Frage nach Nadja. Wenn sie jetzt wach ist, mich vielleicht auch erkennt, dann ist noch viel mehr möglich. Ich solle jeden Tag hinfahren und mit ihr reden, das sei jetzt vielleicht ein einmaliges Zeitfenster. Also viel reden, auch Fotos zeigen, Fotos aus ihrem Leben, das könne ihr helfen, sich zu erinnern, also wieder sie selbst zu werden. Kindheit, Schule, Studium, alles mit ihr durchgehen, damit sie wieder hier ankommt, hier bei sich selbst und ihrer Geschichte.

Ja, ich habe verstanden: Im Moment hat sie keine Erinnerung, weiß nichts über sich selbst, hat vielleicht nicht einmal das Bedürfnis, etwas über sich selbst zu wissen. Ein Mensch ohne Ich. Das muss sich erst wieder entwickeln. Und das heißt dann wohl für mich: Ich erzähle ihr aus ihrem Leben. Aber davon kenne ich ja auch nur ein paar Geschichten und die Fotos.

Zurück zu den Fotos: Aus späteren Jahren, wahrscheinlich Anfang der 80er Jahre, gibt es ein paar Straßenszenen. Der Eindruck eines leichter gewordenen Lebens. Die Männer tragen längere Haare und helle Hemden. Frauen in gemusterten Kostümen. Eine neue Vielfalt. Auf der Straße allerdings noch immer kaum ein Auto, nur ein paar Busse, locker verteilt. Unter den Fußgängern ein paar Leute mit Einkaufstüten, ein neues Phänomen: statt Einkaufsnetzen jetzt Plastiktüten. Meist waren es schlichte braune oder graue Tüten, aber manche kamen aus dem Westen, bunt, grell, interessante Logos. Wer mit einer dieser Tüten durch die Geschäfte ging, galt als modern. Nadja hat sie anfangs gesammelt.

Ein unklares Foto: Drei Frauen an einer Haltestelle. Vielleicht ist eine der Frauen Nadjas Mutter. Da zwei Frauen sich ähneln, sind es vielleicht die Mutter und ihre Schwester. Demnach hätte Nadja eine Tante. Hat sie aber nie erwähnt.

Ein Sommerfoto: Im Schatten einiger Bäume steht ein kleiner Tankanhänger, Kwas wird dort verkauft, direkt aus dem Tank. (Ich müsste noch einmal nachsehen, was „Kwas" eigentlich ist.) Eine Verkäuferin in heller Schürze und Haube bedient den Zapfhahn, vor dem ein paar Leute Schlange stehen, ziemlich entspannt, man plaudert, man scheint Zeit zu haben. Jemand schiebt ein Fahrrad vorbei, ein paar Jungs spielen Fußball.

Und noch ein Sommertag, wohl auch Anfang der 80er Jahre. Auf dem Rasen zwischen zwei Wohnblöcken ist eine provisorische Bühne aufgebaut: ein paar Bretter, ein paar Tücher, ein Lautsprecher, unter dem man eine Mädchengruppe tanzen sieht, Nadja stolz in der Mitte. Vor der Bühne stehend gemischtes Publikum, einfache Kleidung, dichtes Gedränge. Am Rande ein paar Buden für Piroschkis oder Getränke.

Dann ein Stadtfest, Holzbänke im Park, Wasserfontänen im Hintergrund, Schaschlik-Grills im Vordergrund, Leute mit Bierflaschen. Aus Nadja, dem Schulmädchen, ist eine Schülerin geworden, sie steht dort ganz selbstbewusst zwischen den Freundinnen, die allesamt in die Kamera winken. Sie winken einer Zukunft entgegen, die noch die hohen Ideale der Menschheit verspricht: „Völker hört die Signale!" Die große Sowjetunion, ganz oben auf der Weltkarte, überstrahlt alle Länder und Nationen. Und mitten in diesem Reich: der mächtige Jenissei und Krasnojarsk.

Den Jenissei bei Krasnojarsk hat sie oft erwähnt und den Jenissei bei Jermolajewo, etwas weiter nördlich, dem Geburtsort ihrer Mutter. Dort stand noch lange das Haus der Großmutter: ein Holzhaus und ein Garten, Löcher in den Zäunen, Teiche im Wald. Jeden Sommer hat Nadja zwei oder drei Monate dort verbracht, ist umhergestreift mit den Kindern anderer Mütter und Väter, die einmal hier geboren waren, jetzt in Krasnojarsk lebten oder in Nowosibirsk oder die beneidenswertesten: in Moskau.

Abends saß sie bei den Teenagern am Fluss, gehörte zu den Jüngsten, war noch zu jung für Bier und Knutschereien. Hat verlegen zugesehen, wie das jetzt wohl weitergeht, erhielt eine erste Vorstellung von männlicher Anatomie und Aufdringlichkeit, wurde weggeschickt, hat sich von ihrer Freundin einiges erzählen lassen. Dann haben sie über den Fluss gesehen, drüben am anderen Ufer ein paar Lichter, Boote und Feuerstellen. Und breit vor ihnen dahingleitend der Jenissei.

Ihre Großmutter hatte immer gesagt: Am Ende der Welt liegt ein Eismeer; und nahe am Meer liegen Dudinka und Norilsk, zwei Städte, eisig kalt, aber sagenhaft reich. Und der Jenissei fließt genau dorthin, nach Dudinka und Norilsk, ans Ende der Welt, der große, ewige Jenissei.

Einmal erzählte Nadja von einer Jenissei-Reise mit Mutter und Großmutter. Was sie erinnern konnte, war eine kleine Kabine mit vier Klappbetten, aber sie waren nur zu dritt, niemand Fremdes war bei ihnen. Es war etwas sehr Heimisches: für ein paar Tage zu dritt in dieser engen Kabine, das Essen auf einem schmalen Tisch, umständlich zu arrangieren: Brote, Gurke, Wurstaufschnitt, heißer Tee. Zwei oder dreimal in diesen Tagen ein Essen im Bordrestaurant, eine große Sache. Und dann auch viele Spaziergänge an Deck: Dörfer, die vorbeizogen, Schiffe, die entgegenkamen, und das Menschengewimmel an den Anlegestellen der größeren Ortschaften. Wie weit sie damals gefahren sind, kann sie nicht erinnern. Aber es war die einzige Reise mit Mutter und Großmutter, ein einziges Mal eine Reise zu dritt. Das muss etwa 1980 gewesen sein, noch in sowjetischen Zeiten.

Das letzte Mal ist Nadja 1989 in Jermolajewo gewesen, während sich das Land so radikal verändert hat. Es ist noch nicht lange her, dass sie mir Dorf und Haus im Internet hat zeigen wollen. Jermolajewo lässt sich finden, das alte Haus nicht mehr. Die Satellitenbilder zeigen Höfe, Gemüsegärten, Hausdächer, dann eine Flusskehre, ein paar Lastkähne; sie ziehen silberne Spuren hinter sich her. Alles in allem kaum eine Stunde von Krasnojarsk entfernt, inzwischen also wohl städtischer Randbezirk.

Aber mir fällt auf: In der Kindheit, von der sie erzählte, gab es keine Konflikte – oder nur Konflikte mit der strengen Großmutter und der kühlen Mutter, aber keine gesellschaftlichen Konflikte, all das, was man von einem sozialistischen System erwarten würde. – Meinungsfreiheit? Sie hatte keine Meinung, die sich auf Politisches bezog, und auch sonst hat niemand über Politik geredet oder womöglich auch nur politisch gedacht. Man war apolitisch trotz allseitiger Förderung des Klassenbewusstseins oder vielleicht gerade deswegen. – Reisefreiheit? Russland war unendlich groß, da konnte man tagelang reisen, ohne an eine Grenze zu stoßen, Baikal, Altai, Krim. – Pressefreiheit? Nachrichten hat Nadja ignoriert, sie waren ihr so fern wie Moskau (4000 Kilometer) oder so fremd wie die Produktionszahlen. – Disziplin? Die Schule war ärgerlich, aber kein gesellschaftliches Phänomen, nur die Lehrer waren doof (mit einigen Ausnahmen). – Polizeiwillkür? Den einzigen Polizeikontakt, von dem ich weiß, hatte sie mit 12 oder 13 Jahren. Da ist sie einmal mit einer Freundin aufs Hausdach gestiegen, auf eines dieser flachen Chruschtschowka-Dächer, und hat vom Ende des Wohnblocks Dreck und Holzreste heruntergeworfen in ein Gebüsch, in dessen Nähe ein paar Omas sich erschreckten. Ein kleiner Polizeieinsatz wurde ausgelöst, der aber die Täterinnen nicht identifizieren konnte, weil nach Jungs gefahndet wurde. Die beiden Mädchen, die noch vor einiger Zeit nette Zöpfchen mit weißen Schleifchen getragen hatten, waren über jeden Verdacht erhaben. Glück gehabt.

Also: Sie hat diese Jahre nicht als „drückend" empfunden, hat die Realität fraglos hingenommen und hat es auch so gesagt: Das war der Rahmen, der ihrem Leben gegeben war und erst zweifelhaft wurde, als er schon zerbrach.

23.1. Nach ein paar Wintertagen heute schon wieder Tauwetter. Leichter Regen seit dem frühen Morgen. Schwierige Spaziergänge: Matsch auf den Wegen, Dreck an den Straßenrändern, Pfützen im Hof. Am Dorfeingang treffen wir Frau Ohlsen mit ihrem Benny, der Kostja jedes Mal ein wenig aufmuntert. Sie beschnüffeln sich, toben um einander herum, rennen ein Stück durchs Dorf, die Hühner flattern in ihren Gehegen. Frau Ohlsen findet, Kostja habe sich an das Leben hier gewöhnt, obwohl es natürlich einen traurigen Hintergrund gibt. „Richten sie Nadja doch bitte aus: ‚schöne Grüße und gute Besserung', wir denken an sie." Sie lächelt noch einmal, ruft ihren Benny und verschwindet in ihrem Garten.

War dann bei Nadja, saß neben ihr. Sie sah mich an und sah ins Leere. Ich hatte trotzdem den Eindruck, dass sie mich gespürt hat. Aus der benachbarten Bettnische war nichts zu hören als ein leichtes Röcheln und das Ticken der Geräte. Eine Schwester kam kurz zum Fieber messen, prüfte eine Kanüle, fragte, ob alles in Ordnung sei, Nadja nickte. Danach Stille. Sie schlief bald wieder ein.

Ich war dann in Wüstrow, kam am Rathaus vorbei, sah eine ältere Frau, die eine behinderte Frau begleitete; vielleicht Mutter und Tochter. Sie gingen zum Taxistand hinüber. Die Ältere hager, die Behinderte von eher plumper Gestalt, tapsige Schritte. Sie artikulierte unklare Laute, lachte und schrie dann plötzlich, woraufhin die Mutter zu singen begann, ein Kinderlied, das die Behinderte beruhigte. Da gingen sie mitten zwischen den Leuten, die verstohlen hinübersahen. Diese Mutter sang so völlig selbstverständlich, ohne Scham, und ich dachte, dass ich wohl kaum so heldenhaft wäre, Nadja, wenn nötig, in einem solchen Zustand zu begleiten.

Später noch der Anruf von Julia und Isabell aus dem Tennisclub. Andrej sei schwer zu erreichen, wie es Nadja inzwischen gehe. Ich sagte, sie sei zwar zeitweilig wach (was die beiden schon wussten), aber im Grund noch nicht ansprechbar, Verbesserungen sind kaum zu erkennen.

Und heute zum Schluss noch einmal die Nachrichten: Keine Anzeichen für eine russische Intervention. Auch Selenskyj geht nicht davon aus. Anderslautenden Presseberichten wirft er Panikmache vor. Wer mit einem russischen Angriff rechne, schade der ukrainischen Wirtschaft. Investoren ziehen massenweise Kapital aus dem Land.

24.1. War bei Nadja. Nichts Neues. Stillstand.

Nachmittags kam Maik vorbei und brachte meine Kisten. Aber ich hatte vergessen, Brötchen anzuklicken. Morgen sei er noch einmal hier in der Gegend, ob er bei mir vorbeikommen solle? Nein, bis Samstag reicht noch mein Brot.

26.1. Vormittags in der Urologie, Kostja im Auto wartend. Dann kleiner Spaziergang zum Wüstrower See. Wir standen eine Weile am Ufer. Nichts zu sehen, kein Boot, kein Schiff, graue Wasserflächen. Erinnerung an einen Sommer und einen Ausflug mit den Eltern an den Rhein. Wir saßen damals im Strandcafé, ich fand Mädchen doof und Frachtschiffe großartig. Ja, damals gab es noch große Frachtschiffe mit Schornsteinen und Qualmwolken und Motorenlärm und mächtigen Signalhörnern. Hier aber gibt es nur Ausflugsschiffe, abgasgereinigt und fast lautlos, umweltschonend, aber leider nicht so großartig. Und selbst die haben jetzt Winterpause.

Heute also ein leerer Strand. Am Ufer ein paar flache Wellen. In den Bäumen Raben oder Krähen. (Warum sind sie eigentlich nur im Winter so laut?) Wir gingen dann weiter zum Park, ich machte ein paar Fotos: Pfützen unter den Bänken, altes Laub an den Teichrändern. Ein paar Spaziergänger in Mantel und Handschuhen. Der Kinderspielplatz leer, das Karussell stand starr wie eingerostet. Die Spielgeräte waren mit Plastikhüllen bezogen, der Zugang zum Riesenrad gesperrt, das Kassenhäuschen verschlossen. Ich weiß: Im Sommer wird alles wieder geöffnet sein. Meine aktuelle Stimmung sagt allerdings: Das wird jetzt auf ewig so bleiben.

Wir gingen dann bei Richard vorbei, der aber nicht zuhause war. Wäre ja auch ein Zufall gewesen.

28.1. Nadja liegt jetzt in einem gewöhnlichen Krankenzimmer und hat eine Bettnachbarin. Kleiner Fortschritt. Eine Art Motorschiene bewegte ihr linkes Bein; streckte es, beugte es im Knie, streckte es wieder.

Arztgespräch: Zustand stabil, das sei doch immerhin ein gutes Zeichen. Im MRT (oder CT?) habe man im zentralen Bereich des Gehirns noch Schwellungen gesehen. Das betreffe einen Bereich, der für den Antrieb zuständig sei, für die Motivation.

Ist sie deshalb immer so schläfrig?

– „Möglicherweise."

– Ob man sie noch einmal operieren müsse?

– Im Moment beobachte man die Entwicklung. Es seien Keime in der LiquorFlüssigkeit gefunden worden, man werde Antibiotika verabreichen. In den letzten Tagen seien auch die Leberwerte angestiegen, der internistische Oberarzt vermutet einen medikamentös toxischen Leberschaden. Ein bestimmtes Medikament werde deshalb reduziert (habe ich richtig gehört: Nimodipin?). – Wieder einer dieser Momente, in denen ich einer Flut von bedrohlichen Vokabeln orientierungslos gegenüberstehe. Vorläufig kann die Akutbehandlung noch nicht abgeschlossen werden, längerfristig wird man dann entscheiden müssen, ob Nadja in ein Pflegeheim verlegt wird oder in die Rehabilitation. Wenn ich richtig verstand, war die eigentliche Frage: Ist noch mit gewissen Fortschritten zu rechnen, dann Rehabilitation. Oder bleibt sie ein Pflegefall. Vielleicht wird sie sich bewegen können, zumindest eingeschränkt. Fraglich ist, ob sie jemals wieder ein klares Bewusstsein haben wird, ob sie sprechen und sich erinnern kann. Ob sie überhaupt so etwas wie ein Gedächtnis hat.

Ich fuhr nach Hause, ohne überrascht zu sein. Das alles dauert jetzt schon sechs Wochen, und ich glaube nicht, dass Therapien weiterhelfen. Der Arzt hatte ein so mutloses Gesicht. Er hat nur eine Hoffnung ausgesprochen, die er hat aussprechen müssen. Ein Pflegefall also, vielleicht keine eigenständigen Bewegungen, vielleicht auch kein Gedächtnis. Da habe ich also vor einiger Zeit eine Nadja kennengelernt und habe sie schon wieder verloren. Eine seltsam sinnlose Geschichte.

Nachmittags eine späte Sonnenstunde. Aber schon um vier hatten sich die Schatten im Hof festgesetzt. Sie stiegen an den Hauswänden hinauf, erfassten hinter dem Dach den Waldrand, der ganze Höhenzug verdunkelte sich nach und nach. Bald leuchteten dort oben nur noch ein paar Wipfel. Dann zogen auch sie sich in die Dämmerung zurück und entließen mich in meine Nachtgedanken.

30.1. War mit Kostja in meiner Hütte. Dort ist alles unverändert, keine Feuchtigkeit im Dach, keine Risse in den Fensterrahmen, der Winter ist schon fast überstanden.

Die Türen und Fenster waren geöffnet, Kostja schnupperte überall herum. Dann gingen wir eine Weile am See entlang, woran er aber nur wenig Gefallen fand. Er schlich unwillig neben mir her, blieb stehen, musste weitergedrängt werden. Ich glaube nicht, dass er sich an mich gewöhnen wird, bestenfalls arrangiert er sich mit mir als einer Notlösung. Es ist ja sonst niemand da.

Ich hatte Richard versprochen, ein paar Fotos zu schicken, aktuelle „Wintereindrücke" für unsere Plattform. Allerdings: Wintereindrücke waren heute nicht zu haben, kein Schnee, keine vereisten Gewässer. Alles nur grau in grau: graue Hügel, graue Wolken, grauer See. Sehr monoton. Kein Sonnenstrahl, kein Schneegestöber, kein Motiv. Trotzdem: Ich wäre gerne noch einen Tag dortgeblieben. Die Hütte war lange Zeit mit Anita besetzt gewesen, mit der Erinnerung an die Sommerferien, die wir hier ein paarmal verbracht haben. Danach war die Hütte ein verdorbener Platz. Erst in den letzten Jahren bin ich wieder gerne hier oben.

Als wir zurückkamen, waren drei Anrufe auf dem AB. Was ich nicht bedacht habe: Andrej hat offenbar jedem, der sich nach Nadja erkundigt, meine Telefonnummer gegeben. Jetzt bin ich also zuständig. Die meisten dieser Leute kenne ich kaum, gebe also nur unbestimmte Auskunft, kann mich auch nicht immer erinnern, wer in welchem Verhältnis zu Nadja steht und was ich ihr oder ihm bereits erzählt habe. Müsste mir eine Namensliste bereitlegen:

- Julia aus dem Tennisclub: immer etwas esoterisch, telefoniert mit nervöser Stimme.
- Isabell: ebenfalls Tennisclub, meist gemeinsamer Anruf mit Julia.
- Ruth und Annette: ehemalige Kolleginnen, bisher drei oder vier Anrufe, jedes Mal mit vielen Fragen und neuen Vorschlägen.
- Nicolai und Roswitha: er Russe, sie Deutsche, zwei umtriebige Rentner.
- Boris: gelegentliche Anrufe. Er hat lange in Wüstrow gelebt, jetzt in Berlin, dunkle Stimme, holpriges Deutsch. Art der Beziehung zu Nadja unbekannt.
- Gudrun und Sigrid aus ihrer Töpfergruppe, eher spärliche Anrufe.
- Valeri ebenfalls aus Berlin.
- Usw.

Ich bin jetzt ein Auskunftsbüro geworden: Wie geht es ihr? Irgendwelche Fortschritte? Neue Prognosen? Wäre möglicherweise eine Akupunktur hilfreich? Oder Massagen? Für wann ist die nächste Untersuchung geplant?

3.2. Habe Nadja ein paar Fotos mitgebracht. Unsere Fahrt auf der Havel und den Seen, „erinnerst du dich?". Sie nickte, aber vielleicht nur reflexhaft. Auf einem der Fotos steht sie am Steuer und sieht über weite Wasserflächen. Und hier Wesenberg: Das Boot liegt am Anleger, dahinter ein paar Geschäfte, ein paar Leute. „Das war letzten Oktober."

Sie sieht mich an, eher ratlos, aber immerhin scheint sich etwas in ihren Erinnerungen zu bewegen.

Heute fahre ich etwas erleichtert nach Hause und mache mich an die Arbeit: Nadjas Homepage, wo waren wir stehen geblieben? – Die Fotos von Nadjas Schulzeit: mit den Freundinnen beim Stadtfest, die Sommermonate in Jermolajewo, das Herbstlaub im Hof, die Wollmütze für das Kind mit den Ohrenschmerzen. Und dann der Winter. Nadja fand immer, hier in Deutschland gebe es keinen richtigen Winter. Ja, es wird vielleicht mal schneien und ein bisschen gefrieren, aber ein richtiger Winter ist zwanzig oder dreißig Grad kälter. Für sie bestand der Winter aus Vitaminsäften und Wollstrümpfen und Eiskrusten am Fenster. Leute in schweren Mänteln, Gesichter unter Pelzmützen, Trippelschritte auf vereisten Gehwegen. Reifpanzer an den Bäumen.

Winter, das waren Schneeberge an den Straßenrändern, Busse, die daran entlang schlichen, und in den 80er Jahren allmählich auch immer mehr Autos, Privatwagen, die sich vor den Ampeln stauten, die Motoren liefen, Abgaswolken standen in den Straßen.

Dann die Zeit der Perestroika: Wenn ich richtig rechne, waren 1988 und 1989 Nadjas letzte Schuljahre. Aber die Schule war jetzt so unwichtig wie nie. Für das Leben, das bevorstand, gab es keine Lehrbücher. Auch die Schuluniform war passé, man kam jetzt in gewöhnlichen Hosen und Pullovern, auch in Jeans und T-Shirts, die aus dem Westen auftauchten, von Bekannten an Freunde weiterverkauft oder getauscht, meist passten sie nicht richtig, mussten zurechtgeschneidert werden, waren aber schick oder cool.

"Perestroika" blieb ein Fremdwort, aber es gab jetzt ein neues Lebensgefühl: rausgehen, ein bisschen rumhängen, Musik hören, Popmusik aus aller Welt, auf die kleinen Tonkassetten leicht zu kopieren. Damit ließ sich fast jede Situation in eine Party verwandeln: mit ein paar Freunden, einem Recorder und Alkohol. Selbst an den Haltestellen in den Frühjahrsnächten, minus zehn Grad, und die nächste Tram kommt erst in einer Viertelstunde, aber es geht aufwärts, es geht dem Sommer entgegen.

Und dann gibt es auch einen ersten Freund, „nichts Ernstes, eher Neugier", gelegentlich ein hastiger Sex im Keller. Hinter dem Hauseingang führt eine Treppe in den Keller hinunter und von dort geht es weiter in die einzelnen Verschläge. Der Freund trägt ihr das Fahrrad hinunter, und dann nutzen sie den kurzen, ungestörten Augenblick im Halbdunkel.

Inzwischen sind in der Stadt die ersten Secondhandgeschäfte aufgetaucht, improvisierte Buden am Rande der Märkte oder Plätze. An Ständern und Stangen hängen Hosen, Blusen und Mäntel, von findigen Leuten über zwielichtige Kontakte aus Europa herbeigeschafft. Nadja kann stundenlang herumstöbern und staunen.

Aber was sie da bestaunt, sind auch die ersten Anzeichen einer Epochenwende. Die ruhmreiche Sowjetunion zerfällt, es verblassen die Helden des Klassenkampfes, der Produktion und der Raumfahrt. Betriebe werden insolvent oder überführt in den Privatbesitz von Leuten mit Beziehungen. Es sind die Jahre, in denen die sozialistische Welt in Aufruhr gerät: Demonstrationen werden niedergeschlagen, Diktatoren gestürzt, Grenzzäune fallen.

Neben den Secondhandständen tauchen auch Stände auf, an denen Leute ihr Hab und Gut verkaufen: Geschirr, Schmuck, Bücher, alles für ein paar Rubel. Manche Leute scheinen viel verloren zu haben, aber Nadja macht sich vorerst noch keine Gedanken.

Im Herbst 88 kommt die Krise allerdings näher. Die Mutter verliert ihre Position als Abteilungsleiterin, arbeitet kurzzeitig als Buchhalterin eines städtischen Energiebetriebes, später erledigt sie zuhause am Küchentisch die Buchhaltung eines Reisebüros. Ja, man kann jetzt reisen, falls man Geld hat. Aber die Dienstreisen der Mutter sind Geschichte. Es gibt jetzt keine Tage oder Wochen mehr, in denen Nadja das gemeinsame Zimmer für sich alleine nutzen könnte.

Und die Großmutter? In diesem Winter backt sie Piroschkis und Tscheburekis, bringt sie zum Bahnhof, immer auch Bier und Wodka, steht mit anderen Großmüttern auf den Bahnsteigen, wartet auf die Fernzüge und die Reisenden, die sich die Beine vertreten und sich für die nächsten Stunden mit Proviant versorgen.

Das ist Großmutter: Morgens zieht sie mit zwei Taschen los, kommt ab und zu für eine Stunde nach Hause, wärmt sich auf, geht wieder zum Bahnhof und kommt abends mit ein paar Rubel zurück. (Zwischenfrage: Aber konnte man denn auf den Bahnsteigen so einfach Lebensmittel verkaufen? – „Ach, was denkst du. Da gab es immer ein paar Leute, die du dafür bezahlt hast, dass sie dir Ärger vom Hals halten.")

Dann wird es Frühjahr, und die Großmutter verkauft jetzt Kräuter und Stecklinge und Blumen. In den Nebenstraßen am Markt sitzt sie auf ihrem Hocker, stellt ihre Kiste davor und wartet auf Kunden. Mit anderen Großmüttern organisiert sie regelmäßig eine Fahrt nach Jermolajewo, wo es ja noch immer das alte Holzhaus gibt und den Garten.

Und Nadja? Sie ist verliebt. Verliebt in die neue Freiheit und in Dima. Mit Dima erkundet sie eine unbekannte Welt. Sie besorgen sich einen Videorecorder, Filme sind jetzt überall zu haben, an jeder Ecke, illegal kopiert. Ganze Wochenenden verbringen sie im Freundeskreis, sehen alles durch, was sie bekommen können. Erinnern kann sich Nadja nur an weniges: ein paarmal James Bond, dann auch Dirty Dancing, Planet of the Apes, The Day After, Pretty Woman (aber das muss später gewesen sein).

Mit einem Mal gibt es jetzt auch eine Flut von Büchern und Zeitschriften, nicht in den Buchhandlungen, sondern auch am Rande der Märkte: Auch hier ein kleiner Tisch und darauf Frauenmagazine, Motorzeitschriften, Reiseführer, Ratgeber, Krimis und Rezeptbücher für die italienische oder französische Küche (nur die Zutaten bekommt man nicht: Basilikum, Oregano usw.). Jeder, der Englisch kann, findet jetzt auch internationale Literatur, manchmal sogar auf Russisch, vielleicht als Raubdruck.

Mit Dima entdeckt sie also die Literatur: Marquez, Allende, Duras, auch Orwells „1984" und dann die russische Literatur, die bisher nicht verboten, aber unbeachtet war. Es ist die Zeit der langen Diskussionsnächte: Warum interessiert sich Dostojewski für Idioten, Mörder und Prostituierte? Oder Dr. Schiwago und der Krieg. Für Nadja waren Kriege bisher „vaterländische Kriege" (Napoleon, Hitler). Aber Schiwago zieht in einen sinnlosen, blutigen, unheroischen Bürgerkrieg.

An den Straßenlampen und Bäumen hängen jetzt überall Anzeigen, Plakate, Einladungen. Meditations-Meister tauchen auf, Yoga-Lehrer, Hare-Krishna-Jünger, Zeugen Jehovas. Und dann die privaten Tanzkurse: Salsa, Lambada, Tango usw. Mit einigem Drängen überzeugt sie Dima von einem Samba-Kurs.

Irgendwann in diesem letzten Schuljahr beginnt sie, an einem der Secondhandstände zu arbeiten. Damit ist sie jetzt mitten drin in der neuen Mode: Kleidung wie aus den amerikanischen Filmen, wenn auch etwas abgetragen. Anschluss an die große Welt. Ihr Chef fährt regelmäßig nach

Nowosibirsk oder Jekaterinburg (damals noch Swerdlowsk), kommt mit seinem Lieferwagen zurück, jedes Mal ein kleines Warenlager. Nadja verkauft erfolgreich, ist ein hübsches Mädchen – oder inzwischen eher: eine hübsche junge Frau. Sie ist das glückliche Gesicht in den Seitenstraßen des Zentralmarktes. Ihre Botschaft an die jungen Leute: Jetzt beginnt das Leben.

Viele Fotos aus dieser Zeit, das wäre genügend Gesprächsstoff, falls Nadja irgendwann einmal wieder sprechen kann. Was sich alles geändert hat: ein anderes Straßenbild, andere Autos (Mercedes, BWW, Toyota …), und entlang der Straßen Menschen, die sich an Verkaufsständen vorbeischieben, eigentlich nicht kaufen, eher prüfen oder staunen. Nadja erwähnte einmal die ersten europäischen Dessous, die ihr Chef zum Verkauf mitbrachte: dermaßen leichte und raffinierte Stücke, von denen Nadja ein paar Packungen mitgehen ließ, um sie mit Freundinnen anzusehen (wahrscheinlich auch anzuprobieren). Erstes Ergebnis: großes Gelächter und ein gewisser Stolz. Sie alle kamen aus härteren Verhältnissen, waren aus anderem Holz geschnitzt, als die luftigen Models auf den Werbefotos. Dennoch, nach und nach in diesen Wochen, während sie diese Dessous verkaufte, setzte sich das Gefühl fest: Alles, was sie je getragen hatte, waren nur grobe Unterhosen und robuste BHs, Abschreckungswaffen sozusagen.

Noch einmal Dima: Er studierte Jura, konnte gelegentlich über Freunde ein Zimmerchen besorgen; plötzlich gab es viel Zeit für Zweisamkeit. Die beiden hatten keine Zukunftsgedanken, keine Pläne, nur das herrliche Gefühl, genau im richtigen Moment erwachsen zu werden. Zehn Jahre später, und sie wären 30 Jahre alt, und der ganze Aufbruch wäre nur ein Verlust von Ersparnissen, von Arbeitsplätzen und von Freunden.

Inzwischen war es 1989, der Mai ging zu Ende. Es wurde Sommer, Juni. Auf dem Rasen vor den Wohnblöcken saßen Leute. Picknick-Decken, Kinderwagen, Kofferradios. Für Nadja war es das Ende der Schulzeit, die Zeugnisse waren schon ausgeteilt, nur die Abschiedsfeier stand noch bevor: ein paar Reden, ein paar Dankesworte. Nach dem offiziellen Teil begann die Party mit den Freundinnen und deren Freunden. Aber Dima war nicht gekommen, hatte jetzt eine Andere, und Nadja hatte nicht mehr als ein schönes Diplom, den Passierschein in eine unklare Zukunft. Ein Scan liegt noch heute in ihrer Cloud.

Gibt es ein Foto von Dima? Ich sehe noch einmal nach und finde ein paar Bilder von jungen Leuten. Nadja ist darauf zu erkennen, aber keiner der jungen Männer um sie herum ist eindeutig Dima. Kein Foto, auf dem nur sie beide zu sehen wären. Kein Foto, auf dem Nadja Arm in Arm mit einem jungen Mann in die Kamera lächelt. Lauter Gruppenfotos im Park oder Schulhof oder auf der Straße; all diese jungen Leute lächeln und haben sich gegenseitig die Arme auf die Schultern gelegt. Irgendwann vielleicht, wird Nadja diese Fotos noch einmal ansehen, und ich werde fragen: „Weißt du noch, wer das ist?"
Welche Fotos lade ich auf ihre Homepage? Ein Foto der Großmutter, Nadja mit ihrer Schulklasse auf einem Sportplatz, Nadja an einem Secondhandstand, Nadja beim Überreichen der Schuldiplome usw. Beim Hochladen der Fotos stelle ich fest, dass auch Andrej nicht untätig war. Inzwischen hat er ein paar Fotos von Nadjas Berliner Jahren eingestellt: eine Frankreichreise mit Roger, dann Hochzeit und später Andrej, das Baby, Kinderfotos (sie sehen nach ruhigem Familienleben aus), 2006 dann der Hausbau in Wüstrow, „Seegrundstück", der Traum vieler Berliner. Andrej klettert auf der Baustelle herum und spielt im Sand.

4.2. Davoud war wieder hier und fragte nach Nadja. Ich sagte: – „Wenig Fortschritt." Darauf er: Ich müsse viel mehr Geduld haben. „Wie gesagt: so oft wie möglich hinfahren, mit ihr reden, Fotos zeigen und alles besprechen, auch wenn sie nichts sagt."

Später rief ich Barbara an, kurzes Gespräch über Nadja, dann über Barbaras Gesundheit, aktuelle Arbeit usw. und schließlich die Frage, ob sie sich an das CRESS-Projekt erinnere. Das war doch vor ein paar Jahren schon abgeschlossen und mittelmäßig bewertet worden, jetzt taucht ein sehr ähnlicher Antrag mit anderem Titel und Personal auf. – Ja, sagte sie, sie könne in ihren alten Dateien nachsehen, wundere sich aber, dass ich noch immer Gutachten schreibe. Sie ist eigentlich froh, nichts mehr damit zu tun zu haben. – „Aber trotzdem, lass uns doch mal wieder treffen." Warum ich nach dem Krankenhaus nicht schon längst mal vorbeigekommen bin? – Was sollte ich sagen: Diese Krankenbesuche machen mich jedes Mal ganz taub, auch ganz verschlossen.

Dann wollte sie wissen, warum ich trotzdem hinfahre. Nadja bemerkt es ja wahrscheinlich nicht einmal. „Ist das nicht deprimierend in deiner Lage?" (Sie vermied die Formulierung „bei deiner Krankheit".) – Ich sagte, ich sei der Einzige, der sie derzeit besuchen darf, Andrej eigentlich auch, aber er kommt nur am Wochenende.

Jetzt, beim Aufschreiben, denke ich, es ist da noch etwas anderes: Lange Zeit gab es auf dieser Welt nur mich mit meiner Krankheit und diejenigen, die weiterleben werden. Jetzt gibt es uns beide in der Krankheit und draußen die Welt der anderen. Seltsame Erfahrung: In ihrer Krankheit ist Nadja mir näher als in den Monaten davor. Alles etwas deprimierend – ja, aber jetzt sind wir zu zweit. Das ist die Phantasie eines Kranken, ich weiß; berührt mich aber trotzdem.

8.2. Habe ein paar Tage nichts notiert, es gab nichts zu berichten.

11.2. Als ich heute kam, waren zwei Pfleger bei ihr. Sie saß an der Bettkante, musste aber gehalten werden, die Balance sollte geübt werden, auch der Widerstand von Armen und Beinen. Die Pfleger sprachen wieder einmal von Fortschritt. Ich saß dann noch lange an ihrem Bett. Sie sah unbewegt vor sich hin, den Blick gesenkt. Auf dem Nachttisch ein Blumenstrauß (sehr bunt, viel Gelb und Rot) und eine Grußkarte ihrer Kollegen. Ich las ihr vor: gute Besserung und Grüße von der ganzen Schule. Sie nickte, und ich hatte für einen kurzen Moment den Eindruck, sie habe es tatsächlich verstanden.

Abends: Nebel treibt an den Fenstern vorbei. Von BB dort drüben ist nichts zu sehen, nicht der kleinste Lichtschein.

13.2. Als ich nachmittags ins Krankenhaus kam, waren wieder zwei Pfleger bei ihr und hatten sie aufgerichtet in eine Sitzposition, in der sie sich jetzt schon eine Weile halten kann. Dann der Versuch, sie auf eigene Beine zu stellen (beidseitig gestützt, aber bisher erfolglos). Später zeigte eine Logopädin ihr die Bilder von einem Apfel, einer Kirsche usw. Frage: was das sei. – Keine Antwort, oder doch: unklare Laute. Als sie gegangen war, wollte ich Nadja ein paar Fotos zeigen, aber sie war sofort wieder eingeschlafen. Ich saß noch einen Moment bei ihr.

Kleine Information nebenbei: Das aktuelle CT zeigt keine weitere Liquor-Flüssigkeit zwischen Schädeldecke und Gehirn. Dr. Bliss findet, das sei doch ein Fortschritt. Ich habe den Eindruck, sie alle projizieren beständig irgendwelche Fortschritte in sie hinein. Nur ich warte seit fast zwei Monaten auf einen echten Fortschritt – oder auf etwas, was mich an einen Fortschritt glauben lässt.

Die Ärzte:
Dr. Schmitz: Spricht mit leicht aufgerichtetem Kinn. Sonore Stimme, Blick in die Ferne, wie es sich für einen langjährigen Chefarzt gehört.
Dr. Reinke: Blick auf den Tisch gerichtet, nervös. Zupft am Ärmel seines Arztkittels, blättert in den Unterlagen. Nachdem er seine Gedanken sortiert hat, erfolgt ein stechender Blick auf mich, und ich fürchte eine schlechte Nachricht.
Frau Dr. Alishan: Meist im Blickkontakt mit dem Gesprächspartner, lächelnd, „alles halb so schlimm". – Aber es ist schlimm!
Dann noch dieser Dr. Bliss mit den starken Brillengläsern.

15.2. Seit Donnerstag gemeinsame Manöver von Russland und Belarus nahe der ukrainischen Grenze. Sie sollen am 20.2. beendet sein. – Warten wir's ab. Inzwischen fordern etliche Staaten ihre Bürger zum Verlassen der Ukraine auf. Klingt nicht gut.

16.2. Herr Friedrich klingelt, fragt, ob ich meine Jacke im Hof vergessen habe. – Nein, das ist nicht meine Jacke. Wir rätseln, gehen ein paar Namen durch, das heißt: Er geht die Namen durch (Herr Paschke mit dem blauen Pick-up, Herr Gläsner usw.) Meine Kenntnis der Mitbewohner erweitert sich schlagartig. Schließlich fotografiere ich ihm die Jacke und kopiere das Bild auf ein paar Blätter, die er in allen Hauseingängen aushängen kann. – Wieder eine gute Tat für heute.

Richard findet, wenn es Krieg gibt, dann erst nach der Olympiade in China. Die Chinesen lassen sich ihr Friedensfest nicht von Putin verderben. Möglicher Kriegsbeginn dann also frühestens 21. Februar.

19.2. Jetzt bin ich zum zweiten Mal in die Küche gegangen, um zu sehen, ob ich heute schon meine Tabletten genommen habe. Weil ich aber die Brille vergessen habe, gehe ich zurück, hole die Brille, sehe, dass Kostja

Dreckspuren im Flur hinterlassen hat, hole den Wischlappen, wische den Flur, stelle alles wieder in die Kammer, gehe zum Schreibtisch zurück, vermisse meine Brille, weiß immerhin, dass ich sie in die Küche mitgenommen habe, weiß aber nicht mehr, warum ich in die Küche gegangen bin. Irgendwann fällt mir ein: die Tabletten. Willkommen in der Geriatrie.

Aber im Ernst: Falls demnächst ein Menschenleben auf 120 oder 140 Jahre verlängert werden kann, ohne eine nachhaltige Auffrischung der Gehirnzellen, dann verbringen wir unsere zweite Lebenshälfte als Idioten: die letzten 50 oder 70 Jahre in den Bastelgruppen der Pflegeheime. Oder als Eigenbrötler in verwahrlosten Wohnungen.

Daran weiterdenkend könnte man sagen: die Gehirnzellen aufzufrischen, aber nicht die Hormone, wäre sozusagen der platonische Weg. Umgekehrt wird es schlimmer: Aufgefrischte Hormone, aber ein morsches Gehirn. Solche Leute sollen schon gesehen worden sein.

20.2. Frau Ohlsen: Sie erkundigte sich nach Nadja, zeigte sich besorgt und wünschte ‚gute Besserung'. Und wieder einmal fiel mir auf, wie kleinlaut man mit Leuten redet, die mitten im Leben stehen. Nicht nur, dass sie ungeheuer beschäftigt sind, sie haben auch einen so selbstbewussten Blick. Frau Ohlsen zum Beispiel sah mich an, als ob sie einen Fleck auf meinem Kragen entdeckt hätte, mir den peinlichen Hinweis aber ersparen wolle. Sie arbeitet als Statikerin im Büro ihres Mannes, das Heimatmuseum wird derzeit erweitert. Ob ich mal dort war? – Ich rettete mich mit der Behauptung „früher einmal".

Während sie weiterhin irgendwelche Flecken auf meinem Kragen anstarrte, sagte sie, das Museum sei inzwischen wirklich interessant geworden: alles viel anschaulicher, abwechslungsreicher. Es gäbe Animationen und Simulationen. Das sollte ich mir mal ansehen. Dann rief sie ihren Benny, erklärte, dass sie weitermüsse, und verfiel in einen entschuldigenden Ton, als ob sie eigentlich verpflichtet wäre, noch ein wenig an meiner Allgemeinbildung zu arbeiten.

22.2. Gestern Abend: Putin unterschreibt ein Dekret, das die Regionen Luhansk und Donezk als souveräne Staaten anerkennt. Kurz danach die Entsendung von Truppen in die beiden Gebiete. "Friedenstruppen", werden sie genannt. Fraglich, ob sich ihre Friedensmission auf Luhansk und Donezk beschränkt oder doch eine Invasion der Ukraine vorbereitet wird. Selenskyj rechnet nicht damit. Aber Richard hat recht behalten: Pünktlich nach Olympia gibt es Ärger.

Von zwei Physiotherapeuten gestützt kann Nadja schon einen Moment auf eigenen Beinen stehen. Ein paar Schritte im Rollator sind noch nicht möglich, aber die Beine rucken schon ein wenig, fast wie in Vorfreude. Wenn man ihr Bilder von Autos, Flugzeugen oder Schiffen zeigt und fragt, was das sei, reagiert sie zwar, aber mit unklaren Lauten.

Sie sieht mich an, wenn ich mit ihr rede, versucht auch zu antworten, kann sich aber noch nicht artikulieren, sieht dann ins Leere. Eine Weile, wenn ich sie unterstütze, kann sie sich in sitzender Position halten. Aber sie schaut mich ratlos an, als müsse sie überlegen, was um Himmels Willen diese Übung denn bezwecken soll. Ich wüsste zu gerne, was in ihrem Gehirn gerade vor sich geht. Immerhin, es geht aufwärts, ganz langsam. Ich schicke eine kleine Freuden-Mail an Davoud.

Die Krähen. Den ganzen Abend ein großes Gekrächze im Hof, vor allem bei den Mülltonnen. Immerhin ein paar Vögel in diesem grauen Winter.

24.2. Richard rief an und kam umstandslos auf den Krieg zu sprechen, „die Russen machen tatsächlich Krieg."
– „Ja, ich weiß, läuft gerade auf allen Kanälen."
– „Ist doch absoluter Wahnsinn."

Ich saß dann lange am Schreibtisch, klickte durch die Nachrichten über Landungsoperationen, Marschflugkörper, zerbombte Häuser usw. Wie es heißt, befürworten rund 80% der Russen den Krieg gegen die Ukraine. Möchte mal wissen, was in deren Köpfen vorgeht – ich meine nicht Putin und seine Minister oder Generäle, sondern die einfachen Leute, zum Beispiel „meine Russen", die Kollegen, mit denen ich gearbeitet habe, mit denen ich gereist bin und gefeiert habe. Sie alle (oder fast alle) unterstützen jetzt den Krieg? Ich kann es mir nicht vorstellen.

25.2. War im Testzentrum, dann in der Urologie, nachmittags ein langer Spaziergang mit Kostja, abends noch einmal die Nachrichten: Nördlich von Kiew wurde ein Gebiet geflutet, um den Vormarsch russischer Truppen zu stoppen. Dann aber schon erste Kämpfe im Stadtgebiet von Kiew. Selenskyj ruft die Ukrainer zum Widerstand auf, alle sind aufgefordert, Molotowcocktails herzustellen und bereit zu halten. – Ja ist es denn schon so ernst? Mit Molotowcocktails gegen Panzer? Das klingt ziemlich verzweifelt. Ich klicke weiter, wechsle zur FAZ und bemerke erst nach einigen Zeilen, dass ich das alles vorher schon gelesen hatte. Gehe ins Bett.

26.2. Saß nachts lange auf der Bettkante, hatte geträumt: blockierte Wege, verkohlte Balken, verdorrtes Gras am Straßenrand. Keine Menschen, kaum Hoffnung.

War nachmittags bei Nadja, sie wachte kurz auf, wollte keine Fotos anschauen, schlief bald wieder ein. Ich sehe nicht, dass sie irgendwelche Fortschritte macht. Seit über sechs Wochen ist sie wach, nickt, bleibt aber ganz abwesend, sieht ins Leere.

28.2. Setze mich an mein Gutachten, sehe dann aber in die Nachrichten. Heute auf allen Seiten: Putins Gesichtsausdruck. Er sitzt am Schreibtisch, ganz verbissen in seine Wut. Kein Pathos der Rede. Eine Krähenstimme droht mit einem Atomschlag. Schoigu und Gerassimow sitzen an einem schmalen Seitentisch wie geprügelte Schuljungs. Gibt es denn noch irgendwen, der diesen Irrsinn stoppt?

Schaue mir dann noch einmal die Sitzung des Nationalen Sicherheitsrates an (21.2). Damals ging es vorerst nur um die Anerkennung der „souveränen Gebiete Donezk und Luhansk", aber eigentlich schon um Krieg. Imposante Raumordnung: Putin auf der einen Saalseite hinter einem mächtigen Schreibtisch, die Mitglieder des Sicherheitsrates 20 Schritt entfernt im Halbkreis auf einfachen Stühlen platziert. Sie saßen dort steif und angespannt wie Konfirmanden, hielten ihre Papiere in der Hand, von denen sie nach Aufforderung ihre Ergebenheitsadresse ablasen und dabei gelegentlich auch mal ins Stottern kamen. Mit solchen Shows wird Weltpolitik gemacht. Krieg und Frieden.

1.3. Eine Schwester sagte, Nadja habe sich beim Waschen gewehrt. – „Wie? Sie hat sich gewehrt? Was heißt das?" – Man habe einen Widerstand gespürt, eine Unruhe im ganzen Körper, sie ruckt und murrt, sie macht Töne, scheint sprechen zu wollen. – Sie will sich also nicht waschen lassen. Was für ein Glückstag: Sie wehrt sich. Weiter so!

Heute verließ ich erleichtert die Station und hätte jetzt auch Barbara treffen können. Heute hätte ich reden können und plaudern und viel erzählen. Aber unter Barbaras Nummern erreichte ich nur ihre ABs. Also musste ich mit meiner Erleichterung alleine nachhause fahren, wo dann glücklicherweise Frau Körner über den Hof kam und sich alles anhörte. Sie wird sich gewundert haben; ich bin doch sonst nicht so gesprächig.

3.3. Saß wieder an meinem Gutachten, schaute nebenbei in die Nachrichten, konnte mir aber keine Einzelheiten merken: Ortschaften eingenommen oder belagert, Truppen zurückgeschlagen, Wohngebäude bombardiert, alles verschwamm zu einer einzigen verhängnisvollen Bedrohung. Später dann die Nachricht, ein 70 km langer Konvoi von Militärfahrzeugen nähere sich Kiew. Apokalyptische Dimension. Ziemlich gespenstisch, dass man das Unheil so genau kommen sieht. Das ist eine Angst, die ich bisher nicht kannte. Ich kenne persönliche Angst vor Krankheit, vor Unfällen, vor Prüfungen, vor dem Verlust von Freunden. Aber ich kenne bisher keine allgemeine Angst: Kriegsangst, Katastrophenangst, Angst vor einer Welt, in der man nicht leben möchte: Elendsbilder, Flüchtlingsströme und vor allem das Gefühl der Ohnmacht. Und dann gibt es ja auch noch Nadja, die mir jetzt so entrückt vorkommt – von allem Unheil unberührt in ihrem fernen Schlaf.

4.3. Heute kam eine Rundmail von Artjom Borodin, ehemals Mitarbeiter im Jugendprojekt. Er adressierte die komplette Mailingliste mit dem Aufruf: „Glaubt der westlichen Propaganda nicht, man verheimlicht euch den Völkermord an den Russen in der Ostukraine. Beigefügt waren Fotos, die ausgebrannte Dörfer zeigen, angeblich von ukrainischen Truppen bombardiert, „aber Russland wehrt sich jetzt!" – Ich las das und las es noch einmal und dachte: Was mache ich jetzt damit? Löschen, ignorieren, möglichst schnell vergessen, was aber nicht einfach ist, weil dieser Artjom eigentlich ein netter Kerl gewesen ist, umgänglich und meistens gut gelaunt – und jetzt so was.

Wie geht es Nadja? (In den Aufregungen dieser Tage fast eine Nebenfrage.) Sie schien zu lächeln, als ich kam, schlief aber bald wieder ein.

Irgendwann fiel mir auf: Die Uhr über der Tür, sie ist lautlos, aber ständig in Bewegung. Der Sekundenzeiger ruckt und ruckt, ist die einzige Bewegung im Raum, stammt vielleicht noch aus Zeiten, in denen der Puls mit den Fingern gemessen wurde. Fragt sich nur: Wer braucht eigentlich einen Sekundenzeiger? Nicht einmal auf Flughäfen haben sie einen Sinn. Aber wenn man so einen Zeiger erst einmal bemerkt hat, kann man sich ihm kaum mehr entziehen, muss ständig hinübersehen, wie die Zeit rennt und rennt, und nichts geschieht.

Noch eine Szene aus Nadjas Kindheit: Auf einer Dorfstraße, wahrscheinlich in Jermolajewo, kam ihr einmal ein Pferd entgegen, das sich irgendwo losgerissen hatte. An einer Leine sprang ein Holzstück hinter ihm her, das holpernd und nach allen Seiten ausschlagend das Pferd noch mehr in Angst und Schrecken versetzte. Nadja drückte sich an einen Zaun, hörte das Tier hinter sich vorbeistürmen, hörte das Holzstück gegen ein Fahrrad krachen, klammerte sich weiterhin an den Zaun, musste dort als weinendes und zitterndes Geschöpf befreit werden.

Einmal habe ich gefragt, ob sie denn nie den Wunsch hatte, wieder zurückzugehen nach Russland? Wenigstens für eine Reise, ein paar Sommermonate. Einen Moment in die Sonne blinzelnd, sagte sie dann: „Gute Idee, aber nur wenn du mitkommst." Und ich dachte: Warum eigentlich nicht, sagen wir einfach, den nächsten Sommer verbringen wir in Russland. Ein paar Tage in Krasnojarsk wären ein interessanter Konjunktiv. Ganz im Ernst, so eine Reise hätte uns gutgetan: ein kleines Hotel, Blick auf den Bahnhof, die Rangierflächen, nachts das Rauschen der Züge und das Poltern, wenn sie über die Jenissei-Brücke fahren. Und dann noch ein paar Tage auf dem Jenissei. Reden wir nicht über Liebe. Auch Freundschaft wächst in Erwartung dessen, was gemeinsam vor uns liegt. Hier in Deutschland haben wir beide nur unsere Vergangenheit. Wir begegnen uns und sehen, wie unterschiedlich unser Leben war.

Und wieder der Gedanke: Freundschaft oder Liebe, in jüngeren Jahren mit Blick auf das, was werden könnte. Im Alter mit Blick auf das, was gewesen ist; das können wir mitteilen, aber nicht miteinander teilen. Eine gemeinsame Reise hätte das ein wenig ändern können. Aber jetzt ist Nadja krank, und Russland ist im Krieg.

6.3. Heute eine weitere Rundmail, diesmal von einer Sinaida, ebenfalls Mitarbeiterin im ehemaligen „Jugendprojekt". Ich kann mich zwar nicht an sie erinnern, finde sie aber auf der alten Adressliste. Ohne die Mail von Artjom Borodin zu erwähnen, schreibt sie, ihr persönlich gehe es gut, sie arbeite inzwischen in einem Krankenhaus, sei aber in großer Sorge. – So hört es sich also an, wenn man nicht über den Krieg reden will, aber trotzdem etwas zu sagen hat. Alles knapp und mehrdeutig.

Und kurz danach eine Rundmail von Cees Brand, dem Leiter des Projekts. Im Namen der holländischen Partner antwortet er auf Artjoms Mail: „All unseren russischen Kollegen bleiben wir in Freundschaft verbunden, einen Krieg mit so vielen Opfern auf beiden Seiten können wir aber nicht akzeptieren." – Das klang ein bisschen förmlich, war aber sicher notwendig. Ich verschicke ein kleines „Ich-sehe-das-genauso" an die gesamte Adressliste und füge ein Foto hinzu, das unser erstes Projekttreffen zeigt. Titel „glückliche Zeiten, 1998": etwa zwanzig Leute, hintereinander gestaffelt auf den Stufen eines Verwaltungsgebäudes, überwiegend Frauen, eine von ihnen müsste Sinaida sein. Cees Brand und Artjom stehen in der ersten Reihe freundlich nebeneinander.

Wenig später erhalte ich ein „Mail delivery failed". Sergejs Adresse ist offenbar veraltet. Er ist vielleicht schon im Ruhestand, war aber noch letztes Jahr aktiv – ein umtriebiger Mensch, immer unterwegs zu Kinderheimen, Beratungsstellen, Strafanstalten. Habe nachgesehen: Unsere letzten Mails stammen vom Juni 2021, noch gar nicht lange her. Muss Swetlana mal nach ihm fragen.

8.3. Ed hilft mir das Boot für den Sommer flottzumachen. Es beginnt leider damit, dass mein Schuppen nicht aufgeräumt ist, Ed sieht mich erstaunt an, auch etwas naserümpfend. Habe derzeit aber leider keine Energie dafür. Wir räumen Fahrrad und Schubkarre aus dem Weg, Ed hängt Boot und Trailer an seinen Ranger und manövriert sie ins Freie, wo allerdings auffällt, wie sehr sie von Winterstaub verdreckt sind (hätte ich auch schon längst erledigen können). Dann macht Ed sich an die Arbeit, bedächtig, sorgfältig, mit großer Geduld, er kann minutenlang irgendein Teilchen säubern, schmieren und ins Licht halten. Ich weiß ehrlich gesagt nicht einmal, was er da macht: die Schlauchleitungen prüfen, auch den Ölstand, die Filter und Zündkerzen wechseln usw.

Während er arbeitet, muss er reden, zuerst über Nadja. „Sie hat offenbar noch einmal Glück gehabt" usw. Ich würde sagen: Es ist noch nicht ausgestanden. Darauf er: „Das wird noch – nur nicht nervös werden; so und jetzt mal den Motor starten." Gut, also der Motor. Ich finde, er läuft einwandfrei, ja, aber Ed hört da noch irgendeine Unregelmäßigkeit, also ausschalten, weiter schrauben, und schon sind wir wieder beim Thema ‚Krise der Region'. Diesmal geht es aber weder um den Windpark noch die Landwirtschaft, jetzt geht es um die Öl- und Gaspreise. Also noch eine Krise. „Deutschland will kein russisches Gas mehr, ja ok, aber was glaubst du, was uns das kostet? Das kannst du dir noch gar nicht vorstellen." So werkeln wir und reden wir. Frau Körner kommt auch vorbei, hat sich ein paar Forsythienzweige geschnitten, schaut sich um und sagt „schönes Boot, so ein ähnliches hatte mein Mann auch". Ed sagt „ja, ja, im Prinzip ein schönes Boot" und wischt einen Ölfleck von der Windschutzscheibe. – So, und zum Schluss noch 'ne Probefahrt und einen Kaffee und noch einmal die Russen, „da kannst du mal sehen, das hat doch keiner für möglich gehalten, so einen Krieg".

9.3. War kurz bei Nadja, hielt eine Weile ihre Hand. Einmal zeigte ich nach draußen, „sieh mal, die Sonne kommt aus den Wolken". Sie folgte meiner Hand mit den Blicken, ansonsten keine Reaktion. Ich fühlte mich elend allein.

Dann das Arztgespräch: Dr. Reinke wirkte etwas ratlos. Nadjas Körpertemperatur zu hoch, Blutdruck unregelmäßig, zeitweilig wieder krampfartiges Zittern, Entzündungsparameter, Thrombozyten, Leberwerte verbessert usw. – ich mochte schon gar nicht mehr hinhören. Für den Nachmittag sei ein EEG geplant. Im Übrigen seien Komplikationen bei diesem Krankheitsbild nicht ungewöhnlich. Es war eben doch ein recht schwerer Vorfall. – So deutlich sagt man mir das erst jetzt. Bisher hieß es immer, sie habe Glück gehabt, dass sie sofort operiert werden konnte. Das stimmt wohl auch, aber es gibt eben auch die „Schwere des Vorfalls". Reinke wieder nervös an seinem Arztkittel zupfend, machte mich ebenfalls reichlich nervös. Als er schließlich von „Fortschritt im Gesamtverlauf" sprach, war für mich schon alles verloren. (Dieses Auf und Ab meiner Stimmungen! Ich müsste eine ruhigere Mitte finden.)

Nach dem Krankenhaus noch Barbara getroffen, Café in Kudamm-Nähe. Lauter Russland-Themen: Nadja, der Krieg und meine Russland-Projekte. Barbara war damals noch nicht dabei, fand aber: „diese Projekte haben wohl nicht viel gebracht?" – Tja, war gut gemeint, Annäherung von Russland und EU, europäischer Friedenskontinent usw. Ist aber ziemlich schiefgegangen.

Ich kam nach Hause, wärmte mein Essen und fuhr dann mit Kostja raus in die Bucht, stoppte das Boot, schaukelte im Wind und im Regen, ließ uns noch eine Weile am Ufer entlangtreiben.

10.3. Die ersten Zugvögel nach Norden: Gänse und Enten usw. Sie tauchen in großen Formationen auf, von weitem wirkt es sehr ruhig und traumhaft leicht. Aber dann kommen sie näher mit ihrem Geschrei, kreisen über der Bucht, sind ein wirrer, aufgeregter Haufen, bis sie sich endlich niederlassen, um morgen weiterzuziehen nach Schweden oder Finnland zu den großen, stillen Seen. Viel Glück dann, für den Sommer!

11.3. Eine Mail von Jelena. Ich hatte ihr zum Frauentag gratuliert (wie jedes Jahr mit einem kleinen Foto-Blumensträußchen) und dabei auch baldige „Rückkehr friedlicher Zeiten" gewünscht. Heute bedankt sie sich, erkundigt sich nach meiner Gesundheit und kommt dann ziemlich direkt auf den Krieg zu sprechen, der aus ihrer Sicht unvermeidlich ist. Der Westen habe sich entschlossen, Russland zu vernichten, die Situation sei existenzbedrohend wie im 2. Weltkrieg. Und wie damals gehe es heute um den Kampf gegen den Faschismus. Russland habe zu lange gezögert und auf Diplomatie gesetzt, sei jetzt aber mutig zur Gegenwehr entschlossen. Ja, sie (Jelena) ist wieder stolz, eine Russin zu sein. „Wie damals werden wir auch heute die Welt vor den Gräueln der Nazis retten."

Ich bin sprachlos. Jelena, diese muntere, immer etwas ironische Frau, die von Julia Roberts schwärmte und rötliches Haar trug, will die Welt retten. Man könnte lachen, aber es ist eher ein Schock. Ich kenne sie als realistische, illusionslose Abteilungsleiterin. Hat eine solche Kriegsbegeisterung die ganze Zeit in ihr geschlummert? Als ein verborgenes zweites Ich?

Der Satz über die Rettung der Welt endet übrigens so: „Russian Ivan saves the world again." Was soll das? Plötzliche Verehrung von Iwan dem

Schrecklichen? Dieser Satz, ironisch ausgesprochen (wie sie oft sprach), könnte dann auch heißen: „Ich weiß, dass ich Unsinn rede, also nimm das alles nicht so ernst." – Oder anders: „Du Idiot, über den Krieg spricht man nicht, jedenfalls nicht in Mails." Aber ich habe das Wort „Krieg" ja gar nicht benutzt, habe nur ganz harmlos die Rückkehr friedlicher Zeiten gewünscht. Das hätte sie auch kommentarlos übergehen können.

Es geht mir nicht in den Kopf. Sie war damals (Ende der 90er Jahre) so etwas wie die Leiterin eines Jugendamtes, sprach Englisch, hatte einmal mit mir einen Flug von Moskau nach Omsk, im Winter. Wir landeten dann aber mitten in der Nacht in Kasan. Unklare Situation. Keine Auskünfte, keine Erlaubnis, das Flugzeug zu verlassen. Es dauerte und dauerte, wurde abwechselnd eisig kalt, dann vorübergehend nach dem Starten der Triebwerke wieder heiß. Mit anderen Passagieren protestierte Jelena gegen diese Zumutungen, ziemlich hartnäckig. Schließlich die Auskunft: Wegen aufziehender Schneestürme seien die östlich gelegenen Flughäfen gesperrt (Jekaterinburg, Tjumen, Omsk). Also abwarten, und nach weiteren Beschwerden gestattete man uns, das Flugzeug zu verlassen, gab die Abfertigungshalle frei, wo die Kioske und Cafés allerdings geschlossen waren. Immerhin: Jelena war eine hartnäckige Frau, die sich mit Ausreden nicht abspeisen ließ. Und jetzt so eine Email? – Was mir noch einfällt: Nach der letzten Präsidentenwahl, 2018, schrieb sie ebenfalls etwas mehrdeutig: „Putin has won, what a surprise"; dabei war das ja nun wirklich keine Überraschung. Ich glaube, sie liebt es einfach, sich hinter einer kleinen Provokation zu verstecken.

12.3. Jedes Mal, wenn ich wieder nach Berlin komme, ist es unvorstellbar, hier noch einmal zu leben. Ich kam eine Straße lang, aus einem Wohnhaus trat ein Mann, altersgebeugt, ein Hündchen wuselte ihm um die Beine. An der Hausecke versuchte es, seine Notdurft zu verrichten, aber der Mann zog es weiter, es trottete neben ihm her, an geparkten Autos vorbei, blieb stehen, drehte sich in Position, aber eines der Autos startete den Motor, ein Fahrradfahrer näherte sich, eine Frau mit Kinderwagen wollte die Straße überqueren. Schließlich ein Bäumchen und ein Quadratmeter Erde drumherum, wahrscheinlich schon von hundert anderen Hinterlassenschaften verschmutzt, das Hündchen sah ängstlich zu dem Mann hinauf und fand hier schließlich seine Erleichterung.

Hat das nicht irgendjemand irgendwann gesagt: „In den Städten bist du niemand, in den Wäldern bist du der, der du bist." (Vielleicht etwas einseitig, aber auch nicht ganz verkehrt.)

13.3. Heute wieder den ganzen Tag Vogelschwärme, die nach Norden ziehen.

14.3. Es klingelte, Davoud stand vor der Tür, hatte einen Hausbesuch im Dorf, wollte mal wissen, wie es Nadja geht. Was sollte ich sagen: Sie ist wach, aber schläfrig, kaum ansprechbar. „Gut", sagte er, „alles im grünen Bereich"; nur ich sei in letzter Zeit etwas hektisch geworden (finde ich eigentlich nicht).

Und was sagen die Nachrichten? Der auf Kiew gerichtete russische Militärkonvoi hat sich zerstreut. Ursache: Nachschubprobleme einerseits, ukrainische Angriffe andererseits. Was lerne ich daraus: So ein weithin sichtbarer Konvoi, der mir vor ein paar Tagen noch als große Bedrohung erschien, ist ein leicht zu attackierendes Ziel. (Man wird in diesen Zeiten noch Hobby-Militärstratege.) Vom Dilettantismus russischer Generäle ist jetzt zu lesen. Das klingt vorsichtig optimistisch oder etwas überheblich. Ich glaube es aber noch nicht. Ed findet ohnehin, die Russen sitzen am längeren Hebel, „die drehen das Gas ab und das Öl; und unsere schlauen Politiker verstehen die Welt nicht mehr. Schön naiv gewesen, hundertprozentig".

Abends auf dem Balkon die ersten Mücken in diesem Jahr. Sie steigen aus dem Efeu herauf, kommen von den Bäumen herüber, sind mit dem ersten Windhauch aber schon wieder verweht.
Es wird Frühjahr. Vogelschreie nachts, einsame Rufe.

15.3. Igor rief an und fragte nach Neuigkeiten. Wieder konnte ich nur sagen: „Eigentlich nichts."
– „Neue Prognosen?"
– „Auch nicht."
Über Nadja gibt es immer weniger zu sagen. Sie ist praktisch nur noch Ausgangspunkt für andere Themen, z.B. Corona-Maßnahmen („Gibt es

bei euch überhaupt noch welche?" – „Kaum.") Nebenbei erwähnte Igor, dass die beiden sich ein kleines Landhaus gekauft haben. Er ging mit der Kamera durch die Zimmer, Galina winkte zur Terrassentür herein, schräg hinter einem Nachbarhaus schimmerte ein vereister See. Schöne Gegend, schönes Haus. Warum er nicht ständig dort lebe? – Eigentlich sei er ein Stadtmensch, brauche nur ab und zu ein bisschen Natur. Und bald wird es Frühling. „In ein paar Wochen siehst du hier ein Blumenmeer."

So haben wir eine Weile geredet, nur eines ist seltsam: Den Krieg haben wir nicht erwähnt – nicht einmal am Rande. Ist vielleicht auch besser so. Merkwürdig ist es aber doch: Wir leben jetzt quasi in feindlichen Lagern und reden ganz harmlos über Krankheiten und den Frühling und die Natur. Nirgends ist dieser Krieg so wenig vorhanden wie ausgerechnet im Gespräch mit Igor und Galina aus Petersburg. Ich habe das Thema nicht angesprochen, und Igor muss wissen, ob er darüber reden will oder kann. Immerhin war er einige Jahre im Ausland, ist erst vor kurzem nach Russland zurückgekommen, könnte vielleicht beobachtet werden. Es bleibt also unklar: Wenn er so harmlos über das Haus und die Blumenwiesen spricht, hat er dann tatsächlich ein so harmloses Gemüt – oder ist ein Auslandsgespräch derzeit alles andere als harmlos, also Vorsicht.

Abends: Klicke durch die Nachrichten, versinke in Gedanken, wundere mich über Jelena und denke an Sergej, der jetzt nicht mehr erreichbar ist („mail delivery failed"). Mit ihm konnte man offen reden. Also Sergej: In Erinnerung ist mir seine Vorliebe für karierte Flanellhemden, die überhaupt nicht zu ihm passten. Er hatte nichts von einem „harten Burschen", Holzfäller oder so. Er war groß, aber nicht bullig, ein bisschen ein schräger Typ. Ganz am Anfang fragte er einmal, ob ich Jim Morrison kenne, „show me the way to the next whiskey bar". Er fing dann auch gleich an, zu summen oder zu singen. Wäre interessant zu wissen, was aus ihm geworden ist. An wen ich mich noch erinnere: an Irina, die Kettenraucherin, blondierte Haare, war damals so etwas wie städtische Drogenbeauftragte.

Unser „Drogenprojekt": Da ging es um die Weiterbildung russischer Sozialarbeiter durch europäische Kollegen aus der Drogenhilfe (2002–2005). Ort des Geschehens: drei eher ländliche Regionen (Oblasts). In diesem Zusammenhang der Besuch bei einem Gouverneur oder Vize-Gouverneur, der freundlich, aber resolut erklärte, bei allem Verständnis für die psychischen Probleme von Jugendlichen, die beste Drogenprävention sei doch immer noch eine konsequente Anwendung des Rechtssystems, notfalls auch das Gefängnis, vor allem mit Blick auf die Verbrechen, die unter Drogeneinfluss begangen werden.

Daraufhin sagte eine der Holländerinnen (Ele van Neest?): So gesehen müsste man zur Prävention von Straftaten vorsorglich auch alle Alkoholiker ins Gefängnis stecken. In Holland wären das immerhin rund 10% der Bevölkerung, in Russland vermutlich auch nicht weniger. Das war eher nebenbei gesagt, erzeugte keine Unruhe, war vielleicht noch nicht einmal korrekt übersetzt, konnte lächelnd überhört werden und war doch ein kleiner Heldenmoment in einem insgesamt eher zähen Projekt. Aber damit waren wir schon am Kern aller späteren Probleme: der himmelweiten Differenz unserer Ausgangspositionen.

18.3. Keine Energie. Drei kurze Spaziergänge mit Kostja.

20.3. War bei Nadja. Lautes Gespräch bei der Bettnachbarin, ein Besucher war gekommen, der auf die Frau einredete, von der nur das Schnaufen zu hören war. Ich musste also auch etwas lauter reden, um Nadja zu erzählen, wer angerufen hat, wer ihr gute Besserung wünscht, wie es Kostja geht usw. Mir war es peinlich in dieser Lautstärke zu sprechen, Nadja nickte mit großen, leeren Augen.

Und jedes Mal nach den Krankenbesuchen gehe ich durch die Station, ganz versteinert, gehe durchs Foyer, vorbei an den Sitzecken für Patienten und ihre Besucher, gehe halbblind zum Parkplatz, fahre halbblind nach Hause, irgendwie aus der Welt herausgefallen. Zuhause das Bedürfnis, durch die Nachrichten zu scrollen, um wieder in Kontakt zu kommen mit anderen Ereignissen in der Welt um mich herum. „Rentenerhöhung zum 1. Juli beschlossen" (war ja schon lange angekündigt), „Tesla eröffnet Gigafactory in Grünheide" (auch nichts Neues). Es ist kaum zu glauben, dass es so wenig Neues gibt. Ausgerechnet jetzt in diesen Tagen kein Drama, kein Börsenkrach, keine Pandemie – doch ja: Es gibt da einen Krieg, aber selbst der ist offenbar eingeschlafen.

21.3. In diesem Frühjahr kommt abends gelegentlich eine Eule ins Dorf herunter. Sie setzt sich auf den Bootsschuppen, sieht herüber, huscht übers Ufer, verschwindet im Grau der Nacht, ist noch einen Moment zu erkennen an ihrem breiten Flügelschlag. Herr Friedrich hat sie auch bemerkt und sagte vor kurzem: „Eulen bringen Glück." – Hoffen wir's.

Habe mir die alten Projektunterlagen vorgenommen. War erstaunt, wie viel von den Papieren noch vorhanden ist: Protokolle, Anträge, Abschlussberichte. Aber das Lesen der alten Unterlagen macht mich nachsichtig. Ich sollte den ganzen Kram auf einen Schlag entsorgen. Wenn ich heute an diese Zeit denke, dann als Erinnerung an einen großen Aufbruch. Ich war schon eine Weile in der Sozialarbeit, zwar in Berlin, aber doch im recht harmlosen Steglitz-Lichterfelde.

Und mit einem Mal ergab sich die Mitarbeit in europäisch-russischen Projekten, allerdings nur als Berater, vor allem für Management-Fragen (Plausibilität der Arbeitsschritte, Orientierung an Zielgruppen, Verwendung von Finanzen usw.) Das war in den 90er Jahren: Neuordnung der „postsozialistischen Ära". Jetzt ging es um Frieden und Demokratie. Das neue Europa! Und Russland? Was man damals hörte, klang dramatisch: Ein Staat am Abgrund, der Sozialismus gescheitert, die Marktwirtschaft entartet, Armut, Chaos, Bandenkriege, aber eben auch die Chance auf einen Neuanfang. Unsere Aufgabe: Zusammenarbeit mit russischen Behörden in Krisenbereichen: Drogenprävention, Obdachlosenhilfe, Betreuung jugendlicher Straftäter usw. Das war etwas ganz anderes, als in Lichterfelde ein paar aufmüpfige Jugendliche halbwegs in der Spur zu halten. Etwas Großes, eine Herausforderung. Also: raus aus Berlin und mitten hinein ins Weltgeschehen.

Hier in den Akten liegen noch die alten Protokolle, auch meine Berichte. Interessant zu lesen, das riecht so schön nach Weltverbesserung. Aber wir lebten damals in einer Aufbruchsstimmung – das heißt, ich lebte in einer Aufbruchsstimmung. Mein Grundgefühl war: Irgendwie geht es weltweit in Richtung Demokratie, Zivilgesellschaft, Menschenwürde usw. Je offener die Grenzen, desto sicherer erodiert alles Tyrannische. Aber stattdessen erodieren inzwischen die alten Demokratien.

Was bleibt, ist Nostalgie. Ach ja, die schönen Projekte von damals. Also was machen wir jetzt mit den Papieren? Raus aus dem Aktenordner und rein in den Müll – und manches vielleicht ins Poesiealbum: Schöne Träume, mit ein paar Blümchen verziert.

22.3. Kam heute erst nachmittags ins Krankenhaus, ging zu ihrem Zimmer, aber es war dort nur ihre Bettnachbarin. Eine Schwester kam den Flur entlang, brachte mich ohne weitere Erklärung in eine andere Etage zu einer Abteilung, die aufgeschlossen werden musste. Als die Tür aufging, war ein Stöhnen und Röcheln zu hören. Nadja lag da, mit verzerrtem Gesicht, wieder ganz zwischen Kabeln und Schläuchen, wälzte sich hin und her, versuchte sich zu bewegen, dabei aber offenbar ohne Bewusstsein. Die Schwester sagte, ihr Zustand habe sich nachts alarmierend entwickelt, man habe einen Eingriff vornehmen müssen.

Alles war so erschreckend, dass ich fragte, ob sie im Sterben liege. Die Schwester zuckte im Gesicht, zog sich hinter einen Wandschirm zurück, wirkte beschäftigt. Ich saß da, ganz erstarrt von diesem Stöhnen und Zucken. Es war kaum zu ertragen, mit Nadja jetzt allein zu sein. Ich mochte sie nicht anfassen und wusste zugleich, dass dies jetzt vielleicht der Abschied war und dass ich etwas tun sollte, was irgendwie angemessen wäre.

Dann dachte ich, ob sie vielleicht noch etwas spürt oder vielleicht gehört hat, worüber wir gesprochen haben. Das wäre noch grausamer. Ich ging hinaus, kaum waren mehr als ein paar Minuten vergangen. Ein Pfleger führte mich ins Arztzimmer, sagte, der Arzt werde gleich kommen, ich saß dann in einem übermäßig hellen Raum, ein Gerät summte, die Minuten vergingen, einmal waren Schritte zu hören, gingen aber weiter den Flur entlang, nichts geschah, bis ich aufstand und hinausging und sagte, es sei mir jetzt zu schwer, auf einen Arzt zu warten. Eine Schwester nickte oder sagte „ja" – oder man werde mich auf dem Laufenden halten. Kopflos verließ ich die Station, ging zu den Aufzügen, stand im Fahrstuhl, hatte aber den falschen Knopf gedrückt. Als sich die Fahrstuhltür öffnete, stand ich in einer Art Lagerhalle, am Ende war eine Rampe, schwach beleuchtet.

Dann der Rückweg, schon in der Dunkelheit. Ich fuhr einen Umweg an Nadjas Haus vorbei, blieb eine Weile stehen, konnte mich auf keinen bestimmten Gedanken konzentrieren, fuhr weiter, holte Kostja ab bei Frau Ohlsen, entschuldigte mich ohne längere Erklärung. Ging mit Kostja zum Wagen, den er ganz verwundert oder erwartungsvoll ansah. Wir fuhren in der Dunkelheit ein Stück in Richtung Wüstrow, hatten einen klaren Himmel jetzt. Man konnte die Sterne sehen. Und die ganze Zeit dachte ich: Andrej wird gleich anrufen oder die Klinik und mitteilen, sie sei gestorben, ob ich sie noch einmal sehen wolle. Und ich dachte, dass ich „nein" sagen werde.

Wir kamen nach Hause zurück, und auch auf dem AB war keine Nachricht angekommen. Ich saß dann noch lange am Fenster, ließ mir die letzten Wochen durch den Kopf gehen, versuchte ein paar Dinge zu ordnen. Als hinter den Birken das erste Licht auftauchte, ging ich schlafen, ließ die Türen geöffnet.

23.3. Auch heute nichts, kein Anruf, nicht von Andrej, nicht vom Krankenhaus. Aber nachts war ich aufgewacht, weil im Traum ein Telefon geklingelt hatte. Dann dachte ich vor mich hin und dachte: Wenn sie stirbt, wer wird einen Bestatter aussuchen, Andrej oder ich? Wer steht ihr näher? Wer entscheidet, wo sie beerdigt werden soll? Wahrscheinlich hat Andrej schon vorgesorgt.

War dann mit Kostja draußen. Wir gingen ein Stück den Wald hinauf, blieben einen Moment dort oben stehen, wobei alles noch schrecklicher wurde. Wir gingen weiter, oberhalb der Teiche entlang. Einmal hob ich einen Stein auf, warf ihn hinunter, er versank im Moor, war fast geräuschlos verschluckt. Dann sind wir umgekehrt, sind wieder hinunter gestiegen, kamen zurück ins Haus.

Nachmittags rief ich Andrej an, fragte, ob er etwas Neues weiß. Nein, er weiß auch nur, dass sich ihr Zustand verschlechtert hat. „Ist ein kritischer Moment jetzt." Sobald er Näheres erfährt, wird er mich anrufen. Es fiel dann fast nebenbei die Bemerkung, dass ich schon lange nichts mehr in Nadjas Homepage eingestellt habe, letzter Stand war ihre Schulzeit. Er wolle mich nicht drängen, sagte er, aber es wäre schön, wenn wir die Sache bald abschließen könnten. So redeten wir, aber sagten es nicht: Was wir da zusammenstellen, wird wohl so etwas wie ein Nachruf auf Nadja.

Jetzt, am Abend in der Dunkelheit, ist nichts zu sehen, als die scharf gezeichneten Höhenlinien auf den Hügeln gegenüber und darunter, in Bischofsbrück, eine Kette von Straßenlampen. Ein gleichbleibendes Bild.

Irgendwann ein spätes Fahrzeug, Scheinwerfer tasten sich die Straße entlang, streifen eine Hauswand, eine Baumgruppe, eine Werkhalle. Früh morgens die Warnlichter eines Polizei- oder Rettungsfahrzeuges, sie tauchen am Ortsrand auf, nehmen die Straße nach Wüstrow, verschwinden in einer Kurve. Dort, wo sie gleich wieder auftauchen werden, beginnen die Straßenränder bläulich zu flackern.

24.3. Traum. Ich komme in eine verlassene Gegend, mein Weg führt in die Dämmerung. Hinter ein paar verlassenen Höfen liegt eine Weide. Pferde scheinen dort am Zaun zu stehen. Als ich näherkomme, zeigt sich aber: Auf Weidepfähle hat man Pferdeköpfe gespießt, aus denen Scharen von Fliegen aufsteigen. Und während ich wach werde, weiß ich, dass ich nicht so bald wieder einschlafen kann.

Seit vier Tagen liegt sie auf dieser Station. Ich war nicht noch einmal dort, aber ich denke, dass ich ein paar Dinge aufschreiben sollte, bevor vielleicht alles zu Ende geht. Wie ist das gewesen mit uns beiden? Meine Geschichte mit Nadja, unsere kurze Zeit: *Sie begann eigentlich erst Mitte Oktober, an Nadjas Geburtstag, zwei Wochen nach der Missstimmung unseres Schweigeabends („du bist so schweigsam heute"). Also Geburtstagsparty, vom Freitag auf den Samstag (16.10.). Warmes, trockenes Herbstwetter, abends eine lange Dämmerung. Partyschiffe leuchteten in der Bucht. In Nadjas Wohnzimmer saßen vielleicht 15 Gäste, darunter auch Nicolai und Roswitha, Igor und Galina. Jemand reichte Kekse herum, Nadja kam aus der Küche, brachte frischen Tee und sagte, sie habe Galina versprochen, im Sommer nach Petersburg zu kommen, „und vielleicht kommt noch jemand mit von euch – zum Beispiel du". – Ich lächelte, sagte aber vorerst nichts.*

Um halb elf kamen ein paar Frauen aus dem Tennisclub, der Abend schleppte sich noch eine Weile, wurde dann lebhafter, allmählich versammelte man sich um Nadja herum, Flaschen wurden geöffnet, frische Gläser geholt, jemand zählte die Sekunden. Dann das Knallen der Sektkorken und „happy birthday", beste Wünsche und Küsschen für Nadja, zuerst Galina, dann ich, Kuss auf die Wange und noch eine Umarmung, aus der wir uns aber gar nicht mehr lösen konnten; wir hielten uns fest wie verzaubert und wichen dann auseinander, während Igor schon wartete und die anderen erstaunt herübersahen. Im Grunde waren wir selbst erstaunt oder waren zu benommen, um zu staunen.

Was war denn da passiert? Man beobachtete uns verstohlen, auch wir beide beobachteten uns verstohlen. Ab und zu schielte ich zu ihr hinüber, sie schielte zu mir herüber, alle schielten zu uns herüber. In der nächsten

Stunde geschah nichts Besonderes, man unterhielt sich, trank, ging zum Dessert über. Ich sprach noch mit Nicolai. Dann stand Nadja mit den letzten Gästen an der Haustür, jemand rief, ein Auto hupte, ich stellte noch einige Teller in die Maschine, dann kam Nadja in die Küche, wir standen uns gegenüber, sie löschte eine Kerze und sagte „komm".

Morgens fuhr ich nach Hause, kam abends wieder. Bis zum 24. gab es Herbstferien, Nadja hatte also Zeit. Für vieles hätten wir jetzt Zeit gehabt, aber wir haben nichts unternommen, kamen gar nicht auf die Idee, etwas zu unternehmen. Wir verbrachten einfach nur einen Tag nach dem anderen, eine Stunde nach der anderen, nicht mit dem Gefühl, eine besondere Zeit sei angebrochen. Wir erlebten nur das Wunder eines unverkrampften Alltags. Eine schwerelose Zeit, und ich dachte: Mehr will ich eigentlich gar nicht. – Sex? Vielleicht nicht das, was man vermutet, wenn man „Sex" hört und dabei große Augen bekommt. Das war kein Rausch der Sinne, eher die sinnliche Erfahrung von Versöhnung und Nähe. Die Erinnerung an etwas, was man vermisst hat, auch vielleicht die Trauer, dass eine richtig große, überwältigende ich-verlorene Leidenschaft nicht mehr möglich sein wird.

Vermutlich ist es so: Liebe braucht eine Vorstellung von dem, was in Zukunft gemeinsam möglich sein könnte. Man muss dieser Liebe eine Geschichte erzählen, eine Geschichte von Obsessionen oder wenigstens von Familiengründung und anderen Herausforderungen, also einen Lebenstraum. Aber ich hatte keinen Lebenstraum. Meine Phantasie war erschöpft. Der einzige Zukunftsgedanke war vielleicht, noch eine Weile halbwegs gesund zu bleiben und jemand Vertrautes in der Nähe zu haben.

Was haben wir gemacht in diesen Tagen? Gartenarbeiten, Spaziergänge, eine Fahrradtour, lange Abende. Ich erzählte aus meinem Leben, sie erzählte aus ihrem Leben, nicht in einem Zusammenhang (den ich ja schon ungefähr kannte), sondern als Flut von Erinnerungen, lauter Bruchstücke, die ich allmählich hier zusammentrage.

Ein kleines Problem war geblieben: Bei ihr lief den ganzen Tag das Radio: Musik, Reportage, Nachrichten. Es musste sich etwas tun im Haus, obwohl sie gar nicht hinhörte. Das ist etwas, was mich verrückt macht. Sie hat es dann mir zuliebe reduziert.

Ach ja, und noch ein Problem: Ich konnte nicht einschlafen neben ihr; ein paar Mal habe ich es versucht, bin dann aber doch jedes Mal hinunter ins

Wohnzimmer gegangen, saß noch einen Moment am Fenster, sah drüben die Nachtlichter von Fährholz, schloss die Jalousien, bettete mich aufs Sofa.

Dann kam der Dienstag (19.10.) ich fuhr nach Hause, setzte mich an meine Gutachten, abends rief Nadja an und fragte, ob wir uns nicht „Kukuschka" ansehen wollten. Ich sagte, ich säße gerade an einem irren Chaos von Zahlen und Tabellen, die allesamt schon längst hätten bewertet sein sollen.

Sie lachte und sagte, sie könne ja ihre Kamera aktivieren und vielleicht die Bluse ein wenig öffnen, ob mich das auf andere Gedanken bringen würde. Darauf ich mit möglichst trockener Computerstimme: „Bildempfang derzeit leider gestört, versuchen Sie es bitte später noch einmal."

Und dann wieder sie: Ich sei ja wohl selbst der größte Störfall. „Aber lass uns die Stimmung nicht verderben." Wir beschlossen, das kommende Wochenende zu nutzen für eine Reise auf der Havel, vier Tage, in meinem Boot.

Am Donnerstag begann die Reise. Wir sahen uns wieder, standen uns verlegen gegenüber, jeder für sich mit der Frage, ob wohl noch etwas vom Geburtstags-Gefühl vorhanden sei. Aber damit begannen die besten Wochen, die wir haben konnten. Die Reise auf der Havel. Das ist noch gar nicht lange her; fünf Monate erst, liegt aber schon im Glanz einer ahnungslosen Zeit, diese Tage auf dem Fluss und den Seen. Wir fuhren los bei windigem, teils regnerischem Wetter. Kein freundlicher Beginn. Wir kamen an Wüstrow vorbei, passierten die Schleuse, dann noch zwei Schleusen und kamen schließlich an die Havel, sahen den Fluss hinauf. Das Boot schaukelte, am Ufer bogen sich die Bäume unter dem Wind. Ein paar Möwen tauchten auf, stürzten sich ins Kielwasser. Davoud rief an, wünschte „schöne Reise". Ich richtete die Kamera auf den Fluss. „Sieht nach Regen aus", sagte er, "aber trotzdem: gute Reise."

Dann eine Siedlung von Waldarbeitern: ein paar Häuser, Wiesen, Gärten, ein Sägewerk, ein Kai. Dahinter kam für längere Zeit nichts mehr. Erst später dann ein merkwürdiges Grundstück: niedriges Gesträuch, ein paar Gebäude, eine Anlegestelle, dort ein fensterloses Häuschen mit einer Stahltür, dahinter eine breite Schneise, die in den Wald führte. Nadja fragte, was für ein Gelände das sei. – „Keine Ahnung." – „Und was sagt das Navi?" – „Keine Angabe." Da standen wir also in der Kabine, sahen in den Regen und fuhren an einem Ufer entlang, das noch ein kleines Geheimnis für sich behielt.

Nachmittags die Passage durch ein paar Seen. Nadja sagte, sie sei schon lange nicht mehr auf der Havel gewesen, und es mache sie auch jedes Mal ein wenig traurig, weil sie an den Jenissei denken müsse. So breit wie diese Seen und so still wie diese Wasserflächen ist auch der Jenissei – nicht der Jenissei bei Krasnojarsk, sondern der große Jenissei im Norden, wo sie ja nur einmal war, mit Mutter und Großmutter. Und nach einem kleinen Seufzer sagte sie, es wäre doch eine verrückte Sache, wenn man einfach nur in die Hand klatschen müsste, und schon wären wir auf dem Jenissei, irgendwie dorthin versetzt. Wie lange man denn wohl fahren würden, die ganz Strecke von Krasnojarsk bis ans Eismeer.

– „Eine Woche wohl mindestens."

Darauf Sie: „Stell dir vor, eine Woche einfach so weiterfahren, den ganzen Fluss hinunter, immer weiter, nur wie beide."

Einen Moment saß sie noch neben mir, sah auf die schimmernden Wasserflächen, schwieg in Erinnerung und Heimweh. Dann setzte sie ihren Kopfhörer auf, wiegte sich im Takt, sang gelegentlich mit, dachte nicht daran, dass ich die Musik nicht hören konnte, aber ihren etwas schiefen Begleitgesang. Manchmal reichte sie mir die Kopfhörer und sagte: „Hör mal, kennst du die?" Es war russischer Pop oder Schlager, immer etwas melodramatisch.

Bei verlangsamter Fahrt waren die Geräusche von Nadjas Kopfhörer noch deutlicher zu hören. Es hat mich nicht gestört, aber es passte nicht zusammen: der ruhige Fluss und die schrille Musik. Das Brummen des Motors gegen das Fiepen der Kopfhörer.

Mehrmals kam uns ein Ausflugsschiff entgegen, Leute standen an der Reling, winkten herüber, lustige Gesellschaft. Nadja winkte ebenfalls. Überhaupt: Mit jedem Boot oder Hausboot, das uns entgegenkam, ergab sich ein „Hallo" und „schönen Tag". Manchmal kam da ein reiner Männerclub, dann unweigerlich auch ein Gruß mit den Bierflaschen und das „Prost" (ist im Sommer noch schlimmer.) Nadja wollte dann auch mal ans Steuer, zog ein paar Kurven, drückte aufs Tempo und reckte die Faust in den Himmel.

Als ihr langweilig wurde, stieg sie in die Kajüte hinunter und begann, die Kochnische zu wischen, dann die Schränke, vielleicht ganz automatisch, vielleicht aber auch mit dem stillen Vorwurf: Das alles könnte ein bisschen ordentlicher sein. Schließlich brachte sie ein paar Brote herauf, „wollen wir was essen?" Wir aßen appetitlos und wussten nicht, worüber wir hätten re-

den können. Die sonst so gesprächige Nadja schwieg, und ich fand auch kein Thema, das unser Schweigen hätte überbrücken können.

Ausgerechnet über eine Ameise kamen wir dann doch ins Gespräch. Die Ameise lief hin und her, suchte eine Lücke in den Planken, kletterte ein Tau hinauf. Einen Moment überlegten wir: Wenn wir sie hier an Land aussetzen würden, würde sie alleine weiterleben? Würde sie ein anderes Ameisenvolk suchen oder meiden? Würde sie dort aufgenommen oder totgebissen? Und wie lange könnte sie hier auf dem Boot überleben? Ein paar Brotkrümel fallen doch immer ab. Aber kann sie schlafen außerhalb von einem Ameisenhaufen? Und braucht sie überhaupt so etwas wie Schlaf? Spürt sie so etwas wie Müdigkeit?

Die Havel bot auf diesem Abschnitt kaum eine Ablenkung: kein See, keine Nebenarme, keine Sandbänke; doch, vielleicht dort, dieser Punkt dort oben hätte ein Seeadler sein können, aber er war zu weit entfernt für einen Moment der Erhabenheit. Und mit einem Mal war auch für mich der Fluss ganz nüchtern und glanzlos geworden.

Nadja sah durchs Fernglas, wiegte den Kopf und sagte, so weit auf der Havel sei sie noch nie gewesen, und fragte nach einer Weile, ob ich mir Sorgen mache wegen meines Nachsorgetermins. – „Eigentlich nicht, es ist ja alles schon ein paar Jahre her, seitdem nur einmal ein Rezidiv." Wir sprachen über die erste Diagnose und den weiteren Verlauf, und fast war ich meinem kleinen Karzinom dankbar für ein interessantes Gesprächsthema. Dann wieder Schweigen und der Blick auf den Fluss.

Obwohl unten in der Kabine zwischen den beiden Pritschen der Esstisch stand, ergab sich abends wieder das Problem, mit Nadja in einem Raum schlafen zu müssen. Ich hatte gedacht: Das wird sich schon ergeben. Dann war sie mir aber doch zu nah. Jede Bewegung, jeder Atemzug, jedes Räuspern war zu hören. Am liebsten hätte ich das Atmen eingestellt. Unerträglich war auch der Gedanke, dass sie mich vielleicht beim Schlafen beobachten könnte. Und plötzlich überfiel mich das Gefühl: Das ist nichts für mich. Da lebt man auf engstem Raum und stellt fest: Es ist ein Fehler oder ist zumindest zu früh. So vertraut sind wir uns nicht, dass eine längere Reise erträglich wäre. Ich schlich an Deck, eingepackt in Mantel und Mütze, aber sie wurde wach, schaute heraus, legte mir die Hand auf die Schulter, saß einen Moment neben mir. Dann ging sie wieder in die Kajüte und sagte, ich solle nicht so viel trinken; und ich dachte: Das hätte sie jetzt nicht sagen müssen. –

Nachdem sich der Ärger gelegt hatte, saß ich noch eine Weile dort draußen, sah ins Wasser, versank in das Flüstern der Wellen und in den Klagegesang der Nachtvögel, und allmählich war dies wieder der alte, ruhige, geliebte Fluss.

Zweiter Tag, Freitag. Morgens saß ich noch an meinen Notizen, als sie wach wurde. Sie sah sich um und fragte, warum ich denn immer alles aufschreibe. – „Alte Gewohnheit, kleine Orientierungshilfe. Mein persönliches Navi: Wo bin ich? Wie bin ich hierhergekommen? Wohin treibt es mich?"

Zuerst schien es ein sonniger Tag zu werden, aber mittags zeigten sich schon wieder die Wolken. Dünne Regenschleier über den Wäldern am Ufer. Dann schwerer Regen. Ein dunkler See, weiße Schaumkronen, schwarzblauer Himmel. Eine Regenfront schoss übers Boot.

Wir standen in der Kabine und sahen hinaus, sahen dann die sogenannte „Einsiedelei" auftauchen. Vom Fluss her war wenig zu erkennen: Haus, Garten, Wiese, ein Holzstoß, ein Pfad, der am Ufer entlangführte. Niemand war zu sehen, aber die Wiese war gemäht worden, also wird wohl noch jemand dort wohnen oder gelegentlich vorbeikommen.

Nachmittags erreichten wir Wesenberg. Nach den langen Stunden auf dem Fluss standen wir zum ersten Mal wieder vor Cafés, Geschäften und einer Ampel. In den Straßen kurvten Autos. Frühes Abendessen, „gut bürgerlich", später noch eine Stunde im Ort. Wir besorgten Proviant für die nächsten Tage, gingen dann noch einmal zurück, weil wir Kerzen vergessen hatten. Zum ersten Mal gab es Kerzen am Bord. Ein bisschen Romantik. Abends fuhren wir auf den See hinaus. Es war nicht kalt, aber über dem ganzen See lag ein eisgrauer Himmel. Wir sahen ein paar Boote, Angler oder Segler, fuhren weiter, kamen allmählich in stille Gegenden, kreuzten leere Wasserflächen, über denen Möwen kreisten. Gelegentlich ein Zug von Kormoranen.

Wir hielten uns dann näher am Ufer, fuhren in eine Bucht, verankerten das Boot, saßen an Deck. Nadja hörte Musik, fragte, ob ich Wyssozki kenne (ja klar) und ob wir ihn mal laut stellen könnten, das Smartphone vielleicht ans Radio anschließen. An diesem Abend also Bordmusik. Der Wind hatte sich gelegt, der Regen verzogen, der See glänzte, ein fahler Mond stand über den Bäumen, und eine wütende Stimme sang traurige Lieder.

Ich blieb noch eine Weile wach, sah in der Ferne die Positionslichter anderer Boote und dachte, dass diese beiden Tage doch sehr unterschiedlich gewesen waren, anfangs das Gefühl „daraus wird wohl nichts". Und später der Eindruck: „Es entwickelt sich doch etwas, ganz langsam." Aber es war zu langsam, wie ich jetzt weiß. Es blieben uns nach dieser Reise nur noch ein paar Wochen.

Samstags, schon auf dem Rückweg, ein kurzer Abstecher zur ehemaligen russischen Militäranlage bei Wilhelmsfelde. Das Gelände war mit einem Zaun abgesperrt, der aber an vielen Stellen durchlöchert war. Hinweisschilder: Abrissarbeiten, Auftraggeber, beteiligte Baufirmen, Warnhinweise, Lebensgefahr und so weiter. Ein größerer Teil der Anlage war bereits abgerissen und abtransportiert. Links von der Anlegestelle lag eine weite Brache, überzogen von Birkensprösslingen. Weiter hinten standen ein paar Bagger, Kräne, Fahrzeuge. Niemand war zu sehen, es war ja Wochenende.

Hinter einem Waldstreifen standen noch ein paar ehemalige Wohngebäude, vermutlich Unterkünfte für Offiziere und ihre Familien. Gras wuchs auf den Straßen, ein verbogenes Fahrradgestell stand an einem Schuppen. Nadja sagte, sie habe ganz vergessen, die russische Armee war ja hier, jahrzehntelang. Und alles hier ist irgendwie sowjetisch. Woran sie es erkennt? Schwer zu sagen, alles gleichförmig, einfache Bauten, soweit man sie noch erkennen kann, immer vorbildlich geradeaus oder „links um". Man kann sich vorstellen, wie die Offiziere morgens mustergültig gekämmt ihren Dienst antraten. Aber all diese Wohnblöcke wirkten jetzt wie aufgerissen: Türen entfernt, Fenster eingeworfen, man betrat ein Foyer, Graffiti an den Wänden, Schimmel in den Ecken. Der Fußboden war übersät von Pfützen und Schutt. Laub war hereingeweht. Wir raschelten durch die Flure, sahen in die Apartments. Sie standen offen, waren leer: nackte Rohre, lose Kabel. Waschbecken und WCs hatte man zurückgelassen.

Eine Turnhalle: der Boden teils löchrig, teils aufgesprungen, ein Basketballkorb an der Stirnseite. An der Decke wucherten Feuchtigkeitsflecken. Das wäre die perfekte Bühne für einen Wyssozki gewesen. Und wohl auch die richtige Akustik.

Als wir hinausgingen, stießen wir auf zwei Wachmänner (schon im Rentenalter). Sie hatten das Boot kommen sehen und forderten uns auf, das Gelände zu verlassen, sagten das aber fast entschuldigend. Man konnte also mit ihnen reden. Wir unterhielten uns einen Moment, sie boten Zigaretten an, und zeigten zu ein paar Ruinen hinüber: das ehemalige Schwimmbad, eine Bäckerei und ein kleiner Laden. Ich fragte, ob ich ein paar Fotos machen könne. Dann begleiteten sie uns zur Anlegestelle.

Nachmittags (auf dem Rückweg) kamen wir an ein kleines Schilfmeer. Wir stoppten das Boot, standen am Bug, sahen über die Schilfflächen, die sich im Wind neigten, wieder aufrichteten, eine ewige Wellenbewegung. Seitlich ein paar Fahrrinnen, die irgendwo hinführten, manchmal ein paar Büsche oder Bäume inmitten einer großen Gleichförmigkeit. Dazu das Rauschen und Rascheln im Schilf, alles sehr entrückt, und wir beide ganz selbstvergessen in einer kleinen Umarmung. Abends dann wieder offene Seeflächen. In der Ferne das Blinken einiger Windräder.

Jetzt, nachdem wir das Militärgelände gesehen hatten, fand Nadja, es sei schade, das alles abzureißen, keine Spur zu hinterlassen, nichts, was zurückbleibt. Sie könnten doch abziehen und alles einem ehrlichen Verfall überlassen, noch Jahrzehnte vielleicht, bis der Rost alles zerfressen hat. Ein paar alte sowjetische Panzer halten noch Wache, und auch die Windräder dort drüben **werden** *noch weiterblinken, auch wenn der letzte Mensch schon längst verschwunden ist. Wir saßen da wie zwei Geister und fanden, diese Militäranlage wäre ein passender Ort, sich ganz allgemein an die Menschheit zu erinnern: wie mühselig ihre Geschichte begann, wie stolz sie ihrem Höhepunkt entgegenstrebte und wie das Ende war. Ausgerechnet Nadja, die Unverzagte, spielte mit dem Gedanken, in 100 oder 200 Jahren sei die Menschheit ausgestorben. Ich sagte, das wäre zwar traurig, aber doch immerhin auch ein bedeutender Vorgang.*

Am Sonntag waren wir nachmittags zurück, standen noch unten im Hof vor Nadjas Wagen, und sie fragte, ob es mir vielleicht lieber wäre, wenn sie über Nacht hierbliebe. Aber ich war schon zu nervös wegen der Untersuchungen am nächsten Morgen, und sie sagte: „Na ja, dann alles Gute."

Später sah ich drüben bei Nadja die Lichter angehen, an der Einfahrt, auf der Terrasse, dann auch im Haus. Ich hätte noch anrufen können, um mit einer kleinen Bemerkung die Missstimmung etwas aufzuhellen. Aber ich war zu angespannt und dachte: Ich will erst einmal den morgigen Tag überstehen, alles andere hat Zeit.

Der Nachsorge-Termin am nächsten Tag (Montag). Ich rief sie an und sagte, dass es doch ein Rezidiv gab. Ein Rezidiv nach so langer Zeit. Und noch ziemlich klein. „Alles noch beherrschbar", hatten die Ärzte gesagt. Vor zehn oder zwanzig Jahren hätte man es in diesem Stadium noch gar nicht entdeckt. Nadja sagte: „Zum Glück keine Metastasen."

Aber jetzt mussten wir auf eine OP warten, zwei Wochen, trübsinnige Zeit. Andererseits ein gutes Zeichen: Die Ärzte schätzten es nicht als Akutfall ein. Wir überlegten, was vorbereitet werden musste, und gerieten erstaunlich schnell in ganz pragmatische Überlegungen. Das war doch alles vor ein paar Tagen noch undenkbar gewesen: Bücher zusammentragen, Bademantel waschen, Zweitschlüssel für Briefkasten und Wohnung bei der Hausverwaltung abgeben, am besten direkt bei Herrn Friedrich. Und zwischendrin noch schnell zu den Voruntersuchungen.

Nadja schlug vor, mir ein paar Filme zu überspielen, vielleicht auch ein bisschen Musik. Mit einem Mal war sie ganz geschäftig, auch optimistisch, weil die Ärzte nur von einem kleinen Eingriff gesprochen hatten. Das machte mich aber nicht ruhiger, ich wollte es nicht hören, wollte nicht darüber reden, wollte allein sein, am besten in meiner Hütte, mitten in der großen Natur.

Nadja sagte, sie könne jeden Tag im Krankenhaus vorbeikommen, eher abends nach dem Unterricht, wenigstens kurz. Es sei doch vielleicht beruhigend zu wissen, dass jemand für mich da ist. Es war dann aber nicht beruhigend, eher lästig. Der OP-Tag begann mit der Zuweisung eines Zimmers. Kurze Begrüßung des Bettnachbarn: Roland. – Warum ist er hier? – „Nierensteine. Und was hast du?" – „Ein Blasenkarzinom." – „Ach, das ist ja auch nicht schön."

Dann Duschen und warten und warten. Schließlich die Beruhigungstablette und die Fahrt durch die Flure in den OP-Bereich, die Schleusen öffnen sich, Umbettung auf eine Trage, jemand beugt sich zu mir herunter, eine Kanüle wird gelegt, ein letztes Lächeln des Operateurs, dann tiefer Schlaf.

Nachmittags, als Nadja kam, war ich nur halbwach, und es war unangenehm, aus dem Dämmerzustand geweckt zu werden, ihre Hand zu spüren, reden zu müssen, Auskunft zu geben: nein, keine besonderen Schmerzen. Der Arzt kam. Es sei alles gut verlaufen, keine Komplikation, das Rezidiv sei höchstwahrscheinlich low grade. Aber das sagt uns endgültig erst der Befund, wird ein paar Tage dauern, aber keine Sorge. Ich nickte, es war jetzt nicht so wichtig. Aber Nadja ließ nicht locker und fragte nach allem, was wir schon aus dem Untersuchungsbericht wussten. Es war mir peinlich. Dann saß sie noch eine Weile an meinem Bett, war irgendwann gegangen, ich war wieder *eingeschlafen, hörte einen Wagen rollen, Besteck klimpern, Schritte durchs Zimmer. Der Nachbar sagte: "Vielen Dank."*

Abends sah er fern, sah ab und zu herüber. Als ich mich aufrichtete, schaltete er sein Display aus und sagte: „Na, alles überstanden?" Dann erwähnte er, meine Frau sei hier gewesen, ob ich mich erinnern könne. Ich wollte sagen, das sei nicht meine Frau gewesen, aber das war mir noch zu anstrengend.

Auch am zweiten Tag blieben unsere Gespräche knapp und kumpelhaft. Etwa so: „Wenn erst einmal die Schläuche gezogen sind, ist das Schlimmste überstanden." „Wir lassen uns doch nicht Bange machen." „Woran ich schon alles hätte tot gehen können." Ich hatte befürchtet, einen Bettnachbarn zu haben, der ständig redet: über Enkel, über Krankheiten, über den Sport. Aber dieser Patienten-Typus ist wohl ausgestorben. Mein Nachbar war erfreulich still und klickte stundenlang durchs Internet.

Ein Dahindämmern den ganzen Tag. Kaum für ein paar Minuten aufgewacht, war ich schon wieder eingeschlafen. Ansonsten war alles etwas hektisch: die Pfleger rein, raus: Fieber, Laborprobe, Tabletten, nächste Infusionsflasche, Abendbrot – Ach ja Abendbrot, zum Glück ist schon wieder ein Tag vorbei. Für heute war genug geschafft, ich versank wieder in meinen Dämmerzustand.

Dritter Tag. Bedeutungslos. – Nein, nicht ganz. Ich konnte aufstehen und mit Katheter und Schläuchen unter die Dusche gehen. Aber bald war der Rücken wieder verschwitzt, die Füße eiskalt, der Körper reglos. Es war eine Erleichterung, mich ein wenig drehen zu können. Das Gehirn verengte sich auf den Blick nach der Uhr. Meine Bewegungen verengten sich auf das Bett und den Nachttisch, drei Quadratmeter Lebensraum. Ich zog mich zurück, Decke über den Kopf, schlief wieder ein, träumte nichts, hoffte, dass Nadja nicht kommt oder anruft.

Aber dann saß sie doch wieder an meinem Bett, fragte, erzählte, berichtete von der Welt dort draußen: Andrej habe eine Prüfung bestanden, Isabell sei eine Woche im Harz gewesen, dort war in den oberen Lagen schon alles verschneit. – „Harz" und "erster Schnee" waren Lieblingsbegriffe meines früheren Lebens, jetzt waren sie nur noch Erinnerungen an eine Welt, die schon weit hinter mir lag. Meine Welt hieß: Fieber messen, Blutabnahme. „Immer noch keinen Appetit heute? Tablette für die Nacht? Können wir das Licht ausschalten?"

Vierter Tag: Roland ist entlassen worden, nachmittags wurde ein frisch operierter Mann ins Zimmer geschoben, schlief fast die ganze Zeit. Später kam Nadja, fragte nach dem Befund, fragte, ob die Verzögerung vielleicht ein schlechtes Zeichen sei (nein, aber gestern war Wochenende). Dann fragte sie, ob sie mir das Gesicht waschen solle, ob ich etwas trinken möchte, ob mir nicht zu warm sei. Der Nachbar schlief noch immer, trotzdem fühlte ich mich belauscht. Am liebsten hätte ich Nadja gesagt, dass ich wohl am Mittwoch entlassen werde, vorher brauche sie nicht mehr kommen.

Als sie gegangen war, habe ich mich an die Bettkante gesetzt, habe hinausgesehen; sah einen Baumwipfel und dahinter die Abendlichter der gegenüberliegenden Station. In den ganzen Monaten, seit wir uns kannten, hatte ich nie so sehr das Gefühl gehabt, dass uns nichts verbindet.

(Späte Einsicht: Jetzt sitze ich meinerseits an ihrem Bett, ratlos vor dieser in ihre Krankheit eingeschlossenen Frau, habe das Bedürfnis, etwas zu tun, einen Kontakt herzustellen, etwas zu sagen, ihr eine Reaktion zu entlocken, und vielleicht ist ihr das jetzt genauso lästig wie mir vor ein paar Monaten. Auch meine Fragen an die Ärzte sind kaum anders als damals ihre Fragen – oder doch: ich frage resigniert; Nadja hat um Auskünfte gekämpft).

Nachts. An der Decke spiegelten sich die Lichter des Parkdecks, ab und zu gekreuzt von den Scheinwerfern eines Wagens. Eine Krankenschwester sah herein, ging ein paar Schritte bis zum Bettnachbarn, schlich wieder hinaus, vielleicht schon zum dritten oder fünften Mal in dieser Nacht, irgendwie zeitlos, als ob es niemals mehr Morgen werden würde.

Fünfter Tag: Nachmittags kann mein Katheter gezogen werden. Eine Schwester schlägt die Bettdecke zurück, stellt ihr Schälchen ab, macht sich an den Schläuchen und Ventilen zu schaffen, hantiert dort unten in meinem intimsten Bereich mit einer Gleichgültigkeit, mit der sie auch Fußnägel schneiden würde. Und ich, wenn ich richtig wach wäre, könnte nebenbei ganz unbeteiligt Zeitung lesen. Der Nachbar (Gerhard) telefoniert unterdessen mit jemandem, der ihm die Wohnung renovieren soll oder schon renoviert hat. Es geht um Heizungsrohre, Kosten, Rechnungsarten.

Später das Stirnrunzeln einer Schwester, weil ich noch kein Wasser gelassen hatte, der Messbecher war noch leer. Das sollte jetzt aber bald klappen, sonst könne ich morgen nicht entlassen werden. Nach einer Stunde sah *sie wieder herein, verstärkte ihr Stirnrunzeln, schickte mich ins WC, ging zum Waschbecken hinüber, drehte den Hahn auf, erzeugte ein mächtiges Wasserrauschen, und siehe da: es klappte (80 ml fürs Erste). – Gerhard gratulierte, morgige Entlassung gesichert.*

Nach dem Krankenhaus war Nadja ein paar Tage bei mir. Es war mir jetzt nicht mehr unangenehm. Ich konnte schlafen, dann gingen wir eine Weile zur Bucht hinunter. Als wir zurückkamen, sagte sie, sie werde etwas kochen, auch wenn ich noch keinen Hunger habe. – Aber doch, ich hatte Hunger. Ich hatte Durst, hatte einen wachen Kopf und interessierte mich wieder für den Schnee im Harz und den Krieg in Europa. Die Krankenhaus-Dämmerung war abgelegt. Wir waren beide wieder in ein und derselben Welt. Das war fünf Wochen vor ihrem Unglückstag, genau 32 Tage sind uns noch geblieben. Dann war Nadja wieder mit ihrem Unterricht beschäftigt, ich habe mich um meine Gutachten gekümmert und um die Nachsorge, und ich dachte: Bald sind Weihnachtsferien, dann sehen wir weiter.

Wir haben noch ein paar Spaziergänge gemacht und haben über eine Russlandreise gesprochen, nächsten Sommer, eine Fahrt auf dem Jenissei, vielleicht wenn möglich ganz hinunter bis Dudinka. Für einen kurzen Moment war eine Zukunft zu spüren. Aber damit war auch schon alles zu Ende. Das war unsere Geschichte. Begonnen im September mit einer Obstschale auf dem Markt von Wüstrow, dann die Hearings, ein paar Ausflüge, ja, die Havel und schließlich mein Krankenbett. Und jetzt liegt sie selbst im Krankenbett. Zukunft ungewiss.

26.3. Es war beinahe eine Mutprobe, heute wieder hinzufahren, sie noch einmal zu sehen. Sie lag nicht mehr in diesem separaten Zimmer, sondern wieder auf der Intensivstation und wieder an Schläuchen und Kabeln, hatte die Augen geöffnet, konnte auch selbstständig atmen, schien mich zu erkennen. Ich konnte ihre Hand halten, konnte aber nichts sagen, konnte sie eigentlich auch nicht ansehen. Von ihrer Hand ging mein Blick die Bettdecke hinunter ans Fußende, wo ihr Namensschild angebracht war. Gefühl großer Leere. Dazu aber ganz unpassend das Lachen auf den Fluren. Schwestern und Pfleger schienen bester Laune zu sein. Man hörte pausenlos Gelächter. Je trostloser die Schicksale auf der Station, desto hartnäckiger ist offenbar das Lachen auf den Fluren. Aber ich kann ja nicht verlangen, dass sie alle den ganzen Tag mit Leidensmienen herumlaufen.

Als ich Nadjas Hand aufs Bett zurücklegte, drehte sie das Gesicht ein wenig herüber, als wolle sie etwas sagen, eher vorwurfsvoll. Fast hatte ich den Eindruck, dass sie mich verflucht, weil ich dies alles zulasse, nichts unternehme, oder weil ich unsere Zeit vertan habe: Wir haben nur so wenig Zeit gehabt, und du hast sie nicht genutzt.

Blick in den Nachthimmel auf die Sterne und Planeten, die erst nach 20 oder 200 Jahren wieder in derselben Konstellation stehen. Immerhin: Sie kommen sich irgendwann wieder näher. Für Nadja und mich gab es nur einmal eine günstige Konstellation.

27.3. Unklare Träume. Ich stehe am oberen Ende einer Leiter, hoch über ein Lagerhaus hinausragend, schon frei in der Luft zwischen den Vögeln. Die Welt dort unten ist winzig und so leise. Ich sehe mich um, und die Leiter beginnt zu rutschen, dann zu kippen. Ich greife nach einem Halt und greife ins Leere.

Jeden Morgen beim Aufwachen: Angst, blinde Angst. Es ist kein Gefühl, es ist ein Schmerz, der in der Brust entsteht und auf die Lungen drückt. Es verbindet sich kein ängstlicher Gedanke damit („hoffen wir dass ...", oder: „es darf auf keinen Fall..."). Es verbindet sich auch kein Bild, keine Vorstellung, mit dieser Angst. Mitten auf die Brust drückt einfach nur ein stumpfer Block, der das Atmen stocken lässt. Ich weiß, es muss mit Nadja zusammenhängen und mit dem Krebs und jetzt auch noch mit dem Krieg. Aber den Zusammenhang spüre ich nicht.

30.3. Nadjas Zustand weiterhin stabil, aber das heißt auch: unverändert. Ich fahre jetzt seltener zu ihr. Sie ist auf gewisse Weise also doch gestorben. Und wenn ich dort bin, sitze ich an ihrem Bett, kann nicht mit ihr reden, rücke ihr Kissen zurecht, sehe hinaus, vermisse die Zeit, in der ich ihr erzählen konnte und sie wenigstens genickt hat. Allein schon das „u" von „du" wäre jetzt ein Hoffnungszeichen.

Traum: Ich sehe Frau Ohlsen eine Straße entlangfahren, anhalten, aussteigen, langsam und vorsichtig weitergehen. Dann bückt sie sich und trägt ein totes Reh von der Fahrbahn.

2.4. Nadja liegt da, jetzt wieder ganz unbewegt. Die Augen leicht geöffnet, aber sie verfolgen nichts. Das ist nicht Nadja, ich kann sie nicht erreichen. Inzwischen liegt sie wieder in einem Zweibettzimmer, die meisten Kabel und Schläuche sind entfernt. Eine Therapeutin saß heute an ihrem Bett. Nadja starrte angestrengt auf deren Hand. Die Therapeutin fand, man spüre, dass sich die Reaktionen wieder verbessert haben. Aber so weit waren wir doch schon einmal, schon Mitte Januar. Alles beginnt wieder von vorn. Diesmal aber pessimistischer. Kommt mir ziemlich sinnlos vor.

Mir fällt ein, was die Ärzte sagten: Man wisse nicht, ob sie ein Gedächtnis haben wird, ob sie sich an irgendetwas wird erinnern können. So, wie sie jetzt daliegt, ist sie ein rein gegenwärtiges Wesen, ein gegenwärtiges Häufchen Elend. Von ihrer Geschichte ganz und gar getrennt. Die liegt mit all den Fotos ausgelagert in der gesperrten Cloud.

Und jetzt, wo sich alles ein wenig stabilisiert, denke ich an ihr Gesicht, letzten Montag, den vorwurfsvollen Blick. Schwer zu vergessen. Es ist unmöglich, mich gegen den Eindruck zu wehren, sie habe etwas sagen wollen: Dass wir unsere Zeit nicht genutzt haben. Oder die bittere Einsicht, in unserem Alter kann man sich nicht beeilen. Je weniger Zeit bleibt, desto weniger kann man sich beeilen. Und dann ein Blick wie die Aufforderung: „Aber jetzt könnt ihr mich in Ruhe sterben lassen. Kümmere dich darum!"

Nachmittags rief ich Davoud an. Er glaubt, dass es für Nadja bald wieder aufwärts geht. So elend wie sie jetzt daliegt, wird es nicht bleiben. – „Aber wenn sie vielleicht gar nicht mehr leben will?" – Darauf er: Im Moment sei noch nichts abzusehen, sie kann immerhin schon wieder selbstständig atmen, wird auch wieder essen können und vielleicht auch wieder manches verstehen oder wissen wollen. Ob es denn eine Patientenverfügung gebe? – Meines Wissens nicht. Wenn es eine Verfügung gäbe, hätte Andrej sie wohl schon erwähnt.

Später denke ich, wenn sie jetzt entscheiden könnte oder reden könnte, sie würde durchhalten, hoffen und warten. „Du weißt", hat sie einmal gesagt: „Nadja" ist die Kurzform von „Nadeschda", was „Hoffnung" bedeutet. Daran habe sie immer festgehalten, und es habe ihr geholfen. Es gab auch selten eine andere Option in ihrem Leben. Was sie sich vornahm, ging schief. Womit sie nicht gerechnet hätte, kam unversehens auf sie zu.

Eigentlich wollte sie Jura studieren, wie Dima, und wäre gern in Krasnojarsk geblieben. Aber dann hat sie es in Krasnojarsk nicht länger ausgehalten, nicht in der kleinen Wohnung mit Mutter und Großmutter und nicht in der Nähe von Dima und seiner neuen Freundin. Aus irgendwelchen Gründen (eine Art Kurzschluss?) beginnt sie, Englisch und Deutsch zu studieren in Nowosibirsk und wird immatrikuliert in eine Studiengruppe von zwölf Mädchen und zwei Jungs. In Jura oder Betriebswirtschaft sind die Geschlechterproportionen umgekehrt. Das sind die Erwartungen, die sich (um 1990) mit dem Studium verbinden: Die Jungs träumen vom Geld, die Mädchen vom Ausland. Für Nadja kommt vielleicht hinzu: Englisch ist die Sprache der Pop-Musik und der internationalen Literatur. (Und warum Nowosibirsk? Als sie mir davon erzählte, habe ich nicht gefragt. Es kam mir nicht ungewöhnlich vor – jetzt wundere ich mich aber doch ein wenig. Nowosibirsk war vielleicht die nächstgelegene Millionenstadt.)

Sie wird als „Budget-Studentin" immatrikuliert, hat also einen staatlich finanzierten Studienplatz. Auf einem Foto sieht man sie mit drei Studentinnen, mit denen sie ein Zimmer im Wohnheim teilt. Anfangs findet sie das noch lustig, aber im Laufe der nächsten Jahre wird die Lage prekär: die Uni hat kaum Geld und Personal für Reparaturen. Die Folge: baufällige Schränke, quietschende Metallbetten. In den Toiletten ist die Hälfte der Türen herausgebrochen oder nicht verschließbar. Die Gemeinschaftsküche bietet nur noch ein paar ruinierte Herdplatten für das Aufkochen der neuen Instantsuppen.

Gut, das sind die Fragen der Ausstattung. Aber schwer vorzustellen, wie das Zusammenleben war, auf so engem Raum. Praktisch keine Intimität. Alles ist in kleinem Kreis öffentlich: Wie nervös Nadja zu einer Prüfung geht oder mit welcher Miene sie zurückkommt, nachdem sie eine Nacht „auswärts" verbracht hat.

Eine glatte Durchsicht bis in tiefste Gefühlsschichten. Wie lange kann man die höfliche Fassade wahren, bis man platzt, weil irgendwer schon wieder mit Straßenschuhen durchs Zimmer geht oder die feuchte Wäsche zwischen den Betten aufhängt. Alles muss verhandelt werden, alles ist umstritten: wann abends das Licht ausgeschaltet wird, wann und wie oft das Zimmer gefegt wird, ob man in der Küche isst oder das Essen ins

Zimmer hereinbringt, während irgendwer dort schläft oder ein Referat schreibt.

Ich kenne Nadja als eine Frau, die ein ganzes Haus problemlos mit Leben erfüllt. Aber wie hat sie es damals im Wohnheim ausgehalten? Wahrscheinlich würde sie sagen: Das sei doch normal gewesen, „was denkst du denn, wer damals schon ein eigenes Zimmer hatte". – Ja klar, ich weiß, aber auf Nadja bezogen bleibt es trotzdem ein Rätsel.

Wie dem auch sei. Nadjas Schulzeit ist abgeschlossen, aber das Studium ist eigentlich nur die Fortsetzung der Schule unter anderen Bedingungen. Von „Schulklassen" ist nicht mehr die Rede, dafür aber von „Studiengruppen", was ziemlich genau dasselbe ist, wie gesagt: zwölf Mädchen, zwei Jungs. Mit ihnen wird sie fünf Studienjahre absolvieren auf harten Stühlen, an zerkratzten Tischen, und alles nach festem Stundenplan. Die englische Literatur: Doris Lessing, Sillitoe und Salinger kann man in der Bibliothek leihen, aber Unterrichtsbücher gibt es nicht. „Franny and Zooey" ist damals schon ein 30 Jahre alter Text, aber ungefähr das Neueste, was sich als kompletter Klassensatz ausleihen lässt, wenn auch zerlesen und zerfleddert.

Der Unterrichtsablauf: Die Studentinnen schreiben mit, was der Dozent (meist die Dozentin) diktiert: Doris Lessing, 1919 geboren, Hauptwerk: „Das goldene Notizbuch", komplex verwobene Erzählebenen, Plädoyer für engagierte und unabhängige Frauen. So lauten dann auch die Stichworte, die in den Prüfungen aufgesagt werden müssen.

Die Prüfungsvorbereitung: In ihrer Studiengruppe entwickelt sich ein Kreis von vier oder fünf Freundinnen. Sie alle sollten die im Seminar besprochenen Bücher gelesen haben. Jede von ihnen hat aber nur eines oder zwei gelesen, jetzt tauschen sie sich aus: Personen, Handlung, Aussage. Sie lernen eigentlich nur am Vorabend einer Prüfung, und sie lernen auswendig. Die Dozenten nehmen es ja selbst nicht so genau. Und notfalls gibt es noch das System „Rock, Strumpfhose und Spickzettel".

Nadja studiert in einer Zeit, in der sich die Wirtschaftskrise zuspitzt. Die Inflation galoppiert, es werden Lebensmittelkarten ausgegeben, zuerst auf Fleisch, später auf fast alle Lebensmittel. Die Gehälter staatlicher Angestellter werden gekürzt und oft nur mit Verzögerung ausgezahlt. Neben den offiziell 40 Arbeitsstunden am Institut beginnen Dozenten, mehr und mehr in Nebenjobs zu arbeiten: Juristen verfassen Gutachten, Ökonomen schulen die neuen Betriebsleiter, Englischlehrer übersetzen Gebrauchsanweisungen für importierte Produkte oder Geschäftskorrespondenz mit dem Ausland. Einen Doktor- oder Professoren-Titel zu haben, ist der Schlüssel zum Nebenverdienst.

Den älteren Dozentinnen, die sich solchen Herausforderungen nicht gewachsen fühlen, bleibt zur Versorgung noch der Garten vor der Stadt – und meist auch ein paar Studenten, die mit Gartenarbeiten ihre Zensuren ein wenig aufbessern. Das würde niemand so sagen, vielleicht nicht einmal denken, es ergibt sich einfach so. Und für die Freundinnen ist es eher ein Spaß: ein bisschen Natur, ein bisschen Arbeit, Unkraut jäten, Apfelbäume beschneiden, Kartoffeln stecken oder ernten, abends Schaschlik und Lieder und ein paar Fotos. Die Mädchen singen noch immer aus Herzenslust, nichts Besonderes, einfache Volkslieder am Lagerfeuer. Nadja empfand es als die besten Jahre ihres Lebens. Sie sagte, sie habe niemals das Gefühl gehabt, ausgenutzt zu werden – eher umgekehrt: Mit ein wenig Gartenarbeit hat man die eine oder andere Dozentin ein wenig ausgenutzt. Und die Dozentinnen, die der älteren Generation, haben noch eine Weile von Sowjet-Mädchen träumen können und von den alten Liedern.

Ähnlich pragmatisch, aber wenig sozialistisch, entwickelt sich die Einstellung zu den Männern. Der Freund wird jetzt „lover" genannt und lässt sich für allerlei Dienste einspannen. Von ihren Lovern lassen die Freundinnen sich Tonkassetten besorgen oder zur Uni fahren. Sie nehmen nicht die überfüllten Busse, sie kommen vorgefahren und zwar lautstark mit Musik.

Ein Foto aus dieser Zeit: der dunkle Hinterhof eines Industriegebietes. Stillgelegte Werkhallen, eine von ihnen ist in eine Disco verwandelt worden. Das Foto zeigt eine Gruppe von Jugendlichen, die den Eingang umlagern. Sie stehen im Schnee und rauchen. Dunstschwaden steigen aus einer Heizungsanlage. Ein Polizeiwagen steht am Rande, im Scheinwerferlicht leuchten ein paar Mädchenbeine.

Und in den Discos dann die gleiche Direktheit: Umstandslose Anmache, direkte Abfuhr oder ein wenig herablassend ein Flirt und gegebenenfalls auch mehr, falls derzeit kein Lover vorhanden. Was Nadja erzählte, klang ziemlich selbstbewusst; etwa so: „Junge Schönheit" lässt sich von den Männern Getränke spendieren, lässt sich auf der Tanzfläche auch mal bedrängen und begrapschen. Sie genießt das Gefühl, den einen oder anderen Boy um den Finger wickeln zu können. Und falls mal einer frech kommt, sind ja die Freundinnen in der Nähe.

Wichtiger als die Lover sind die Freundinnen, eine Gruppe, die zusammenhält. Im zweiten oder dritten Jahr erkrankt eine der Studentinnen an Leukämie, ist wochenlang im Krankenhaus, wird auf eine Isolierstation verlegt. Man kann sie nicht besuchen, kann aber telefonieren. Privattelefone gibt es noch kaum, erst recht keine Handys. In der gegenüberliegenden Krankenstation gibt es aber ein Münzgerät, dort stehen die Freundinnen an einer Fensterfront, telefonieren und winken mit einem Blumenstrauß zu Tanja hinüber.

Als Tanja aus dem Krankenhaus zurückkommt, hat sie den Anschluss verloren, hat auch die Lebenslust verloren. Die Freundinnen helfen ihr auf die Beine, ziehen mit ihr durch die Stadt, die Parks, die Cafés, lernen mit ihr, helfen ihr, sich durch die Prüfungen zu schummeln. Nebenbei schlagen sie sich alle irgendwie durch: als Kellnerinnen, Verkäuferinnen, Schneiderinnen. Mit einem Nebenjob ist das Auskommen vorerst noch gesichert. Die Freundinnen bleiben eine unternehmungslustige Truppe.

Aber ein paar Monate später ist Tanja wieder im Krankenhaus. Es werden Stammzellspender gesucht, vor allem unter Tanjas Geschwistern und Verwandten. Die Untersuchung möglicher Spender muss Tanja allerdings selbst bezahlen; ein paar hundert Rubel für jeden einzelnen Test. Nadja weiß es nicht mehr so genau, jedenfalls eine große Summe. Die Freundinnen beginnen, Spenden zu sammeln. An der Fakultät hängen jetzt handgeschriebene Plakate mit Tanjas Foto und dem Hinweis auf ein Konto und eine Sammelbüchse, die im Sekretariat verwaltet werden. Dort stellt man ihnen auch die Adressen früherer Absolventen zur Verfügung, verschickt Spendenaufforderungen, der Dekan schlägt eine Benefizparty vor, spendiert die Getränke, der Verkaufserlös geht an Tanja. Es tut sich was.

Nach und nach kommen mehr Spenden zusammen als erwartet, aber unter den ersten Stammzellentests ist kein Treffer, und weitere Tests werden allmählich immer aussichtsloser. Mit Tanjas Beerdigung ist für Nadja das Studium innerlich abgeschlossen.

Ein letztes Studienjahr steht noch bevor. Öfter fährt sie jetzt nach Hause (Nowosibirsk – Krasnojarsk, 15 Stunden). Sie fährt sie mit der Bahn, hat Zeit genug, kann auf einer schmalen Liege schlafen, kann das Rattern

gut ertragen, weiß, wo man rauchen kann, auch wenn es eigentlich verboten ist. Sie sieht hinaus in die Wälder und Dörfer, stundenlang dieselben Eindrücke:
 Birkenwälder in klaren Winternächten.
 Bahnübergänge, geschlossene Schranken und weit und breit kein Auto.
 Über einer vereisten Steppe der ferne Lichtschein einer Stadt.
 Früh am Morgen ein erster Pendler auf einem Vorstadt-Bahnhof.

Ungefähr in dieser Zeit entdeckt sie Enigma. Es wird Frühling, in den ersten warmen Nächten sitzt sie in den Parks und startet ihren Walkman: „Good evening, this is the voice of Enigma ..." Ein Sound aus dem Weltall. Enigma ist Fernweh, Sehnsucht nach etwas Unbekanntem, ein Raumschiff im Universum, ein utopischer Ort. Von dort aus erhält auch der Alltag einen fernen Glanz: das Studium, die Märkte, die Wohnsiedlungen, alles irgendwie entrückt.

Im Juni (wahrscheinlich 1994) dann „последний звонок" – das „letzte Klingelzeichen" am Institut. Abschiedsreden und viele Fotos und dann die Party. Diesmal ist sie ganz froh, derzeit keinen Lover zu haben, den sie hätte mitbringen müssen. Mit einem Strauß roter Gerbera macht sie sich auf den Weg ins Berufsleben.

Hat sie noch Kontakt zu den Freundinnen dieser Zeit? Einmal erwähnte sie, manchmal im Netz recherchiert zu haben. Sie hat einige Namen gefunden, aber keinen Kontakt aufgenommen. Es war interessant zu sehen, was aus der einen oder anderen Freundin geworden ist. Oder anders: Es war ein heimliches Vergnügen, die Freundinnen beim Weiterleben zu beobachten, ohne dass sie es ahnen.

5.4. Es wird Sommer, Herr Brenner ist zurück. Ich hörte jemanden die Treppen heraufkommen, dann das Klimpern eines Schlüsselbundes im Flur. Als ich rausschaute, ergab sich ein kurzes Gespräch: „Winter gut überstanden?" – „Alles ok, und bei Ihnen?" Ich erzählte von Nadja, wir sprachen über den Verlauf der letzten Monate. Ich war erstaunt, wie sehr er doch nach Einzelheiten fragte.

Jetzt ist er also wieder da, ziemlich unverändert. Seit ich ihn kenne, ist er sich gleichgeblieben: immer Mitte siebzig, rüstig, mager, begeisterter Angler, ehemals Mitarbeiter der Wüstrower Fischereibetriebe.

Nach dem Rückzug der russischen Truppen findet man Leichen in den Vororten von Kiew. Die Toten liegen teils auf der Straße, teils eilig verscharrt in Massengräbern. Sind offenbar aus nächster Nähe erschossen worden. Es waren Zivilisten. Drastische Fotos.

Ed sagt dazu nur ganz lapidar: „Ja was habt ihr denn geglaubt, was da passiert?"; wobei ich nicht recht weiß, wen er mit „ihr" meint. Wahrscheinlich wir alle, die trotz Krim und Syrien und den ganzen politischen Mordanschlägen immer noch an das letztlich Gute geglaubt haben. Jetzt stehe ich da wie blamiert. Fühlt sich an wie eine gewaltige Lebenslüge. Diese Russland-Projekte, das waren neun Jahre. Jedes Jahr zwar nur ein paar Wochen, aber es war die aufregendste Arbeit meines Lebens. Einmal das Gefühl oder die Illusion gehabt, tatsächlich an etwas Bedeutendem teilzuhaben. Und das ist nun daraus geworden.

Aber deshalb fehlt Nadja mir jetzt umso mehr. Sie ist ja auch betroffen; uns beiden liegt Russland als Stein auf der Seele. Einmal, während die russischen Truppen an den ukrainischen Grenzen schon in Stellung gingen, sagte sie: „Das ist nur Bluff, die sind realistisch genug, keinen Krieg zu riskieren." Ich kann mich aber auch an einen Satz erinnern, der ungefähr so ging: „Die einzigen Reflexe, die sie haben, sind Gewalt oder Unterwürfigkeit gegenüber Gewalt."

7.4. Nadjas Freundinnen (Julia und Isabell) hatte ich gesagt, dass Krankenbesuche ab jetzt erwünscht wären – mit negativem Corona-Test. Vor allem an den Wochenenden solle Nadja ein wenig beschäftigt werden. Heute, als ich bei Nadja war, kam Julia mit einem Blumenstrauß ins Zimmer und näherte sich Nadja wie einem Gespenst. An Nadjas Sarg zu stehen, wäre ihr wohl leichter gefallen, als hier vor diesem Elend. Es muss tatsächlich ein entsetzlicher Anblick sein, diese reaktionslose, ganz und gar unerreichbare Nadja. Ich habe mich nur schon daran gewöhnt.

Dann hatte Julia sich gesetzt, wir saßen uns wortlos gegenüber, was die Szene noch bedrückender machte. Ich ging in die Stationsküche, um eine Blumenvase zu holen. Als ich zurückkam, sagte Julia: „Es ist eine traurige Geschichte, man kann nur hoffen." Ob sie mich irgendwie unterstützen könne. – Ja gerne, aber ich kann ja eigentlich auch nicht viel tun.

Butscha und die toten Zivilisten. Die Russen sagen: „Wir waren es nicht." Und sie machen sich lustig: „Da hat man ein paar Schauspieler auf die Straße gelegt und dramatische Todesszenen inszeniert." Dem widersprechen die Aussagen der Dorfbewohner; aber die könnten erpresst sein. – Und die Satellitenfotos? Die könnten rückdatiert sein. – Und die abgehörten Telefonate zwischen Soldaten und Kommandeuren? Sind mit Sicherheit gefälscht, also der plumpe Versuch, Russland zu provozieren. – Wenn das alles nicht so brutal wäre, könnte man staunen, wie wasserdicht solche Argumentationsketten sind. Hermetische Bunker.

Trotz allem und ganz unpassend: heute ein sonniger Abend. Ich fuhr zum Schwarzen Luch, setzte das Kanu ein, fuhr ins Fließ, weiter und weiter hinein, bis es sich in Kanäle und Inseln aufteilt. Das ist Urwald und ein Labyrinth von Rinnen und Seitengewässern. Baumruinen stecken irgendwo fest, Treibholz sammelt sich darum herum, versperrt den Weg. Dann noch einmal offene Flächen von Wasserpflanzen: Krebsscheren, Wasserlilien, Schlingpflanzen. Scharen von Wasservögeln erheben sich, während das Boot sich nähert. Zauberwelt und Zuflucht.

9.4. Noch eine Mail von Sinaida. Sie dankt für das Projektfoto, das meiner letzten Mail beigefügt war. Sie habe sich gefreut, ihr gehe es gut, aber ihr Sohn sei leider nach Georgien gegangen, sie vermisse ihn sehr. – Ich sehe im Internet nach: Etwa 50taused junge Russen sind in den letzten Monaten nach Georgien emigriert. Vor allem Blogger, Journalisten, Wissenschaftler, die wegen früherer oder aktueller Äußerungen Repressionen fürchten. Und wieder einmal fällt Sinaidas vorsichtige Formulierung auf. Ihr Sohn sei „leider" nach Georgien gegangen – das kann bedeuten, sie habe das nicht gutgeheißen, man kann ihr also keine Vorwürfe machen. Es könnte aber auch bedeuten, die Umstände seien leider so, dass er gehen musste.

Immerhin, ich sehe: Dieser Krieg hat zur Folge, dass ein paar alte Kontakte sich beleben. Jetzt erkenne ich Sinaida auch wieder: eher klein, sehr schlank oder mager, kurze Haare – links, mittlere Reihe auf unserem Projektfoto.

Abends. Ich klicke wieder durchs Internet und weiß nicht, wonach ich suche. Ablenkung, etwas, was interessant ist, mich aber nicht betrifft. Ich möchte einfach noch einmal einen schönen, ruhigen, zufriedenen Frühlingsabend erleben, einen leuchtenden Sonnenuntergang und dazu die Gewissheit: Ich habe mein Leben gelebt, meine Arbeit getan, und sie hat Früchte getragen.

10.4. Und noch eine Fluchtgeschichte: Als ich heute über den Hof ging, sah ich Herrn Friedrich und eine unbekannte Person im Hauptgebäude arbeiten. Im Erdgeschoss waren die Fenster geöffnet, drinnen wurde ein Schrank aufgestellt. Herr Friedrich winkte mich heran und sagte, sieben Ukrainer sollten hier untergebracht werden, eine Familie mit fünf Kindern. Sie kommen heute Abend, „und das sagt man mir erst heute!" Vorher sei aber noch 'ne Menge zu tun: Lampen anschließen, Matratzen auslegen, und ob ich vielleicht überflüssiges Geschirr oder Besteck habe – oder vielleicht Bettwäsche. Ich versprach nachmittags einiges herunter zu bringen.

Nachmittags ging ich runter mit ein paar Tellern, Tassen usw. Ich stand dann in dieser etwas dunklen Wohnung (grauer Tag heute), immerhin drei Zimmer, plus Abstellkammer. Frau Körner war inzwischen auch gekommen mit Staubsauger und Wischlappen. Frage: Ich könne doch ein bisschen Russisch, ob ich nicht hierbleiben wolle, bis sie kommen. Man weiß ja gar nicht, was man da sagen soll. Wir rückten noch einiges zurecht, darunter einen alten Kühlschrank. Aber es blieb noch ein kleines Problem: Bisher hat nur eines der Zimmer Vorhänge. „Aber ich kann ja schließlich nicht zaubern." (Herr Friedrich)

Dann war alles getan, was wir tun konnten. Wir saßen da, Herr Friedrich stand bald wieder auf, prüfte noch einmal die Heizung, „wird einfach nicht richtig warm hier unten". Schließlich rief jemand an, man sei unterwegs, habe aber offenbar die Abzweigung verpasst.

Ein paar Minuten später dann zuerst ein Lieferwagen, dahinter ein alter Passat mit ukrainischem Kennzeichen, ein paar Leute stiegen aus, die Kinder hielten sich zurück. Ich sagte (auf Russisch) „guten Tag und willkommen". Händeschütteln, dann die Namen: Frau Körner, Herr Friedrich und ich. Von ihren Namen konnte ich mir nur Anatole merken, der Familienvater, Sonja seine Frau, und Jury, einer der Söhne. Der Fahrer des Lieferwagens machte ein Foto: Wir alle, die Ukrainer und die Deutschen, vor dem Hauseingang. Es folgte kartonweise der Einzug: Lebensmittel,

Kleider, Spielzeug, Decken usw. Jeder trug etwas herein, stellte es irgendwo ab, und schon war der Überblick verloren.

Die Familie kommt aus der Nähe von Odessa, war bisher notdürftig in Berlin untergebracht, wird jetzt betreut vom Flüchtlingskreis Wüstrow, freiwillige Helfer. Es wäre aber schön, wenn wir auch ein bisschen nach ihnen sehen könnten (sagte der Fahrer des Lieferwagens). Morgen werden noch ein paar Möbel gebracht, Stühle, ein Küchenregal, zwei Kindersitze usw. Es ist noch einiges zu tun. Was auffiel: Sie bewegen sich relativ selbstsicher in dieser Situation, Sonja zum Beispiel: Sie ging zu Frau Körner, deutete auf eine Tüte, sprach ins Smartphone und eine digitale Stimme fragte: „Der Müll, wohin kann der Müll?" Frau Körner war schwer beeindruckt – ich ehrlich gesagt auch.

Dann sahen wir noch einmal in die Wohnung, überall Kartons, stapelweise Kekspackungen auf dem Tisch und ein Kartoffelsack auf dem Herd. Frage, ob aktuell noch etwas zu tun sei, morgen, wie gesagt, gibt es weitere Möbel. Anatole schüttelte noch einmal unsere Hände und sagte „danke, danke" (auf Deutsch).

Im Hausflur dann Herr Friedrich: „Na die sind ja ganz nett. Aber mehr sollten es nicht werden."

12.4. Vormittags kam Herr Friedrich mit Anatole und bat mich um Vermittlung: Der Gemeindeverwaltung sollten die Scans aller Pässe der Ukrainer geschickt werden. Das Übersetzen ging einen Moment hin und her, weil nur Anatole und Sonja Pässe haben, von den Kindern gibt es nur Geburtsurkunden. – „Gut, dann nehmen wir die." Da standen sie dann alle um meinen Schreibtisch herum, während der Scanner lief.

Anschließend fragte Sonja, ob sie für eine Stunde mein Bügeleisen haben könne – „Ja, mein Bügeleisen, wo ist mein Bügeleisen?" Als ich es dann gefunden hatte, musste Sonja sich doppelt wundern. Erstens ist es ein ziemlich altes Ding, sagen wir: Baujahr 1980, und zweitens sagte ich, sie könne es behalten, ich brauche es ja offensichtlich nie. Daraufhin sah sie mich an wie einen Obdachlosen. Meinerseits dann eine schnelle Überleitung zur Frage nach Sonjas und Anatoles Eltern. Leben sie noch? Sind sie in der Ukraine geblieben? – Ja, sie leben noch, wollten aber nicht weg. Aber die Kinder sollten raus aus dem Krieg.

Eine andere Frage, die ich nicht gestellt habe: Männern unter 60 Jahren ist doch die Ausreise aus der Ukraine untersagt, Anatole ist aber höchstens 40 Jahre alt. Später denke ich: Vielleicht als Vater von fünf Kindern hat man ihn ausreisen lassen.

Abends mit Kostja den Uferweg entlang. Bei Windstille ist die Bucht in den Randbereichen vollkommen glatt und schwarz. Nur dort, wo ein paar Pflanzenspitzen aus dem Wasser herauf ragen, bricht sich das Licht der späten Sonne.

13.4. Ein Glückstag: Nadjas Schluckreflexe funktionieren wieder. Bald keine künstliche Ernährung mehr. Sie wird in den nächsten Tagen auf leichte Kost umgestellt, muss aber gefüttert werden. – Heute also mal wieder Glücksstimmung – aber wahrscheinlich bin ich bald wieder in Depression und dann wieder tagelang, wochenlang versteinert, sprachlos, emotionslos, leer.

Heute aber Optimismus. Nach dem Krankenhaus ein Treffen mit Anita. Nähe Alexanderplatz. Sie kam in hellem Frühlingslook. Es war entspannt, abgeklärt, keine gegenseitigen Vorwürfe, keine Vergangenheit. Nur einmal eine kleine Stichelei: Was ich von Nadja erzähle, klinge so, als wolle ich sie retten, weil ich damals Russland nicht habe retten können. „Du machst sie zum Objekt deiner Russland-Nostalgie." – Ich sagte: „So ein Quatsch. Ich mag sie eben, reicht das nicht?"

Daraufhin Anita: „Ist ja selten, dass man von dir mal so einen klaren Satz hört." (Ja, ich weiß, das alte Thema.)

14.4. Passfotos für die ukrainische Familie (ein Freund von Herrn Friedrich macht sie uns kostenlos). Wir fuhren in zwei Autos nach Wüstrow, die Familie, Herr Friedrich und ich. Die Familie habe sich schon ganz gut eingelebt, sagte Herr Friedrich, sei im Dorf auch willkommen, Frau Mehnert sei mit ihrer Tochter gekommen, habe Spielsachen gebracht, vielleicht entwickle sich eine Freundschaft. Aber andererseits: Da kommt noch was auf uns zu: Ausländerbehörde, Sozialamt, Schulbehörde, die sind doch fast alle schulpflichtig.

17.4. Swetlana schickt wie jedes Jahr ihre Ostergrüße, dazu ein Blümchenfoto und ein Heiligenbild. Bisher fügte sie noch jedes Jahr ein paar persönliche Anmerkungen hinzu (das Leben ist schwerer geworden, die

Rente reicht nicht, Corona Infektion ist überstanden). Aber dieses Jahr folgt nur ganz knapp die Bitte: „Lass mal von dir hören." Diesmal also keine Klagen über die Mühe ihres Lebens, vor allem nicht über den Krieg, vorsichtshalber. Aber für „Gottes Segen" reicht es noch.

Spät am Abend: grauer Mond, graue Regenfronten, schimmernde Wasserflächen und mitten in der Bucht ein Partyschiff in strahlendem Licht. Von fern zu hören: Musik, dann eine Ansage über Lautsprecher, Applaus, dann wieder Musik. Das ist also auch möglich. Es gibt auch jetzt noch – und es gibt hier draußen noch ein buntes, lautes, leichtes Leben.

Nachts dann wieder die Zeitschaltuhr und die Lichter in Nadjas Haus. Diese Lichter, die uns für kurze Zeit verbunden haben. Manchmal, wenn ich nach Hause kam, sah ich hinüber, ob dort ein Licht brannte, gab ein kurzes Signal, wartete auf das Signal von drüben, setzte mich an den Schreibtisch und dachte: Es ist ganz unklar, was daraus werden soll. Aber selbst wenn es nur ein Austausch von Lichtzeichen bleiben würde, wäre es immerhin noch ein hinreichend geborgener Lebensabend. – Es kam dann aber doch ein wenig anders.

19.4. Vormittags ein kurzer Spaziergang. Windiges Regenwetter. Trotzdem sehe ich Herrn Brenner draußen in seinem Boot beim Angeln.

Dichter Regen auch auf dem Weg ins Krankenhaus. Habe Nadja die Obstschale mitgebracht, die sie mir letzten September verkauft hat. Ich dachte, diese Schale hat sie selbst gemacht, vielleicht kann sie sich erinnern, vielleicht hat sie in ihren Händen noch irgendein Gedächtnis dafür. Eine Weile lag die Schale vor ihr auf dem Bett, sie konnte sie berühren, aber nicht festhalten, hat mich mutlos angesehen.

Ihre Bettnachbarin verfolgte den Vorgang interessiert, vielleicht auch mitfühlend. Ich habe den Versuch bald abgebrochen, saß noch einen Moment neben ihr, hielt ihre Hand, sah die Blumen, die Andrej gebracht hatte, goss ein wenig Wasser nach, war froh, etwas tun zu können.

Die Ärztin (Dr. Alishan) bestätigte, was ich schon wusste: Es gebe Momente, in denen Nadja zu reden beginne. Man habe ihr einige Bilder von Autos, Fahrrädern, Schiffen usw. gezeigt, um zu testen, ob sie diese erkennen und benennen kann. Soweit sei es noch nicht ganz, könnte aber bald der Fall sein, sie beginne jedenfalls zu artikulieren, allerdings in unklaren Lauten.

Abends: Die Hoflichter spiegeln sich an der Wand im Arbeitszimmer. Normalerweise ist es ein gleichbleibendes Schimmern, das durch die Jalousien dringt. Heute, in dieser stürmischen Nacht, wird daraus ein flackerndes Licht, von den Bäumen gebrochen, die der Wind durchwühlt.

22.4. Vormittags Davoud. Es klingelte, ich öffnete die Tür, er klopfte sich den Regen von der Jacke, und wieder einmal musste ich staunen, dass er, ein an Hitze gewohnter Mann, ausgerechnet hierher in den Norden gekommen ist. Davoud ist damals alleine nach Deutschland gekommen, seine Frau war schon 2012 gestorben. Ursache: nicht der Krieg, sondern der Krebs. Und die beiden Söhne hatten schon eigene Familien, lebten in Kuwait. Warum er nicht auch nach Kuwait gegangen ist? – „Ach, lassen wir das Thema."

Als ich ihm von den Ukrainern erzählte, fragte er: „Sind sie eigentlich geimpft? Ist doch nicht sonderlich wahrscheinlich."
– „Habe nicht gefragt."

Davoud: Dann müsse ich eigentlich jeden Kontakt vermeiden, erstens meinetwegen, mitten in den Therapien, aber vor allem wegen Nadja, „was glaubst du, was da passieren kann?"
– „Gut, ich werde sie mal nach Impfungen fragen."

Später standen wir draußen vor Davouds Wagen, er mit schwerem Atem auf die geöffnete Tür gestützt: „Und vergiss nicht, am 29. deinen Nachsorgetermin."
– „Den vergesse ich garantiert nicht."

Nachmittags Krankenhaus. Ein Pfleger sagte: Man merkt, wenn Nadja schlafen will. – Woran? Man merkt es einfach, sie wird unruhig, will aus dem Rollstuhl heraus, will liegen, will schlafen.

Später dann das Warten im Ärztezimmer, angenehm weiche Stühle, ein heller Tisch, kein Staubkörnchen, alles poliert. Ein Bildschirm, eine Tastatur, eine Pflanze. Für einen Moment wurde es im Nebenzimmer etwas lauter, eine Männerstimme sagte: „Aber die Diagnose ist doch nicht schlecht, derzeit keine neuen Metastasen." Das war allerdings nicht mitfühlend gesagt, sondern im gereizten Ton von „beruhigen Sie sich, beruhigen Sie sich doch endlich". Was folgte, waren Gemurmel, dann Stühlerücken, jemand verließ den Raum, kam aber nicht zu mir herüber. Ich wartete also weiter. Auf dem Tisch vor mir lag ein Formblatt, Nadjas Personaldaten: Name, Vorname, Mädchenname.

Wir haben selten darüber gesprochen, dass sie verheiratet war, mit einem Roger Bertram, Informatiker, IT-Security. Sie haben sich in Berlin kennengelernt, haben einen Sohn bekommen, haben später das Haus in BB gebaut, in 2015 hat Nadja Deutsch- und Integrationskurse in Wüstrow übernommen, seit 2019 ist sie Witwe. Wenn sie über Roger gesprochen hat, dann eher respekt- als liebevoll. Oder vielleicht hat sie mit mir nicht über ihn reden wollen, so vertraut waren wir uns noch nicht. Und meinerseits nach diesem Roger zu fragen, wäre mir etwas indiskret vorgekommen – im Gegensatz zu Fragen nach Dima zum Beispiel. Dima war Vergangenheit, war eine fern vergessene Welt ohne Anspruch auf Diskretion. Aber Roger ist ja fast noch Gegenwart, ist in den Erinnerungen noch nicht zur Ruhe gekommen und ist atmosphärisch noch in Nadjas Haus vorhanden: der geometrische Zuschnitt der Räumlichkeiten wirkt streng, und die Räume mit den großflächigen Fenstern wirken sehr ungeschützt. Es ist noch immer ein fremder Geschmack im Haus; aber das habe ich ignoriert.

Und was sagte der Arzt? Er war zufrieden, sprach mal wieder von einer Verbesserung. Der Therapieplan sollte noch ein wenig umgestellt werden, und der Magenzugang muss eventuell verlegt werden.
– „Aber die Schluckreflexe funktionieren doch wieder."
– „Das heißt aber noch lange nicht, dass sie tatsächlich schon wieder richtig schlucken kann."
– „Wird sie denn jemals wieder selbstständig essen können?"
– „Na daran arbeiten wir doch!"
(Ach, Entschuldigung.) – Sie nennen es Fortschritt. Ja gut, aber Fortschritt auf einem deprimierend niedrigen Niveau. Ich kann mir kaum vorstellen, dass Nadja irgendwann noch einmal ein Wort sagen wird, einen Wunsch äußern, ein paar Schritte gehen.

23.4. Die Ukrainer sind nicht geimpft, würden sich auch nur ungern impfen lassen. In der Ukraine sind angeblich viele Menschen an der Impfung gestorben. – Ich versuchte Anatole klar zu machen, dass meines Wissens in Deutschland niemand an einer Impfung gestorben ist. Außerdem würden sie ohne Impfung wohl auf einige Schwierigkeiten stoßen, z.B. die Kinder in der Schule. Als ich erwähnte, krank zu sein und den Kontakt reduzieren müsse, sah Anatole mich misstrauisch an, so etwa wie: „Wir sind also doch nicht so ganz willkommen." Oder anders: Ich vermute, dass er vermutet, ich habe ganz andere Motive als eine Krankheit. Aber eine so verzwickte Konstellation lässt sich mit einem Smartphone-Translator nicht besprechen. Ich fürchte, die Stimmung ist momentan verdorben.

Was über Nadjas Studium noch zu sagen wäre: Einmal ist sie mit ihrer Studiengruppe in England gewesen, in Liverpool. Das müsste im letzten Studienjahr gewesen sein, also wohl 1994. Anfangs war es nichts Besonderes. Eine Vorstellung von westlichen Großstädten ergab sich schon lange aus Krimis und Komödien. Die Filme und Fotos hatte Nadja gesehen, die Berichte gelesen. Das erste Mal durch einen englischen Supermarkt zu gehen, war nur eine Wiederbegegnung mit bekannten Bildern. Selbst wenn alles noch großartiger gewesen wäre, hätte es sie nicht überrascht: noch einmal hundert verschiedene Käsesorten oder noch mehr ganz unbekanntes Obst.

Überraschend war höchstens, dass es so angenehm war, durch die Geschäfte zu gehen. Am liebsten hätte sie schweben mögen durch diese Zauberwelt: wenig Kundschaft, kein Gedränge, kein Warten, kein Geschrei. Nur dass diese Leute, statt in ihrem Glück zu schweben, angestrengt herumliefen, geistesabwesend und fast so missgelaunt wie die Leute zuhause in Russland. Sie griffen hierhin und dorthin und bemerkten niemanden.

Und dann die Bibliotheken, Hörsäle, Restaurants. Alles übersichtlich beschildert, leicht zu verstehen. In einer erstaunlichen Geschwindigkeit war ihr alles vertraut geworden: ein Menü zusammenzustellen, Bus zu fahren: diese bequemen und bunten Sitze.

Die Reise war also ohne größere Überraschung, der Schrecken kam erst bei der Rückkehr nach Hause: Als ob ihre eigene Welt in den letzten zwei Wochen Geschwüre bekommen hätte. Die Hausfassaden dunkel, die Mauern fleckig, die Straßen von Pfützen und Schlaglöchern übersät. In der Mensa wieder die Tische und Stühle mit ihren quietschenden Metallbeinen. Man verstand ja kaum sein eigenes Wort. Und Bus oder Straßenbahn zu fahren war jetzt wieder ein elendes Holpern und Ruckeln.

Als sie für ein paar Tage nach Hause kam, auch dort derselbe Eindruck, fast noch schlimmer. Der herrliche Bahnhof von Krasnojarsk: Jetzt mit einem Mal war er farblos, leblos, abgestorben und von abgestorbenen Leuten überfüllt. Kontrollen, Anweisungen, mürrische Auskunft, ein rüder Ton. Jetzt fiel ihr auch auf: Die Bahnsteige, sie bestanden nur aus rauem Beton. Der neue Rollkoffer glitt nicht, er holperte den Bahnsteig entlang. Früher hatte sie nicht darauf geachtet: Die Lautsprecheransagen waren eigentlich nur ein blechernes Geräusch, kaum zu verstehen. Als sie in Krasnojarsk ankam, war schon Abend, Bahnsteige und Hallen waren überstrahlt von ein paar Scheinwerfern, hoch oben, blendend hell, und die Leute darunter nur Konturen.

In den englischen Bahnhöfen und Geschäften war das Licht ganz anders gewesen; es hatte die Menschen und Gegenstände nicht angestrahlt, nicht geblendet; es hatte sie behutsam zum Leuchten gebracht. Aber jetzt zuhause waren die Leute von den Scheinwerfern dort oben erfasst und dabei ganz klein geworden. Die Gesichter nicht zu erkennen. Eine Welt aus grellem Licht und tiefen Schatten. Sie huschten unterschiedslos auf dem Bahnhof herum, dann auf dem Vorplatz, stiegen in die Busse und Autos. Und der Jenissei, bisher noch die Mitte eines riesigen Landes, jetzt war er ganz aus der Welt gefallen.

Und noch ein Nachtrag: Eine Woche vor der Reise hatte man sie ins „International Office" bestellt. Eine Dame blätterte in Nadjas Unterlagen, zeigte sich beeindruckt von ihren Noten und sagte dann, in England komme es aber auch darauf an, sich anständig zu verhalten. Nadja vertrete jetzt sozusagen ihr "Vaterland". Die Dame sagte es ironisch, verdrehte ein wenig die Augen, so als sei ihr der Begriff selbst ein wenig zu pathetisch. Ob es wohl für ein paar Tage möglich wäre, die geliebten Disconächte und den unwiderstehlichen Alkohol in Zaum zu halten? – Ja, natürlich, kein Problem. Darauf die Dame: Gut, dass wir uns verstehen. Und dann noch etwas: Würde Nadja vielleicht bitte einen Bericht schreiben, jeden Tag ein paar Zeilen, nicht über das offizielle Programm, über die Kurse und Ausflüge, sondern vor allem über die Freizeit, wer geht in Kneipen? Mit wem? Worüber redet man? Gemeint sind nicht nur die Studenten, sondern auch die beiden russischen Dozentinnen und die Dozenten der Gastgeber, die ihrerseits demnächst Gäste sein werden, hier an der Uni.

So wurde die Studentin Nadja Iwanowna also ganz freundlich zum Bespitzeln verdonnert. Im ersten Moment beschloss sie, es nicht so ernst zu nehmen. Über alles lässt sich ja so oder so berichten. Im Zweifelsfalle hat sie nichts gehört und nichts gesagt. Dann aber fiel ihr ein: Sie wird vielleicht nicht die Einzige sein, die berichten soll. Wenn es aber mehrere Berichte gibt, wird man Vergleiche anstellen, mit unklaren Folgen für wen auch immer. Sie bespricht sich mit einer Freundin, die allerdings keinen Bericht schreiben soll und etwas misstrauisch wird. Nadja hätte wohl besser geschwiegen. Ein paar Tage später erfährt sie aber, dass auch eine andere Freundin einen Bericht schreiben soll. Zu zweit überlegen sie, was zu tun ist: Am besten wird sein, die Berichte mit Banalitäten vollzustopfen und dann früh ins Bett zu gehen, auch wenn die englischen Jungs noch so hartnäckig an die Türen klopfen. So wird es vielleicht gehen. Vorläufig können die beiden noch lachen.

Weiteres ist mir nicht bekannt, aber die englischen Jungs werden wohl etwas enttäuscht gewesen sein. Unter „russischen Studentinnen" hatten sie sich wohl etwas anderes vorgestellt. Keine so humorlose oder verklemmte Truppe. Kein Flirt, kein Witz, kein inspirierendes Gespräch. Wenig aufregend.

„Das war deine Nadja", sage ich, und klopfe Kostja auf den Rücken. Ihm ist es recht: etwas Ablenkung in dieser traurigen Lage. Ich gehe in die Küche, er kommt hinterher, bekommt ein paar Kekse, wir gehen zurück ins Zimmer, sehen hinunter in den Hof, in dem noch die Lichter brennen.

„Morgen fahre ich wieder zu ihr", sage ich „du wirst sehen, bald ist sie wieder gesund." Dabei fällt mir noch ein: Kurz nach der Reise sollte Nadja ein Dokument unterschreiben und bestätigen, dass ihr Flug nach Liverpool aus europäischen Mitteln erstattet worden sei. Das war aber knapp an einer Lüge vorbei formuliert. Richtig ist: Der Flug nach Liverpool wurde bezahlt, aber nur von Moskau aus. Den Flug nach Moskau und zurück musste sie selbst bezahlen – und die anderen Studentinnen auch. Alle haben im Sekretariat für das Moskau-Ticket bezahlt.

Jetzt mussten sie also eine Kostenabrechnung unterschreiben. Die Freundinnen überlegten, ob sie sich beschweren sollten. Aber wo? Bei der Lehrstuhl-Leitung? Oder beim Dekan? Die haben aber womöglich selbst einen Teil des Geldes eingesteckt. Andererseits haben sie damals für Tanja eine Benefizparty organisiert und auch sonst viel geholfen. Vielleicht war ja auch alles in Ordnung. So ein Dekan wird einige Kosten gehabt haben, die englische Partnerschaft überhaupt erst anzubahnen. Das haben sie ja von Kindheit an gelernt, dass es immer so viele Kosten gibt, von denen niemand etwas ahnt, und dass es Kassen gibt, aus denen sich so manches finanzieren lässt.

25.4. Als ich heute kam, saß eine Therapeutin an Nadjas Bett. Bewegungsübungen usw. Nadja starrte angestrengt auf deren Hand. Die Therapeutin fand wieder einmal, man spüre, dass sich die Reaktionen verbessert haben. Als sie gegangen war, zeigte ich Nadja ein paar Fotos von Kostja: Kostja auf dem Boot, Kostja im Hof, Kostja auf seiner Decke im Flur. Sie hielt das Smartphone mit den Bildern in beiden Händen, strich darüber, lächelte vielleicht ein wenig, wollte dann schlafen. Ich saß dann noch eine Weile an ihrem Bett und störte mich am Lärm auf den Fluren. Ein Pfleger kam herein, rollte einen Infusionsständer ins Zimmer, unklar wofür, dann war er schon wieder verschwunden. So vergehen die Wochen, während sich Nadjas Zustand allmählich verbessert. Sie nickt, wenn man sie anspricht; aber sie nickt zu allem, was man sagt, und bewegt den Kopf ein wenig.

Nachmittags kam Swetlanas Antwort: Sie dankt für meinen Ostergruß (das war mir gestern noch eingefallen: Das orthodoxe Ostern ist ja eine Woche später als bei uns). Auch jetzt schreibt sie nur, sie sei wohlauf, arbeite noch halbtags, und auch diesmal kein Wort über den Krieg. Und Sergej? Er ist vor ein paar Monaten nach Perm gezogen, wird inzwischen vielleicht in Rente sein. Weiteres ist ihr nicht bekannt. Leider habe er sie in einer bestimmten Angelegenheit sehr enttäuscht. Sie fügte aber eine Mailadresse bei, unter der ich versuchen könne, ihn zu erreichen. – Nicht sehr vielversprechend. Klingt so, als wäre das jetzt der Epilog auf Sergejs Geschichte.

Also Sergej. Wer war Sergej? Für Swetlana war er sicherlich zu wenig religiös, immer locker, ein bisschen ein Spät-Hippie. Er konnte ziemlich spöttisch sein und etwas schwermütig zugleich. Eine eher seltene Mischung. Oder vielleicht sind alle Spötter im Grund ihres Herzens schwermütig. Ich erinnere mich an einen Abend in Sergejs Wohnung, bescheidene Verhältnisse, zusammengewürfelte Möblierung, wir saßen an einem provisorisch vergrößerten Tisch mit Tellern und Schalen, eingelegten Gurken, Tomaten, gesalzenem Fisch, Bier, Wodka usw. Das war im ersten unserer Projekte, müsste also 98 gewesen sein, Februar oder schon März, trotzdem noch eisiger Winter.

In Sergejs Wohnung war es allerdings viel zu warm (wie in allen russischen Wohnungen dieser Zeit). Er selbst trug ausnahmsweise kein Flanellhemd, nur ein T-Shirt. Auch die anderen legten ihre Pullover ab, und allmählich wurde die Luft sehr stickig. Die Fensterfront war mit Klebeband abgedichtet, und die Heizkörper waren nicht zu regulieren. Frischluft und Raumtemperatur mussten über ein kleines Seitenfensterchen geregelt werden: „форточка". Sobald es offen stand, fegte aber mit jedem Windstoß Schnee ins Zimmer. Sergej stand bald wieder auf, um es zu schließen.

Später am Abend holte er seine Gitarre, und die Russen begannen zu singen, Volkslieder, dann internationale Folklore. Von den Europäern sang anfangs nur eine Fabiola (oder Fabiana). Aber dann kam Sergejs Auftritt: „Ich muss euch mal was vorspielen, kennt ihr sicher: *This is the end, my only friend.*" Sergej mit seiner dunklen Stimme begann zu singen, und innerhalb kürzester Zeit sangen wir dann alle. Und in einer Endlosschleife über Bella Ciao und Guantanamera wurden unsere Stimmen rau und unsere Herzen weit.

Dann war es spät geworden, und wir fragten, wie wir denn jetzt ins Hotel zurückkämen (beziehungsweise die Russen nach Hause). „Kein Problem", sagte Sergej mit oberschlauem Lächeln. Wir gingen in den Hof hinunter, der Durchgang zur Straße war von Schnee verweht, nur noch eine einzige letzte Fußspur war zu erkennen und draußen kein Auto weit und breit. Wir standen in dieser sibirischen Winternacht, und hielten uns die Handschuhe vors Gesicht, begannen mit den Füßen zu stampfen, und dachten nach ein paar Atemzügen: „Wir müssen ins Haus zurück, müssen uns retten."

Aber dann hielt schon der erste Wagen, der vorbeikam. Taxis gab es nicht, aber genügend Arbeitslose. Man konnte sich darauf verlassen, dass alle paar Minuten, auch nachts, ein Privatwagen langsam die Straße entlangkam, bereit, auf den ersten Wink hin zu halten. Sergej verhandelte mit dem Fahrer, der uns ins Hotel bringen sollte, deutete dann auf die Wagentüren. Ein zweiter Wagen hielt, sollte die Russen nach Hause fahren, zwei gingen zu Fuß „ist nicht weit – dann also gute Nacht".

Wir fuhren los, die beiden Wagen schoben sich über Eiskrusten auf die Fahrbahn hinaus. Vor einer Ampel starrten wir lange auf eine leere Kreuzung. Wir nutzten die Zeit, um die beschlagenen Scheiben zu wischen.

Beim Weiterfahren ein Auto, das ohne Licht vor uns herumkurvte, es blieb kurz stehen, ruckte, fuhr wieder an, jetzt wurde auch das Licht angeschaltet.

Nachts der Blick aus dem Hotelfenster. Ein paar Flutlichter beleuchteten ein Industriegebiet, in dem offenbar nur noch wenige Gebäude genutzt wurden. Zu sehen waren Hallen ohne Tor oder Dach, Mauerreste, daneben die Wracks von Maschinen und Fahrzeugen. Lauter Ruinengrundstücke, die niemand räumte, weil sie niemand brauchte. Ein Gebiet, so wunderbar ungeschminkt. Es wollte niemandem gefallen, war in seiner Unbehaustheit einfach nur für sich selbst vorhanden. Das war Dreck und Schrott, Rost und Schnee.

26.4. Magensonde und Blasenkatheter sind gestern entfernt worden. Nadja hat keine Kabel oder Schläuche mehr, ist jetzt ein beinahe unversehrter Mensch. Auch die Schluckreflexe funktionieren wieder, sie kann ab jetzt gefüttert werden (Brei, Püree, Soße).

Im Rollator kann sie auch schon gehen (das kam ziemlich plötzlich). Wir gingen ein wenig im Zimmer umher, zuerst ans Fenster, „schau mal, es wird Sommer, ist schon ziemlich warm geworden", dann ein paar Schritte hinaus in den Flur. Aus einem Aufzug wurde ein Krankenbett geschoben, darin verkrümmt und fast vollständig bedeckt eine Person, und ich musste daran denken, dass ich selbst erst vor ein paar Monaten über Aufzüge und Flure in einen OP-Trakt geschoben wurde.

Als ich mich verabschieden wollte, kamen Roswitha und Nicolai mit einem Blumenstrauß ins Zimmer. Anders als Julia vor einiger Zeit begrüßten sie Nadja recht unerschrocken. Nicolai sagte wie selbstverständlich: „Sieh' mal für dich," (die Blumen), „damit du bald wieder gesund bist." Roswitha fasste Nadja an beiden Händen, beugte sich dann zu ihr hinunter, umarmte sie. Roswitha, die ich als eine nüchterne, etwas verhärmte Frau in Erinnerung hatte, beugte sich zu Nadja hinunter und nahm sie in den Arm, offenbarte eine mir ganz unbekannte Seite.

27.4. Als ich in den Hof komme, sehe ich Anatoles Familie im Passat sitzen, alle sieben. Herr Friedrich steht bei ihnen und weist sie offenbar auf die StVO hin: Sieben Personen in einem PKW und dann noch ohne Kindersitze, Anatole hat doch schon vor zwei Wochen welche bekommen. Anatole lächelt unschuldig, was wohl heißen soll: Die beiden Kleinsten sitzen doch bei Mama und bei Jury auf dem Schoß. Es stellt sich heraus: Sie müssen allesamt persönlich bei der Ausländerbehörde erscheinen, Passfoto abgeben und Fingerabdruck nehmen lassen. Herr Friedrich ruft Jochen an, den freiwilligen Helfer, erklärt ihm die Lage, vielleicht kann er einen Teil der Familie hier abholen. Aber Jochen seinerseits fragt, ob wir nicht mit zwei Wagen nach Wüstrow kommen könnten, alles weitere übernimmt er. – Na gut, das ist dann wohl meine Aufgabe. Ich fahre also mit Jury und Anna voraus, Anatole montiert die Kindersitze und fährt mir hinterher. Einerseits Problem gelöst, andererseits stehen da jetzt ein paar Regeln und Gesetze zwischen uns, die ihnen wahrscheinlich als übertrieben vorkommen. Die pedantischen Deutschen. Na gut, muss sein. Jury und Anna sitzen während der Fahrt hinten in der Ecke bei leicht geöffnetem Fenster, mit Mundschutz. Ich ebenfalls mit Mundschutz und dem Gefühl: Dies hier ist entweder absurd oder trotz allem unvorsichtig.

29.4. Brachte Kostja zu Frau Ohlsen, fuhr zu meiner Untersuchung, dann zu Nadja und sagte, „alles ok, bei mir ist alles in Ordnung; und auch bei dir kommt alles langsam wieder in Ordnung". Sie nickte mit großen Augen, äußerte unklare Laute.

Ich kam nach Hause zurück und fand drei Nachrichten auf dem AB. Davoud fragte nach den heutigen Untersuchungsergebnissen, ich solle doch bitte zurückrufen. Ed und Richard fragten dasselbe. Nachdem Kostja versorgt war, rief ich Davoud an und sagte „alles ok", rief dann Ed an und sagte ebenfalls „alles ok" (worauf er vorschlug, ich solle doch mal wieder auf einen Kaffee vorbeikommen). Kaum hatte ich dann auf Richards AB gesprochen, da stand er schon persönlich vor der Tür, war gerade auf dem Weg nach Hause. Und ich sagte zum vierten Mal: „alles ok". Er lächelte und kam in die Küche, Kaffee wollte er keinen, „aber ein Schluck Wasser wäre nett". Er fand, heute sei ein glücklicher Tag, meine Untersuchungsergebnisse sind positiv – „also ich meine: negativ, ohne Befund. Und mit Nadja geht es auch langsam aufwärts."

Im Gegensatz zum „glücklichen Tag" sagte er dann, eigentlich wäre es schön, wenn er sich auch um jemanden kümmern könnte. Jemanden zu versorgen, müsse doch ein befriedigendes Gefühl sein (seine Frau ist vor drei Jahren plötzlich verstorben). Ich wollte nicht widersprechen, fragte nur: „Schluck Wein?" Er nickte, schob dann sein Glas hin und her, nahm einen Schluck und saß kraftlos in der Küche mit gesenktem Blick, etwas vornübergebeugt, einen Ellenbogen aufs Knie gestützt, und alles Aristokratische war von ihm abgefallen.

30.4. Jeden Morgen klicke ich noch im Halbschlaf durch die Nachrichten: Was ist in der Nacht passiert? Katastrophenmeldung? Hiobsbotschaften? Mit Blick auf den 9. Mai (Tag des Sieges) wird eine russische Großoffensive erwartet. Generalmobilmachung, womöglich totaler Krieg.

Bisher sieht es aber nicht nach einer Eskalation aus. Eher nach Stillstand – was natürlich auch nicht ganz stimmt: Es werden Städte bombardiert und Menschen evakuiert. In Mariupol kommen Leute ans Tageslicht, die zwei Monate in Bunkern überlebt haben. Sie kommen aus der Dunkelheit, hatten kaum zu essen und zu trinken und kaum eine Hoffnung. Was sind das für Leute? Wie übersteht man so etwas, ohne wahnsinnig zu werden? Ich hätte ein solches Leid nicht für möglich gehalten. Aber Davoud hat recht: Was die Ukraine erlebt, ist im Nahen Osten niemals ganz ausgestorben gewesen (Syrien, Libyen, Irak, Afghanistan, Jemen, Somalia).

Julia rief an, war gestern bei Nadja, hat eine Reiki-Massage mit ihr gemacht, da fragt sie die Ärzte gar nicht erst, „die Schulmediziner sind ja blind in solchen Fragen". Aber Berührungen seien vielleicht das Einzige, was zu Nadja vordringen kann in ihre Dunkelheit. – Na gut, vielleicht hat sie ja recht.

1.5. Fluchttraum: Ich eile durch Gänge und halbdunkle Säle. Leuchtröhren flackern, Müll liegt herum, Matratzen auf dem Boden. Vor kurzem müssen hier noch viele Leute gehaust haben. Ich eile weiter, tiefer ins Kellergewölbe, klettere über verbogene Geländer und Geröll, schürfe mir die Haut auf, krieche unter Balken hindurch, komme tiefer und tiefer in schmale, auf einmal warme und schwüle Flure, eile weiter, noch eine Treppe hinunter, wo ein Rauschen zu hören ist, ein Kanal verschwindet in einem Tunnel. Ich höre Stimmen dort unten. An einem Balken ist ein

Boot angebunden, ich wage aber nicht hinunterzufahren, weil ich nicht weiß, wohin und zu wem es mich treiben würde.

Wenigstens der Krieg verschafft mir heute keinen Albtraum. Die russische Bodenoffensive sei vorläufig eingestellt, lese ich und beginne zu hoffen. Andererseits ist kaum vorstellbar, dass Putin diesen Krieg beendet, ohne etwas erreicht zu haben, was sich als Sieg deklarieren lässt. Demnach stünde das Schlimmste noch bevor. Habe wieder das dringende Bedürfnis, mit Nadja zu reden. Andererseits: Fast beneide ich sie darum, dass all das ihrem Bewusstsein jetzt so fernbleibt.

Später rief Igor an; ich sagte nur ganz unbestimmt, Nadja mache bereits Gehübungen. Er lächelte und Galina rief: „Siehst du, sie schafft es!" Weil im Hintergrund Vogellärm zu hören war, konnte ich leicht das Thema wechseln: „Ihr seid wieder auf der Datscha?" – „Ja klar", sagte er, „in den freien Tagen zwischen dem 1. Mai und dem 9. Mai, dem Tag des Sieges." Er stockte dann und fügte schnell hinzu: „der Sieg im zweiten Weltkrieg, 1945." Aber damit war der Krieg, den wir bisher ausgespart hatten, in nächste Nähe gerückt. Es musste also irgendetwas gesagt werden. Ohne den aktuellen Krieg direkt zu erwähnen, sagte Igor dann: „Na ja," – Pause – „Hoffentlich ist das alles bald vorbei, zum Glück haben wir Ersparnisse." – Das war klar zu verstehen: „Reden wir nicht darüber."

„Weißt du", sagte er dann aber, „es hat sich doch vieles verändert. Einerseits ist Russland moderner geworden, aber auch härter." Die Stimmung ist verhärtet, die Leute sind verschlossener geworden, misstrauischer, leben in ihren kleinen Kreisen, eingebunkert, hüten sich, was Falsches zu sagen oder falsch verstanden zu werden. Vielleicht war das auch schon früher so, und er (Igor) hat es nur vergessen. Er habe lange bei uns gelebt, es sei schön gewesen, er habe es genossen, wir waren ein liebenswürdiger, verschlafener, altmodischer Erdenfleck. „Die Welt ist härter geworden, nur ihr lebt dort abseits und zufrieden wie auf einer Insel. Aber das merkst du erst, wenn du wieder in Russland bist."

Und dann weiter: Europa und die Sanktionen zwingen Russland in die Abhängigkeit von China, und das schon seit 2014. Ob ich etwas von den Spannungen in Sibirien gehört habe, im Amur-Gebiet und in Burjatien. Es gibt eine Abwanderung der russischen Bevölkerung aus den östlichsten Regionen, besonders aus Dörfern und Kleinstädten. Nicht dramatisch, jedes Jahr vielleicht ein paar tausend oder zehntausend Leute in Richtung Moskau oder Petersburg. Zurück bleibt die ursprüngliche, eher asiatische Bevölkerung (Burjaten, Ewenken, Mongolen usw.). Und seit einiger Zeit tauchen dort immer mehr Chinesen auf, Touristen und Zeitarbeiter, aber auch Leute, die dauerhaft bleiben. In Igors Sicht fast schon eine Okkupation. Sie drängen ins Land, eröffnen Geschäfte, Restaurants, Autohäuser. Sie arbeiten viel und trinken wenig. Russland und China: „Wir haben sehr viel Land, und die Chinesen haben sehr viele Leute. Das kann nicht lange gut gehen. Es gibt Reibereien und Streit, du wirst sehen, bald brennen die ersten Häuser. Die Russen werden eine Minderheit und die Chinesen verlangen Selbstverwaltungsrechte, am Ende womöglich noch Autonomie. Solange Putin regiert, wird sich das in Grenzen halten, aber danach?"

Auf der Suche nach einem harmonischen Gesprächsabschluss kommt mir Kostja zu Hilfe, der schon eine Weile vor der Tür sitzt, also raus will. Ich wünsche Igor einen schönen Abend, atme erst einmal tief durch und denke: Eigentlich kein schlechter Titel für unser Leben hier im Wüstrower Land: „Insel der Verschlafenen".

Als ich dann mit Kostja durchs Dorf gehe, ruft Igor noch einmal an, Entschuldigung, seine Bemerkung sei nicht persönlich gemeint gewesen. Das Wort „altmodisch" habe er nicht auf mich bezogen. Es sei einfach nur deprimierend, wie sich die Dinge entwickeln: auf der einen Seite der Krieg und auf der anderen Seite China. Die drücken uns an die Wand. In Petersburg ziehen die Chinesen in großen Reisegruppen durch die Innenstadt, absolvieren an zwei Tagen ein gewaltiges Besuchsprogramm: die Kathedralen, die Admiralität, die Eremitage, womöglich auch den Katharinenpalast mit Bernsteinzimmer, straff hintereinander weg, unglaublich diszipliniert, das ist doch Wahnsinn. Ob ich mich an das russische Sprichwort erinnere: „Wenn du Optimist bist, lerne Englisch. Wenn du Pessimist bist, lerne Chinesisch. Wenn du Realist bist, lerne Kalaschnikow." – Ein solches Sprichwort erinnere ich zwar nicht, derzeit habe ich den Kopf auch leider voll mit anderen Fragen. Aber dann werde ich doch nachdenklich.

3.5. Habe Nadja schon ein paarmal Musik mitgebracht und über Kopfhörer abspielen lassen. Bisher keine Reaktion. Heute allerdings hat sie gesummt. Es war deutlich zu hören. Sie lag da, zwar regungslos, aber sie hat gesummt. Glücklicher Moment.

Und was sagte der Arzt? Die Leberwerte seien wesentlich besser. Dr. Reinke, der auch heute wieder ständig am Ärmel seines Arztkittels zupfte, sagte, es wäre wichtig, sie oft zu besuchen, mit ihr zu reden, immer auch mit ihr ein wenig umherzugehen, sie in Bewegung halten, die Risiken einer Bettlägerigkeit vermeiden, vor allem an den Wochenenden, an denen keine Therapien stattfinden.

7.5. Während sich Nadjas Zustand langsam verbessert, geht das Leben weiter: Es kommen ukrainische Flüchtlinge, es wird über den Windpark debattiert, und es wird Krieg geführt. Ich bin beinahe froh, dass es gedanklich noch etwas anderes gibt als Nadja und die Krankheit. Interessant zum Beispiel der heutige Artikel in RIA Novosti (immerhin die Staatliche Nachrichtenagentur Russlands). Titel: „Russland nach dem Krieg".

Im Vorfeld des 9. Mai, „Tages des Sieges", lautet die Botschaft kurz gefasst so: *Der diesjährige Tag des Sieges hat eine besondere Bedeutung, denn ohne einen Sieg in der Ukraine wird es kein Russland geben. Der aktuelle Krieg findet in der Ukraine statt, aber die Schlüsselfrage ist ein Sieg über die Anti-Russland-Koalition. Der kollektive Westen ist dabei unser Hauptgegner. Und dieser Konflikt kann nur mit dem Zerfall der westlichen Welt enden. Es handelt sich also um eine globale Konfrontation, um das Ende der 500jährigen Hegemonie des Westens. Wirtschaftskrisen und moralischer Zerfall werden den Westen lähmen, das geopolitische Gravitationszentrum verschiebt sich in die Pazifikregion. Die Einheit der russischen Völker, Großrussen, Weißrussen und Kleinrussen (= Ukrainer), wird zu diesem Sieg beitragen, aber dieser Sieg muss auch ein Sieg über uns selbst sein. Was faul ist an uns, muss beseitigt werden: Treulosigkeit und Korruption, besonders bei Offshore-Oligarchen, inkompetenten Generälen und im Showbusiness. In einer großen Reinigung muss das Beste unseres russischen Nationalcharakters mobilisiert werden. Das ist unsere Verantwortung nicht nur gegenüber der Gegenwart, sondern gegenüber unseren Vorfahren und Nachkommen.* – Ein mächtiger Schlusssatz. Aber in welcher Welt leben die denn? „Die große Reinigung"?

Und plötzlich geht es auch gegen Oligarchen und Generäle und gegen die Show-Stars. Das ist neu. Bin mal gespannt, wie sich so ein Artikel in einem Jahr liest. Werden wir nur den Kopf schütteln oder uns an den Kopf fassen? Wie blind wir waren für alles, was sich da jetzt anbahnt. „Verschiebung des geopolitischen Gravitationszentrums in die Pazifikregion", also Anlehnung an China, den großen Bruder (was Igor so befürchtet). Das ist nun also aus der Neuordnung der postsozialistischen Welt geworden. Noch vor 20 Jahren war die Illusion einer großen europäischen Friedensordnung, das Leitmotiv unserer Russlandprojekte. Und jetzt driften wir in die Ära einer „globalen Konfrontation": „moralischer Zerfall" im Westen, „Rückbesinnung auf traditionelle Werte" im Osten. Im Prinzip sehe ich das ja auch global, nur in anderen Begriffen: Demokratie oder Diktatur (auch nicht gerade ideologiefrei formuliert). Und wir auf unserer Insel der Verschlafenen sind nicht länger nur Zuschauer.

9.5. Mein Corona-Testergebnis ist positiv. Keine Symptome, also keine Aufregung, nur Quarantäne. Was habe ich gemacht in den letzten Tagen? Mit Ed einen neuen Gasherd für die Hütte besorgt und installiert. Am Donnerstag Fotos gemacht am Bootsanleger in Wüstrow. Was noch? Urologie, Apotheke, Tankstelle, keine Ahnung. Ich rufe Ed an, wenig später meldet er: „Schnelltest negativ. Tja, wo hast du dich denn dann wohl angesteckt? Triffst doch normalerweise keinen Menschen." Nachmittags stellt Maik meine Lieferung vorsichtshalber kontaktlos vor die Tür.

Inzwischen ist klar: Der heutige „Tag des Sieges" verläuft unspektakulär. Natürlich, es gibt eine Militärparade, aber die Flugshow wurde abgesagt, und auch Putins Rede ist erstaunlich kraftlos. Wiederholung des Vorwurfs, der Westen habe eine Invasion Russlands geplant. Ehre und Dank gebühre deshalb „unseren Soldaten, die das verhindert haben". – Ende der Rede, keine weiteren Drohungen, keine Ankündigung einer Mobilmachung. Die westlichen Kommentatoren können sich entspannen, das wäre erst einmal überstanden.

10.5. Weiterhin ohne Symptome, kein Fieber, kein Husten, ja, doch ein bisschen Schlappheit. Kein Interesse an einem Arztbesuch. Packe meine Sachen für die Hütte. Kostja ist dann den ganzen Tag im Freien, und ich habe Zeit für ein paar längere Arbeiten.

Die Hütte: Ankommen und zuerst einmal Atem holen. Wir sitzen in der klaren Luft. In der Ferne ist ein Traktor zu hören, der sich drüben den Weg auf die Riener Höhen hinaufquält. Dann wieder Ruhe oder nur der Wind, der an den Fensterläden seufzt.

Habe im April nur zwei Gutachten verfasst. Ich bin nicht darauf angewiesen – das heißt: finanziell bin ich noch darauf angewiesen, psychisch nicht mehr. Habe jetzt andere Probleme. Die Gutachten waren der Rückhalt meines Lebens, als ich nach Fährholz kam. Inzwischen sind sie aber allesamt in den Wind geschrieben. Kaum eine Wirkung, keine Reaktion. Eine Zusammenarbeit mit der Geschäftsstelle ist praktisch nicht mehr vorhanden. Oder schlimmer: Man dankt mir höflichst, bezieht sich dabei aber auf Anmerkungen, die ich gar nicht gemacht habe. Adressat verwechselt? Natürlich, es sitzen dort allmählich immer mehr Leute, die ich nicht mehr kenne. Barbara hat auch darüber geklagt, ist andererseits froh, „den ganzen Laden hinter sich gelassen zu haben". Und für mich ist die Sache innerlich auch abgeschlossen. Aber wenn es Nadja nicht gäbe und Kostja und all die kleinen Aufgaben um sie herum, ich wüsste gar nicht, was ich tun sollte den ganzen Tag. So gesehen sind sie (Nadja und Kostja und die Krankheit) zur rechten Zeit gekommen.

Spät abends ein seltenes Bild: Ich sitze mit Kostja noch vor der Hütte, unten auf dem See liegt Nebel, vollkommen trüb, undurchsichtig. Aber dort gegenüber, auf den Höhen, schimmern die Wiesen in einiger Entfernung. Ein scharfer Gegensatz von hell und dunkel. Allerdings liegt die Dunkelheit dort unten in den Nebeltälern. Helligkeit dagegen herrscht in ihrer schwarzen Klarheit über uns in kosmischen Höhen. Sterne sehr groß, sehr nahe gerückt.

12.5. Ich nutze die ruhigen Tage, um Nadjas Homepage zu aktualisieren (1994ff). Nach dem Studium hatte sie keine Arbeit als Englischlehrerin gefunden oder nicht als Lehrerin arbeiten wollen, womöglich irgendwo in einer Kleinstadt.

Vorerst hat sie wieder an einem Secondhandstand gearbeitet, jetzt in Nowosibirsk. Aber es war ganz anders als noch ein paar Jahre zuvor in Krasnojarsk. Die Verkaufsstände waren jetzt professioneller, stabile Konstruktionen, dauerhafte Einrichtungen, aber die Stimmung auf den Märkten war rauer, härter, misstrauischer. Gefragt war nicht mehr die interessante Mode, sondern ein günstiger Preis. Das Feilschen nahm überhand, war fast ein Überlebenskampf geworden, war auch ein Überlebenskampf zwischen den Händlern, die sich gegenseitig bedrohten, erpressten, verdrängten. Auch Nadjas Chef. Eines Morgens war sein Lieferwagen ausgebrannt. Botschaft: „Verschwinde!" Von einem Tag auf den anderen war Nadja arbeitslos. Was sie noch vor ein paar Jahren als Aufbruch in eine neue Zeit erlebt hatte, zeigte ein paar heimtückische Züge. Ende der 80er Jahre war die Welt so groß und weit geworden, jetzt war sie wieder eng, beherrscht von Neid und Raub und Bandenkriegen. Die große Freiheit des Westens erfuhr Nadja jetzt als Schutzlosigkeit; und die vielgepriesene Marktwirtschaft war ein Moloch von Konkurrenz und Insolvenz und Betrug geworden. Das Geld, das Geld, das große Monster. Einmal sagte sie: „Du konntest alles kaufen, Uni-Diplome, Gerichtsurteile, Auftragskiller und Frauen sowieso."

Beim Durchsehen ihrer Cloud-Kopien stelle ich fest: Aus diesen Jahren gibt es nur wenige Fotos, darunter nur eines von einem Markt, das ich zuerst beiseitegelegt habe, weil es nur ein Gewimmel von Leuten zeigt. Wenn man es auf dem Bildschirm vergrößert und sich auf verschiedene Ausschnitte konzentriert, wird es aber interessanter: Auf einem von Pfützen und Matsch bedecken Gelände sieht man Menschenmassen, die sich aneinander vorbeischieben. Sie ignorieren einander, sehen sich mit leeren Blicken ins Gesicht. Jemand steckt jemandem ein Packet zu (Zigaretten?). Jemand gibt jemandem ein beinahe unmerkliches Zeichen. Lauernd im Schatten beobachten ein paar Männer die Vorgänge (Mafia? Oder verdeckte Ermittler? Was vielleicht aufs selbe hinausläuft.) Im Innern eines Verkaufsstandes, von einem kräftigen Typen halb verdeckt, zählt jemand ein Bündel Banknoten. Ein paar Leute beobachten den Vorgang. Kalte Atmosphäre.

Auf kaum einem Foto ist Nadja zu sehen. Während sie in Kindheit und Schulzeit im Mittelpunkt stand, ist sie jetzt aus den Fotos verschwunden, ist offenbar vom Fotoobjekt zur Fotografin geworden. Es gibt Bilder von Gebäuden, Parkanlagen, Straßenmusikanten, aber keinen Bezug zu Nadja. Die Fotos und alles, was Nadja erzählt hat, passen nicht ganz zusammen. Ich weiß nur: Nadja hatte inzwischen mit einer Freundin eine Wohnung und darin ein Kämmerchen für sich (Bett, Regal, Kleiderhaken). Im Sommer arbeitete sie aushilfsweise als Kellnerin. Dann absolvierte sie einen Kurs als Stripperin und ließ sich gelegentlich zu ein paar Auftritten fahren, auf Partys der neureichen Russen, meist aber zu Discos. – „Zu Discos?" – „Aber ja" (sagte sie), „das waren keine Nachtclubs. Es waren normale Discos." Eine kurze Stripeinlage jede Stunde war damals der neueste Standard, der letzte Schrei, so etwas wie die russische Variante der ‚sexuellen Revolution' (hart, unromantisch, berechnend, machohaft). An den Wochenenden ließ sie sich also herumfahren, von einer Disco zur nächsten, und nannte ihren „Lover" bald nur noch ihren „Fahrer". Er wartete vor ihrer Umkleidekabine, prüfte die Perücke und die Musikeinspielung, ging mit ihr raus, blieb an der Bühne stehen, hielt übereifrige Verehrer auf Abstand und ging dann mit Nadja in die Kabine zurück, fuhr sie zum nächsten Auftritt, hatte notfalls in jeder Disco ein paar Kumpel.

Ich weiß nicht, ob sie von den Auftritten hat leben können. Was sie erzählte, klang nicht nach Geldnot oder letztem Ausweg, eher nach ein bisschen Abwechslung, Übermut, Neugier, vielleicht auch Stolz auf ihren Körper. Ich muss zugeben, wir haben das Thema nicht vertieft. Wovon sie aber sonst gelebt haben könnte, ist unklar. Kellnerin? Verkäuferin? Englisch-Nachhilfe? Das wären ein paar Varianten, die mir einfallen. Lauter Gelegenheitsjobs.

Manchmal begleitete ihr „Fahrer" sie zum Einkaufen, ließ sie auch öfter mal mit dem Auto üben, besorgte ihr dann einen Führerschein („frag nicht, wie") und besorgte auch ein paar Pornos, damit sie mal sehen konnte, wie es richtig geht und was so alles möglich ist. Jemanden zu haben (sagte sie einmal), der zugleich Fahrer und Bodyguard ist, hatte den Vorteil, dass sie nur mit einem Mann schlafen musste.

Ein Foto zeigt einen Hünen mit kahl geschorenem Schädel. Breite Schultern, mächtige Fäuste. So jemand fegt mit einem Schlag drei Jünglinge aus einer Disco. Da steht er im weißen Unterhemd in einem Sportstudio, offenbar in einem Keller. An der Wand ein vergitterter Lichtschacht und das Filmplakat von „Brat". Aber das war viel später, da waren sie schon getrennt, und er, Vadim, hat noch auf einen Neubeginn gehofft. (Hier hat sie zum ersten Mal seinen Namen erwähnt.)

Flüchtiger Eindruck, genauer zu prüfen: Trugen die russischen Männer in den 80er Jahren längere Haare und hellere Kleidung? Dagegen werden im Laufe der 90er Jahre die Hemden dunkler und die Haare kürzer bis hin zum Stoppelhaarschnitt; dazu markante Gesichter: bullig oder gewieft oder verschlagen.

Das wurde allmählich zum Trend der 90er Jahre: Die Männer stämmig, die Frauen sexy (die Frauen unter 30). Übertrieben gestylt sah man sie nicht nur auf Partys, im Restaurant etc., sondern teils auch im Büro, auf der Arbeit: hochgeschminkt in kürzesten Röcken oder engsten Jeans.

Was mir noch einfällt zu diesem Thema: Es muss noch in Nadjas Studienzeit gewesen sein – oder vielleicht eher danach: Damals hat sie gelegentlich als Übersetzerin gearbeitet. Stadtverwaltung, Regionalbehörde, örtliche Firmen usw. suchten Begleiterinnen für Besichtigungen und für Meetings mit ausländischen Partnern: ein paar junge Frauen, freundlich, gute Englischkenntnisse und vor allem hübsch. Das klang interessant, endete aber nach ein paar Aufträgen ziemlich abrupt. Es war ein langer Tag gewesen, nachmittags der Besuch einer Maschinenfabrik, Nadja verstand aber kaum etwas von den Produktionsabläufen und Verkaufsindikatoren, übersetzte ins Ungefähre. Endlich Feierabend. Aber dann winkte einer der Gastgeber, ein Vizebürgermeister oder Abteilungsleiter oder Geschäftsführer sie ans Fenster: Dort hinten auf dem Parkplatz, der silberne Mercedes, er wäre glücklich, wenn sie in ein paar Minuten unauffällig dort hinkäme. Aber sie reagierte ausweichend, sagte, sie habe stundenlang übersetzt, sei müde, habe Kopfschmerzen. Und dann das ungläubige Staunen seinerseits: Sie wisse doch wohl, dass er ihr alle Wege öffnen könnte, er habe überall Verbindungen.

– Sie wollte aber trotzdem nicht.

– Gut, dann wird sie in den nächsten Tagen auch nicht mehr gebraucht.

Wenig später erfuhr sie auf Umwegen von einem Satz, der sie nur unter einem Aspekt überraschte: „Sie treibt es mit Juden."

Als sie mir davon erzählte, klang es fast ein wenig amüsiert. Sie sei immer auf so etwas gefasst gewesen. „Wenn du Glück hast, bist du auf so jemanden nicht angewiesen und kannst ihn ganz kühl observieren. Aber wenn du Pech hast –." Wir erwärmten uns dann noch einen Moment an der schönen Vorstellung, solche Typen seien inzwischen ausgestorben. Da liegen sie alle in einem vergessenen Grab. Die Umzäunung ist morsch, der Grabstein von Moos überzogen, und zwischen Rosengestrüpp wuchert das Gras. (Aber wie man weiß: Solche Typen sterben nicht aus.)

Anderer Vorfall, ähnliches Thema: Frühjahr 98, mein erster Aufenthalt in Russland. Abends im Hotel. Es war kurz nach neun, als es an der Zimmertür klopfte. Ein unangenehm klotziger Mann bot mir eine Frau an, 100 oder 200 Rubel (ein paar Dollar). Als ich „нет" (nein) sagte, deutete er auf den beträchtlichen Brustumfang der Dame. Trotzdem blieb es beim „нет". Im Weggehen sagte er dann so etwas wie: „не мушик" (kein echter Kerl).

Der Vorfall war vergessen, als bei einem anderen Aufenthalt, in einer anderen Stadt, einem anderen Hotel gleich am Anreisetag abends wieder an die Tür geklopft wurde. Diesmal stand ein Mädchen im Flur, eine Schülerin oder Studentin mit nüchterner Miene. Es gehe um irgendeine Projektfrage, dachte ich, während sie einfach nur sagte: „May I come in?" Mit zwei Schritten war sie im Zimmer und hatte in Sekundenschnelle das T-Shirt abgestreift, stand da mit nacktem Oberkörper, sah allerdings zur Seite ohne jedes Verführungslächeln, weder stolz noch sexy, während ich wieder nur "нет" sagte, "нет, нет", und sie zur Tür drängte.

Dann saß ich auf meinem Bett und musste erst einmal Luft holen. Kurze Zeit später klopfte es erneut, diesmal habe ich mich nicht gerührt, bis sie von draußen hereinrief: „Lost 50 Rubles", und tatsächlich: Etwas unter die Garderobe gerutscht lag dort ein 50-Rubel-Schein, den ich ihr durch den Türspalt hinausreichte, wobei mir wieder dieses nachdenkliche Gesicht auffiel, kaum geschminkt, jetzt aber etwas angespannt, so dass mir nichts Besseres einfiel, als ihr noch schnell „good luck" hinterherzurufen.

Wie gesagt, das Mädchen wirkte eher wie eine junge Studentin, eine Person, mit der man eine halbe Nacht über Menschenrechte diskutieren konnte oder über russische Filme von Michalkow bis Tarkowski und sich dabei womöglich hoffnungslos verlieben würde.

Ich muss hinzufügen, das waren meine ersten Erfahrungen in russischen Hotels. In späteren Jahren wurden solche Angebote etwas dezenter lanciert über einen Anruf in den Zimmern, die von irgendeinem Hotelbediensteten irgendwelchen Damen zugeordnet wurden. Sobald ein Mann den Schlüssel abgeholt und sein Zimmer betreten hatte, begannen die Anrufe, etwa im 10-Minuten-Takt, so dass ich dazu überging, nach Betreten eines Hotelzimmers den Telefonstecker zu ziehen, bei alledem geleitet weniger durch Moral oder Abscheu, eher von dem Gefühl, diese Art von Sex sei als Wettkampf zu betreiben, in dem ich als Laie zwangsläufig unterliegen musste.

Was mir noch einfällt: In diesen Jahren tauchten an den Bäumen und Lampenpfählen immer mehr Zettelchen auf, meist nur eine Telefonnummer, manchmal ein Name (Katja, Irina, usw.), manchmal garniert mit einem Herzchen.

Zurück zu Nadjas Fotos aus dieser Zeit. Was nehme ich in ihre Homepage? Das Foto der Verkaufsstände, ein Foto ihres Kämmerchens, und dann gibt es da auch ein unscharfes Foto: Nadja vor der Akropolis, lächelnd. Ich kann mich aber nicht erinnern, dass sie irgendwann von einer Griechenlandreise erzählt hätte. Vielleicht steht sie ja auch nur vor einer Fototapete in einem griechischen Restaurant. Etwas an diesem Bild wirkt ziemlich gestellt.

15.5. Wieder eine deprimierende Mail von Jelena. Diesmal erzählt sie, ihre Kirche habe in den letzten Wochen Bittgebete für einen Soldaten Nikita organisiert, der in ukrainische Gefangenschaft geraten war – und gestern die schreckliche Nachricht, er sei von Nazis gekreuzigt und verbrannt worden, und das Video sei an seine Familie geschickt worden. „Nazis, Mörder im Auftrag der USA." Wieder bin ich sprachlos. Ein paar Klicks im Internet offenbaren, dass ein solches (gefälschtes) Video derzeit tatsächlich massenhaft in Russland zirkuliert.

Ich kenne Jelena nicht als eifrige Kirchgängerin. Völlig unklar, was in sie gefahren ist. Alles ziemlich deprimierend. Seltsam ist auch ihr Ausruf „We fight against dollar slavery!" Wie bitte? Diese Jelena mit ihren Chanel- oder Dior- oder Sonstwas-Düften und einem ziemlich neuen Ford Fiesta! Wie sehr muss sie unter dieser Dollar-Sklaverei gelitten haben.

Ziemlich skurril; andererseits auch typisch. Immer gut für eine überraschende Bemerkung. Als die Ältere von uns beiden (fünf oder zehn Jahre) hatte sie immer einen mütterlich-spöttischen Rat für mich: „Täglich ein Löffel Olivenöl hält dich fit." Oder: „In geschlossenen Räumen nicht pfeifen, du verlierst sonst dein ganzes Geld." Sie liebte das Schnippische und amüsierte sich dann über die verwirrte Reaktion ihrer Gesprächspartner. Ähnlich wie bei „Russian Ivan saves the world". Wenn man daran gewohnt ist, hört man sie jedes Mal innerlich kichern. Richtig schlau wird man nicht aus ihr. Aber ich glaube, ich verstehe ihren Trick. Was auch immer sie denkt, überspitzt sie in einer grotesken Redewendung. Und falls es einmal Schwierigkeiten gibt, lächelt sie unschuldig und sagt: „шутка" (war doch nur ein Witz).

Nachmittags zurück in Fährholz, lese noch einmal Jelenas Mail und kann es noch immer nicht fassen. Unsere letzte Begegnung (auf meiner Russlandreise 2016) war harmonisch, ohne Sticheleien. Ich fragte nach ihrer Arbeit, sie fragte nach meiner Arbeit, auch nach meinen Indien-Projekten, das hatte sie interessiert: Indien. Wenn möglich, wollte sie auch mal durch Indien reisen. Kein Wort über die Krim oder Donezk/Luhansk, kein Wort über ukrainischen Faschismus oder amerikanische Hegemonie. – Was ich noch erinnere: Sie schaute im Auto vor dem Starten immer zuerst in den Spiegel und richtete ihr Haar.

16.5. Früher Morgen, erstes Sonnenlicht, spektakulärer Wolkenaufbau. Vom Dorf herüber: das Krähen der Hähne. Später sehe ich Herrn Brenner in die Bucht hinausfahren.

Um 10:00 kommt Maik, stellt mir die Kartons vor die Tür, „schöne Grüße, gute Besserung" ruft er mir zu, aber ich fühle mich noch immer nicht krank. Corona ist wohl ausgestanden.

Unten im Hof kommt jemand aus dem Hauptgebäude, geht zum Parkplatz, wo ein anderer seinen Wagen entlädt, man grüßt und geht seiner Wege. Dann kommt Frau Körner die Straße herunter, spricht kurz mit dem Mann, der zwei Kisten neben seinen Wagen stellt. Die Gesprächsdauer entspricht etwa folgendem Dialog: „Alles ok?" – „Kann nicht klagen. Und bei Ihnen?" – „Muss ja wohl."

Etwas wortkarg, aber immerhin ein kleiner Kontakt. Die beiden könnten auch stundenlang zusammensitzen, und der Kontakt bliebe trotzdem eher symbolisch. Dann reden sie vielleicht über Krankheiten, den früheren Beruf, den verstorbenen Ehepartner: „Bei ihm hat das so angefangen …"; darauf die/der andere: „Uns ging es ähnlich, aber wir hatten ja keine Ahnung, was da auf uns zukommt."

Das Gespräch als Pflege der Erinnerung, jeder verstrickt in die eigene Vergangenheit. Das ist das maximale Glück in unserer Lage. Wir alle im letzten Abschnitt eines Lebens, das uns irgendwann aus irgendeiner Mitte herausgeführt hat, unverständlich durch alle Jahre hindurch, immer entfernter, immer eigenartiger, bis hierher an den Ort der Erinnerungen, den wir jetzt mit fremden Leuten bewohnen.

18.5. Ein kleines Wunder: Sergej meldet sich, lebt jetzt in Perm, ist vor kurzem Direktor geworden (einer Abteilung? einer Institution?), ist also noch nicht in Rente. Er klingt freundschaftlich, fragt nach meiner Arbeit, aber über den Krieg schreibt er nichts. Ich gratuliere ihm also zu seiner neuen Position und wiederhole, was ich derzeit allen erkläre: Ja, ich arbeite immer noch für Sozialprojekte, allerdings nur als Gutachter und nur noch in Teilzeit. Ansonsten geht es mir gut, ich hoffe nur, dass der Krieg bald zu Ende geht – im letzten Moment füge ich noch das Wörtchen ‚sinnlos' ein: „dieser sinnlose Krieg". Mal sehen, ob er darauf reagiert.

19.5. Schon seit Ende März ist unsere Eule nicht mehr aufgetaucht. Heute sehe ich sie wieder auf dem Bootsschuppen sitzen. Glücklicher Moment. Ich möchte sie fragen: „Was hast du denn gemacht in den letzten Monaten? Wo bist du gewesen?"

Anfangs dachte ich, sie sei krank, sie bewegt sich so seltsam. Wenn sie den First entlang geht, scheint sie zu hinken. Aber Herr Friedrich sagte, sie ist nicht krank, ist nur alt und hat so ihre Gedanken.

20.5. Die übliche Morgendepression: Ich kann nicht schlafen, will aber auch nicht aufstehen. Schlechte Kombination.

Ich verliere Nadja, sie verblasst. Ich kann mir nicht mehr vorstellen, wie sie war, ganz lebendig. Manches kann ich mir in Erinnerung rufen und kann es aufschreiben. Trotz aller Fortschritte, die sie jetzt macht, entstehen aber keine Erinnerungen, sie bedrängen mich nicht mehr. Lässt sich etwas dagegen tun?

Ja vielleicht, aber darum geht es ja nicht – eher umgekehrt: Sie, die Erinnerungen, sollen etwas tun, sollen mich drangsalieren, mich begleiten, mir erzählen. Aber sie sind müde geworden.

Zwischen den Fotos in Nadjas Cloud fallen mir ein paar Bilder von jungen Leuten auf, die an einem Tisch sitzen. Aber auch hier kann ich die Fotos keiner Geschichte und keinen Personen zuordnen. Es sind einfach nur unbekannte Leute in einer engen Wohnung. Die Fotos zeigen einen Tisch und das Durcheinander von Tellern und Flaschen und leeren Schüsseln (ähnlich wie in Sergejs Wohnung). Das alles ist immer von derselben Stelle aus fotografiert, vermutlich von der Zimmertür, weshalb der Blick auch jedes Mal auf ein Fenster und ein gegenüberliegendes Gebäude fällt. Man sieht drüben ein paar Lichter, darunter einen Hof oder eine Seitenstraße: Schneeflächen und ein Wagen, in dessen Scheinwerfer eine Reihe von Garagen zu sehen sind. Das Zimmer dieser Treffen lag also offenbar im Erdgeschoss. Keine der Personen gleicht Nadja. Demnach ist sie die Fotografin gewesen. Zuerst denke ich: Das werde ich nicht in ihre Homepage aufnehmen, ich weiß ja nicht, wer diese Leute waren und was sie ihr bedeutet haben. Andererseits muss ich es ja auch nicht wissen, und vielleicht blättert einer von ihnen mal in Nadjas Homepage und freut sich über ein Wiedersehen.

Ein anderes Foto. Es ist mit einem kleinen Herzen bemalt. Zu sehen ist ein junges Paar, das ich von keinem anderen Foto kenne. Ist vielleicht nur versehentlich in Nadjas Sammlung gerutscht, kommt also nicht auf die Homepage. Und dann immer wieder Fotos, von Leuten, die um einen Tisch herumsitzen, vor ihnen ein paar Schüsseln und Gläser. Einfachste Wohnung, dunkler Schrank – Spanholz, eine Tür hängt schräg in der Angel. Ich wähle den Titel: „kleines Abendessen mit Freunden".

21.5. Traum: Leute auf einem Feld. Ich verstehe, dass sie Gräber ausheben. Es sieht trotzdem ganz tröstlich aus.

22.5. Testergebnis negativ, also Krankenbesuch. Mit geringer Hilfestellung kann Nadja jetzt schon selbständig im Rollator gehen, geht aber ganz willenlos. Achtet weder auf das Fenster noch auf die Nachbarin oder die Tür, geht wie eine Schlafwandlerin. Soweit war sie schon vor zwei Monaten. Alles wiederholt sich. Sie nickt, wenn man sie anspricht, reagiert mit unklaren Lauten.

Später dann draußen in der Stadt: Erstaunlich wie schlagartig es Sommer geworden ist. Alle Welt ist jetzt auf den Straßen, enge Hosen, leichte T-Shirts. Frauen zeigen ihre Figur, Männer ihre Muskeln. Das ewige Spiel.

Sommerlich ist es jetzt auch in der Bucht. Massenhaft tummeln sich Frösche in den Uferbereichen. Anfangs sieht es ganz lustig aus, sie lauern, hüpfen, bespringen sich und veranstalten einen gewaltigen Lärm. Kaum zu glauben, was für einen Aufwand die Natur betreibt, um die Fortpflanzung ihrer Arten zu sichern. – Aber nachts ein Froschkonzert, das mir den Schlaf raubt. Schon seit Tagen.

23.5. Ausflug mit Roswitha und Nicolai. Wir holten Nadja im Krankenhaus ab, zogen sie an, sie ging zögernd im Rollator, rechts und links gesichert von Nicolai und mir. Wir kamen durch die Eingangshalle, die Türen öffneten sich und Nadja war zum ersten Mal wieder im Freien. Während Roswitha den Wagen holte, sprach Nicolai mit Nadja (auf Russisch); erzählte, wohin wir fahren, half ihr beim Einsteigen, erzählte dann weiter: dass wir jetzt durch Berlin fahren, hier sieh mal: die Spree, Großer Stern usw. Dann schwieg er für eine Weile, nur das Radio lief, und dann sagte er: „Kannst du mal anhalten, ich glaube sie summt." Roswitha hielt an, stellte das Radio leiser und tatsächlich war noch für einen kurzen Moment Nadjas Summen zu hören oder ein Geräusch, das ein Summen hätte sein können. Sie summt also wieder. Roswitha drehte sich zu ihr nach hinten und sagte, ab jetzt werden sie beide öfter mal zusammen Musik hören und singen.

Im Krankenhaus half Roswitha ihr ins Bett, saß dann noch eine Weile neben ihr, und wieder fiel mir auf, wie wenig Roswithas strenges Gesicht und ihre lockere Stimme zusammenpassen: das eingefrorene Gesicht einer Vorzimmerdame und dann der milde Tonfall einer Krankenschwester („alles wird gut").

Noch einmal Jelena, die kriegsbegeisterte. Sie war keine Frau, die vor Autoritäten kuschte, und war nie um eine Antwort verlegen. Da gab es zum Beispiel das Projekt: ‚Arbeit mit jugendlichen Straftätern', bei dem sie es fertigbrachte, eine ganze Gefängnisleitung ziemlich locker von ihren Vorschriften abzubringen. Das muss 1999 oder 2000 gewesen sein: Besuch eines Jugendgefängnisses und ein Gespräch mit der Gefängnisleitung, alle in Uniform; die Schirmmützen hingen an der Wand, beklemmende Atmosphäre. Man hatte das Gefühl, einer Delegation von feindlichen Stabsoffizieren gegenüberzusitzen. Nach dem etwas schwierigen Gespräch schlugen wir (die Projektteilnehmer) noch einen Rundgang durch die Anstalt vor, stießen bei der Gefängnisleitung aber auf versteinerte Gesichter. Eine Besichtigung der Räume, vor allem ein Kontakt mit den Häftlingen, verstieß gegen Vorschriften. Es wurde hin und her geredet. Jelena sprach wieder leicht ironisch, mit lockeren Handbewegungen (im Gegensatz zu den kantigen Bewegungen der Offiziere). Sie verwies auf das Werkzeug und die Sportgeräte, die wir als Gastgeschenke mitgebracht hatten. Da sollte die Gefängnisleitung uns doch wohl zeigen, dass es hier tatsächlich Werkstätten und Sportmöglichkeiten gibt. Wir Europäer seien misstrauische Leute, sagte sie ganz charmant, wir könnten sonst vielleicht auf ein paar unfreundliche Gedanken kommen. Wir saßen etwas verdutzt da, aber die Russen lachten. Tatsächlich: die Majore und Obersten lachten oder grinsten.

Gut, also dann doch ein kurzer Rundgang durch die Anstalt: Über ein System von Schleusen wurden wir in einen weiten Innenhof geführt, in dem sich eine Art Raubtiergehege befand. Etwa fünfzig Jugendliche gingen dort hin und her und rückten zusammen, als wir uns näherten: Figuren in blauschwarzer Anstaltskleidung, die Hände in den Taschen vergraben (es war Herbst), die Schultern hochgezogen, versteinerter Blick, rasierte Schädel.

Dann wurde der Käfig geöffnet, wir konnten eintreten. Die Jugendlichen wichen stumm zurück, bildeten eine Schneise, durch die wir defilierten, meinerseits mit Unbehagen. Aber Jelena blieb nach ein paar Schritten stehen, ganz unbefangen, eine Frau mitten unter den jungen Männern, fragte den einen oder andern: „Wie lange noch?" (knapp zwei Jahre). „Und was ist mit einer Ausbildung?" (Ja, Schweißer). „Gute Entscheidung, die werden draußen gesucht." Dann ein paar Schritte weiter das nächste Gespräch. Inzwischen hatten sich die Jugendlichen um sie geschart, sie war die Sensation des Tages. Da stand sie also und sagte etwas, worauf ein paar Jungs feixten. Was ich verstanden habe, ging ungefähr so: „Wundert euch nicht über die Leute da, sind ein paar Ausländer, haben noch nie ein Gefängnis gesehen." Das war nicht besonders fair, fand aber seine Lacher.

Schließlich hatten wir den Käfig durchquert; auf seiner Rückseite lagen die Aufenthalts- und Schlafräume (etwa dreißig Gefangene in einem Raum). Eine Tür wurde aufgestoßen, der stechende Geruch von Reinigungsmitteln schlug uns entgegen. Dann die Werkstatt: kalt, muffig, brummende Neonröhren, und der Sportsaal, „ein bisschen klein", sagte Jelena, „ist ja kaum Platz für 20 Jungs". Die Gefängnisleitung wirkte erstaunt und verwies auf die Überfüllung der Anstalt, die eigentlich nur für 300 Jugendliche ausgelegt war. Es waren jetzt aber über 400 hier. Daraufhin Jelena: „Dann sollte man vielleicht weniger Jugendliche ins Gefängnis schicken." Sie sagte das mit einem so unschuldigen Augenaufschlag, dass die Gefängnisleitung wieder grinsen musste.

Und diese Jelena betet jetzt für den Soldaten Nikita und glaubt gefälschten Videos. Es geht mir nicht in den Kopf. Das Einzige, was ich wiedererkenne, ist der ironische Unterton. Im Gespräch ist er leicht zu hören, in den Mails überliest man ihn. Ich sollte mir beim Lesen vielleicht immer ihr Kichern vorstellen, dann wäre das alles weniger überraschend.

Und was antworte ich jetzt darauf? Erster Entwurf: Sie könne doch mal im Internet nachsehen, da gebe es viele Hinweise auf das gefälschte Nikita-Video. Im Übrigen habe ich sie als eine Frau in Erinnerung, die sich nicht so leicht einen Esel für ein Pferd verkaufen lässt. – Na, da müsste mir wohl noch was Überzeugenderes einfallen.

25.5. Zuerst in die Urologie gefahren, dann noch ein paar helle T-Shirts gekauft (Nadja mag meine dunklen T-Shirts nicht).

Was ich von Jelena und unserem Gefängnisbesuch noch erinnere: die Infos der Gefängnisleitung. Etwa 410 Jugendliche seien aktuell hier untergebracht. Ihr Alter: zwischen 14 und 20 Jahren, verurteilt wegen Raub, Einbruch, Gewaltdelikten, Drogenmissbrauch. Strafdauer: zwischen 3 und 10 Jahren.

Die Jugendlichen werden zu Küchenarbeit und Haustechnik herangezogen, aber auch zur gewerblichen Herstellung von Filzstiefeln oder Holzgegenständen (Kisten, Hocker usw.) und auch zur Herstellung von Kinderschlitten; hier die erwähnten Schweißarbeiten; eine „Ausbildung" kann man das aber eigentlich nicht nennen.

Schulunterricht maximal 2 bis 3 Stunden täglich; es fehlen Personal und Lehrmaterial, auch Papier, Schulhefte, Schreibstifte. Eine offizielle Anerkennung von Schulleistungen ist ohnehin unmöglich. Eine kleine Bibliothek wäre aber sehr willkommen, sagte die Gefängnisleitung. In diesen Jahren der Ideenlosigkeit könnten Bücher helfen, die Jugendlichen für die russische Nationalidee zu begeistern (erstaunte Blicke unsererseits). Immerhin: Es gibt das Angebot einer seelsorgerischen Betreuung durch einen Priester.

Der Tag beginnt um 6:30, ist straff organisiert: Morgenappell, Frühstück, Arbeit, Unterricht, Hofgang, Mittagessen, wieder Arbeit, wieder

Hofgang, Abendessen, dann aufräumen und der Abendappell, schließlich noch ein wenig Freizeit (20:30 bis 22:00). Irgendwann in diesem Gespräch fiel mit Hinweis auf Anton S. Makarenko ein Satz, den ich vielleicht falsch verstanden habe (vielleicht war er auch falsch übersetzt): Die Jugendlichen sollten tagsüber so sehr beschäftigt werden, dass sie abends erschöpft ins Bett fallen.

Auch interessant: Es gab vier Arten des Vollzugs:
„Normales Regime" = die Bedingungen für die ersten drei Monate,
„besseres Regime" = bei guter Führung,
„privilegiertes Regime" = das Recht von Freunden besucht zu werden und Lebensmittel von den Eltern zu bekommen,
„striktes Regime" = bei schlechtem Verhalten. (Das wurde für uns aber nicht näher definiert). Überhaupt hatten wir den Eindruck: Wir sollten lieber freundlich sein und nicht so genau nachfragen. Wir verabschiedeten uns mit der versöhnlichen, aber zweifelhaften Botschaft, Gefängnisse in Westeuropa seien auch nicht viel anders.

26.5. Morgens brachte Richard ein paar Bücher vorbei und kam wieder auf seine Lieblingsthemen zurück: Versöhnung von Natur und Technik, von Windpark und sanftem Tourismus. Ich sagte: Gute Idee, aber es klinge trotzdem nach einem Untergangsszenario. Er, Richard, solle das lieber mal mit einem Ökonomen besprechen. Darauf er übers ganze Gesicht grinsend: Ich wisse ja, die Ökonomen haben die Welt nur verschieden interpretiert, wir aber werden sie verändern. (Wieder mal ein echter Richard Löwenscherz.)

Interessant außerdem. Er hat sich in letzter Zeit ein wenig um die ukrainischen Flüchtlinge in Wüstrow gekümmert: Aufenthaltsstatus, Sozialleistung, Schulbesuch; mit Behörden kennt er sich ja aus. Und er findet: „Die Ukrainer sind erstaunlich selbständig, beziehungsweise klären vieles unter sich. Es leben jetzt fast hundert Ukrainer in Wüstrow und Umgebung." Was er (Richard) aber nicht einsieht und worüber er sich aufregen könnte: Diese Integrationskurse! Anatole zum Beispiel ist gelernter Zimmermann, könnte in der Gegend in jedem Betrieb sofort anfangen, Zimmerleute werden dringend gesucht. Aber nein, er hat vier Stunden Deutschkurs pro Tag, dann geht er nach Hause oder zu Freunden und alle reden ukrainisch. In einer Zimmerei würde er doppelt so schnell lernen, ganz praxisnah, notfalls mit Translator. Außerdem hätte Anatole was zu tun, und ein paar Bauaufträge wären auch schneller erledigt. – „Nächsten Montag ist übrigens wieder Teamsitzung; aber ich versteh schon: Du hast derzeit andere Sorgen."

Nachmittags ein Termin im Krankenhaus: Andrej und ein Sachbearbeiter füllen den Renten- und Pflegeantrag aus. Andrej diktiert die Daten, und wieder fällt auf, wie souverän er das macht. Dass er mich zu diesem Gespräch hinzu gebeten hat, erweist sich als völlig überflüssig. Ich habe nichts zu ergänzen oder zu korrigieren. Die Papiere rascheln, die Deckenlampen summen, und Nadja liegt nebenan von allem ganz unberührt in ihrem Schlaf.

Später das Arztgespräch: Nadjas Zustand bleibt robust (so kann man es auch formulieren). Man könnte es demnächst also mit einer Rehabilitations-Klinik versuchen. Dort kann man mehr für sie tun. Einige Fortschritte seien doch festzustellen, motorisch, aber auch sprachlich. Da ist durchaus noch mehr zu erwarten. Also demnächst Verlegung in eine Reha-Klinik.

Wie lange wird sie dort bleiben?

Darauf er: Zunächst einmal sei die Frage, wie schnell sie verlegt werden könne. Es müsse geprüft werden, wo ein freier Platz zur Verfügung stehe, er nannte ein paar Orte, alle ziemlich entfernt, für einen Kurzbesuch praktisch nicht erreichbar. Eines der für Nadja am besten geeigneten Reha-Zentren liegt an der Ostsee, hochspezialisiert, großes Therapieangebot.

28.5. Fassen wir zusammen: Vor fünf Monaten begann alles mit Nadjas Gehirnblutung. Zwei Wochen Koma, dann hatte sie die kritische Phase überstanden, hat zu sprechen begonnen und hat zu gehen begonnen. Dann der Rückfall im März. Wieder hat sie überlebt, hat wieder zu sprechen begonnen, hat auch wieder zu gehen begonnen und kann vielleicht demnächst in die Rehabilitation entlassen werden. In diesen Monaten hat außerdem ein Krieg begonnen, Gas- und die Öllieferungen aus Russland wurden eingeschränkt, die Preise steigen. Was noch? Im Erdgeschoss wohnt jetzt eine ukrainische Familie. Frau Körner, Frau Ohlsen und Herrn Friedrich habe ich näher kennengelernt, und mit Kostja habe ich einen neuen Freund bekommen.

Die Träume allerdings unverändert. Träume, die immer an einen Abgrund führen. Alle Treppen, auch wenn sie noch so breit und robust beginnen, enden in brüchigen Konstruktionen. Und alle Gebäude, die ich betrete, haben morsche Fußböden, unerklärliche Schächte, verborgene Gruben, überall öffnen sich Spalten und Risse.

Es fragt sich also, warum aus fast all meinen Träumen am Ende ein Alptraum wird. Es gibt nur selten einen Traum, der mich tagsüber für ein paar Stunden glücklich macht. Aber vielleicht erinnere ich die glücklichen Träume nur deshalb nicht, weil ich danach ganz entspannt weiterschlafe.

29.5. Eine zweite Mail von Sergej, etwas enttäuschend – oder eigentlich ziemlich enttäuschend. Zunächst ein paar Freundlichkeiten, Gesundheit, Arbeit usw., dann der Hinweis, ich sei offenbar sehr einseitig informiert. Daraufhin eine Liste diplomatischer Bemühungen Russlands, die Ost-Erweiterung der Nato zurückzudrängen (Baltikum, Polen, Balkan etc.). „Seit zwanzig Jahren versuchen wir das Vordringen der NATO zu verhindern." Daraufhin die Erkenntnis, dass Russlands Sicherheit diplomatisch nicht erreicht werden konnte – also nur militärisch. „Auch wir haben ein Recht auf Sicherheit. Für uns geht es um Leben und Tod!"

Hinsichtlich der Ukraine listet Sergej einige Maßnahmen auf, die den Faschismus der dortigen Regierung belegen sollen (keine Pressefreiheit, Verbot politischer Parteien, willkürliche Verhaftungen. – Achtung: Er spricht von der Ukraine, nicht von Russland.) Fazit: Jeder Krieg ist grauenhaft – übrigens auch der Krieg der Amerikaner gegen Vietnam, Serbien, Afghanistan, Irak – aber Sergej ist optimistisch: Der ukrainische Faschismus wird besiegt und die westliche Hegemonie wird fallen. Anstelle von Hedonismus und Individualismus tritt Solidarität als Prinzip des Zusammenlebens. Die unterdrückten Länder dieser Erde werden befreit von der westlichen Gier nach Rohstoffen, und – letztes Argument: Der Klimawandel wird gestoppt durch die Beendigung des westlichen Konsumrausches („overconsumption").

Was ist denn in Sergej gefahren? Wieder einmal bin ich sprachlos. Nicht nur, wie vollständig Sergej die offizielle russische Sicht übernimmt, sondern auch über die Wendung im Schlusssatz: Dieser Krieg dient also auch dem Klimaschutz. Auf die Idee muss man erst einmal kommen. Aber im Ernst, der ganze Brief ist ein Absturz – Sturz aus einem Gemeinschaftsgefühl, das ich Sergej gegenüber immer hatte. Es ist auch ein Sturz aus der Verlässlichkeit einiger Begriffe: Sie tauchen noch immer auf, die vertrauten Begriffe: „Solidarität", „Demokratie", „Konsumterror", „Antiimperialismus", „Klimaschutz". In Projektzeiten waren sie ständige Themen unserer Diskussionen, und wir waren uns ziemlich einig (dachte ich). Aber jetzt werden sie neu zusammengesetzt, und es ist ein Krieg daraus geworden.

Im ersten Moment hielt ich es noch für möglich, Sergej habe vielleicht nur vorsichtshalber die offizielle Darstellung wiedergegeben, er ist jetzt schließlich Direktor. Aber seine Mail legt mit viel Aufwand eine detailreiche Argumentation vor; das ist also offenbar tatsächlich seine innerste Überzeugung. Im Stil völlig anders als Jelena, in der Aussage aber beinahe identisch.

Sergejs Mail ist ein Foto beigefügt, das ihn beim Angeln zeigt. In Gummistiefeln steht er an einem Flussufer (Kama?) und hält strahlend einen Hecht in die Kamera. Kleine Erinnerung an einen Tag, an dem er mich zum Angeln mitgenommen hat? Das war auf meiner Russlandreise: Sergej, ein kleines Ruderboot, ein spätsommerlicher See und am Ende drei Fische einer mir unbekannte Art. Und was mache ich jetzt damit? Wieder einmal dringend der Wunsch, mit Nadja darüber reden zu können. – Der Tag endet mit einem langen Spaziergang am Ufer entlang.

30.5. Der Krieg und die Krise. Allmählich spürt man die Preissteigerungen. Das Benzin jetzt über 2 €. Das bedeutet offenbar: Russland kann die Öllieferungen an den Westen halbieren. Bei verdoppelten Preisen bleiben die Einnahmen gleich. Und falls es dem Westen gelingen würde, den Gasverbrauch auf zehn Prozent zu reduzieren, dann würde sich der Gaspreis eben um das Zehnfache erhöhen. Das ist so etwas wie Dialektik der Marktwirtschaft.

Nadja heute nicht mehr so schläfrig. Sie sah mich an, erkannte mich vielleicht, schien etwas sagen zu wollen, lag dann mit offenen Augen im Bett.

1.6. Anruf Igor. Ich sagte: „Nein, sie ist noch nicht in der Reha, wird noch ein paar Tage dauern." Später sprachen wir über die ersten Sommertage in Petersburg, dann auch über die Stadt, sie hat sich wohl sehr verändert in den letzten Jahren? – Eigentlich wenig. Das heißt: Verschwunden sind die

Buden rund um die Metrostationen, nach und nach verschwinden auch die Wohnblöcke der Chruschtschow-Zeit, stattdessen moderne Hochhäuser bis in die Randbezirke. Vor allem das Stadtzentrum sei moderner geworden, Straßen und Geschäfte, super modern sogar, insgesamt sei es eine schicke Stadt geworden. Allerdings haben jetzt viele Geschäfte geschlossen, westliche Läden, „du kannst dir ja denken, warum". – Ja, kann ich mir denken.

Aber im Alltag ist vieles gleichgeblieben. Da gibt es noch einiges, was er schon vergessen hatte: Du gehst zum Arzt und hast garantiert eine Krankheit, die sich nur mit teuersten Zusatz-Medikamenten behandeln lässt. Oder: Du hast jetzt eine schicke Wohnung, aber alles, was zur Allgemeinheit gehört, also zur Hausgemeinschaft, verkommt, verdreckt: der Hausflur, der Aufzug usw. Niemand kümmert sich. Hier bist du den ganzen Tag auf Ärger eingerichtet. Du brauchst ein Taxi? Dann achte mal darauf, welche Umwege es fährt.

Oder anderes Beispiel: Ob ich mir den Aufwand vorstellen könne, den er mit dem Transfer seiner Euros hatte: Dokumente, Notar-Termine, Beglaubigungen, Vorladungen, hier eine Gebühr, dort ein Verwaltungsabschlag. „Die behandeln dich, als seien sie einem Verbrechen auf der Spur. Leider nichts Neues." Er kann sich nur noch nicht wieder daran gewöhnen.

Und noch ein Blick zu RIA Nowosti: Alles ziemlich unaufgeregt, nicht kriegshysterisch, eher zynisch oder süffisant: Ein hoher General erklärt, warum Russland zwangsläufig siegen werde. Außerdem wird eine neue Panzerwaffe vorgeführt, und es werden EU-Parlamentarier zitiert, die eine Einstellung der Waffenhilfe an die Ukraine fordern aus Furcht, von russischem Öl und Gas abgeschnitten zu werden. Allgemeiner Tenor: Russland wird siegen, und der Westen ist zerstritten.

2.6. Seltsam stürmisches Regenwetter, Anfang Juni eigentlich eine Seltenheit. War nur kurz mit Kostja draußen. Bald kehrten wir um. Drinnen dann Netzstörungen, schon seit dem frühen Morgen: Schwankungen, Datenverlust, sonderbare Fehlfunktionen. Nachrichten sind nur über das alte TV zu sehen.

Versuch, ein paar Fotos hochzuladen, aber das Netz sagt: „keine Internetverbindung." Liegt vielleicht am stürmischen Wetter. In der aktuellen

Stimmung könnte man aber auch an einen gezielten Angriff denken: von Russen, von Chinesen, von Außerirdischen. Nur wäre das im Grunde noch viel zu optimistisch, setzt nämlich voraus, dass irgendeine Institution das Phänomen noch beherrschen könnte. Mich dagegen beschleicht wieder einmal die Ahnung, dass sich das Datennetz irgendwann nur noch selbst bedient nach eigenen undurchschaubaren Regeln oder Fehlfunktionen. Abends gönne ich mir eine Flasche Wein, um mir ganz freundlich eine Welt auszumalen, in der das digitale Leben zum Erliegen kommt. Die Leute rücken in Notunterkünften zusammen, werfen die alten Holzöfen an und reparieren ihre Wasserleitungen mit Hammer und Zange.

4.6. Dass das Netz wieder funktioniert, bemerke ich morgens im Halbschlaf, als Ed anruft und fragt, ob ich zurechtkomme. Ja, kein Problem; und bei ihm? Er sitzt beim Frühstück, hatte keine Netzprobleme. Na dann: ich gratuliere.

Und was sagt uns RIA Nowosti heute? Ein paar ukrainische Verluste werden gemeldet, und in Italien rechnen die Medien mit dem Zerbrechen einer einheitlichen europäischen Ukraine-Politik. Außerdem: Freiwillige, russische Helfer kümmern sich in Mariupol, dieser in Grund und Boden bombardierten Stadt, um herrenlose Haustiere (mit süßem Foto: ein Helfer streichelt einen verängstigten Hund). Beinahe eine gemütliche Welt, erstaunlich für ein Land, das glaubt, sich gegen seine Vernichtung durch die NATO wehren zu müssen.

Was noch? Pjotr Akopow, der Leitartikler, meldet sich mit einem Kommentar zu „Hundert Tage Militäreinsatz in der Ukraine". Tatsächlich, heute vor 100 Tagen begann der Krieg, den Akopow nicht als Krieg bezeichnet, denn erstens gab es keine Generalmobilmachung und zweitens läuft das Leben in Russland weiter wie bisher, „keine Änderungen der üblichen Lebensweise" (ja klar, wenn man 1000 Kilometer entfernt in sicherer Distanz wöchentliche Kommentare schreibt).

Also die Lebensweise der Russen hat sich nicht geändert, aber sie ist dabei, sich zu ändern – und damit ist Akopow wieder bei seinem Lieblingsthema: Immer mehr Menschen (Russen) spüren die „Prädestination für ein Leben in Solidarität, Gerechtigkeit, Dienst und Verantwortung".
„Dies sind noch nicht die Hauptschlagworte unseres Lebens geworden,

aber ihnen gehört die Zukunft." Das ist die neue „Formel Russlands, die unseren Werten am besten entspricht". – Um dann doch noch auf den inzwischen hunderttägigen Krieg zu sprechen zu kommen, fügt Akopow hinzu: Dieses neu erwachte russische Selbstbewusstsein werde den Zusammenbruch der atlantischen Weltordnung beschleunigen.

Das alles schreibt er nicht als einfacher Lokal- oder Regionalredakteur, sondern als Kommentator der staatlichen Nachrichtenagentur RIA. Erstaunlich ist wieder einmal dieser riesige ideologische Überbau. Während der Westen in politischen und ökonomischen Kategorien analysiert (Machtgewinn, Grenzverschiebungen, Wirtschaftssanktionen), geht es bei Akopow um eine neue Gesellschaft und den neuen Menschen: solidarisch, dienstbereit.

Man kann rätseln: Ist das nur der Weihrauch, der den Krieg heiligen soll? Oder gibt es tatsächlich einen Mentalitätswandel unter den Leuten. Auf alle Fälle klingt manches ähnlich wie die Mails von Jelena und Sergej: Abwendung vom Westen, Rückbesinnung auf „Russische Werte", was auch immer das sein mag.

6.6. Andrej rief an: Reha vorerst verschoben, einige Unsicherheiten hinsichtlich der Liquordrainage bestünden noch, und das EEG sei auch noch nicht befriedigend. (Aber war die Liquordrainage nicht längst abgeschlossen? Ich muss zugeben: Ich verliere den Überblick über das Medizinische.)

Russland kündigt an, seine Wirtschaftsbeziehungen zum Westen zu überdenken, ggf. einzustellen. Umorientierung nach Asien also. Das heißt möglicherweise aber auch: Niedergang des europäischen Teils Russlands. Dabei war Russland immer auf den Westen bezogen. Petersburg das Tor nach Europa, es müsste jetzt geschlossen werden. Der europäische Teil Russlands würde dann Hinterhof. Aber aus den westlichen Regionen bezieht Russland seine Traditionen. Am Ende wäre Russland Rohstofflieferant und Laufbursche für China. Kein Grund zur Schadenfreude. Man wird über Russland nicht mehr reden können, ohne an China zu denken. Als einzige Macht könnte China von diesem Krieg profitieren. – Keine besonders sympathische Vorstellung. Stehen wir am Beginn eines chinesischen Jahrhunderts? Wäre aber interessant, was danach kommt.

Die Experten widersprechen sich: Studien haben angeblich gezeigt, dass die Sanktionen gegen Russland keinerlei Wirkung zeigen. Russland habe sich jahrelang auf den Krieg und auf Sanktionen vorbereiten können. Andere Experten finden dennoch genügend Hinweise auf einen Erfolg von Sanktionen: verringerte Wirtschaftsleistung, Preissteigerung, Mangel an Hochtechnologie usw. „Ja aber ..." sagt eine dritte Gruppe von Experten. Mit anderen Worten: Sie alle tappen im Dunkeln.

7.6. Anatole sitzt auf Herrn Friedrichs Rasentraktor und mäht die Wiese um die Anlage herum. Als er mich sieht, hält er an. Soweit ich verstehe (halb Russisch, halb Deutsch, und ein bisschen Translator) – soweit ich verstehe, geht es ihnen gut, die Kinder sind in der Schule, er im Integrationskurs, Sonja geht noch nicht hin, wegen der Kleinsten (zwei Jahre alt). Dann hat er noch eine Frage, in der die Begriffe „Grundschule" und „Gymnasium" auftauchen. Ich beginne also das deutsche Schulsystem zu erklären, aber Anatols Blick sagt: „Danach habe ich doch gar nicht gefragt. " Wonach er eigentlich gefragt hat, weiß ich aber immer noch nicht. Er redet unbekümmert weiter, offenbar über die Ukraine, vielleicht über die Eltern, da er ein zufriedenes Gesicht macht, nicke ich unbestimmt.

Spaziergang mit Kostja. Unten im Hof treffen wir Frau Ohlsen und ihren Benny. Und auch hier wieder "was gibt es Neues von Nadja?" (einerseits nett gemeint, andererseits lästige Wiederholung: Fortschritte, Entlassung, Rehabilitation.) Anschließend noch beiderseits Kopfschütteln über das regnerische Wetter; scheint kein Sommer zu werden, dieses Jahr. – Na ja, vor kurzem, Ende Mai, war es doch ein paarmal schon ziemlich heiß.

Bin bei Nadja und versuche ihr zu erklären, dass sie bald entlassen werden kann, voraussichtlich 15.6. „Du kommst dann in die Rehabilitation." Sie sieht mich an, wachsam, scheint zu verstehen, dass etwas bevorsteht.

Wir werden unterbrochen, als Isabell kommt. Sie hat Blumen mitgebracht und arrangiert eine Blumenvase; unterdessen helfe ich Nadja in ihren Rollstuhl. Dort sitzt sie dann und sieht Isabell an und die Blumen, starrt auf ihre Hand, bewegt wieder die Finger, als ob sie sie etwas abzählen wollte, und murmelt unklar. Dann denke ich: Moment mal – und während Nadjas Murmeln weitergeht, glaube ich zu verstehen, dass sie ‚холодно' sagt (kalt). Es ist undeutlich, ja, aber doch ahnungsweise zu verstehen. Ich frage nach: „холодно"? Sie nickt. Und während Isabell eine Decke holt, beginne ich zu ahnen, dass wohl all ihre unklaren Laute der letzten Wochen nichts anderes waren als die Suche nach den russischen Worten. Sie spricht also Russisch! Natürlich. Das hätte mir doch wahrhaftig schon früher auffallen können: Russisch.

Zuhause rufe ich Galina und Igor an: „Nadja spricht! Sie spricht schon seit längerem, wir haben es nur nicht realisiert, es war Russisch." Galina schlägt die Hände über dem Kopf zusammen, Igor gratuliert. „Siehst du, alles wird gut."
Abends. Meine Aktuelle Stimmung? Im Hof stehen und in die Sternennacht sehen und etwas Riesiges umarmen wollen.

9.6. Noch einmal Akopow und die Reinigung des russischen Nationalcharakters. Ich kann verstehen, was Sergej daran gefällt: das Bescheidene, das Kollektive. Schon damals war sein Unbehagen gegenüber dem Westen zu spüren – oder gegen alles, was er in den 90er Jahren aus dem Westen kommen sah: Individualismus, Egoismus, Geldgier und Konsum, das Protzige. Man kann das so sehen; und das hat ja auch was Sympathisches, hat sich jetzt aber offenbar in eine Kriegsblindheit verdreht.
Damals, als wir über Wohlstandsmüll, Konsumgesellschaft usw. diskutierten, sprach Sergej ganz aggressionslos; es klang eher schwermütig oder resigniert, klang eben nach Jim Morrison. Das Einzige, was uns der Westen gebracht hat (fand er), waren Privatisierung und Deregulierung und ein weitgehend gesetzloser Räuberkapitalismus. Überfluss einerseits, Verelendung andererseits. Das war dann auch der Anschluss an „this is the end my only friend". Besonders in Erinnerung: der Besuch eines Zentrums für straffällige Jugendliche, eines sogenannten „Isolators". Es war das Projekt, an dem auch Jelena beteiligt war (deshalb der Besuch im Jugendgefängnis). Sergej war mir damals schnell vertraut geworden; er kam weder aus der Wissenschaft noch aus der Verwaltung, kam aus der Praxis und kannte die entsprechenden Leute und Einrichtungen, zum Beispiel diesen Isolator": ein geschlossenes Heim, von einem hohen Zaun umgeben, ein ramponiertes Gebäude, beinahe ein Sanierungsfall.
Man klingelte, dann kam ein Milizionär, öffnete zuerst das Gitter, dann die Tür, man konnte eintreten. Auch die einzelnen Etagen waren gegeneinander abgeschlossen und alle Fenster vergittert. Dort lebten zum damaligen Zeitpunkt 16 straffällige Kinder im Alter zwischen 7 und 14 Jah-

ren, in der Mehrzahl Waisen. Ihre Straftaten: Diebstahl, Betrug, körperliche Gewalt. Sie erhielten „pädagogische Betreuung" und auch Schulunterricht. Wir haben alle 16 Kinder in einem Schulraum angetroffen, wo sie Russisch-Unterricht erhielten: verschlossene Gesichter, kein Lächeln oder Nicken, kahlrasierte Schädel, ein mechanisches Aufstehen, als wir den Raum betraten. Der Lehrer, ein einarmiger Afghanistan-Veteran, schaute in diesem Moment deprimiert zu uns herüber, und auch wir dürften reichlich deprimiert in den Raum hineingesehen haben.

Genauso deprimierend waren Einrichtung und Ausstattung, also etwa so, wie man sie bei Charles Dickens antreffen könnte. Ein fürchterlicher Gestank im Quarantäne-Raum, in dem die Kinder für die ersten Tage untergebracht wurden; die Matratzen schienen seit hundert Jahren Urin aufgesogen zu haben. Wir kamen dann durch einen Flur, dessen Wandfarbe abgeplatzt war und ein Teil des Bodens verrottet, weil eine Wasserleitung geplatzt war. Der Heimleiter sagte, man habe kein Geld, alles müsse in Eigeninitiative repariert werden, also von Freunden oder Bekannten mit Fachkompetenz und den nötigen Materialien.

Der Schlafraum war ohne jede persönliche Note: Kein Kind hatte einen eigenen Nachttisch oder auch nur ein Poster über dem Bett. Die Betten korrekt gemacht, die Laken straffgezogen, die Kopfkissen militärisch exakt als Dreispitz drapiert. Am Eingang stand das Bett des Wachhabenden, der verhindern sollte, dass nachts Gewalt aufkam. Ein Teil der Betten berührte mit der Kopfseite eine Wand, die anderen Betten standen ohne jeden Wandkontakt in der Mitte des Raums. Einer der Holländer sagte: Wenn er nachts so rundum schutzlos im Bett liegen müsse, könne er kein Auge schließen. Er sagte es ganz unaufgeregt, der Übersetzer lächelte unbestimmt, und die Heimleitung nickte. Überhaupt machten diese Leute einen offenen und sympathischen Eindruck. Das waren keine Bürokraten oder Stalinisten.

Sie erklärten, staatlich finanziert würden nur Gehälter und Lebensmittel, andere Anschaffungen mussten zusammengebettelt werden: Kleiderspenden, Möbelspenden, Bücherspenden usw. Man suche zum Beispiel Sponsoren für einen kleinen Kapellen-Raum (für Gottesdienst und Beichte). Und wir, in der Hilflosigkeit des Projektes, hatten nicht mehr zu bieten als ein paar pädagogische „Materialien" (Sportgeräte, Schreibzeug, Magnetsets für Buchstaben, Zahlen, geometrische Figuren ...).

Angesichts dieser Zustände waren auch die pädagogischen Konzepte, für die wir hier werben wollten, reichlich absurd: moderierte Opfer-Täter-Gespräche, Jugend-WGs mit sozialpädagogischer Betreuung, Sport- und Werkstattangebote für junge Straftäter (Erfolgserlebnisse organisieren, Teamgeist bilden!). Hier vor Ort konnte die Heimleitung nur sagen, man arbeite daran, die Atmosphäre eines Gefängnisses ein wenig zu verdrängen, also mehr Wärme zu erzeugen, aber es gebe eben Vorschriften. Der Mann sagte tatsächlich „Wärme" und wirkte in diesem Moment ziemlich mutlos.

Und auch wir mussten zuerst einmal tief ausatmen, als wir wieder draußen waren. Sergej sagte: „So sieht es aus nach zehn Jahren Krise und Chaos, aber das wird sich ändern. Das verspreche ich euch, das Land wird sich verändern." Und das Land hat sich ja auch geändert, allerdings nicht in die Richtung, die wir erhofft hatten.

Wenn ich heute darüber nachdenke, fällt mir auf, dass sich Sergejs Unbehagen lediglich auf den maroden Zustand des Gebäudes bezog und die mangelnde Ausstattung – aus seiner Sicht war das eine Folge der Wirtschaftskrise, die der Westen ins Land getragen hatte, der Westen mit seiner Geldgier. Das heißt aber: Die sowjetische Welt vor der Krise fand er in Ordnung (Drill, Disziplin, Kollektivismus, Strafe). Umso irrwitziger mussten ihm unsere Konzepte erscheinen. Mit Samthandschuhen behandelt man doch keine Straftäter. Auch wenn sie noch so jung sind, sie müssen die Macht der Gesetze spüren. Überhaupt habe ich inzwischen den Eindruck: Das Menschen- und Weltbild der Russen (soweit ich sie kenne) ist dunkler, pessimistischer. Oder anders: Das Grundgefühl des Lebens ist dunkler. Gefahr überall, seht euch vor, haltet zusammen, wappnet euch. Das alles nicht als Nationalcharakter, eher als Nationalgeschichte, als Spurrillen in der Seele. Da stehen wir (Ost und West) uns dann zwangsläufig ziemlich fremd gegenüber.

Das war Sergej. Und was antworte ich jetzt auf seine Mail über Hegemonie und Hedonismus und den Kampf gegen den ukrainischen Faschismus? „Offenbar sehen wir die Dinge sehr unterschiedlich", das ist schonmal kein schlechter Anfangssatz. Und weiter? Ich könnte versuchen zu vergleichen, welches Land (Russland oder Ukraine) mehr Parteien verbietet, stärker die Pressefreiheit einschränkt, willkürlichere Verhaftungen vornimmt usw. Wo sitzen also die eigentlichen „Faschisten"? – Blöder Vergleich.

Oder vielleicht anders: Der Antiimperialismus. Über den Kampf der unterdrückten Völker muss er mir nichts erzählen. Ich könnte auf ein gewisses Pensum antiimperialistischer Demos verweisen, die ich überzeugungsfest absolviert habe. Aber es gibt da eben doch einen Unterschied zwischen den USA und Russland: Wir trugen den Vietnamkrieg in den Schulunterricht und in die Leserbriefe der Lokalzeitungen. Aber die Infos und Fotos von Kriegsverbrechen hatten wir aus amerikanischen Medien, ebenso wie die Bilder der Protestbewegungen, die uns motivierten. Aus Russland sehen wir heute nichts dergleichen, jede Opposition ist im Keim erstickt. – Aber reden wir nicht darüber. Ist wahrscheinlich viel zu heikel. Ich schreibe das aus sicherer Position, im Gegensatz zu ihm. Ich kann nur vorschlagen, das Thema „Krieg" auszuklammern, bis alles vorbei ist. Stattdessen erzähle ich von Nadja, „einer Freundin und Russin", erwähne unbestimmt ihre Krankheit und ihren Wunsch, mal wieder an den Jenissei zu reisen. Ich weiß zwar, dass es auf absehbare Zeit unmöglich ist, schreibe aber trotzdem: „Ich hoffe, wir können uns bald mal wiedersehen; und vielleicht kommst du doch auch mal nach Deutschland; ich zeige dir das Land und natürlich auch the way to the next whiskey bar."

10.6. Bilder von Autos, Flugzeug, Fahrrad hat Nadja richtig erkannt und benannt (auf Russisch). Es geht also tatsächlich vorwärts.

Nachmittags wieder die Arbeit an den Steinplatten. Ich war froh, dass es etwas zu tun gab. Schreibtischarbeit macht depressiv. Es fehlt das handfeste Ergebnis. Als ich dann verdreckt und verschwitzt im Hof stand, kam Herr Friedrich vorbei, nicht unfreundlich, und dann auch noch Frau Körner. Sie erkundigte sich nach Nadja, „schön, dass sie sich wieder gefangen hat". – Und übrigens, ob ich vielleicht Erdbeermarmelade mag, es gab so viele Erdbeeren dieses Jahr, sie habe viel Marmelade gekocht, Herr Friedrich habe auch ein paar Gläser bekommen (ermunterndes Nicken seinerseits). „Ja, gerne", sagte ich, obwohl ich ja selten Marmelade esse. Aber Frau Körner lächelte so hoffnungsvoll, dass ich nicht widerstehen konnte. Von ihrer letztjährigen Brombeermarmelade kann sie mir übrigens auch noch etwas abgeben. Und auch da konnte ich nicht „nein" sagen, einfach weil sie eine liebenswürdige ältere Frau ist. Herr Friedrich kann immerhin gelegentlich etwas in ihrem Haushalt reparieren. Ich kann nur nett grüßen und Marmelade essen.

11.6. Ich bleibe zuhause, Julia ist heute bei Nadja.
Würde am liebsten nur schlafen, klicke dann doch durch die Nachrichten. Die russische Staatsduma bereitet ein Verbot von Buchstaben in Fremdsprachen vor. Vor allem in der Werbung sollen in Zukunft kyrillische statt lateinischer Buchstaben verwendet werden. Das „Notebook" wird dann „ноутбук" und Volkswagen wird wohl „Фольксваген". – Na gut, sollen sie umstellen, kyrillische Buchstaben sind wenigstes keine Kriegserklärung.

13.6. Morgens sehe ich Anatole und Herrn Friedrich im Hof, sie legen einige Latten und Bretter zurecht, unklar, was daraus werden soll, aber sie scheinen sich zu verstehen. (Beide ohne Maske übrigens, Corona ist kein Thema mehr – außer im Krankenhaus.)
War heute ein letztes Mal in Berlin, die Reha-Verlegung ist für morgen geplant – an die Ostsee. Ich saß bei Nadja, hielt ihre Hand, und wieder begann sie zu summen. Sie summt nicht nur, wenn ein Lied gespielt wird, sondern vielleicht einfach auch als Ausdruck des Wohlgefühls; könnte ungefähr heißen: „bitte noch mehr". Dagegen ist ein knarrendes Geräusch zu hören, wenn sie sich unwohl fühlt. Man spürt jetzt besser, wie es ihr geht. Und einiges kann sie auch schon sagen, „холодно" („kalt") zum Beispiel.
Eine andere, weniger erfreuliche Nachricht: RIA Nowosti meldet, Russland könne nach Ansicht des Abgeordneten Fjodorow die Anerkennung der Unabhängigkeit Lettlands, Estlands und Litauen widerrufen. In der Begründung des Dokuments heißt es, die Selbständigkeits-Deklaration von 1991 sei illegal, weil sie durch ein verfassungswidriges Organ angenommen wurde unter Verstoß gegen mehrere Artikel der Verfassung der UdSSR. – Das klingt gefährlich nach Wiederherstellung Russlands in den Grenzen der Sowjetunion.

14.6. Nicolai brachte Nadja heute nach Wüstrow, von dort fuhr ich mit ihr in die Reha, Aufnahmegespräch mit Doktor Krevel. Er erläutert eine Serie von CT-Bildern, beginnend im vergangenen Dezember: Subarachnoidalblutung mit Hirndruckerhöhung, Blut im Gehirngewebe in der vorderen Gehirnhälfte, Hygromsaum links mit Druckwirkung, Flüssigkeitsansammlung linke Gehirnhälfte. Auf den Bildern sieht man vor allem eine Schädigung der vorderen Gehirnhälfte („Frontalhirnsyndrom"). Klingt so, als wolle er mich auf eine böse Mitteilung vorbereiten. Aber dann spricht er von guten Ansätzen für eine Therapie. Immerhin: Der Mann versteht was von seinem Beruf – hoffentlich.

Wir besprechen noch den Therapieplan (Bewegung, Gedächtnistraining, Orientierungstraining, Logopädie usw.) Ich habe keine weiteren Fragen. Allerdings werde ich Nadja nur selten besuchen können (Fahrzeit einfache Strecke: fast 3 Stunden).

15.6. Ein stiller Abend. Die Lichter von BB spiegeln sich in der Bucht. Später erscheint eine Mondsichel in den Nachtwolken.

Beruhigend ist, dass mit der Dämmerung noch manchmal die Eule ans Dorf herunterkommt. Anfangs sitzt sie auf dem Schuppen und schüttelt ihr Gefieder. Wenn ich Glück habe und das Licht im Zimmer gelöscht ist, kommt sie auch aufs Balkongeländer. Aber sobald ich mich in der Dunkelheit meines Zimmers bewege, fliegt sie weg.

17.6. War mit Nicolai und Roswitha bei Nadja, kleiner Ausflug in die Umgebung. Nadja ungerührt, aber als ein See auftaucht, ruckt sie und sagt „озеро" (See). Wir halten an, Nicolai setzt sich neben sie und spricht mit ihr. Sie lächelt und findet auch mehr und mehr Wörter: „облако" (Wolke), „птица" (Vogel). Später ein kurzer Spaziergang mit Rollator.

Abends denke ich: Wie ist das eigentlich mit Nadjas Wahrnehmung? Einerseits reagiert sie mit keiner Miene auf Menschen, an denen wir vorbeikommen, oder auf Fahrzeuge und Gebäude. Andererseits reagiert sie auf Dinge, die mir völlig bedeutungslos erscheinen, z.B. ein Wolkenbild oder ein Vogel. Obwohl sie den ganzen Tag von Wolken oder Vögeln umgeben ist, weckt genau diese Wolke oder dieser Vogel ihr Interesse. Vielleicht reagiert sie auch nur auf irgendwelche inneren Prozesse. Nervenreflexe?

Eine ganz andere Frage: Diese Vögel. Wenn sie im Baum sitzen, dann losfliegen, scheinen ihre Bewegungen so ziellos zu sein. Oder wissen sie von Anfang an, wohin sie wollen? Und was sie dort wollen? Oder wollen sie einfach nur fliegen? Und wenn sie im Frühjahr ein Nest bauen, wissen sie, dass Nachwuchs ansteht? Dass sie demnächst ein paar Küken zu versorgen haben? Und wie gelingt es ihnen, unter all den anderen Finken oder Meisen oder Amseln jeden Tag zuverlässig ihren Partner wiederzuerkennen? Aber immerhin haben sie eine überzeugende Aufgabe für ihre Partnerschaft: Nest bauen, Eier brüten, Küken füttern.

18.6. Was sagen RIA.ru und Iswestija? Sie zitieren eine polnische Zeitung, die russisches Gas und Öl für unverzichtbar hält. Berichtet wird auch über Abgeordnete des Bundestages, die vor Waffenlieferungen an die Ukraine warnen. Dazwischen finden sich Meldungen über den Nährwert von Nüssen oder die Symptome einer Lebererkrankung. – Was mich jedes Mal verblüfft: Es ist eine vollkommene Welt, alles vorhanden, und dieser Krieg gehört ganz selbstverständlich dazu. Allerdings nicht in Form von Kriegshysterie, sondern in hämischen Kommentaren über den Westen, der in Streitereien und Inkompetenzen zerfällt. Klingt alles ziemlich lustig.

Und was sagt Wuestrow-online? Auch hier spielt der Krieg heute keine Rolle. Interessant vielleicht: In Corona-Zeiten zieht es junge Familien aus den Großstädten aufs Land. Trifft ganz meine Mentalität. Raus in die Natur.

19.6. Heute nicht vergessen: Für Nadja einen Badeanzug mitnehmen. Wofür? Für Bewegungsübungen im Schwimmbecken. Eine Therapeutin wird sie halten und durchs Becken führen. Klingt gut – alles sehr leicht, sehr warm, sehr entspannend. Soll auch gut sein für die Sensibilisierung der Haut.

Ein Pfleger, den ich im Stationszimmer treffe, spricht von Fortschritten, schwierig sei allerdings, dass Nadja wenig kooperativ sei und nur Russisch rede (wenn überhaupt), Therapiemöglichkeiten also deutlich eingeschränkt. Kurz gesagt: motorisch ist alles auf gutem Wege, aber das Sprachtraining stagniert, das Gedächtnistraining stagniert ebenfalls – und überhaupt auch der persönliche Kontakt.

Als ich dann noch eine Weile an Nadjas Bett sitze, sagt sie „хочу домой" (will nach Hause). Sie will hier nicht bleiben. „Bald, bald", sage ich, aber sie will jetzt mit mir nach Hause fahren. Als ich gehe, hält sie mich fest, ich muss ihre Hand von meinem Arm lösen. Sie reagiert verzweifelt. Im Wagen komme ich mir dann vor wie ein Verräter.

21.6. Anruf von Dr. Paulsen: Nadja habe versucht, die Station zu verlassen, und habe sich nur widerwillig in ihr Zimmer zurückführen lassen. Logopädische Übungen und Gedächtnistraining habe sie verweigert, vielleicht wegen Sprachproblemen. Es sei zu befürchten, dass sich eine hartnäckige Verweigerungshaltung entwickle. Das große Spektrum von Therapiemöglichkeiten, das man ihr zu bieten habe, könne nicht genutzt werden. Ob ich nicht ein paar Tage bei ihr bleiben könne, bis sie an die neue Situation gewöhnt sei. Die Klinik stelle Gästezimmer zur Verfügung, auf Wunsch könne man mir auch in Nadjas Zimmer ein Bett anbieten.

22.6. Frage an Frau Ohlsen, ob sie Kostja für ein paar Tage aufnehmen könne. Kurz danach schon wieder ein Anruf aus der Klinik: Nadja sei mehrfach vor den Fahrstühlen abgefangen worden, habe Gewalt gegen die Schwester angewendet. (Nadja Gewaltanwendung? Kann ich mir nicht vorstellen). Ob ich nicht heute schon kommen könne. Alternativ wäre, Nadja in eine geschlossene Abteilung zu verlegen, was ihre Verweigerungshaltung aber verstärken würde.

Als ich abends ankam, lag sie abgewandt im Bett, drehte sich langsam um mit versteinertem Gesichtsausdruck. Ihre trostlose Miene löste sich auch nicht, als ich mich zu ihr setzte. Sie versuchte, etwas zu sagen, hielt mich dann fest. Ich sagte, dass ich ein paar Tage bei ihr bleiben werde. Sie nickte. Unklar wieviel sie verstanden hatte. Sie schien aber beruhigt zu sein.

23.6. Begleitete Nadja bei verschiedenen Therapien, sie blieb ruhig. Bilder von Äpfeln, Bananen usw. konnte sie erkennen und benennen (auf Russisch). Sie musste noch gefüttert werden, hat aber mit einigem Hunger gegessen, was in den letzten Tagen offenbar nicht der Fall war.

Nachmittags verweigerte sie jede Therapie: „не хочу, не буду" (ich will nicht und werde auch nicht). Die Therapeutin entließ uns mit dem Vorschlag, ein wenig spazieren zu gehen. Wir gingen also durch den Park, sie wiederholte, nicht hier bleiben zu wollen, „warum sind wir hier?"
– „Du bist krank."
– „Bin nicht krank."
Ich saß dann bei ihr im Zimmer, eigentlich gemütlich eingerichtet. Bett, Tischchen, Schrank, alles in dezenten Farben. Draußen ein endlos langes Abendlicht. Spät sah man aus einer der naheliegenden Villen ein

älteres Paar heraustreten, die Frau stand schon auf dem Gehweg, er verschloss noch das Haus. Dann gingen sie scheinbar wortlos zum Park hinüber.

24.6. Auch heute spricht sie ständig davon, nach Hause zu wollen. Und sie wiederholt ständig einen Satz, den ich mir so zusammenreime: „Warum können wir nicht weggehen, wenn es uns nicht gefällt?" Ich sage ihr dann jedes Mal, sie sei krank (ты больна), das scheint sie nicht zu akzeptieren oder gleich wieder zu vergessen.

Nachmittags bereitwillig ein paar Mobilitätsübungen, auch eine Art Wasserbad unter leichter Stromzufuhr (Sensibilitätstraining: die Haut prickelt). Als man sie wieder angezogen hat, beginnt sie in ihrer Tasche zu kramen, sie habe den Schlüssel verloren oder man habe ihn gestohlen – offenbar den Hausschlüssel für Bischofsbrück. Ich versuche also erneut, die Lage zu erklären. Der Arzt fand, sie sei „zunehmend getrieben". Sie habe kein Krankheitsbewusstsein, man werde ihr ein Beruhigungsmittel geben.

Das Beruhigungsmittel hat sie dann aber verweigert – wie auch die anderen Tabletten des Abends. Es begann kritisch zu werden. Ich rief Nicolai an, ob er nicht in Ruhe und Ausführlichkeit mit Nadja reden könne, auf Russisch käme man vielleicht noch am besten zu ihr durch. Es folgte ein längeres Gespräch, das lautgestellte Telefon lag vor ihr auf dem Nachttisch. Nicolai redete, Nadja redete, beruhigte sich allmählich, klang besonnen, sprach auch schon in ganzen Sätzen. Das funktioniert also inzwischen. Umso mehr fühlte sie sich darin bestätigt, dass sie eigentlich gesund ist.

25.6. Therapie heute nur soweit sie gewillt war (Bewegungen, Wasserbad …). Anschließend Gespräch mit Dr. Paulsen. In dieser Phase der Rekonvaleszenz, seien die meisten Patienten eingeschränkt ansprechbar, aber Nadja gar nicht. Frage, ob irgendein Trauma bekannt sei. Ich sagte „nein".

Nachmittags wieder eine große Schreierei, weil sie den Hausschlüssel vermisste, auch ihr Portemonnaie. Sinngemäß dann: „Wir bezahlen jetzt, dann gehen wir." Dass sie krank sei und hierbleiben müsse, dringt nicht hinein in ihre Suche nach Portemonnaie und Schlüssel. Später dann ein paar mir ganz unverständliche Äußerungen über Schlangen („змей"). Nadja machte mit der Hand eine Schlangenbewegung, aber ich verstand trotzdem nicht. Fühlt sie sich bedroht? Es klang eher so, als müsse sie dringend etwas erledigen.

26.6. Sonntag. keine Therapie. Frühstück verweigert. Die Pflegerin, die ihr behilflich sein sollte, fragte, ob ich das übernehmen könne. Ich war aber genauso erfolglos. Anschließend wieder Streit. Sie will nach Hause, es sterben so viele Hunde (?). Ich zeige ihr ein Foto von Kostja und sage, er lebt, er ist gesund. Das beruhigt sie etwas.

Nachmittags kam Dr. Krevel: Es gebe in unserer Nähe eine kleine Reha-Klinik in Mahlsdorf, sie ist eigentlich spezialisiert auf Schlaganfallpatienten, also nicht exakt auf Nadjas Fall zugeschnitten, habe aber viele vergleichbare Therapieangebote. Nadja könne dort als Tagespatientin weiterbehandelt werden, sie wäre dann zuhause in gewohnter Umgebung und täglich ein paar Stunden in der Therapie. Damit wäre das Haupthindernis ausgeräumt (sie möchte nach Hause). Medizinisch gesehen ist es nicht ganz ohne Risiko, andererseits wohl die einzig realistische Möglichkeit. Außerdem sei Nadja rein organisch seit Monaten komplikationsfrei.

Allerdings: Den üblichen Standards entsprechend könne sie nicht einfach entlassen werden, sie kann sich nicht selbständig waschen, anziehen usw. Für Medikation, Hygiene, vor allem auch für eventuelle Notfälle, wird in den ersten Monaten eine examinierte Pflegekraft notwendig sein, am besten ganztägig. Ob wir zuhause Platz hätten für eine zusätzliche Person.

Ich erklärte unsere Wohnsituation (wir wohnen nicht zusammen; Nadja in Bischofsbrück, ich in Fährholz). Daraufhin er: Ob ich mir vorstellen könne, zeitweilig bei Nadja zu wohnen oder sie bei mir – und ggf. auch eine Pflegerin. Nadja dürfe keinen Moment unbeaufsichtigt sein. Sollte das nicht funktionieren, bliebe nur die geschlossene Abteilung.

So, das ist jetzt also die Lage. Alles klar, alles vernünftig. Alles Mist.

Abends erreiche ich Andrej. Ein zähes Gespräch. Die Finanzierung einer Pflegekraft müsse geklärt werden, fraglich ist, ob es Zuschüsse gibt. Er werde sich erkundigen. Außerdem sei Nadjas Haus für eine Betreuung

denkbar ungeeignet. Ich sagte „ja", und wusste, dass er recht hat: Das Haus, am Hang gelegen, ist terrassenförmig angelegt, großzügiger Wohnraum, Badezimmer eine halbe Treppe höher, Essküche eine halbe Treppe tiefer, und von dort aus noch eine halbe Treppe tiefer der Ausgang zur Terrasse und den Garten, sehr schick, aber tatsächlich ungeeignet bei Behinderung. Interessant dann Andrejs weitere Überlegungen: Fraglich sei ohnehin, ob man das Haus halten könne. Nadja werde wohl nicht mehr arbeiten können, im Grunde seien die Hauskredite nicht länger finanzierbar. Ein Verkauf würde wenigstens Nadjas Schulden decken (von denen ich heute zum ersten Mal höre: Schulden für ihre Renovierung/Modernisierung vor zwei Jahren). Andrej deutete an, Nadja habe sich etwas übernommen, sei überhaupt eine Frau, die ungern spart, habe gewisse Ansprüche. Deshalb die Frage, ob man Nadja übergangsweise bei mir unterbringen könne.
– „Bei mir? – Aber wer bringt sie dann jeden Tag nach Mahlsdorf? Und wie ist das mit einer Pflegekraft?"
– „Müssen wir überlegen."

Abends, während Nadja ruhiger wird, gerate ich in Panik. Das sind jetzt doch ein paar Überraschungen zu viel. Bisher war ich Besucher, konnte ins Krankenhaus kommen und gehen, wie ich wollte. Ab jetzt bin ich verantwortlich, unentrinnbar, ohne Ausweg. Und mit einem Mal rückt eine Frage, die bisher leise im Hintergrund stand, lautstark in den Vordergrund: Wie soll das werden, wenn sie wieder gesünder ist? Wo wird sie wohnen? Wie wird sie leben wollen? Bisher habe ich mich über jeden Fortschritt gefreut, blind für die einfache Erkenntnis, dass ich sie am Ende dieser Fortschritte bei mir in der Wohnung finde.

27.6. Dr. Paulsen erklärt, Nadja könne ab 4.7. in Mahlsdorf ambulant therapiert werden. Es gebe auch einen Fahrdienst, der sie morgens abholt und abends zurückbringt. In den ersten Tagen müsse ich Nadja allerdings eng begleiten – und wie gesagt: auch eine Pflegekraft.
Für heute verzichten wir auf jede Therapie. Stattdessen langes Telefonat mit Davoud. Ich erkläre: Situation untragbar. Angebot, Nadja als Tagespatientin in Mahlsdorf weiter zu behandeln. Davoud antwortet: „Unbedingt annehmen!"

Ich: „Aber ihr Haus in Bischofsbrück ist ungeeignet und Andrej will es ja auch verkaufen." Darauf dann Davoud in seinem ewig ironischen Ton: In unserem Alter solle man daran denken, das Leben zu vereinfachen. Kurze Wege, klare Verhältnisse. Warum also nicht Nadja zu mir in die Wohnung nehmen. Wir gehörten ja doch irgendwie zusammen. Wozu brauchst du eine Dreizimmerwohnung für dich allein?". Ich korrigiere: „zweieinhalb Zimmer".

Das hält ihn aber nicht von seinen Vorschlägen ab: Er sei fast täglich bei uns im Dorf, könne also gelegentlich vorbeischauen, aber für Nadja sei eine Pflegerin besser als er. „Du verstehst schon: Körperpflege, Hygiene usw. Andrej bekommt doch einen Teil der Kosten erstattet." Damit ist aus seiner Sicht der Fall gelöst. Da kann ich nur sagen: „Hoppla, jetzt wollen wir aber bitte nicht übertreiben." Vorübergehend kann sie bei mir wohnen, aber eine Dauerlösung ist das nicht – darf es nicht sein.

Abends, als Nadja schon schläft, sehe ich unten wieder das alte Ehepaar. Die Frau steht bereits auf dem Gehweg, etwas ungeduldig, er hat schon abgeschlossen, geht dann noch einmal einen Schritt zurück, um die Tür zu prüfen. Als er schließlich bei ihr steht, richtet sie seinen Hemdkragen, Gesichtsausdruck: Wie bist du denn angezogen?

28.6. Vormittags ein paar Übungen, die ihr offenbar Spaß machen (z.B. mit dem Rollator Slalom fahren, um Ecken kurven usw.). Aber während ich schon zu hoffen beginne, verfällt sie wieder in ihre Blockade. Beim Erkennen und Benennen von Gegenständen stellt sie sich dumm, „не знаю" (weiß nicht). Dabei hat sie Autos, Flugzeuge usw. schon vor Wochen richtig benannt. Das alles hat keinen Sinn hier. Mit viel Geduld kann ich sie dazu bewegen, wenigstens die Medikamente einzunehmen. Aber sobald ich unruhig werde und dränge, blockiert sie. Später spricht sie dann wieder über Schlangen, völlig unklar in welchem Zusammenhang.

Nachmittags fahre ich nach Hause. Nicolai ist für die nächsten Tage gekommen, er ist viel ruhiger als ich, und vor allem versteht er besser, was sie sagt oder sagen will. Zuhause angekommen, gehe ich bei Herrn Friedrich vorbei: Im Haus steht doch eine Wohnung frei, bei mir im Seitenflügel, eine Etage tiefer, anderthalb Zimmer. Das wäre kurzfristig eine Unterkunft für die Pflegekraft und längerfristig vielleicht eine Lösung für Nadja: eine eigene Wohnung und trotzdem ganz in meiner Nähe.

Herr Friedrich sagte „ok", die Hausverwaltung sagt „ok", auch Andrej sagt „ok" (vielleicht nur, weil damit grünes Licht für den Hausverkauf in BB gegeben ist). Aber Davoud findet die Idee wenig überzeugend. Anderthalb Zimmer für eine Pflegekraft, das ist gut. Aber dass Nadja dort irgendwann wohnt, solle ich vergessen. Sie wird wohl nie mehr völlig selbständig leben können. Und falls doch, wird sie sich nicht in eine kleine Wohnung abschieben lassen. Im Übrigen wundert er sich, dass ich so in Panik gerate, „soll sie denn vielleicht ins Heim?"
– „Natürlich nicht. Aber ich brauche meinen Abstand."
– „Das gibt sich."

Abends gehe ich mit Kostja durchs Dorf. Er vergnügt, ich verärgert. Davoud hat gut reden, er ist es gewohnt mit vier oder sechs Personen in einer Wohnung zu leben. Aber mir, bitte schön, ist das auf Dauer zu eng. Ich kann vieles für Nadja tun, habe aber auch meine Grenzen. Ich bin kein Samariter. Es ist lächerlich, ich weiß, aber so ist es jetzt, verdammt.

Als Kostja dann gefüttert und gekrault ist, habe ich zum ersten Mal wieder Zeit, mich mit den Mails und Nachrichten der letzten Tage abzulenken. Die Russen (N. Patruschew, ehemaliger FSB-Chef) versichern: Auch nach Eroberung der Region Luhansk und Donezk gehe der Kampf weiter bis zur vollständigen Entnazifizierung und Entmilitarisierung der Ukraine und einem dauerhaften Schutz der ukrainischen Zivilbevölkerung vor Völkermord.

Was noch? Der frühere Präsident Medwedew hat im Zusammenhang mit den Ermittlungen russischer Kriegsverbrechen vor einem Atomkrieg gewarnt. Er findet: "Die Idee, ein Land zu bestrafen, das über das größte Atomwaffenarsenal verfügt, ist absurd." Dadurch werde möglicherweise "eine Bedrohung für die Existenz der Menschheit" geschaffen.
– Wie bitte? Ermittlungen wegen russischer Kriegsverbrechen gefährden die Existenz der Menschheit?
Ja sind sie denn jetzt alle verrückt geworden!

29.6. Davoud hat sich umgehört und auch schon mit Andrej gesprochen. Es gibt zwei Pflegerinnen aus Sri Lanka. Er kennt sie nicht persön-

lich. Was er über sie erfahren konnte, klingt aber gut: Sie haben die nötige Ausbildung und eine Arbeitserlaubnis, haben bisher aber nur Kurzzeitpatienten. Das wäre doch etwas für Nadja: eine der beiden Singhalesinnen. Die beiden würden sich gegebenenfalls abwechseln, jeweils eine wäre bei Nadja, die andere übernimmt die bisherigen Hausbesuche. Er (Davoud) würde mit Andrej die notwendigen Formalitäten erledigen.
– „Aha." Mehr fällt mir zuerst einmal nicht ein. Im Moment bin ich zu sehr beschäftigt, mein Schlafzimmer zu räumen, nachmittags mit Andrej einige Möbel aus BB zu holen, eine vertraute Umgebung für Nadja zu schaffen. Es wird schwer genug, sie zu überzeugen, dass sie nicht mehr in ihrem Haus wohnen kann. Ich ahne schon, was der nächste Streit sein wird, dann aber hier in der Wohnung, ohne Ausweichmöglichkeit.

30.6. Heute der große Tag. Um drei kam Andrej, kurz nach ihm kamen in einem älteren Polo die beiden singhalesischen Pflegerinnen. Sie stiegen aus, blieben dann stehen, so aufrecht oder förmlich, dass ich dachte, jetzt werden sie sich gleich mit gefalteten Händen verneigen und „Namaste" sagen. Aber nein, sie warteten einfach, bis ich auf sie zuging, gaben mir dann ganz selbstverständlich die Hand und nannten ihre Namen. Auf den ersten Blick sahen sie aus wie Zwillinge: zierliche Figur, kräftige, schwarze Zöpfe. Sie scheinen noch recht jung zu sein – aber was heißt „jung"? Vielleicht dreißig Jahre alt. Wir sahen uns die Wohnung im zweiten Stock an, hier das große Zimmer, dort das kleine, „sehr schön", sagten sie. Dann die Küche, das Bad, und wieder sagten sie „sehr schön". Gut, dann ist das abgemacht, wird nächste Woche renoviert. Dann gingen wir nach oben und warteten auf Nicolai und Nadja.

Kurz vor vier dann ein Hupen im Hof, wir gingen hinunter, Nicolai half Nadja aus dem Wagen, sie stand dann etwas verwirrt am Rollator, Kostja kam herbeigerannt, als er sie erkannte, blieb er stehen, vor Schrecken erstarrt, sprang dann auf sie zu, stieß sie an, winselte, leckte ihre Hände, spürte, dass etwas Entsetzliches passiert sein musste. Ich nahm Nadjas Hand, legte sie an seinen Hals und streichelte ihn ein wenig.

Als sich die beiden Pflegerinnen näherten, attackierte er sie. In den Schuppen gesperrt, bellte und heulte er und warf ein paar Geräte um. Nachdem oben alles vorbereitet war, ging ich mit ihm hinauf. Wir blieben stehen, sahen Nadja an. Sie kam jetzt auf uns zu, streichelte Kostja, kraulte ihn, redete mit ihm, viele lange unklare Worte, dann setzten wir uns neben sie. Für eine Weile blieb es so, nur dass Kostja immer wieder aufsprang, um Nadja anzustupsen und zu lecken.

Die beiden Singhalesinnen: Ich kann mir ihre Namen nicht merken: „Shashikala" und „Chathuri". Sie schlagen mir vor, mich an die Kurzformen zu halten: Shashi und Cathy. Ich merke mir: Shashi ist etwas größer. Cathy hat ein kleines Muttermal unter dem linken Auge. Es wäre aber auch von Vorteil, wenn sie nicht beide einen Zopf tragen würden, sondern zum Beispiel eine von ihnen einen Zopf, die andere offenes Haar. Sie scheinen sich schon lange zu kennen, werden morgens und abends kommen, sich abwechseln, auch am Wochenende. Nadja saß unterdessen in ihrem Rollstuhl und sah sich um. Unklar, was in ihr vorging. Nach ihrem Haus in BB hat sie nicht gefragt.

Abends kam Davoud vorbei, half Shashi und Cathy ein wenig, sagte, sie machen ihre Arbeit professionell: das Füttern, das Waschen und bei allem ein sehr persönlicher Kontakt. Und noch etwas: Ich solle für Nadja immer ein wenig Musik laufen lassen, ruhige Musik. Es tut ihr vielleicht gut. Während wir so redeten, fiel mir wieder auf, wie selbstverständlich Nadjas Anwesenheit für ihn ist. Ich dagegen könnte noch immer staunen, über diese Nadja, die so mitten in meinem Leben aufgetaucht ist.

1.7. Morgens kam Cathy fürs Waschen, Ankleiden, Füttern, Medikation. Nadja folgte ihr bereitwillig. Ich fuhr dann mit Nadja nach Mahlsdorf. Kleine Klinik, hübsch gelegen in parkähnlicher Umgebung. Heute ausschließlich Corona-Test und Formalitäten, dann schon wieder nach Hause.

Nachmittags Vokabeltraining russisch, beschränkt auf eine halbe Stunde. Ich zeigte Nadja ein paar Gegenstände und fragte, was das sei. Sie sagte „вилка" (Gabel), „ложка" (Löffel) usw. Ein paar Worte blieben unverständlich, aber wir kamen doch wieder ein Stück voran – nach zwei Wochen Stillstand an der Ostsee.

2.7. Samstag. Noch keine Reha, deshalb wieder das gestrige Trainingsprogramm, kein Streit, keine Blockade, alles super.

3.7. Ausflug in Richtung Sophiental mit Roswitha und Nicolai. Wir fuhren dicht an den Aussichtspunkt heran, stellten den Rollator an die Wagentür, Nadja wollte aber nicht aussteigen, blieb hartnäckig sitzen, konnte wenigstens vom Wagen aus in die Bucht hinuntersehen. Roswitha blieb bei ihr, während Nicolai und ich uns ein wenig die Beine vertraten. Kostja blieb bei Nadja, saß vor der angelehnten Wagentür. Als wir uns kaum ein paar Schritte entfernt hatten, bellte er, rannte uns hinterher, rannte dann wieder zum Wagen zurück, hörte nicht auf zu bellen. „Also gut, wir kommen ja schon! Fahren wir weiter!"

Zuhause saßen wir noch eine Weile beim Kaffee, es ergaben sich ein paar Bemerkungen über Russland und die lange zurückgehaltene Frage: Was sagt Nicolai zum Krieg? Er kratzte sich am Ellenbogen und holte zuerst einmal Luft. „Frag nicht, es hilft ja nichts." Er hat zwar nicht damit gerechnet, aber wenn man von heute aus zurücksieht, dann hat sich der Krieg schon lange angebahnt. Im Nachhinein ist es offensichtlich, man hat es nur nicht wahrhaben wollen.

Er sah dann einen Moment schräg in die Luft, „das vergisst man leicht: Der russische Alltag ist voller Gewalt, auch die russische Geschichte ist voller Gewalt. Wer in die Geschichte eingehen will, darf Gewalt nicht scheuen. Aber du weißt auch: Politik ist das eine, die Menschen sind das andere." Manchmal überkomme ihn blindlings der Wunsch, einfach ein Visum zu beantragen, einen Flug zu buchen für ein paar Wochen zurück nach Hause. „Hier in Deutschland hängst du an den Nachrichten und hängst am Telefon, telefonierst nach Russland und kannst über den Krieg doch nicht reden. Klar, auch wenn du dort bist, in Russland, musst du wissen, mit wem du redest. Aber wenn man alte Freunde trifft, spielt Politik keine Rolle. Wichtiger ist: Wie läuft's? Was macht ihr so in den letzten Jahren? Was ist aus diesem oder jenem geworden? Und schon ist man beim Studium oder Militärdienst oder bei den Ladas der 70er Jahre, diese bockigen Dinger ohne Servolenkung und ABS, die könntest du heute gar nicht mehr fahren, kein Gefühl mehr dafür. Oder erinnert ihr euch noch an die Zeit der Karaoke-Bars? So redet man, unwichtiges Zeug, aber jetzt bist du wieder zuhause bei deinen Leuten, und der Krieg ist vergessen. Für ein paar Tage."

Aber trotzdem, angeblich unterstützen 80% der Russen den Krieg. Darauf Nicolai: Ich dürfe nicht vergessen, Putin stehe für Stabilität nach dem Chaos der 90er Jahre. Mittlerweile gebe es einen gewissen Wohlstand, zumindest in den Städten, und in ganz alltäglichen Dingen habe man ja auch seine Freiheit. „Vorbei sind die Katastrophen der Jelzin-Zeit und erst recht die Zeiten, in denen du abends nicht gewusst hast, ob du am nächsten Morgen noch Genosse bist oder Volksfeind. Das ist vielleicht ein Fortschritt, vielleicht auch nur eine fortgeschrittene, modernere Diktatur. Der Krieg wird es jetzt zeigen.

4.7. Bin heute mit Nadja und Shashi in Mahlsdorf gewesen. Gespräch mit einem Dr. Petz (die üblichen Themen), dann noch drei Trainingseinheiten, Shashi und ich im Hintergrund, genauer gesagt, draußen im Flur, über eine Glasfront allerdings in Sichtkontakt. Nadja etwas teilnahmslos, aber ohne Widerstreben.

Und worin bestehen ihre Therapie-Einheiten? Bewegungsübungen, Mobilisierung, logopädische Übungen, auch Musiktherapie und überhaupt: möglichst viele Reize und Anregungen geben. Vier bis fünf Einheiten pro Tag, dazwischen längere Pausen, in denen Nadja sich hinlegen kann. Zumindest anfangs will man Nadja nicht alleine lassen, also werden Cathy oder Shashi vorläufig noch mitfahren; außerdem sollen sie die Übungen kennenlernen, die sie zuhause mit Nadja machen können. Bewegungen, Berührungen, Musik, Sprechübungen (meine Aufgabe: russische Vokabeln und möglichst auch schon Sätze).

Nachmittags mit Shashi ein Gespräch über den Fahrdienst. Nadja soll morgens um 7:00 abgeholt werden. Sie ist die zweite von sechs Patienten, die abgeholt werden müssen. Die Fahrt von 20 km dauert auf diese Weise anderthalb Stunden. Beginn der Therapieeinheiten um 9:00, manchmal erst 9:30. Rückfahrt um 16:00, Ankunft hier gegen 17:30. Das alles bedeutet: Nadja muss um 6:00 geweckt werden. Um 6:00 kommen auch Shashi bzw. Cathy, um sie zu waschen, zu füttern, anzuziehen. Deshalb meine Frage: Wäre es möglich, dass Shashi beziehungsweise Cathy per PKW mit Nadja fahren, gerne auch mit meinem Wagen, Abfahrt wäre dann erst um 8:30. – „Gut", sagte Shashi, das können wir so machen.

5.7. Leichtsinnigerweise habe ich versprochen, Nadja zu wecken und für alle Frühstück zu machen, stehe also um 6:30 auf – eigentlich nicht besonders früh, meist bin ich ja schon wach um diese Zeit. Mit einem Wecker ist es jetzt aber ganz anders, spätestens ab 6:00 schaue ich jetzt nervös nach der Uhr.

Um 8:00 kam Ed mit Werkzeug und allem Material fürs Renovieren. Wir haben in der zweiten Etage die Wände gestrichen, Lampen angebracht, Wasseranschlüsse repariert – das heißt: Er hat gestrichen, angebracht und repariert, ich habe ihm nur das Werkzeug zugereicht.

8.7. Alles ruhig in den letzten Tagen. Nadja scheint die neue Lage zu akzeptieren. Mit Shashi ist sie tagsüber in Mahlsdorf, Ed und ich arbeiten an der Renovierung. Gestern hatte er auch ein paar Möbel mitgebracht, Bett, Kartons usw. Shashi half abends bei ein paar letzten Arbeiten. Dann war alles erledigt.

Wir saßen beim Tee, als Nadja aus ihrem Zimmer kam, ohne Rollator, aber schwankenden Schrittes. Shashi eilte ihr entgegen, ging mit ihr ein paar Schritte. Jetzt klappte es, und Nadja wirkte kein bisschen ängstlich, eher neugierig. Ich machte ein Foto für die Homepage.

9.7. Samstag, Wochenende: keine Reha, ziemlich erholsam. Nadja schläft fast die ganze Zeit.

Unterbrechung durch Julia, die Esoterische. Sie hat ein Duftlämpchen mitgebracht, auch ein paar Duftstoffe. Dann wieder Reiki.

Ein einzelner Grashalm wächst zwischen den Steinen unterm Schuppendach. Wie schafft er das? Kaum ein bisschen Erde, kein Tropfen Regen. Ein mutiges Stück Natur. Ich schütte ein bisschen Erde zwischen die Steine und nehme mir vor, gelegentlich dort zu gießen.

10.7. Nachmittags sind Roswitha und Nicolai bei ihr und singen. Und tatsächlich: Nadja singt mit, etwas unsicher vielleicht, aber im Großen und Ganzen scheinen Melodie und Text zu stimmen. Diese alten russischen Lieder fallen ihr mühelos wieder ein, sind offenbar tief und unverwüstlich gespeichert in ihrer Seele.

11.7. Richard kam vorbei (mit einem Blumenstrauß), setzte sich zu Nadja, er wusste, dass sie nicht reden würde, erzählte dennoch ganz unbeschwert über das Wetter (Hitze, kaum Regen). Nadja hat sich dann bald hingelegt und ist eingeschlafen. Sie ist jetzt immer so müde.

Richard sagte, er fände es erstaunlich, wie sehr sich Nadja nach dieser schweren Erkrankung doch erholt habe. Dann kurze Überleitung und schließlich wieder Richards Lieblingsthema. Er wisse zwar, dass ich augenblicklich andere Sorgen habe, aber es gebe interessante Neuigkeiten zum geplanten Windpark, der könne nämlich kleiner ausfallen als geplant, weil zukünftige Windräder deutlich effektiver sind als die alten. Also du siehst: Natur und Technik können harmonieren. Wird auch höchste Zeit. Ob ich es mitbekommen habe: Sydney steht schon wieder unter Wasser, zum vierten Mal in letzter Zeit, Evakuierung von 30.000 Menschen. Und in Bangladesch bauen sie in gefährdeten Regionen riesige Deiche und Dämme. „Völlig falsch", sagt Richard, damit locke man Massen von Leuten in Regionen, die langfristig ohnehin nicht zu halten sind. Stattdessen solle man lieber schon jetzt eine allmähliche Umsiedlung der Bevölkerung organisieren (nur wohin?).

Richard hat recht: Das ist im Moment nicht mein Thema. Aber im Ernst: Auch mich beschleicht allmählich das Gefühl, dass eine Katastrophe nicht zu vermeiden ist. Vielleicht keine Katastrophe, aber unheilvolle Zeiten. Da sind sie wieder, all die hässlichen Begriffe: Verschwendung, Verwüstung, Verfeindung, Krieg. Anstelle des Aufbruchs in eine lichte Zukunft, werden wir uns mit den Schäden der Vergangenheit herumschlagen. Wir werden Dämme errichten und Müllberge abtragen; wir werden Flüchtlingslager aufbauen und Waffen bereithalten. Wir lassen die Vergangenheit nicht hinter uns, wir stehen direkt vor ihr. Also zuerst einmal alles Aufräumen! Zukunft kommt später.

14.7. Saß morgens beim Kaffee, sah über die Bucht und sah den Dunst, der beim ersten Licht über den Wasserflächen aufsteigt.

Andrej hat Nadjas Haus zum Verkauf angeboten. Es sei nicht abzusehen, dass Nadja jemals wieder dort wohnen könne. Das müsse man jetzt wohl leider so sagen. Es werde allerdings schwierig, das Haus zu einem angemessenen Preis zu verkaufen: die Krise, die Krise, die Krise.

Nicolai rief an, fragte, ob er mir irgendwie behilflich sein könne. Ich sagte, dass ich selbst ja nur wenig mache. Allerdings werden Cathy und

Shashi nicht auf Dauer jeden Tag mit Nadja nach Mahlsdorf fahren können Zwei oder drei freie Tage sollten sie haben, vielleicht könnten wir beide (Nicolai und ich) uns diese Tage teilen. – „Gute Idee", sagte er, frag mal Shashi und Cathy. Nach kurzer Rückfrage haben wir jetzt folgende Regelung: Dienstags fährt Nicolai mit Nadja in die Klinik, donnerstags fahre ich (montags, mittwochs und freitags Shashi oder Cathy).

Cathy und Shashi: In der Wohnung tragen sie keine Jeans oder Pullis, eher eine weitgeschnittene Hose und darüber eine Art Tunika, beides in kräftigen Farben (würde Nadja gefallen). Kurze Frage an Cathy: Ist Deutschland so, wie sie erwartet hat, hat sie kein Heimweh? – Ja doch, sie vermisst Sri Lanka sehr. Was sie am meisten vermisst: die Freunde, die Gärten, ach und die Musik.

Möchte sie in Deutschland bleiben oder wieder nach Sri Lanka zurück? – Ja unbedingt möchte sie zurück, in ein paar Jahren. Zuerst einmal will sie Berufserfahrung sammeln, wenn möglich auch studieren, vielleicht Ärztin werden, und dann zurück nach Sri Lanka, „wenn man uns braucht" (sie und Shashi).

– Aber braucht man sie denn nicht schon heute? – Sie zuckt mit den Schultern.

16.7. Andrej, der für ein paar Tage in Köln ist, hatte mich gebeten, einmal in Nadjas Haus vorbeizugehen, er habe einiges für Nadja zusammengestellt. Heute war ich dort. Bedrückender Besuch in einem verlassenen Haus. Im Eingangsbereich standen ein paar Taschen mit Wechselwäsche für Nadja; offensichtlich sollte ich sie mitnehmen. Ansonsten war alles so, wie Nadja es verlassen hatte, als sie damals, am 19. Dezember, zu Andrej fuhr. Schräg unter die Garderobe geschoben waren ein Paar Schuhe, vielleicht im letzten Moment gegen ein anderes Paar ausgetauscht. Eine Bluse hing über der Sofalehne, die Pflanzen an der Fensterfront waren verdorrt, der Kühlschrank lief noch, war aber leer. Und noch etwas: Im Wohnzimmer die Standuhr, sie tickte noch immer, und zwar ziemlich laut. Es war nachts das einzige Geräusch im Haus, Nadja fand das beruhigend. Ich fand es eher trostlos. Es klang ein wenig nach Einsamkeit und tickte jetzt in diesem leeren Haus noch einsamer. Ich zog den Stecker, schaltete den Kühlschrank aus, auch das Standby des TV und brachte die vertrockneten Pflanzen nach draußen, alles mit dem Gefühl, Nadjas Vertreibung jetzt endgültig zu besiegeln.

17.7. Abends beim Spaziergang kommen wir an ein paar Fichten vorbei, ich breche einen Zweig, halte ihn in meiner Hand, Nadja greift danach und hält ihn fest. Sie scheint selbst ein wenig überrascht zu sein, wie gut das funktioniert. Dann gehen wir noch ein paar Schritte den Uferweg entlang, kehren bald wieder um, ich führe Nadja die Treppen hinauf, dann in ihr Zimmer, Shashi kommt uns entgegen, hilft ihr in den Sessel und streichelt sie mit einer Leichtigkeit, die mir unmöglich ist. Kostja kommt hinzu, setzt sich neben sie, Nadja krault ihn und spricht mit ihm. Für Kostja ist sie wieder ganz die alte; jetzt kann er seelenruhig zu ihren Füßen einschlafen.

Wir redeten noch eine Weile, Shashi erwähnte, ab morgen (Montag) werde Cathy hier sein. – „Ja, ich weiß." – Ob es vielleicht möglich wäre, dass sie beide dauerhaft unten in der Wohnung wohnen, ihre Wohnung in Wüstrow also kündigen und dann von hier aus Nadja pflegen und auch die anderen Hausbesuche erledigen. Ich sagte: "Gut, natürlich, falls es Ihnen hier nicht zu eng wird." (Aber damit war die Idee, Nadja würde irgendwann alleine dort unten wohnen, in weite Ferne gerückt.)

Später hörte ich Shashi drüben singen. Eine ruhige Stimme, etwas melancholisch. Unklar, ob sie für Nadja sang oder für sich selbst. Was mich anfangs gewundert hat: Cathy und Shashi schminken Nadja jeden Morgen. Für eine Weile täuscht das über jede Krankheit hinweg. Nadja sitzt zurückgelehnt mit entspannt geschminktem Gesicht. Fast bin ich versucht, sie einfach gesund zu küssen. Mit einem kleinen Kuss wäre der ganze Albtraum dann verflogen. Sie wacht auf, schaut sich um und ist wieder ganz sie selbst.

Immer noch Flucht-Träume. Jedes Mal sind da wieder die unübersichtlichen Städte und die Menschenmassen, die sich hindurchschieben, eher stumm und enttäuscht. In den Ruinen lagern erschöpfte Leute, sie sitzen am Feuer oder liegen im Halbdunkel. Ich setze mich zu ihnen, stelle meine Tasche beiseite und öffne die Stiefel. Und während ich dort sitze, taucht jedes Mal eine Frau auf, es ist immer eine andere und doch gleichen sie sich. Sie sehen sich um und kommen zu mir herüber. Wir sehen hinaus in den Strom von Leuten. Manchmal beginnt es zu regnen, manchmal weht Staub herein, ein paar Leute flüstern, ein Kind hustet, und diese Frau hat sich an mich gelehnt oder hat mir den Arm auf die Schulter gelegt, denn wir werden nicht weitergehen. Wir haben es aufgegeben, sitzen nur noch da in Erinnerungen, jeder für sich, so dass wir in unserer Umarmung auch diejenigen noch einmal umarmen, die wir nicht vergessen können.

19.7. FOCUS, FR usw. melden, im russischen Fernsehen habe ein tschetschenischer Kommandeur (Apti Alaudinow) europäische Werte als „satanisch" bezeichnet. Putins Angriffskrieg gegen die Ukraine sei deshalb „heilig".

RIA Novosti und Iswestija melden dagegen: „Staatskrise in Italien, Regierung zerbrochen." Außerdem: „Misstrauensvotum gegen die Konservative Partei in England." Im Zusammenhang mit dem Rücktritt von Boris Johnson und Schinzo Abes Ermordung sieht sich P. Akopow bestätigt: Der Westen hat keine starken Führungspersönlichkeiten mehr. „In diesem Sinne symbolisieren Johnsons Rücktritt und Abes Ermordung das Ende einer ganzen Ära – der Zeit der westlichen Vorherrschaft."

Fazit: Der Westen meldet: „Die Russen spinnen." Die Russen melden: „Der Westen zerfällt." – Das könnte man lustig finden, wenn nicht Krieg wäre.

Das Zerbrechen der italienischen Regierung kommentieren auch europäische Journalisten mit der Prognose, Putin werde den Krieg gewinnen, weil er seiner Bevölkerung mehr Einschränkungen aufzwingen kann als der Westen seiner Bevölkerung. Preise? Arbeitsplätze? Heizung? Medizinische Versorgung? Was im Westen Proteststürme auslöst, Regierungen stürzt, Industrie-Verbände empört, Gewerkschaften schockiert, TV-Debatten befeuert, all das wird in Russland mit eiserner Faust unterdrückt. – Das hat man ja eigentlich gewusst: Demokratien sind störanfälliger als Diktaturen. Deshalb die hohen Überlebenschancen der Tyrannen.

Also: Die westliche Hegemonie zerfällt. Aber wie war das dann mit dem Überlebenskampf Russlands? Der Ukraine-Krieg wurde doch begonnen, um einem angeblichen Nato-Angriff auf Russland zuvorzukommen. Aber wie man jetzt hört, ist der Westen zu einem Angriff gar nicht mehr in der Lage, er zerfällt ja ganz von selbst.

21.7. In der Klinik haben sie mit ‚**strukturierendem** Training' begonnen. Klingt nach Fortschritt. Es geht um komplexe Handlungen, also zum Beispiel das Anziehen: Was kommt zuerst, was kommt danach, was ist links/

rechts, was ist innen/außen? Oder das Zähneputzen: Zuerst muss die Zahnpasta geöffnet werden – und was kommt dann? Schon weiß Nadja nicht mehr weiter, wie war die Reihenfolge? Also: Tube öffnen, Zahnpasta auf die Bürste drücken, Tube wieder schließen, dann Bürste befeuchten, dann Zähne putzen (ist ja für sich schon ein vielseitiger Vorgang), dann Mund ausspülen, Bürste reinigen etc. Man staunt fast, wenn man bedenkt, was so alles anfällt beim Zähneputzen. Bei Nadja funktioniert das noch nicht so recht. Immerhin ist sie ausdauernder geworden. Man kann fünf Stunden mit ihr trainieren (von Pausen unterbrochen). Viel Arbeit für die Therapeuten. Oder anders: Deren Arbeit scheint doch tatsächlich Früchte zu tragen.

Die Dinge normalisieren sich also. Nadja hat sich an die Klinik gewöhnt, wird nicht unruhig, weder bei den Therapieeinheiten noch in den Pausen. Wir entwickeln eine gewisse Routine: Beinahe ein ruhiges Leben, nur die Corona-Tests sind lästig, zweimal die Woche. Davoud sagt dazu: „Hast noch einmal Glück gehabt. Nadja hat sich beruhigt, und Shashi und Cathy wohnen jetzt bei euch im Haus. Kannst mal sehen, wozu so eine alte LPG-Wohnanlage noch gut ist."

Ich: „Klingt ja fast schon wie eine Utopie."

Aber ich ahne, worauf es hinausläuft: Nadja und ich in meiner Wohnung abends vor dem TV und Kostja mittendrin. Und einmal wird der Moment kommen: Sie schaut mich an, atmet, hustet, richtet sich auf, schüttelt das Haar und lacht: „Man braucht offenbar mindestens einen Behindertenausweis, bevor man mit dir zusammenleben kann." – Aber lange kann das nicht gutgehen. Derzeit habe ich tagsüber noch meine Ruhe und abends schläft sie bald. Trotzdem: Ich habe Herrn Friedrich gebeten, mich bitte als Ersten zu informieren, falls in der Anlage noch eine Wohnung frei wird. – Seine Gegenfrage: Kann Nadja denn alleine wohnen? Derzeit nicht, in absehbarer Zeit vielleicht schon, falls Shashi und Cathy in der Nähe sind (Illusion oder Hysterie oder reelle Planung?).

22.7. Selten gab es so viel Hermeneutik wie derzeit. Alle Welt rätselt über Putins Gesundheitszustand: Hat er Krebs, ist er irre? Alle Welt rätselt aber auch über die rhetorischen Eskapaden Medwedews („die Existenz der Menschheit steht auf dem Spiel"). Vielleicht, so kann man vermuten, kennt Medwedew den Gesundheitszustand Putins und will sich als Nachfolger ins Spiel bringen. Ja, aber nur ‚vielleicht'. Vielleicht unterstützen 80% der russischen Bevölkerung den Krieg, oder vielleicht ist er denen ziemlich egal. Vielleicht hat Sergej ein grundsätzliches Unbehagen gegen den Westen, und vielleicht überspitzt Jelena ihre wahren Empfindungen in skurrilen Behauptungen. Wer weiß? Aber die meisten Fragen richten sich an Nadja: Was geht in ihr vor? Was realisiert sie, was spürt sie? Wie weit werden wir noch kommen?

Abends. Das Licht in meinem Zimmer ist bereits gelöscht, ich sitze noch einen Moment in der Dunkelheit, und mit einem Mal ist die Eule wieder da und setzt sich aufs Balkongeländer. Sie sieht herein, ich sehe hinaus. Als unten ein Scheinwerferlicht entlangstreift, ist sie schon verschwunden.

23.7. An den Wochenenden liegt Kostja neben Nadjas Bett oder Rollstuhl, ist nur selten zu einem Spaziergang wegzulocken. Wir lassen die Türen unserer Zimmer offen, ab und zu kommt er zu mir herüber und winselt. Wir gehen hinüber, Nadja streichelt ihn, dann legt er sich wieder neben sie.

Heute mal wieder ein bisschen „Russisch-Unterricht" (Gegenstände benennen). Wir gehen einige Gegenstände durch, dann sagte sie von sich aus: „носки". Ja, was war das noch einmal? Noch während ich das Smartphone suche, fällt mir ein: „Socken". Ah ja, Socken, sie hat kalte Füße, gut, das lässt sich beheben. Überhaupt scheint ihr immer kalt zu sein. Darauf müssen wir besser achten.

Anschließend zeige ich Nadja die alten Fotos aus meinen Projektjahren: Sergej und Irina, Leute, die Vorträge halten oder in der Kantine sitzen. Und hier noch ein paar Stadtfotos: die alten Wohnblöcke (Chruschtschowkas). Wie viel Platz dort in den Höfen war, zertretener Rasen und ein paar Bäume. Nadja nickt und murmelt so etwas wie: „я там жил" (Dort habe ich gewohnt.) – „Ja genau!", rufe ich. Sie erkennt und erinnert und spricht jetzt immer besser. – Anderseits lauert im Hintergrund der stille Zweifel, ob das wohl gut gehen wird. Irgendwann wird die Freude verblassen und der Alltag beginnt: Wo hast du denn jetzt schon wieder ...? Und warum hast du nicht ...?

Sehen wir uns noch die Fotos meiner Bahnfahrten an: Wartesäle und Leute, die in jeder Position schlafen können, sitzend, an eine Wand oder einen Nachbarn angelehnt, über einen Tisch gebeugt. Dann ein paar Fotos aus dem Abteil heraus: Wälder, Dörfer, Landschaft ohne Begrenzung. Meist auf irgendeinem Abschnitt zwischen Moskau und Irkutsk, also sicher auch irgendein Foto aus der Krasnojarsker Gegend. Einmal, letzten Herbst, als wir uns die Fotos zum ersten Mal angesehen haben, sagte Nadja, vielleicht seien wir uns auf einer dieser Fahrten schon einmal begegnet – oder hätten uns begegnen können. „Zum Beispiel: Ich komme aus meinem Abteil, und du stehst im Flur an einem Fenster nur ein paar Schritte entfernt. Oder umgekehrt: Ich stehe am Fenster, und du schiebst dich mit deinem Koffer an mir vorbei." Ich fand das eine hübsche Idee und begann nachzurechnen, wann ich von wo nach wo gefahren bin. Aber Nadja sagte: „Nein, lass das Nachrechnen, bleiben wir bei der Möglichkeit."

25.7. Ein Auslandsgespräch, Ländervorwahl Russland (007). Ein Mann ruft an in gebrochenem Englisch, wiederholt seinen Namen, mit dem ich aber nichts anfangen kann. Er fragt, wie es ihr gehe, ob man mit ihr sprechen könne. Ich sage: Ihr Zustand sei stabil, aber ansprechbar sei sie noch nicht, bleibe wohl behindert. Dann fällt mir ein, dass ich nicht so freimütig Auskunft geben sollte und frage noch einmal nach seinem Namen: Konstantin Bessonow. Das sagt mir aber immer noch nichts.

Später denke ich: Konstantin, Kosename = Kostja; ach sieh an, da gibt es wohl eine Geschichte, die ich nicht kenne.

Was wir heute üben: Kleine Puzzles, 12 Teile. Nadja soll sie zusammensetzen. Nachdem wir es zweimal wiederholt haben, erkennt sie die Zusammenhänge schnell; und auch ein neues Puzzle kann sie zügig zusammensetzen, solange es nicht mehr als 12 Teile sind.

Außerdem zeige ich ihr ein paar Bilder und deute darauf herum: „Bahnhof", „Züge", „Leute", „Koffer", „Bahnsteig". Sie nickt, murmelt, kann „вокзал" wiederholen (Bahnhof) und „люди" (Leute). Aber die Worte „платформа" und „чемодан" (Bahnsteig, Koffer) sind offenbar noch zu schwer. Manche dieser Worte muss ich selbst erst nachschlagen; ich lerne wieder Russisch – auch nicht schlecht! Aber Nadja wird schnell müde, eine halbe Stunde ist beinahe schon zu viel, dann will sie sich wieder hinlegen. Trotzdem: insgesamt ein Fortschritt. Ist schon seltsam, wie ein Mensch wieder zu leben beginnt.

Andrej bringt nachmittags eine Wagenladung Kartons aus BB: Kleider, Bücher usw. Außerdem eine Stehlampe und die ganzen Töpfer-Sachen (Brennofen, Drehscheibe usw.) Ein paar Kartons bringen wir in Nadjas Zimmer, alles andere in den Keller, was aber nur verdeckt, dass wir uns nach und nach von vielem trennen werden. Unter den Gegenständen, die Andrej gebracht hat, ist auch Nadjas Schmuck. Sie breitet ihn vor sich aus, sieht ihn lange an, sucht mit Shashi ein Paar Ohrringe aus und eine Kette. Ich sage „schön", sie lächelt – und scheint Deutsch zu verstehen. Wunderbarer Moment.

27.7. Mein Geburtstagsgrüße an Anita wieder mal verspätet. Sie antwortet mit dem Emoji „Daumen nach unten", grüßt dann aber versöhnlich, und fragt, wie es mir geht, „und wie geht es Nadja?" – Ich antworte, sie sei auf dem Weg der Besserung. „Weiteres demnächst telefonisch."

Nachmittags mit Nadja in Mahlsdorf. Ich sollte Nadja über verschiedene Böden führen: Asphalt, Schotter, Gras (Sensibilitätstraining). Dann ein Stück durch den Park spazieren und Nadja den Rückweg finden lassen (Orientierungstraining, hat aber noch nicht geklappt). Anschließend ein Arztgespräch. Also was ist Stand der Dinge? Nadjas Mobilität macht Fortschritte, das Sprachvermögen ebenfalls – „insgesamt Aufwärtstrend". Aber (sage ich), es geht nur sehr langsam vorwärts. Sie ist auch immer so müde, ist nur selten mehr als eine halbe Stunde lang ansprechbar. Daraufhin er: „Ja, das wissen wir, Antriebsschwäche, Schädigung der vorderen Gehirnteile, akinetischer Mutismus, wird sich langsam zurückbilden. Sie braucht eben noch viele Pausen." Wir sollten das nicht überbewerten, außerdem habe es auch seine Vorteile (dezentes Grinsen): Wenn Nadja erst einmal wacher ist, kommen ganz andere Probleme auf uns zu; sie will zum Beispiel wieder weglaufen, ist aber desorientiert und findet nicht mehr zurück. Oder sie will reden, phantasiert aber irgendwelche Geschichten, die wir ihr nur schwer ausreden können. – Aha, an eine solche Perspektive habe ich noch gar nicht gedacht.

In Sri Lanka wird der Treibstoff knapp, Leute warten vergeblich an Tankstellen. Viele Geschäfte bleiben geschlossen, in Colombo schießt die Polizei auf Demonstranten. Als ich Shashi darauf anspreche, reagiert sie verlegen, als hätte ich ihre Arbeit bemängelt. In den Nachrichten werde vieles übertrieben, sagt sie. – Ok, dann reden wir vorerst lieber nicht mehr darüber.

Abends rufen Igor und Galina an. Das Gespräch mit Nadja klappt allerdings nicht so recht, offensichtlich weiß sie nicht, mit wem sie redet. Die beiden würden uns gerne besuchen, aber es gibt ein paar Probleme: Flüge, Visa, alles ist jetzt komplizierter geworden. Touristenvisa gibt es gar nicht mehr. Weil Galinas Schwester in Wuppertal verheiratet ist, werden sie versuchen, einen dringenden Familienbesuch geltend zu machen. Außerdem bewohnen sie die Wohnung in Petersburg derzeit mit Tochter und Enkelkind. Die Tochter Vera hat sich Anfang des Jahres von ihrem Mann getrennt, hat übergangsweise bei einer Freundin gewohnt, wo sie aber nicht länger bleiben kann. Also wohnt sie jetzt bei den Eltern (drei Zimmer, vier Personen). Vom Ex-Ehemann bekommt sie keine finanzielle Unterstützung, nur den kleinen, obligatorischen Unterhalt für Teresa, die gemeinsame Tochter. Dabei verdient er gut (sagt Igor). Scheidungsregel Nr. 1: „Du willst dich trennen? Dann sieh zu, wie du dich finanzierst."

Zurzeit sind Ferien, Vera muss arbeiten, aber Teresa (die Enkelin) ist den ganzen Tag zuhause, will beschäftigt werden. Und ab September muss jemand zuhause sein, wenn sie von der Schule kommt. Galina wird ihr bei den Schularbeiten helfen, wird sie zum Turnverein bringen, wird mit ihr Schuhe und Kleidung kaufen. Auch das ist gleichgeblieben in Russland: Ohne eine Babuschka kriegst du dein Leben nicht organisiert. – Frage: Wie ist es mit Selbsthilfegruppen? Interessengemeinschaften? Mutter-Kind-Gruppen? – Igor: Keine Ahnung, gibt es wahrscheinlich nicht. Im Zweifelsfalle geht es nur gegen Bezahlung.

Fazit des Gesprächs: In Russland bleibt die Familie eine Notgemeinschaft, die letzte Rettung. Außerhalb der Familie und vielleicht noch eines kleinen Freundeskreises beginnt die Gesellschaft: hart, heimtückisch, geldgierig. Also hält man zusammen, auch wenn es eng wird. Kaum vorzustellen, wie es ist, als 35-jährige Mutter (Vera) wieder bei den Eltern zu leben.

28.7. Bei den Bewegungsübungen spüre man jetzt mehr und mehr Widerstand in den Armen und Beinen, sagt Shashi, „die sind schon wieder richtig kräftig". Ich solle es auch einmal probieren, spüre aber nur wenig Widerstand.

Dann wird Nadja gekämmt und geschminkt, Shashi hält ihr einen Spiegel vor, den sie konzentriert betrachtet. Wäre interessant zu wissen: Was sieht sie, wenn sie sich so betrachtet? Wieviel von diesem „Ich" ist ihr wieder bewusst: Ich bin Nadja, geboren 1971 in Krasnojarsk, ich war Schülerin der Schule Nr. 9; habe in Nowosibirsk Englisch und Deutsch studiert und bin 1999 nach Deutschland gekommen.

Das könnten wir jetzt mal vertiefen: „Schau mal, was wir für dich haben", sage ich, öffne ihre neue Homepage. Schauen wir uns einfach mal wieder ein paar Fotos an (Erinnerung stärken, Identität herstellen usw.) Hier die Schulzeit, Vorbereitung auf den 1. Mai, das Klassenzimmer aufräumen. „Kannst du dich erkennen? Welches der Mädchen ist Nadja?" Sie schaut das Foto an, schaut mich an und weiß es nicht, kann aber „чистый" sagen (sauber). Dann die späteren Jahre. Das Foto, „Sommerfest", auf dem vier fast erwachsene Schülerinnen in die Kamera winken. „было хорошо", sagt sie, (das war schön). Ihr fallen ein paar Namen ein, könnten die Mädchen sein – oder andere Freundinnen. „Und wer war das?" frage ich, aber da ist sie schon müde und lehnt sich an meine Schulter.

Als sie sich hingelegt hat, mache ich weiter, sortiere die nächsten Fotos aus ihrer Cloud. Wo waren wir stehengeblieben? 1997. Während die Wirtschaftskrise sich verschärft, die Inflation sprunghaft ansteigt, das Kapital ebenso sprunghaft ins Ausland flieht, ereignet sich in Nadjas Leben eine kleine Wendung. Mit etwas Glück findet sie eine Stelle in einer Kinderklinik (vermutlich in Nowosibirsk): Sekretärin halbtags, zuständig für Verwaltung, Bestellungen, Terminplanung. Schlecht bezahlt, aber immerhin eine Übergangslösung. Ich weiß nicht, über welchen Zufall sie an diese Stelle gekommen ist. Wahrscheinlich wie immer: Man hat einen Bekannten, der seinerseits einen Bekannten hat, der Arzt ist.

Viele Fotos aus dieser Zeit, darunter auch Gruppenfotos von Pflegerinnen und Ärzten. Zwei Männer, ein paar Frauen, Nadja am Rande. Sie alle lächeln. Nadja hat mir damals ihre Namen genannt, ich kann mich aber nur an einen „Boris" erinnern. Man sieht einen älteren Mann an einen Tisch gelehnt, eine Teetasse in der Hand. Ein paar Becher stehen auf einer Plastiktischdecke. Im Hintergrund ein Kleiderschrank, die Türen leicht aus den Scharnieren gebogen, daneben ein paar Kartons. Alles ist in ein grünliches Schimmern getaucht. Wären nicht die weißen Kittel und die weißen Fliesen, man käme nicht auf die Idee, dies hier sei der Personalraum einer Säuglingsstation (Abteilung für Frühgeburten).

Anfangs war es eine gewöhnliche Sekretärinnenarbeit, allmählich hat sich aber auch hier die Krise bemerkbar gemacht. Die Gehaltszahlungen kamen in Verzug, das Verbrauchsmaterial wurde knapp. Man musste improvisieren, bei anderen Stationen ausleihen oder die Eltern bezahlen lassen. Geld anzunehmen war eigentlich verboten, war aber normal geworden. Zumindest das Verbrauchsmaterial mussten die Eltern bezahlen oder mitbringen: Latexhandschuhe, Windeln, Creme, Pflaster, Desinfektionsmittel. Oft hat man sie in die Hausapotheke geschickt, bevor man sie zu ihrem Kind gelassen hat. Manchmal kam es auch vor, dass Eltern, vor allem vom Lande, Brot mitbrachten oder Milch, Fleisch, ein paar Tüten Kartoffeln.

Einige Eltern, wenn sie Devisen hatten, haben sich Medikamente aus dem Westen beschafft. In manchen Fällen haben auch die Ärzte West-Medizin besorgt. Der Verkauf von Medikamenten war zeitweilig vielleicht die größte Einnahmequelle des Personals oder wenigstens ein stiller Preisaufschlag für die Küchenkasse. (Das vermute ich, Nadja hat es nicht gesagt.)

Anfangs gab es auch noch einen Arzt in Helsinki, der gelegentlich abgelaufene Medikamente nach Petersburg gebracht hat. Jemand ist dann hingeflogen und hat einen ganzen Koffer Medikamente abgeholt. Nadja hat ihm manchmal gemailt und hat gehofft, selbst einmal nach Helsinki zu fahren, in diese Stadt mit dem geheimnisvollen Namen. Aber dann gab es neue Zollbestimmungen für Medikamente, und die Einfuhr von Medikamenten mit abgelaufenem Verfallsdatum war verboten. Ähnlich ging es bald auch mit privaten Spenden von Babywäsche: Fällig wurden Zoll und der Nachweis völliger Keimfreiheit, von einem russischen Labor gegen Gebühr bestätigt. Die Einnahmequellen „Medikamente" und „Babywäsche" haben vorgesetzte Stellen offensichtlich schnell für sich selbst zu nutzen gewusst.

Ein paar Fotos von der Station: Da ist ein kahler Flur und davon abzweigend vier oder fünf Krankenzimmer, große Räume, die allesamt sehr leer wirken: weiß gefliese Wände, bläuliches Licht. Erst auf den zweiten Blick erklärt sich, warum die Krankenzimmer so leer wirken, es stehen ja keine Betten darin, sondern rechts und links an der Seitenwand jeweils nur ein kleiner Inkubator, halb von einem Regal verdeckt, ein wenig wie in einem Abstellraum. Der Inkubator ist also eigentlich gar nicht vorhanden. Neben dem Glaskasten das Tischchen mit allem, was die Eltern mitgebracht haben (wie gesagt: Latexhandschuhe, Windeln usw.).

Ob Nadja denn so einfach habe fotografieren können? – Aber ja. Das wäre vielleicht in keiner anderen Zeit möglich gewesen, früher nicht, später nicht und heute erst recht nicht mehr. Natürlich gab es Vorschriften, und es gab Vorgesetzte, die man aber nur selten gesehen hat. Sie waren froh, dass überhaupt noch jemand zur Arbeit kam. Ein Chef, der nichts zu verteilen hat, hat auch nur wenig zu sagen. Und wenn die Gehälter ausbleiben, ist man auf eine ganz spezielle Weise frei.

Ein paar dieser Fotos sehe ich heute zum ersten Mal. Darunter auch Fotos von Säuglingen, jeder für sich in einem Inkubator, immer bleich, reglos, den Kopf steif zur Decke gerichtet, magere Schädel in winzigen Mützen. Über die Stirn herunter sind sie an einen Schlauch angeschlossen. Einmal ein Kind, das ein wenig die Stirn runzelt und mit den Augen etwas zu erfassen versucht. Unter all diesen Fotos ist es das einzige Kind, das auf seine Umgebung reagiert; ist überhaupt ein lebendiges Wesen. Nadja hat es mehrfach fotografiert, schien es ins Herz geschlossen zu haben. Es war ein wenig größer als die andern, ein wenig lebendiger, aber immer noch am Beatmungsgerät.

Und die Mütter? Es gab Mütter, die jeden Tag kamen und stundenlang blieben. Manche haben fortwährend geweint, wollten das Kind ständig berühren, und man musste sie jedes Mal aus dem Zimmer schicken. Andere Mütter kamen von weit her und kamen nur gelegentlich. Und manche Mütter hat man nie gesehen. Als Nadja davon erzählte, habe ich nicht darauf geachtet, höre es jetzt aber umso klarer, dass sie niemals „die Kinder" sagte, sondern immer „unsere Kinder".

In manchem Inkubator hängt ein Kettchen mit dem Kreuz der orthodoxen Kirche. Nadja sagte, manche Kinder seien eilig getauft worden. Man wusste ja nicht, ob sie überleben würden. Die Eltern kamen, ein Priester kam und vielleicht ein paar Verwandte. Dann ging alles sehr schnell. Ein kleiner Tropfen Weihwasser mit Handschuhen aufgetragen.

Wir haben nur einmal kurz darüber gesprochen, was aus all den Kindern geworden ist. Wie groß waren ihre Überlebenschancen? Nadja sagte: „70 bis 80 Prozent." Das klang damals irgendwie beruhigend: 70 bis 80 Prozent überlebten. Jetzt denke ich eher: Jedes vierte Kind ist gestorben. Heute erscheinen mir diese Bilder viel brutaler als alles, was ich aus unseren Gesprächen in Erinnerung habe. Nadjas optimistische Kommentare wären jetzt eine kleine Erleichterung. Jetzt fühle ich mich doch ziemlich allein mit diesen Fotos.

Und wieder ein Küchenfoto: Auf dem Tisch stehen ein paar Teller mit den Resten eines Essens: Tomatenscheiben, Gurken, Wurst usw. Dann Boris und eine Ärztin oder Schwester, die beide in die Kamera blicken. Gesichter, denen es zur Gewohnheit geworden ist, Ruhe auszustrahlen. „Es wird schon nicht zum Schlimmsten kommen."

Und warum haben sie alle noch gearbeitet, wenn sie nur mit Verzögerung und Abschlägen bezahlt wurden? Nadja sagte, die Frage habe sich niemand gestellt. Für sie alle war die Klinik ihr Beruf, ihre Liebe, ihr Platz. Und auch Nadja hatte das Gefühl, ganz und gar dazuzugehören. Sie saß nach der Arbeit noch eine Weile in der Küche, hat geputzt, aufgeräumt, ein kleines Essen improvisiert. In solchen Zeiten war es besser, unter Leuten zu sein als alleine zuhause auf den Schlaf zu warten.

Auch manche Kollegen sind nach der Arbeit noch in der Klinik geblieben. Meist hatten sie zwar eine Familie, aber eine ruinierte Familie. Eigentlich kein Grund, nach Hause zu gehen, also blieben sie noch da, halfen ein bisschen mit. Nadja beschrieb sie als eine ganz besondere Gemeinschaft, die sie seitdem vermisst. Sie vermisst solche Leute, einen solchen Zusammenhalt, es war wie eine Geborgenheit am Abgrund.

Für die Homepage wähle ich ein Foto mit Nadja im Vorhof der Klinik, dann auch ein Teamfoto und ein Küchenfoto: Ein paar Personen sitzen mit gebeugtem Rücken an einem langen Tisch, darüber eine zentral platzierte Neonröhre, im Hintergrund eine lange Fensterfront. Dort gibt es aber keine Jalousie, keinen Vorhang, so dass sich die kahle Küche in die Dunkelheit hinaus in ihr Spiegelbild verlängert. Was mir daran gefällt, ist der Eindruck: Sie alle warten. Aber sie warten ohne Aufregung, etwa so, wie man etwas erwartet, das zu wichtig ist, als dass es bald eintreten könnte. Wenn sie also noch immer hierher zur Arbeit kommen, dann wohl auch deshalb, weil das Warten sich gemeinsam noch am ehesten ertragen lässt.

29.7. Seit einem Monat ist Nadja jetzt hier. Was hat sich verändert? Sie geht sicher im Rollator und auch schon kurze Strecken ganz selbständig. Es fällt ihr auch leicht, Bilder anzusehen und zu sagen, was dort zu sehen ist. Auf Russisch: Leute, die einkaufen oder im Bus sitzen usw. Ich wiederhole das auch auf Deutsch, aber das klappt bisher noch nicht.

Nadja kann zwar selbständig ein paar Schritte gehen, selbständig essen kann sie noch nicht, also noch nicht zielgerichtet Gabel oder Löffel in den Mund führen. Aber sie experimentiert damit. Shashi sitzt neben ihr und zu zweit dirigieren sie den Löffel zu Nadjas Mund, verfehlen ihn aber knapp. Nadja lacht. Shashi muss dann auch lachen. Überhaupt scheinen die beiden sich zu mögen. (Wenn ich Shashi nicht hätte – und Cathy, ich würde glatt verzweifeln. Deren Geduld habe ich nicht. Habe zu wenig Energie für Empathie.)

31.7. Sonntag. Als ich mit Kostja vom Spaziergang kam, saßen Isabell und Julia bei ihr, das Duftlämpchen brannte, Meditationsmusik säuselte; und ich dachte: vielleicht sollte ich die beiden wegschicken, jeder macht mit ihr, was er will.

Und was macht eigentlich der Krieg? Ich will schon gar nicht mehr hinsehen. Minimale Geländegewinne für die Russen, militärisch sinnloses Bombardement ukrainischer Städte, hohe Opferzahlen unter der Zivilbevölkerung. Putin lässt nach Belieben ukrainische Städte bombardieren. „Die Einheit der russischen Völker wiederherstellen", heißt es. Nach wie vor eine große Siegesgewissheit auf russischer Seite.

1.8. Davoud kam vorbei, heute im T-Shirt. Schwarzes Haargekräusel auf der Brust. Er saß dann eine Weile bei Nadja, zeigte ihr ein paar Fotos seiner Familie. „Das war meine Frau."

Später eine kurze Mail von Sergej: „Lass uns über Ukraine nicht reden, ist sinnlos, wir haben unterschiedliche Meinungen." Aber er erkundigt sich nach Nadja (wo ist sie geboren, warum lebt sie in Deutschland und was sind ihre Prognosen?). Auf alle Fälle: „Gute Besserung!" – Und ja, er würde sich über unseren Besuch freuen, aber die Zeiten sind leider nicht so. Die nächste Whiskey-Bar wird noch eine Weile auf uns warten müssen. Aber trotzdem: „hope it will still be possible for us to go and drink together."

Ich kann es nirgends festmachen, aber die ganze Mail durchzieht ein Riss. Das ist nicht mehr der unverbindliche Ton unserer Mails der letzten Jahre. Bisher waren das freundschaftliche Grüße, außer denen es nicht viel zu sagen gab, aber es gab das Gefühl, wir verstehen uns auch ohne viele Worte. Jetzt gäbe es viel zu sagen, aber es würde mit jedem Satz und jeder Erklärung feindlicher. Da ist etwas verloren gegangen und wird nicht wiederkommen.

Heute würde ich sagen: Es gab da ein paar unscheinbare Gemeinsamkeiten zwischen uns beiden; dazu gehörte: Beim Frühstück zuerst einmal lange vor einer Tasse Kaffee sitzen und erst dann, langsam, langsam zum Büffet hinübergehen. Dort der leicht angewiderte Blick auf die verkochten und verklebten Spaghetti (zum Frühstück!), das sah Sergej also genauso. Später ein leichtes Kopfnicken angesichts der akrobatischen Bewegungen einer Bediensteten, die die Tische abräumte. Auch das leichte Stirnrunzeln über einen Stadtverordneten, der sich wiederholt rhetorisch aufplusterte.

Zu den Gemeinsamkeiten gehörte auch: Während einer umständlichen Diskussionsrunde im selben Moment nach draußen sehen, wo sich ein paar blendend weiße Wolken auftürmten. Oder: sich in den Arbeitspausen gemeinsam abseits zu setzen und nach ein paar Worten einfach zu schweigen. Das war nur mit Sergej möglich.

Anruf aus der Geschäftsstelle. Ein unbekannter Mitarbeiter fragt, ob ich das PPL-Gutachten schon bis 15.8. erstellen kann. – Werde mir Mühe geben. Ist ja schön, dass man mal wieder gebraucht wird.

Seit Tagen drückende Hitze; macht mir mehr zu schaffen als früher. Und nachts immer ein unruhiger Schlaf, die Wände glühen, der Ventilator läuft, die Wände glühen trotzdem. – Heute Abend dann endlich dunkle Wolken, Grummeln am Horizont, kam aber nicht näher, rumpelte in der Ferne vorüber, war nicht mehr zu hören. Dann um 11 noch einmal ein Rumoren von Westen her, zügig näherkommend, dann ein Blitz und ein erlösender Schlag und das Rauschen einer Regenfront. Tiefes Durchatmen.

3.8. Noch einmal Sergej, der fast schon in Vergessenheit geraten war. Jetzt habe ich ihn wieder sehr klar in Erinnerung: seine Wohnung, sein Faible für Jim Morrison, seine melancholische Ader. Einmal fragte er mich nach Anita und erzählte dann von seiner früheren Freundin. Im Grunde war er noch immer in sie verliebt. Er komme nicht von ihr los. Sie waren lange zusammen (in den 90er Jahren), hatten aber wenig Perspektive ohne Job und ohne Wohnung. Vielleicht hätte er mehr arrangieren müssen, war ihr vielleicht zu schwach, ein Mann, der sich nicht durchsetzen konnte, der es nicht schaffte, an Geld zu kommen, notfalls mit ein paar krummen Tricks. – Schade. Damals, als wir darüber sprachen, war sie seit einem Jahr mit einem anderen Mann verheiratet, aber unglücklich. Ab und zu rief sie noch an. „Wenn es eine Möglichkeit gäbe, sich noch einmal ungestört zu treffen", sagte Sergej, „würden sie sich vielleicht beide wieder ineinander verlieben. Aber es ist wohl besser, wenn das nicht passiert." Sergej hatte etwas Fatalistisches – und auch etwas Desillusioniertes. Am eindrücklichsten in Erinnerung ist mir eine Nacht im Rettungswagen. Sergej kannte einen Notarzt, der uns erlaubte, ihn im Rettungswagen zu begleiten, falls er zu einem Drogenfall gerufen würde. Das müsste im Rahmen des Drogenprojekts gewesen sein, vielleicht 2003, im März, also noch im Winter.

Wir warteten also in der Rettungszentrale, übermäßig warme Räume, kaltes Licht. Am ersten Abend wurden aber nur medizinische Notfälle gemeldet. Sergej führte mich durch die Räume: zwei Telefonistinnen, dann ein ziemlich großer Aufenthaltsraum mit ein paar Leuten. Außerdem ein Miniatur-Aquarium mit ein paar Miniatur-Fischen. Lackwände und zwei zentrale Deckenlampen, dahinter ein unbeleuchteter Raum mit etwa fünf bis zehn Betten, aktuell zwei davon belegt. Das WC war ohne Licht. Als ich zur Toilette ging, gab Sergej mir ein Feuerzeug. Damit ließ sich für einen Moment das Notwendigste erkennen.

Dann ein zweiter Abend, halb neun: Wir warteten wieder in der Rettungsstation. „Unser" Arzt hatte sich von einem Fahrer nach Hause bringen lassen, zum Abendessen, sollte in 20 Minuten wieder zurück sein. Eine der Telefonistinnen fragte: Wollen wir Tee trinken? Wir aßen dann ein paar Kekse, wollten aber keinen Tee.

Die Anrufe: zuerst ein gynäkologisches Problem, später ein Unfall und Herzprobleme. Jedes Mal rückten dann einer der Ärzte, einer der Sanitäter und einer der Fahrer aus.

Dann ein Anruf, der nach Drogenproblemen klang. Diesmal konnten wir also mitfahren, aber unser Arzt war noch nicht wieder da. Die Telefonistin meldete, wir sollten ihn vor einem bestimmten Hochhaus abholen. Als wir mit dem Rettungswagen dort ankamen, stand er aber nicht da. Wir warteten und unterhielten uns über die Arbeitszeiten. Der Fahrer fährt zwei 24-stündige Schichten pro Woche, kann aber im Ruheraum immer wieder eine Weile schlafen. Mit zwei Schichten hat er sein Wochenpensum erfüllt, hat ein paar Tage frei, hat auch noch einen Nebenjob. Manchmal macht er aber freiwillig oder notgedrungen noch eine dritte Schicht. Ich frage Sergej (auf Englisch), ob das wohl stimmt; er zuckt die Schulter.

Währenddessen warten wir noch immer, hupen ein paar Mal, aber der Arzt kommt nicht. Sergej und der Fahrer rauchen. Dann ein Knistern im Funkgerät, die Zentrale meldet, der Arzt habe angerufen, er stehe an seinem Fenster, aber wir seien nirgends zu sehen. Es ist fast eine Stunde vergangen, bis wir schließlich einsatzbereit sind.

Dann eine Fahrt in die Außenbezirke. Wir kommen in eine Art Niemandsland, rechts verfallene Holzhäuser, links unklare Konturen eines Industriegeländes. Vor uns liegt eine lange, gerade Strecke, in weiten Abständen ein paar Straßenlampen, der Wagen rutscht in vereisten Fahrspuren hin und her.

Schließlich ein paar Wohnblöcke, die Tür zu dem uns genannten Gebäude steht offen, wir gehen in den zweiten Stock (Sergej jetzt ersatzweise in der Funktion des Sanitäters). Eine Großmutter in hellblauer Blümchen-Schürze steht an der Tür. Dahinter der schmale Durchgang in ein Zimmer, rechts noch ein WC oder eine Kammer. Im Zimmer ein Matratzenlager, auf dem sich ein Junge und ein Mädchen wälzen, er vielleicht 19 Jahre alt, sie vielleicht 17 Jahre. Der Arzt bückt sich zu dem Jungen hinunter, der erst wach zu werden scheint, als der Arzt ihm an die Stirn klopft. Jetzt reißt er die Augen auf, sieht sich entgeistert um, wälzt sich aus seiner Decke, der Köper nackt bis auf eine Unterhose. Es sind zahllose kleine Verletzungen und Blutkrusten zu erkennen. Das Mädchen reagiert mit unverständlichen Worten, wälzt sich wieder unter ihre Decke. Der Arzt und Sergej halten sie fest, während sie den Blutdruck messen. Spindeldürre Arme. Sergej streicht ihr beruhigend über die Schulter.

Inzwischen redet die Großmutter auf mich ein, ohne zu bemerken, dass ich kein Wort verstehe. Sie redet mit dem verhärteten Gesicht einer alten Frau. Dann beginnt das Ausfüllen der Formulare. Einmal fällt das Wort „Heroin". Der Arzt fragt, ob die Großmutter nichts davon bemerkt habe.
– Doch, sie wusste davon, aber was hätte sie tun sollen? Sergej erklärt mir, die beiden hätten seit Tagen keinen Stoff mehr, könnten nicht schlafen, aber werden auch nicht richtig wach, haben Schmerzen.

Vor Fenster und Balkontür hängt schräg eine Gardine, ein Kinderbett steht im Zimmer, wird aber als Ablage genutzt, ansonsten ein Wohnzimmerschrank. In der Vitrine stehen ein paar Bücher. Sergej spricht mit der Frau über das Krankenhaus. Sie hat ein paar Kleider geholt und beginnt jetzt hemmungslos zu weinen. Der Junge zieht eine zerrissene Socke an, zieht sie dann wieder aus. Das Mädchen eine Strumpfhose, dann eine Jeans und ein zerrissenes Hemd, dann kippt sie wieder auf ihre Matratze.

Als wir die Wohnung verlassen, steht die Großmutter an der Tür mit einem jetzt wieder ganz verhärteten Gesicht, Sergej umarmt sie kurz, sieht ihr dann ins Gesicht und sagt: „Alles wird gut." Dann umarmt er sie noch einmal. Es schließen sich die Gitter hinter der Wohnungstür. Sergej hat den Jungen untergehakt, ich das Mädchen, was sich so anfühlt, als ob ich sie abführe. Die beiden haben nichts mitgenommen, keine Tasche, keine Wechselkleidung oder Nachthemd.

Im Wagen liegt das Mädchen auf der Liege, der Junge sitzt neben ihr, starrt Sergej auf den Nacken. Sergej sagt: „Wir müssen aufpassen, manchmal werden sie aggressiv." Und tatsächlich packt der Junge ihn irgendwann an der Schulter, will dann aber nur eine Zigarette.

Das Krankenhaus ist etwa fünfzehn Minuten entfernt. Wir nähern uns einem Gebäude, das verlassen aussieht. Die Zufahrtswege sind miserabel. Ich stoße mir bei jedem Schlagloch den Kopf an der Kastenwand. Der Eingang zum Krankenhaus: eine zweiteilige Glastür, angerosteter Metallrahmen, sie lässt sich schwer öffnen und schließt sich hinter uns mit einem harten Schlag. Die Flure kaum beleuchtet, ziemlich unwahrscheinlich, in diesem Gebäude noch irgendwen anzutreffen. Sind denn keine anderen Notfallpatienten da? Ich hätte ein überfülltes Foyer erwartet. Darauf Sergej: Dies hier ist nur der Eingang für Liegendtransporte.

Aus einer Tür am Ende des Flurs dringt dann aber doch ein wenig Licht, es spiegelt sich auf den Lackwänden. Dann eine Ärztin, die eine weiße Mütze trägt. Sie deutet uns an, den Jungen und das Mädchen auf zwei Liegen zu legen, dann setzt sie sich an den Schreibtisch und greift nach den Formularen. Und damit sind wir bei einem Problem, das Sergej mir nur ausweichend übersetzt: Wie soll man die beiden behandeln, ohne sie der Justiz auszuliefern, was unvermeidlich wäre, falls das Wort „Heroin" in den Formularen auftaucht. Also bleiben die Formulierungen vage; vorerst heißt es nur: „unklarer Erschöpfungszustand". Das bewahrt die beiden vielleicht vor der Justiz, hilft ihnen aber nicht. Und irgendein Arzt wird dann womöglich doch „Heroin" notieren.

Als wir schließlich wieder draußen sind, im Wagen sitzen, beginnen die Fragen: Was sind für die beiden die Konsequenzen? Zwangseinweisung in eine Klinik oder Psychiatrie? Gefängnis? Ein paar Jahre? Darauf dann Sergej: „Ja, Vielleicht. So ungefähr. Aber bei euch werden sie ja wohl auch nicht einfach wieder nach Hause geschickt." Dann hat er den Kopf in die Hände gestützt und fragt, ob man mich jetzt ins Hotel fahren solle.

4.8. Nicolai übersetzt mir die Mail einer Verwandten: „Weil du gefragt hast, was die Russen über den Krieg denken." Die Frau erwähnt den Schulwechsel der Tochter und die aktuelle Sommerhitze. Dann von Nicolai hervorgehoben die Bemerkung, man lebe jetzt in schweren Zeiten. Wer im Recht ist oder im Unrecht, wisse sie nicht. Aber schlimm ist, dass so viele junge Menschen sterben. (Wieder mal ein vorsichtig ausbalanciertes Statement).

Nicolai sagt dazu ungefähr Folgendes: Ihr (der Westen) denkt, ihr könnt alles verändern, durch Protest oder Wahlen oder sonst was. Aber die Russen haben andere Erfahrungen: Nichts kannst du ändern. Die da oben machen, was sie wollen; und wenn der eine Betrüger weg ist, kommt der nächste. Ihr seid wählerisch und habt auch oft die Wahl. Für eine Zustimmung von 80% muss man euch echt was bieten. Wir haben selten eine Wahl, wir können nur hoffen. Das ist vielleicht der Unterschied: Wir hoffen, ihr aber plant und agiert und verändert die Lage.

Wir überlegen dann, ob man wohl sagen könne, wenn sie (die Russen) mit angeblich 80% etwas unterstützen, was sie nicht wählen konnten, dann fühlen sie sich auch nicht sonderlich betroffen oder verantwortlich. Es ist so weit weg – bis vielleicht der eigene Mann oder Sohn zum Kriegsdienst eingezogen wird, und dann kann man wieder nur hoffen.

5.8. Nach dem Befestigen einiger Kleiderhaken, stand ich vor der Flurkommode, packte das Werkzeug in die obere Schublade zurück und dachte: Was liegt eigentlich in der mittleren Schublade? Ich stellte fest, es waren Schnüre, Schrauben usw. Es muss schon lange her sein, dass ich sie dort abgelegt habe. Schnüre hätte ich in der Küche gesucht.

Was gibt es Neues von Anatole und seiner Familie? Ich höre nicht viel. Aber Herr Brenner erzählte vor kurzem, er habe noch einen alten Fernseher, den er Anatole angeboten habe, der wollte ihn aber gar nicht haben. „Klar, das Ding war schon ziemlich alt, aber noch ganz in Ordnung, ist denen aber wohl nicht fein genug, die wollen was Besseres." – Im ersten

Moment wusste ich nicht, was ich antworten könnte, dann fiel mir ein: Der alte Fernseher von Herrn Brenner wird keine Internetverbindung haben, also nur deutsche Programme empfangen. Ich vermute (sagte ich), Anatole nutzt lieber den Laptop und das Smartphone, da gibt es neben dem direkten Kontakt zu den Eltern und Freunden auch ukrainisches TV. Gleiches gilt für Sonja und für Jury mit seinen ukrainischen Musik-Sendungen. Die Zeiten, in denen die gesamte Familie abends gemeinsam vor dem Fernseher sitzt, sind wohl auch in der Ukraine vorbei. – „Ja", sagte Herr Brenner, „stimmt wahrscheinlich, aber man ärgert sich doch ein bisschen, was die so alles kriegen. Die kommen hierher und haben ganz schöne Ansprüche. Ich weiß, Sie sind da anderer Meinung – ist auch ok so. Aber ein bisschen deutsches Fernsehen gucken, würde auch nicht schaden." (Womit er ja recht hat.) – Dann wandte er sich ab und wünschte einen schönen Tag.

7.8. Nadja sitzt bewegungslos vor ihrem Teller, und sagt dann sehr deutlich „will nicht" auf Deutsch! – Glücklicher Schreckmoment. Eine neue Zeit beginnt: Sie spricht wieder Deutsch! Und was sagt sie als Erstes? Natürlich: „Will nicht." Sie will nichts mehr essen oder will etwas anderes essen, nicht immer Brei. Und damit hat sie ja eigentlich recht (auch wenn es mit dem Kauen und Schlucken noch nicht ganz klappt).

Später: Nadja klopft auf den Tisch und zeigt zum Fenster hinaus: „die Taube". Ja, richtig: „Taube" heißt sie. Dort sitzt also eine Taube, sie senkt den Kopf und schielt ein wenig zur Seite.

Ein Glas fällt und zersplittert auf dem Fußboden. Nadja zuckt, dann tiefes Ausatmen. Ich sage „tut mir leid" und sie lächelt. Heute Abend bin ich mal wieder zuversichtlich. (Diese ewigen Gemütsschwankungen zwischen Zuversicht und Überforderung.)

8.8. Kleine Überraschung: Während ich den Kontakt zu Jelena an einem toten Punkt sehe, schickt sie mir heute ganz vergnügt einen Urlaubsgruß aus Weliki Nowgorod. „Du weißt ja", schreibt sie „ich interessiere mich für das Leben unserer Heiligen." Das wusste ich zwar nicht, erfahre jetzt aber: Weliki Nowgorod war die Heimat des Heiligen Alexander Newski. Beigefügt ist ein Foto, auf dem Jelena vor einem Kloster oder einer Kathedrale steht, ihre einst rötlich gefärbten Haare sind grau geworden, dafür trägt sie jetzt aber eine rote Lederjacke und strahlt stolz in die Kamera; eine Sonnenbrille hält sie lässig in der Hand. Das mit den Heiligen nehme ich folglich nicht sonderlich ernst. Es entspringt wohl wieder der Lust, mich ein bisschen zu provozieren als einen von allen heiligen Geistern verlassenen „Westler". Aber wie in all ihren Sticheleien, steckt wohl auch hier ein wahrer Kern. Sie wäre dann tatsächlich etwas religiöser geworden.

Und was mache ich jetzt damit? Ich danke herzlich für Gruß und Foto und füge hinzu, aus dem Internet ein paar nicht sonderlich heilige Begebenheiten aus Newskis Leben erfahren zu haben (soweit das Kontra). Ich ergänze dann aber (als Pro), ich sei auch einmal in der Petersburger Gegend gewesen, nicht in Nowgorod, aber auf dem Ladoga- und dem Onegasee. Wunderschöne Landschaft, entlegene Klöster. Kischi zum Beispiel ist eine Klosterinsel schon fast im Jenseits (und das meine ich ernst). Mal sehen, was Jelena dazu sagt.

9.8. Heute nichts Besonders. Aber ich schlafe schlecht, wache auf, kann mich an keinen Traum erinnern – oder was ich erinnere, ist völlig absurd: Dem alten Mann unten im Erdgeschoss habe ich übers offene Fenster Geld gestohlen. Später kommt er ausgerechnet zu mir herauf und berichtet leid- und vertrauensvoll, bei ihm sei eingebrochen worden. Ich höre ihm geduldig zu und umarme ihn beim Abschied.

Weil es wahrscheinlich demnächst in der einen oder anderen Form bis zu Nadja vordringen wird, ist es wohl an der Zeit, ihr zu sagen: „Es ist übrigens Krieg. Russland führt Krieg in der Ukraine." Sie schaut mich erst an und senkt dann den Blick mit der Bemerkung „immer ist Krieg". Weiter nichts. Dann sitzt sie da, hebt wieder den Kopf und fährt sich mit beiden Händen durchs Haar. Und vielleicht ist der finstere Gedanke damit schon weggewischt. Weil die Ärzte empfehlen, bedrückende Themen von ihr fernzuhalten, belasse ich es bei dieser kurzen Mitteilung. Fortsetzung später einmal.

10.8. Wieder einmal „erkennen und benennen", aber jetzt auf Deutsch. Wir studieren Bilder einer Stadt: Straßenbahnen, Kaufhäuser, viele Leute, und sie kann auf Deutsch sagen: „Leute", „Bus". Es sind noch keine Sätze, aber doch Vokabeln, die schon eine Verständigung erlauben. Nadja hat „Hunger" oder „keinen Hunger". Jetzt kann auch die Logopädin ganz anders mit ihr arbeiten.

Mitten in unsere Übungen ruft Andrej an: Er habe Nadja in verschiedenen Pflegeheimen angemeldet, das heißt, auf die Warteliste setzen lassen. Sie werde wohl immer eine Betreuung benötigen, rund um die Uhr. Für eine private Betreuung sei aber der Eigenanteil zu hoch. Er verstehe natürlich, dass es für Shashi und Cathy ein Rückschlag ist. Mit ihrer Arbeit ist er ja sehr zufrieden. Aber ihnen wird klar sein, dass er sie auf Dauer nicht finanzieren kann.

Als ich Cathy davon berichte, ist sie nicht überrascht. Ja, natürlich, damit habe sie von Anfang an gerechnet. Shashi und sie würden Nadja natürlich gerne weiterhin betreuen, wir seien ja fast eine Familie geworden. Aber sie müsse auch sagen: Nadja sei eigentlich kein Fall fürs Pflegeheim (sie sagt es vorsichtig, deutet es nur an, aber ich verstehe und sehe es eigentlich auch so).

Ich rufe Davoud an, er findet: Nadja ins Pflegeheim zu geben, heißt, man gibt sie auf. Das wäre die Endstation für sie. Dort gibt es zwar auch Therapien, aber nicht so professionell, so gezielt, so vielfältig. Dort ist sie stundenlang alleine, hat keine Anregung, und sie wird womöglich wieder weglaufen. Hier in Fährholz ist immer jemand um sie herum, auch wenn es nur Kostja ist „und natürlich auch du". Also: nicht aufgeben, jetzt noch nicht. „Gebt ihr noch ein halbes Jahr. Sie entwickelt sich derzeit doch so prima."

Abends gehen wir alle am Ufer entlang, schweigend, ein wenig bedrückt. Kostja scheint die Stimmung zu spüren, der Versuch einer Auflockerung scheitert. Mit Kostja Ball zu spielen, war immer eine kleine Ablenkung. Heute rennt er ein paar Mal seinem Ball hinterher, dann lässt er ihn liegen, kommt zurück, geht still neben uns her, entmutigt wie wir selbst. Wir kehren um und gehen zum Haus zurück.

11.8. „Seh´n wir uns wieder ein paar Fotos an?" Nadja nickt, ich bringe den Laptop und öffne ihre Homepage. Letzter Stand der Dinge: Nadjas Studienzeit, das Unigebäude in Nowosibirsk, eine Sommerwiese (auf dem Campus?). Vier Studentinnen in einem Zimmer, eine Wäscheleine ist quer durch den Raum gespannt, ein paar Kleidungsstücke hängen daran. „Hier hast du gewohnt." Nadja schüttelt den Kopf, „nein, nein". – „Wo dann?" Sie schüttelt weiterhin den Kopf. Also nehmen wir das Foto raus.

Es folgen ein paar Fotos von ihrer Studiengruppe, auf einem ist Tanja zu sehen, Nadja deutet auf sie, „ist gestorben". Weiter: Ein paar Studentinnen beim Beeren pflücken, wahrscheinlich im Garten einer Dozentin. Und dann schon „последний звонок" (das letzte Klingelzeichen): Abschlussfeier, Überreichung der Diplome, Nadja im hellen Kostüm „du warst eine schöne Frau" – eilige Korrektur: „Du bist eine schöne Frau." So geht es noch eine Weile. Und schließlich die Kinderklinik, kennst du noch die Namen? Sie sagt: „Boris, Lydia, Irina" – Ich sage „toll!" Letztes Foto, das Küchenfoto: Ein paar Personen sitzen mit gebeugtem Rücken an einem langen Tisch, wirken erschöpft, sehen in ihre Tassen, offenbar schweigend. Dann denke ich, es ist genug für heute, aber „nein, weitermachen!" Aber weiter geht es nicht. Weitere Fotos habe ich noch nicht hochgeladen. Also Schluss für heute.

Nadja möchte dann noch eine Weile am Fenster sitzen, ich gehe in mein Zimmer und bereite den nächsten Abschnitt ihrer Homepage vor. Nur wenige Fotos, Krisenzeit. Wir sind im April oder Mai 1998, die Säuglingsstation war mit anderen Stationen zusammengelegt und ein Teil des Personals entlassen worden. Während Nadja aushilfsweise wieder als Kellnerin arbeitet, auch als Nachhilfelehrerin, gelegentlich als Hostess, stürzt der Rubel-Kurs ab, Firmen werden insolvent. Innerhalb von wenigen Monaten wird dreimal der Ministerpräsident gewechselt. Arbeiter blockieren Eisenbahnlinien, um die Auszahlung ihrer Löhne zu erzwingen. Auf den Straßen wird gebettelt.

Und mit einem Mal gibt es Sascha: Ingenieur der Fernmeldetechnik, anfangs im Nowosibirsker Gebiet, dann in Deutschland. Im Juli ist er auf Heimaturlaub, sie begegnen sich, kommen ins Gespräch. Dieser Mann ist so anders: eher schüchtern, jemand, der zuhört, jemand, der es nach Deutschland geschafft hat und trotzdem seine Heimat vermisst. Eigentlich genau der Richtige. Vor seiner Rückreise nach Berlin haben sie noch zwei Wochen Zeit. Sie werden sich in einer Geschwindigkeit vertraut, wie es wohl nur in Ausnahmesituationen möglich ist.

Dann reist er ab, verspricht, im September wiederzukommen, in zwei Monaten also, das lässt sich überstehen. Sie telefonieren gelegentlich, vor allem schreiben sie sich. Nadja entdeckt die neue Welt der Internet-Cafés: eine halbe Stunde Internet plus ein Kaffee = 50 Rubel. Wenn sie sich die Briefe ausdrucken will, sind noch ein paar Rubel fällig. Das ist doch eine kleine Erleichterung in der ganzen Krise. Auf einen Brief muss man nicht wochenlang warten. In Sekundenschnelle taucht auf dem Display schon eine Antwort auf, so als säße er ihr direkt gegenüber dort irgendwo in den unbekannten Sphären. Und in den Briefen lässt sich mehr ausdrücken als im Gespräch. Selbst das Getrenntsein ist erträglich, für eine Weile. Es ist Sommer, und es gibt wieder einen Mann in ihrem Leben, diesmal ist es der Richtige. Sie weiß nur noch nicht, wie und wo sie zusammenleben könnten.

Aber der Sommer vergeht, der Glanz der Internetcafés erlischt. Manchmal herrscht Stromausfall, manchmal gibt es zwar Strom, aber keine Netzverbindung. Manchmal ist das eine oder andere Internetcafé vorübergehend geschlossen aus „administrativen Gründen". Nadjas Welt verdunkelt sich. Und manchmal hat sie den Eindruck, auch Saschas Briefe verdunkeln sich. Sie wiederholen sich, geben ihr keine Kraft mehr. Und ihre eigenen Briefe: Sie möchte für ihre Gefühle einen starken Ausdruck finden, etwas Stärkeres, als sie bisher je geschrieben hat, aber es fällt ihr nichts mehr ein. Sie rennt gegen eine Wand.

Dann ist Ende September, und er ist wieder da. Nadja ist immer noch Kellnerin, ist immer noch verliebt, sieht immer noch keine Zukunft – nicht für sie beide, und jetzt auch nicht mehr für das Land. Sie gehen durch leere Parks, essen in leeren Restaurants. Aber die deprimierende Stimmung verstärkt ihre Bindung.

Zehn Tage hat Sascha diesmal Zeit. Er gibt ihr Geld, gibt ihr auch ein wenig Mut: Wenn er zusätzliche Arbeitsschichten übernimmt, kann er bis zu acht Urlaubswochen ansammeln im Jahr. Außerdem kann sie ihn mit einem Touristenvisum zwei oder drei Monate lang besuchen. Das ist doch immerhin schon ein wenig Zukunft. Sascha stellt sich vor: Noch ein paar Jahre will er in Deutschland arbeiten, gut verdienen und dann zurückkehren. Die Lage in Russland wird sich bis dahin ja wohl gebessert haben.

Diesmal folgt seiner Abreise die Depression. Sie geht kopflos herum, redet mit den Freundinnen, sagt: Mit diesem Mann möchte sie leben, in Deutschland oder später wieder in Russland. Aber sie fühlt sich nicht verstanden, zieht sich zurück, kommt verspätet zur Arbeit, ist unkonzentriert bei den Bestellungen, verliert beinahe den Job. Sie kann nicht atmen, ohne an ihn zu denken, schickt ihm Blumenfotos und Gedichte, erhält traurig-liebevolle Antworten, erhält auch ein Heiratsangebot. Ja, er versteht, das ist etwas überstürzt, aber als seine Frau bekäme sie eine Aufenthaltsgenehmigung für die gesamte Dauer seiner Arbeit in Deutschland.

Wieder bespricht sie alles mit den Freundinnen, bespricht es zum ersten Mal auch mit der Mutter, die sich ganz dagegenstellt. „Du kennst ihn gar nicht, kennst ihn nur aus Briefen." Und im Grunde weiß sie selbst: Es ist keine gute Idee.

Es wird November (1998), Schneeberge türmen sich an den Straßenrändern, Eiskrusten auf den Gehwegen. Dick gepolstert drängt man sich durch die Geschäfte, drängt sich auch in die Busse, deren Scheiben jetzt ständig beschlagen sind. Man sieht nicht mehr hinaus.

Mitte November ein Hoffnungsschimmer: Sascha hat Kontakte in eine Berliner Sprachschule, die suchen immer Deutschlehrer für Immigranten, darunter viel Russen (vermutlich Russlanddeutsche). Er bittet sie, ihm Zeugniskopien und andere Dokumente zu schicken, mit denen er die Schulleitung überzeugen könne, Nadja einzuladen. Sie sucht jemanden, der weiß, was scannen heißt und wie es funktioniert. Und tatsächlich schickt ihr die Sprachschule eine Einladung mit den notwendigen Dokumenten für die Visumbeantragung. Die Visumbeantragung! Das heikle Thema, noch kann alles schiefgehen. Sascha versucht, sie zu beruhigen, die Schulleitung, darunter auch ein paar Russen, wissen schon, was zu tun und zu sagen ist, sie (Nadja) solle nur alle Tipps, die er beilegt, berücksichtigen. Nadja hält es für einen Wink des Schicksals. Wenn sie ein Visum bekommt, dann ist es entschieden – wenn nicht: dann soll es nicht sein. Und sie wird diesen Sascha vergessen.

Sie beantragt ein Visum, wartet auf eine Vorladung ins deutsche Konsulat, paukt Deutsch, auch stundenlang telefonisch mit einer ehemaligen Deutschlehrerin in Krasnojarsk, die ihr Glück wünscht. Dann der Termin im Konsulat, sie stellt sich einer Befragung, fährt mit schlechtem Gefühl nach Hause zurück, wird irgendwann informiert werden.

Die Wochen vergehen, ein neues Jahr beginnt (1999). Es ist die Zeit von Chers „Believe". Der Song dieser Krise. In den Discos stürmen die Leute auf die Tanzflächen, sobald er aufgelegt wird. Das ist jetzt auch ihr Song, auch sie fühlt „I don't need you any more". Allerdings meint sie damit keinen Mann, sondern ihre Heimat, dieses zerrüttete Russland. Und auch sie fühlt sich „strong enough", alles hinter sich zu lassen. So oft wie möglich geht sie ins Internetcafé, um nach einem Brief zu sehen und einen Gruß zu schicken, träumt vom Sommer, in ein paar Monaten, „ich könnte neben dir liegen in den Parks von Berlin".

Dann der 11. Januar, das hat sie mir oft erzählt: Ein Einschreiben war gekommen, aber sie war nicht zuhause, musste aufs Postamt, nahm zwei Freundinnen mit, voller Angst, stellte sich in die Schlange, es dauerte eine Ewigkeit, so dass sie schon nicht mehr ruhig stehen konnte. Schließlich hielt sie den Brief in Händen, umständlich zu öffnen, dann auch noch die deutsche Beamtensprache. Sie musste noch einen Moment den Atem anhalten, bis die Nachricht eindeutig war, so dass sie zuerst weinen musste, dann herumsprang mit ihren Freundinnen und rief: „Jetzt erst mal einen Schampanskoje!"

Ein Schluck Sekt oder Wein wäre etwas, was ich jetzt auch vertragen könnte. Ich gehe noch rüber zu Nadja, sie schläft bereits, nur Kostja wartet noch auf einen Keks, Ich kraule ihn ein wenig, gehe dann in mein Zimmer und öffne meine Flasche.

12.8. War heute mit Nadja zur Therapie, habe mich an Gehübungen beteiligt, habe bei einer Massage im Vorraum gesessen, abschließend Sprachübungen: Gegenstände erkennen, zum Beispiel „Rolltreppe", zuerst russisch, dann deutsch, dabei auch der Versuch, N. erklären zu lassen, wozu eine Rolltreppe notwendig ist. Sätze bilden!

Zuhause Schreibübungen. Kannst du die Worte auch aufschreiben „Rolltreppe"? Ist schwierig, wir probieren es lieber auf Russisch mit einfachen Namen, „Nadja" zum Beispiel. Kyrillisch geht es einigermaßen, in lateinischen Buchstaben noch nicht. Ich notiere ein paar Namen, dann soll sie raten, wen ich da aufgeschrieben habe. – „Kostja" ruft sie, ich sage „toll" und küsse ihre Stirn. Ich werde albern, d.h. behandle sie wie ein artiges Kind. Aber ich weiß, das wird eine Falle: Sie als Kind behandeln und mich als Lehrer aufspielen. Das wird uns irgendwann noch ziemlich auf den Nerven gehen.

13.8. Nachmittags dann „Filmstunde". Inzwischen können wir uns öfter mal einen Film ansehen. Nadja schaut interessiert zu, scheint zu verstehen, was geschieht: eine Verfolgungsjagd mit Autos (z.B.). Sie kann es auch sagen: „den Mann einfangen." – Aber warum er verfolgt wird? Was zuvor geschehen ist? Wer ist der Gute: der Verfolgte oder der Verfolger? Sie hat es nicht verstanden oder kann den Zusammenhang nicht erinnern, alles zerfällt, und so bleibt einfach ein Mann in einem Auto, das verfolgt wird. Immerhin ist sie mit großer Aufmerksamkeit dabei, vielleicht reicht ja schon die dramatische Filmmusik dafür.

Und der Krieg? Derzeit Stillstand, Schwebezustand. In den Nachrichten kein großes Thema mehr. Fühlt sich entspannt an: Weltuntergang verschoben. Aber in den Tiefen des Nervensystems ticken die Seismographen und registrieren mächtige Verschiebungen. Die Zukunft verdüstert sich.

14.8. Anita gratuliert mir zum Geburtstag (sie ist wie immer pünktlich!); ein paar Fotogrüße sind beigefügt: Sie fährt Fahrrad, sitzt an einem Springbrunnen, liegt in einem Strandkorb, lächelt etwas bitter.

Auch Swetlana gratuliert mir, wünscht Gottes Segen und hofft, die unglückliche Zeit möge bald enden. Worauf sich die „unglückliche Zeit" bezieht, sagt sie nicht, ich kann es mir aber denken. – Das heißt allerdings: Über diesen Krieg denke ich eher politisch in Kategorien von Aggression und Widerstand. Swetlana denkt ebenfalls an den Krieg, aber vielleicht eher in Richtung ‚Verhängnis' oder ‚Gottesprüfung'. Fazit: Wir beide reden von ‚unglücklichen Zeiten', aber ein und derselben Meinung sind wir trotzdem nicht. Ich erinnere mich an ein Gespräch über die Sozialarbeit, die sie eher „Seelsorge" nennt. Wir (der Westen) versuchen, den Alltag der Betroffenen zu erleichtern, praktische Hilfe zu leisten und auf ihre Gewohnheiten einzuwirken. Aus Swetlanas Sicht ist das zwar eine gute Tat, im Vordergrund steht für sie aber doch Seelsorge im wörtlichen Sinne, Sorge um die Seele der Betroffenen: „Sieh, was du getan hast! Löse dich von dem Übel!"

Nachmittags Spaziergang mit Barbara, die Bucht entlang bis Sophiental. Es ist sommerlich, es ist schön. „Ach", sagt Barbara, „lass uns mal einen Moment hier sitzen." Aber leben könnte sie hier draußen nicht, sie hätte immer das Gefühl, etwas zu verpassen. Das Leben läuft an ihr vorbei. – Mir geht es anders: Eine Großstadt muss Energie ausstrahlen, um zu leben, Optimismus, Innovation, Zukunft. Von alledem habe ich nichts. Jetzt, in diesen Kriegszeiten, noch weniger als sonst.

15.8. Richard besucht Nadja. Ich staune, wie leicht es ihm fällt, in einfachen, aber zuversichtlichen Worten mit ihr zu reden: „Hast eine harte Zeit hinter dir … „siehst schon wieder ganz gesund aus." Sie strahlt, „ja, bin gesund". Richard hat ein neues Puzzle mitgebracht (40 Teile), das probieren sie dann gemeinsam aus, Nadja sitzt jetzt steil aufgerichtet am

Tisch, Richard neben ihr, dieser große Mann mit seinen aristokratischen Gesichtszügen. So puzzeln sie eine Weile. Das Spiel stockt für einen Moment, als Nadja ein nicht-salonfähiges Geräusch entschlüpft, Richard lacht und sagt: „Hoppla, das musste jetzt sein." Nadja lacht dann auch, „ja, muss sein".

Später ein kurzes Gespräch in der Küche, Richard jetzt mit ernstem Gesicht: Russland werde den Krieg gewinnen. Das sei beinahe unvermeidlich angesichts militärischer Übermacht einerseits und wirtschaftlichem Zentralismus andererseits. Während in Europa jeder Konzern den eigenen Interessen folge, habe Putin die russische Wirtschaft den Kriegszielen unterworfen: europäische Gaslieferungen reduzieren, Militärfahrzeuge produzieren statt PKWs und vor allem: nicht aufmucken! „Und in China sehen wir dasselbe: zentrale Kontrolle, Subventionen einerseits, Sanktionen andererseits. Im Zweifelsfalle verschwinden ein paar Top-Manager im Gefängnis." – Soweit Richard.

Mit mäßigem Sachverstand fabulieren wir dann noch einen Moment über die Verflechtung von Staat und Wirtschaft und stehen nach ein paar Argumentationszügen vor der Frage: Der Kapitalismus soll den Kommunismus besiegt haben? Die Weltgeschichte soll die Überlegenheit der freien Marktwirtschaft erwiesen haben? Je nachdem könnte man aber auch das Gegenteil behaupten. Wie wäre es damit: Der Neo-Kommunismus habe sich zur höchsten Form des Kapitalismus entwickelt. Die Zentrale dirigiert wie in guter, alter kommunistischer Tradition, hat aber die Mikro- und Makroökonomie inzwischen gründlich studiert. Putin, das muss man ihm lassen: Er plant langfristig und global, und er hat die nötige Zeit dafür, sein Zeitrahmen sind Jahrzehnte. Dagegen ist der Westen hoffnungslos unterlegen, ohne strategische Weitsicht. Es zählen kurzfristige Gewinne oder Wahlchancen. „Blind, blind, blind." Richard ist heute also in Alarmstimmung: „Da kommt noch was auf uns zu – aber erst mal: schönen Abend."

16.8. Dr. Meyn (hagere Figur, dünne Stimme, klinische Ausdrucksweise): In den letzten Wochen mache Nadja Fortschritte in Sprachverständnis und in eigenem Sprachvermögen, auch auf Deutsch. Schwellungen im Gehirn seien im CT nicht mehr nachweisbar. – Wenn er das etwas anders formuliert hätte, wäre ich jetzt wahrscheinlich in Begeisterung ausgebrochen. Hinter diesen desinfizierten Formulierungen, so erfreulich sie auch sein mögen, höre ich noch immer ein Unheil lauern.

Und was sagt RIA Novosti? Putin spricht auf der Moskauer Sicherheitskonferenz: „*Die Vereinigten Staaten und ihre Vasallen mischen sich grob in die inneren Angelegenheiten souveräner Staaten ein, sie organisieren Provokationen, Staatsstreiche, Bürgerkriege. (...) Um ihre Hegemonie aufrechtzuerhalten, brauchen sie Konflikte. Deshalb nutzen sie die Menschen in der Ukraine als Kanonenfutter (...), aber die westliche Allianz ist dem Untergang geweiht. Geopolitische Veränderungen historischen Ausmaßes gehen in eine völlig andere Richtung.*" – Also das muss man noch einmal laut sagen: Der Westen will seine Hegemonie aufrechterhalten, deshalb treibt er die Ukrainer als Kanonenfutter in einen Krieg mit Russland. Ich könnte wieder einmal staunen über eine in sich geschlossene Story. Schwerer zu knacken als ein militärischer Verteidigungsring.

Soweit Putin, und soweit nichts Neues. Ziemlich realitätsfremd wirkt das Argument, Waffenlieferungen an die Ukraine seien zu unterlassen, weil sie den Konflikt nur anheizen würden. Dieser Mann ist ja offenbar bereits in höchstem Maße heiß gelaufen. Unterhalb der Schwelle globaler Konfrontation scheint er nicht mehr denken und agieren zu wollen. Es wäre dann wohl tatsächlich so, dass unser Europa in der Ukraine verteidigt wird.

Aber zugegeben, an die großen Fragen traue ich mich nicht mehr heran: Diplomatie oder Krieg, Gasgeschäfte oder Sanktionen, aber auch: Restlaufzeit der AKWs oder Wirtschaftskrise, Sozialismus oder Marktwirtschaft. Und dann die ganze Frage der künstlichen Intelligenz. Selbstzerstörung des Menschen oder Potenzierung menschlicher Fähigkeiten. Irgendwann hatte ich eine Meinung, für die ich gestritten habe. Inzwischen sind mir all diese Meinungen über den Kopf gewachsen. Die Gedanken drehen sich im Kreis, torkeln, schwanken, führen zu keinem Ergebnis.

17.8. Nadja sitzt auf dem Balkon, Blick über die Bucht, wo die Abendschatten aufziehen. Sieht ziemlich friedlich aus. Wenn die Krankheit nicht wäre, könnte man denken: So sieht eine Frau aus, die mit ihrem Leben einverstanden ist.

Ich verabschiede mich (Kuss auf die Stirn), gehe in mein Zimmer und überlege: Wann hat sie eigentlich zum ersten Mal gespürt, dass es schiefgehen wird, mit Sascha? Vielleicht wusste sie es von Anfang an; hat es aber nicht wahrhaben wollen. Wieder einmal hat sie bis zum Ende gehofft, aber diesmal war es ein Fehler. Im Februar (1999) kündigt sie ihren Job, dann auch ihr Zimmer. Sie bespricht noch einmal alles mit den Freundinnen, hört sich die letzten Mahnungen an, aber es gibt kein Zurück. Einmal telefoniert sie noch mit der Mutter, die sie warnt und schließlich verflucht. Ein Abschied im Streit. Die letzten Tage ist sie allein, räumt ihr Zimmer, sortiert ihre Habe. Sie kann nur so viel mitnehmen, wie in einen Koffer und einen Rucksack passt. Anfang März reist sie ab, verbringt einen sinnlos langen Tag in Moskau, in Berlin empfängt Sascha sie am Flughafen mit einer Rose. Ziel ihrer Träume. So fühlt es sich an.

Die ersten Tage verbringen sie in Saschas Wohnung. Sie spürt die Unruhe, irgendetwas jetzt anzupacken, etwas Neues zu schaffen, einen Aufbruch zu beginnen. So wie damals mit Dima, eine neue Welt zu entdecken, ein neues Leben aufzubauen. Aber sie weiß nicht, wie das jetzt aussehen könnte. Sie gehen ins Kino, gehen essen, gehen wandern, dann wieder ins Kino. Eine neue Lage, aber kein Aufbruch. Außerdem ist es Mitte März noch kalt.

Sie besprechen, wie es weitergehen soll. Wie er sich ihr gemeinsames Leben vorstellt. Aber sie weiß es ja eigentlich schon: Sascha ist vier Tage auf Montage (Installation und Wartung großer Fernmeldeanlagen), dann kommt er übers verlängerte Wochenende zurück nach Berlin. Und weiter? Nadja wird Deutsch unterrichten, sie werden Geld sparen und irgendwann entscheiden: zurück nach Russland oder in Deutschland bleiben in einem ruhigeren Job.

Gemeinsam gehen sie zum „Antrittsbesuch" in die Sprachschule. Tatsächlich viele Russen dort. Man ist freundlich, gibt ihr ein paar Kursmaterialien und Beispiele für die Prüfungen zum Kursabschluss. Das sind also die Vorgaben. Vorerst sind es nur zwei Kurse (Anfänger und Fortgeschrittene I). Die Kurse beginnen nach Ostern. Noch Fragen?

Ja, sie hätte noch Fragen, viele Fragen, aber das Gespräch ist schon mehrfach durch Telefonate unterbrochen worden, alles wirkt gehetzt, niemand scheint wirklich Zeit für sie zu haben. Beim Verabschieden noch einmal der Hinweis, vorerst arbeite sie nur zur Probe. Ja, das ist ihr klar. Und sie weiß auch, dass sie bisher nur ein Visum zur Anbahnung eines Arbeitsverhältnisses hat, also noch keine Aufenthaltsgenehmigung. Sie war so stolz, diese Stelle erobert zu haben, aber jetzt versteht sie: Demnächst wird sie eine dieser Frauen sein, die mit Unterrichtsmaterialien durch die Flure hasten oder auf eine Zigarette im Hof verschwinden.

Ein paar Tage nach ihrer Ankunft muss Sascha wieder auf Montage. Sie ist jetzt allein in seiner Wohnung, ist finanziell versorgt, telefoniert viel, abends mit Sascha, tagsüber auch kurz mit den Freundinnen, schickt Fotos, geht essen, geht durch die Stadt, geht in die Wohnung zurück, betritt den Lift, beachtet zum ersten Mal die Warnhinweise: Der Aufzug sei im Gefahrenfalle nicht zu benutzen; bei Störungen solle der Alarmknopf mindestens drei Sekunden lang gedrückt werden; beim Einsatz eines Feuerlöschers sei die Windrichtung zu beachten, die Düse sei in die Glut zu richten, nicht in die Flamme, Abstand sei zu halten. Sie versteht alles, muss es sich aber Wort für Wort erarbeiten. So formuliert man das also. Das geliebte Deutsch wird jetzt ihre Überlebenssprache.

Im Aufzug ist eine Etage genannt, deren Bezeichnung sie nicht versteht. Einmal hält sie dort an, sieht aber nur einen kleinen Vorraum, von dem rechts und links jeweils eine Stahltür abgeht.

Der Supermarkt darf nur mit einem Einkaufswagen betreten werden, das hat sie verstanden. Aber die Wagen sind ineinander verkettet, sie untersucht, wie die Wagen voneinander gelöst werden könnten; es ist ihr peinlich, sich beobachten zu lassen und schließlich um Hilfe zu bitten.

Dann beginnen ihre Kurse, sie konzentriert sich auf Vokabeln und Grammatik, hält sich an die Unterrichtsformen, die sie von zuhause kennt, lässt Verbflexionen gemeinsam aufsagen, sozusagen im Chor: „Ich gehe, du gehst, er geht ...." Weil sie annimmt, jeder Russe verehre Puschkin, lässt sie die Fortgeschrittenen einige Gedichte auswendig lernen (auf Deutsch). Die Kursteilnehmer sind ratlos, die Schulleitung erstaunt, teils amüsiert. Es kommt zu einem Gespräch, in dem sie zum ersten Mal etwas hört von Gruppenarbeit, Kommunikations-Orientierung, selbstständigem Lernen, interkulturellem Training. Gut, daran wird sie jetzt arbeiten.

Als Sascha wiederkommt, verbringen sie ein Wochenende in Hamburg. Noch könnte alles eine glückliche Wendung nehmen. Immerhin haben sie jetzt eine kleine gemeinsame Aufgabe: ein paar praxisnahe Kursmaterialien zusammenzustellen. Für die Fortgeschrittenen also keine Gedichte mehr, sondern kurze, authentische Informationen aus dem deutschen Arbeitsleben: das Lohnsystem brutto netto, wer entscheidet über die Lohnhöhe? Was sind Gewerkschaften? Was sind Krankenkassen? Für all diese Fragen braucht sie Saschas Hilfe.

Ein wenig Abwechslung belässt sie aber in ihren Unterrichtskonzepten: ein Rätsel, ein Wortspiel, einen Wyssozki-Song ins Deutsche übersetzen – Wyssozki, den jeder Russe kennt und verehrt. Bald erfährt sie aber, dass die Russen sie belächeln. Ein verträumtes Mädchen.

Einmal, als Sascha wieder in Berlin ist, will er ein paar Freunde besuchen. Sie schminkt sich in der Erwartung, dass er sie den Freunden vorstellen wird. Aber nein, lieber noch nicht. „Männergespräche", sagt er. Zwei Tage später ist er schon wieder auf Montage.

Zunehmend unsicher gibt sie ihre Kurse, sitzt dann lange in ihrem Zimmer, arbeitet an Unterrichtsmaterialien. Gelegentlich ruft sie Sascha an, fragt nach ein paar Begriffen, will noch ein wenig weiterreden, wie geht es ihm, was hat er heute gemacht? Aber er vertröstet sie auf einen der nächsten Abende. Allmählich begreift sie: Diese Begriffe über das deutsche Arbeits- und Gesundheitssystem sind das letzte Thema einer bereits abgestorbenen Beziehung.

Inzwischen ist es Ende April, eigentlich schon Frühling. Aber in Berlin ist es noch kalt. Es kommt ein Wochenende, an dem Sascha auf Montage bleibt, zwei Kollegen sind krank geworden. An einem anderen Wochenende muss er schon Samstagabend zurück. Bald hat sie ihn im Verdacht, über solche Gelegenheiten erleichtert zu sein. Er reagiert gereizt, sie verstehe einfach nicht, wie sehr er selbst unter dieser Lage leide – ewig dort draußen unterwegs und dann auch noch diese armseligen Unterkünfte. Also hält sie sich zurück, keine Vorwürfe mehr. Allmählich kommt es so weit, dass sie ihn abends mehrmals anruft, ohne dass er abnimmt (angeblich Funkloch).

Es ist Anfang Mai 1999, und sie kann nicht verstehen, warum alles so gekommen ist. Sie grübelt, beginnt ein Tagebuch, fühlt sich verloren – nach zwei Monaten schon gescheitert. Und nach Hause zurück kann sie jetzt auch nicht mehr. Dort beginnt jetzt ein herrlicher Sommer, der kurze, aber endlos weite sibirische Sommer.

Sie geht ziellos durch die Stadt, kommt offenbar auch am Westhafen vorbei. Eines ihrer Fotos zeigt rechts einen Schrottplatz, links ein Hafenbecken, an dem ein paar Kräne stehen, dann die Kaimauer. Es ist unklar, warum sie das fotografiert hat, was hat sie da gesehen? Das sind nur Betonflächen. Vielleicht war es das: diese kalte Ordnung, glatte Betonflächen, keine Risse, keine Flecken, keine Algen, kein Müll. Schon ein paar leere Plastikflaschen dort unten im Wasser wären ein Gruß aus der Heimat gewesen.

Dann erfährt sie von einer russischen Gemeinde. Als Kind war sie ein paarmal in der Kirche, hat es aber nicht so befremdlich in Erinnerung wie das, was sie in Berlin sieht: Eine kleine Kirche, modern und voller Ikonen. Die Leute: alte Frauen, Mütterchen. Sie sind ganz auf diese Ikonen bezogen, vor denen sie sich bekreuzigen. Sie stehen da, irgendwie gleichförmig, aber trotzdem allein. Keine Gemeinschaft, aber immerhin eine Gemeinsamkeit.

Am Ausgang sind Bänke aufgestellt. Ein paar Frauen sitzen dort, haben sich mit ihren Taschen niedergelassen. Ein Hauch von Obdachlosigkeit umgibt sie inmitten ihrer Habseligkeiten.

Draußen kommt sie mit einem Mütterchen ins Gespräch. Ihr Sohn arbeite hier, es gehe ihr gut, sie ist ihm dankbar, dass er sie hergeholt hat, aber sie vermisst so vieles. Sie sprechen über die Kirche und den rechten Glauben und die russische Heimat, die Sommerwiesen, die Flüsse und die Lichter am anderen Ufer. Nadja erhält ein paar Adressen von Russen, die in Berlin leben, weiß aber, dass sie niemanden besuchen wird.

Umso erdrückender wird das Gefühl, nirgends dazuzugehören. Was tut sie hier? Warum bleibt sie noch? Den Freundinnen erzählt sie nichts davon, es ist ihr unmöglich, sich einzugestehen, dass sie recht hatten. Sie wird jetzt nicht kleinlaut zurückkehren, nachdem sie sich so übermütig für ein anderes Leben entschieden hat. Also gibt sie sich Mühe mit ein paar zuversichtlichen Mails, trinkt zu viel.

Sie erinnert sich an diese Mütterchen in der Kirche und erinnert sich überhaupt an diese Mütterchen zuhause. Man sagt ihnen, diese oder jene Freundin sei gestorben, und die Mütterchen bekreuzigen sich und antworten, sie habe hoffentlich nicht leiden müssen, sei jetzt wenigstens erlöst. Und das wünscht sie jetzt auch für sich, irgendeine Erlösung.

Eines Morgens wacht sie in einem Krankenzimmer auf, sieht sich um, hat keine Erinnerung, was geschehen ist. „Alkohol" sagt man, „und Tabletten", man wird sie ein paar Tage hierbehalten, „Suizidgefahr". Zum Glück ist es Samstag, bis Montag wird sie hoffentlich so weit in Ordnung sein, dass sie wieder arbeiten kann. Es folgen ein paar Gespräche mit einem Psychologen, und dann, weil es schon Mittwoch wird, das nächste schwierige Gespräch mit der Schulleitung. Mit diesen Niederlagen im Gepäck kann sie jetzt erst recht nicht nach Hause zurückkehren.

Also nimmt sie ihren Unterricht wieder auf, arbeitet an ihren Lehrmethoden, streicht aus den Unterrichtsplänen alle Rätsel, alle Sprachspiele, wird nüchtern und verschlossen. So fühlt sich die Welt an, mit der sie nichts mehr verbindet. Sie will weder essen, noch unterrichten, vielleicht noch nicht einmal leben, aber ein Suizid wäre ein weithin sichtbares Zeichen ihrer Niederlage. So beginnt ein Scheinleben. Sie fingiert die Dozentin, als die sie sich beworben hat. Eine dem Zufall entliehene Rolle. Das Leben eine leere Hülle.

Als Sascha erfährt, dass sie ein paar Tage krank war, sagt sie: Magen-Darm-Infektion. Er fragt nur kurz, ob alles wieder in Ordnung sei. Vielleicht weiß er mehr als er sagt. Und wieder rätselt sie, warum alles so gekommen ist. Möglich ist, dass er trinkt. Alles andere wäre auch überraschend bei seiner Arbeit. Allmählich glaubt sie immer mehr an diese Erklärung: Er trinkt, hat vielleicht gehofft, davon loszukommen, sobald es eine Frau in seinem Leben gibt. Ein bisschen Halt, dann wird es schon besser. Aber er hat keinen Halt gefunden, hat nur festgestellt, eine Frau war es nicht, die ihm hätte helfen können.

Vorerst wohnt sie noch in seiner Wohnung. Wände und Fenster sind lärmisoliert, Nadja hört weder Nachbarn noch Straßenverkehr. Die Zimmer sind modern eingerichtet, frisch aus dem Möbelhaus, was angenehm ist, andererseits ist alles so künstlich. Dies hier ist kein Tisch, um daran zu essen, und dies ist kein Bett, um darin zu schlafen. Ein paar gebrauchte, vielleicht sogar ruinierte Möbel wären notwendig, um sich hier heimisch zu fühlen.

Sie erfährt, dass zwei Lehrerinnen entlassen werden, quält sich ein paar Tage herum mit ihrer Angst, kann aber bleiben. Fazit: Sie hat die Probezeit überstanden und kann einen Aufenthaltsstatus beantragen. Sie sagt ihrem Sascha Adieu, mietet eine kleine Wohnung (Neukölln), hat eine Affäre mit einem Gennadi und beendet sie auch bald wieder. So lebt sie im ersten Jahr. Nadja sagte einmal: Die Deutschen sind kühle Leute. Ihr sind sie anfangs sehr abweisend erschienen, berechnend, immer beschäftigt. Effektiv, aber gefühllos. Mit denen konnte man nicht zusammensitzen, Tee trinken und die Zeit verstreichen lassen.

Warum sie nicht nach Russland zurückgekehrt ist (habe ich einmal gefragt). – Aber sie hätte ja nicht einmal gewusst, wohin denn zurück? Nach Krasnojarsk zur Mutter? Oder nach Nowosibirsk? Dort, wo alle Internet-Cafés und Parks an Sascha erinnern? An die zerronnene Hoffnung. Und nach Moskau oder Petersburg? Ohne Geld und ohne Kontakte? Also erst einmal ein bisschen Geld zurücklegen, Berufserfahrung sammeln, vielleicht auch in einer internationalen Firma als Übersetzerin, später vielleicht im Management. Und dann zurück nach Hause.

Aber es gab auch in späteren Jahren kein Zurück. Einmal sagte sie, sie hätte in Russland jeden Tag spüren müssen, dass sie nicht mehr dazu gehört, inzwischen anders lebt, anderes denkt, fühlt. Besonders in den Putin-Zeiten, wo alles wieder strenger wurde, soldatischer – und die Leute wieder vorsichtiger. Daran hätte sie sich nicht mehr gewöhnen können. Und wahrscheinlich hatte sie recht: Fremd zu sein, lässt sich ertragen. Aber zuhause fremd zu sein, wäre wohl ziemlich deprimierend geworden.

Kein Heimweh also? Nicht wenigstens ein kleiner Besuch in der alten Heimat? Sie hat nichts davon erzählt. Russland war offensichtlich vorbei. Sie hatte sich verabschiedet. Wichtiger als wehmütige Gefühle war später dann die Familie. 2001 kam Roger und bald darauf das Kind (Andrej). Eine weitere Schwangerschaft verlief glücklos.

Was sie über diese Jahre erzählt hat und was in ihrer alten Cloud zu finden ist, sieht nach ruhigem Familienleben aus: Das Haus in Bischofsbrück wurde gebaut, in Wüstrow dann die Arbeit in Deutsch- und Integrationskursen. Es gab ein paar Reisen nach Frankreich, Spanien usw. Also ein erträgliches Leben. Vor ein paar Jahren dann der plötzliche Tod von Roger, wenig später der Studienbeginn von Andrej und damit auch sein Umzug. Seither Nadjas Versuch, das Alleinsein zu vertreiben im Freundeskreis, in der Töpferei und im Tennisclub.

Von Sascha gibt es kein einziges Foto. Offenbar alle entsorgt. Im Internet sei sie einmal auf ein paar Fotos gestoßen, Jagdfotos, sagte sie. Da saß er im Tarnanzug zwischen anderen Männern am Feuer, sie hielten Waffen und ein paar Flaschen in die Kamera. „Sah ziemlich albern aus." Aber da war sie ihm schon lange nicht mehr böse, war nicht einmal mehr enttäuscht, die Geschichte mit Sascha war abgeschlossen, war nur noch eine Erinnerung an einen großen Irrtum.

Also: keine Fotos von Sascha – und damit auch kein Grund, ihn auf Nadjas Homepage zu erwähnen. Aber wie erkläre ich dann, dass sie nach Berlin gekommen ist? Einfach nur, weil sie Deutschlehrerin werden wollte? Klingt nicht sehr glaubhaft. Und wieder einmal überlege ich, generell alle Erklärungen von ihrer Homepage zu löschen. Wann hat sie die Schule beendet? Warum hat sie dann studiert? Warum Englisch und Deutsch? Aber das weiß ich doch auch nicht, kann es nur ahnen. Und warum hat sie Russland verlassen? Na klar, weil sie in Sascha verliebt war. Oder war es umgekehrt: Hat sie sich in ihn verliebt, weil sie wegwollte?

Also vergessen wir diesen Sascha, belassen wir es bei ein paar unverfänglichen Fotos: Ankunft in Berlin (Rucksack und Koffer, ein glücklicher Moment, aber ein trauriges Foto). Dann weiter: Nadja unter dem Brandenburger Tor, Nadja mit ein paar Kolleginnen vor der Sprachschule usw. Wer die Fotos sieht, kennt die Zusammenhänge, oder er braucht sie nicht zu kennen.

19.8. Jelena beschwert sich: Ehemalige Freunde und Projektpartner aus Europa beantworten keine Mails mehr, keine Grüße, keine Glückwünsche, nichts. „Für die sind wir jetzt Feinde, Okkupanten und Monster. Wir waren oft in Europa, wir hatten viele Freunde, aber jetzt verweigert man uns sogar die Touristen-Visa." – Tja, was soll ich sagen? Falls Jelena allen so kriegsbegeisterte Mails schreibt wie mir, muss sie sich nicht wundern, wenn die Adressaten vor Schreck verstummen.

In den letzten Tagen sah man Frau Körner ein paarmal vor dem Haus in der Sonne sitzen. Heute erzählte sie mir, ihre Katze sei alt und krank, könne kaum noch gehen, möchte aber in der Sonne liegen. Frau Körner bringt sie also raus und setzt sich neben sie. Es wird wohl nicht mehr lange mit ihr gehen.

Ein heißer Sommertag geht zu Ende. Noch abends sitzt Nadja am offenen Fenster. Als es kühler wird, fahre ich den Laptop hoch und öffne ihre Homepage, Bilder aus der Zeit der Secondhand-Stände. Eng an eng stehen da mehrere Reihen von Verkaufsständen, an Bügeln hängen Hosen und Jacken, auf dem Tisch liegen stapelweise T-Shirts oder Blusen, Nadja hält einer Kundin einen Rock entgegen. „Ja", sagt sie jetzt, „viele Leute."
– „Das war wohl in Nowosibirsk, kannst du dich erinnern?"

Sie nickt, schaut weiter.
– „Weißt du noch, wie lange du dort gearbeitet hast?"
– „Sag du mir's doch."
– „Ich weiß es ja nicht, weiß nur, es war eine harte Zeit für dich."
– „Du machst das alles immer so schlecht, war aber nicht schlecht."
Ich erzähle ihr, es sei viel betrogen worden, gestohlen, erpresst. „Und deinem Chef haben sie den Wagen angezündet."
– „Weiß nicht; ja doch, sie haben sich viel geschlagen, ein dicker Mann, ganz groß, und einer hat auf dem Boden gelegen."
– „Hat man dich auch geschlagen?"
Sie sieht mich mit großen Augen an, „nein" (langsam ausgesprochen). „Nicht geschlagen, aber ... (sie sucht ein Wort) ... geschubst."
– „Wie meinst du das?"
– „Frag doch nicht immer solche Sachen!"

Später fällt mir Dr. Paulsens Frage ein: Gibt es ein Trauma in Nadjas Biographie? Russland in den 90er Jahren war sicher ein Trauma, nicht nur für Nadja, sondern für die meisten Russen.

20.8. Seit längerem beschwert sie sich über ihre Frisur, „wie sieht das denn aus?" Heute waren Nicolai und Roswita mit ihr beim Friseur. (Ich halte mich von solchen Aufgaben fern.) Sie kam zurück mit stolzem Blick, „na was sagst du jetzt?" – „Toll."
Als ich mich abends von ihr verabschiede, um nach drüben zu gehen, möchte sie mitkommen. Wir gehen also in mein Zimmer, sie sieht sich um und möchte hierbleiben. – „Warum muss ich gehen?"
– „Weil Cathy drüben auf dich wartet."
– „Die brauchen wir doch gar nicht."
– „Doch, die brauchen wir, du bist noch krank."
– „Aber wo denn? Was denn? Wo bin ich denn krank?"
Schwierige Antwort. Als ich eine längere Erklärung beginne (Gehirnblutung, Orientierungsverlust ...), unterbricht sie mich mit der Frage, was Andrej denn eigentlich mache, „der kümmert sich wohl gar nicht?".

23.8. Dieser Konstantin hat wieder angerufen. Ich sagte, Nadja sei momentan in Therapie, insgesamt aber auf dem Wege der Besserung. Falls er in ein paar Wochen noch einmal anrufen möchte, könne er wahrscheinlich schon persönlich mit ihr reden.

Wuestrow-online berichtet: Nachdem ein jugendlicher Ukrainer beim Lebensmitteldiebstahl erwischt wurde (Schokolade), hatte die Redaktion verschiedene Discounter befragt, ob sich seit Ankunft von ukrainischen Flüchtlingen die Zahl der Ladendiebstähle erhöht habe. – Antwort: In den vergangenen Monaten sei die Zahl der Ladendiebstähle geringfügig angestiegen. Ein Bezug zur Anwesenheit ukrainischer Flüchtlinge sei aber nicht zu erkennen. (Glück gehabt. Machen wir doch mal probeweise die Preissteigerungen dafür verantwortlich.)

Abends ein Anruf von Igor und Galina. Zum ersten Mal können sie direkt mit Nadja sprechen. Ich höre aufgeregte Stimmen, Lachen und Begeisterung. Dann noch eine kurze Info an mich: Sie haben jetzt ihre Visa erhalten und Flüge gebucht, über Istanbul. Ankunft 17.9.

25.8. Wie wichtig das kleine „l" ist. Ich hatte in meinem CT-Befund gelesen: „Galle, Milz, Nieren unauffällig, kleine Rundherde in den basalen Lungenabschnitten." Das Internet sagt: Kleine Rundungen können harmlos sein, aber auch ein Karzinom. Abklärung erforderlich. Bin alarmiert, rufe Davoud an, lese ihm noch einmal vor und sehe, es heißt: „keine Rundherde in den basalen Lungenabschnitten.

Abends standen zwei Damen vor der Tür, hatten den Auftrag, Nadjas Unterbringung, Betreuung, Pflegebedarf zu bewerten. Sie sahen sich in der Wohnung um, versuchten mit Nadja zu sprechen, inspizierten Geräte und Medikamente, schienen zufrieden zu sein, verabschiedeten sich mit dem Hinweis, ein Prüfungsbericht werde uns in den nächsten 14 Tagen zugeschickt.

Nadja war dann allerdings der Meinung, in den nächsten 14 Tagen müsse sie nicht in die Reha. „Die beiden Frauen haben es doch gesagt!"

– „Das haben sie nicht gesagt."

– „Doch das haben sie gesagt!"

Meine weitere Antwort gerät dann leider etwas zu schroff, so dass Nadja ein paar schrille Töne von sich gibt, worauf Cathy hereinstürzt und nun ihrerseits den Sachverhalt zu klären beginnt, allerdings wesentlich sanfter. Mir fehlt in solchen Momenten leider jede Geduld. Aber wenigstens streiten wir jetzt wieder wortreich auf Deutsch, das wäre vor einem Monat noch nicht möglich gewesen.

Später, in meinem Zimmer, komme ich allmählich zur Ruhe. Draußen, schon in der Dämmerung, sieht man noch immer Herrn Brenner in seinem Boot, lange Zeit ein stillgestelltes Bild: Ein Boot, ein Mann und seine Angel. Das scheint seine Art von Meditation zu sein. Und auch ich habe eigentlich alles, was ich für den Seelenfrieden brauche: meinen Wein, ein großes Fenster und Mondlicht wie hingestreut über die Bucht und die Wiesen.

28.8. Bin heute losgefahren ohne Portemonnaie, ohne jede Chipkarte. Habe es erst an der Tankstelle bemerkt, peinlich. Kann mich nicht erinnern, dass mir das schon jemals passiert ist.

Zuhause empfing mich Nadja mit der Frage „Hast du meine Sachen gewaschen?"
– „Welche Sachen?"
– „Na was du immer wäschst."
Sie möchte was Frisches anziehen. Ja gut, kann ich verstehen. Wir gehen an ihren Kleiderschrank, aber es fehlt so vieles! „Wo hast du meine ...? (Das Wort fällt ihr nicht ein) Und die ...?"
– „Sind vielleicht noch drüben in Bischofsbrück."
– „Und warum nicht hier?"
Da stehe ich dann ganz kleinlaut vor der großen Frage: Wie ist das mit Nadjas Haus in BB? Und wie erkläre ich ihr, dass sie wohl nicht mehr dort wohnen wird? Das könnte schwierig werden. Zum Glück fragt sie momentan nicht weiter.

Eine Meinungsmeldung aus den Reihen der SPD: Man solle sich mit der Lieferung schwerer Waffen an die Ukraine sehr zurückhalten. Putin dürfe kein Vorwand gegeben werden, in einem Anfall von Irrationalität noch andere Länder anzugreifen. – Eine solche Sicht der Dinge unterstellt, der bisherige Krieg gegen die Ukraine sei noch halbwegs rational.

Oder anders: Nach einem eventuellen Sieg über die Ukraine infolge mangelnder Unterstützung durch den Westen dürfte Putin doch höchst rational davon ausgehen, dass ihm andere Länder ebenfalls ohne größeren westlichen Widerstand zum Opfer fallen. Man möchte ihm ja keinen Vorwand liefern, womöglich auch noch Deutschland anzugreifen.

Man solle vermeiden, dass Putin sich proviziert fühle, sagt man im Westen. Umgekehrt scheint sich die Frage nicht zu stellen: Wie kann Putin vermeiden, dass der Westen sich proviziert fühlt? Abends Regen. Bin zum ersten Mal richtig erleichtert, dass der Sommer zu Ende geht. Und früher habe ich den Sommer jedes Jahr herbeigesehnt.

30.8. Die Ukraine meldet eine erfolgreiche Offensive an der Südfront. Russland meldet, eine ukrainische Offensive an der Südfront zurückgeschlagen zu haben (48 Panzer, 27 Kampffahrzeuge und 1200 Soldaten „eliminiert"). Was auffällt: Bisher haben die Russen erfolgreiche Offensiven gemeldet und die Ukrainer haben sie dementiert. Jetzt ist es also umgekehrt.

Und spät noch eine Meldung: Gorbatschow ist gestorben. „Der Mann, der die Welt verändert hat", sagt der Westen. RIA.ru schreibt: „Das Schicksal Michail Gorbatschows – eine Lehre für alle Staatsmänner." Zentrale Aussage: „*Eine alte Weisheit sagt, dass der Weg zur Hölle mit guten Absichten gepflastert ist. Michail Gorbatschow kann als Beispiel dafür dienen, dass die guten Absichten eines nationalen Führers in der Lage sind, einem ganzen Land die Hölle auf Erden zu bereiten.*"

Und was war Gorbatschow für mich? Damals, Ende der 80er Jahre, war ich zuerst erstaunt, dann begeistert über so viel Bewegung, die im sozialistischen Block doch noch möglich war: Der kalte Krieg beendet, Völker in die Unabhängigkeit entlassen, der eigenen Bevölkerung Freiheiten gewährt (oder zugemutet), ebenso der Wirtschaft, den Medien, den Wissenschaften. Der Mann hat getan, was getan werden musste: den gescheiterten Sowjet-Staat aufgeräumt, Platz für etwas Neues geschaffen. Aber das Neue hat er nicht mehr mitgestalten können. Und wir, die eifrigen Reformhelfer, arbeiteten zehn Jahre später noch glücklos an einer Ost-West-Annäherung. Da hatte die Geschichte aber bereits eine ganz andere Richtung eingeschlagen.

1.9. Das ist wohl so etwas wie Identitätstraining: Eine Therapeutin befragt Nadja: Wann ist sie geboren? Wo geboren? Wie heißt ihre Mutter? Ist oder war sie verheiratet? Hat sie Kinder? Die Fragen versteht Nadja offenbar, aber sie rätselt und phantasiert, behauptet z.B. in Berlin geboren zu sein.

Nach dem Abendessen macht Shashi noch ein paar Bewegungsübungen mit ihr, hilft ihr dann beim Duschen und begleitet sie zu Bett. Wir stehen dann noch einen Moment in der Küche. Während ich die Spülmaschine ausräume, schaut Shashi hinaus auf den Balkon, die Bäume und die Bucht und sagt etwas wehmütig, der Sommer gehe jetzt wohl zu Ende. Es folgt ein kurzes Gespräch über Sri Lanka und den Sommer. Und mitten in diesen kühlen Abend zaubert mir Shashi mit ihrem indischen Akzent den Lärm der Zikaden und den Geruch der sonnenverbrannten Gärten ins Gedächtnis. Daraus ergibt sich die Frage, ob sie (oder auch Cathy) sich hier in Deutschland nicht einsam fühlen. Kein Heimweh? Vielleicht hoffen sie auf einen baldigen Besuch ihrer Familie, ihrer Eltern oder Geschwister. Shashi sagt dann aber, dass ihre Familien niemals erfahren dürfen, dass sie und Cathy hier zusammenleben. Ich stutze einen Augenblick, beginne dann zu verstehen, habe nie darüber nachgedacht.

An diesen kürzer werdenden Tagen kommt meine Eule noch immer an den Dorfrand herunter, sitzt einen Moment auf dem Bootsschuppen, fliegt bald weiter.

2.9. Sergej und Jelena beantworten meine Gorbatschow-Mail. Jelena schreibt, Gorbatschow habe sich vom Westen kaufen lassen. Sergej findet, über Tote solle man Gutes sagen oder gar nichts. Er ziehe die zweite Möglichkeit vor.

Nadja weiß inzwischen wieder, dass sie Russin ist, in Krasnojarsk geboren usw. Aber warum ist sie dann nach Deutschland gekommen? – Tja gute Frage. Sie sieht mich ratlos an.
– „Erinnerst du dich an Sascha?" – Nein, an einen Sascha erinnert sie sich nicht. Aber da fällt ihr ein: Sie habe in einer Telefonfirma gearbeitet (nicht ganz falsch). Es war eine große Firma, sie beharrt darauf: „eine große Telefonfirma." – „Aber dann sag mir doch mal, was du dort gearbeitet hast." – Mutloses Gesicht, sie studiert wieder ihre Handflächen; ich lege den Arm um sie, sie zieht ihn heran, umklammert ihn, lächelt.
Was sie dann aber in irgendeinem Impuls erinnert, geht mit einem großen Sprung zurück in ihre Kindheit: Es müsste doch irgendwo ein Foto geben, auf dem sie mit einer Freundin Papierschiffchen schwimmen lässt,

auf einem Bach. Das soll unbedingt auf ihre Homepage. In den alten Cloud-Kopien finden wir aber kein entsprechendes Foto, stattdessen das Foto einer weiträumigen Baustelle, die Gerüste stehen noch, die Lastwagen wühlen sich durch ein verdrecktes Gelände und im Vordergrund tatsächlich ein Bach und ein Teich. Da muss es gewesen sein. Also was sehen wir? Ich sehe die Baustelle einiger Wohnblöcke und einen von Bauschutt verdreckten Wasserlauf. Nadja erinnert sich an einen Bach, an dem sie „so schön" spielen konnte. Und ihre Mutter, falls sie es war, die das Foto gemacht hat, sah wohl vor allem den sozialistischen Aufbau: zehn oder zwanzig Wohnblöcke, also ein paar hundert Wohnungen, darunter vielleicht endlich auch eine für sie selbst (und für Großmutter und für Nadja). Oder anders: Ich würde sagen: „wie armselig!" Nadja würde sagen: „wie lustig." Nadjas Mutter würde sagen: „wie erfreulich!"

Abends mit Nadja und Kostja ein kleiner Spaziergang. Rückweg durchs Dorf, wo Nadja vor einem Garten stehenbleibt und ganz ungeniert beginnt, Blumen zu pflücken. „Stopp, stopp, du kannst hier nicht einfach Blumen pflücken." Schon öffnet Frau Hanke ihr Fenster, lächelt dann aber verständnisvoll, „pflücken Sie sich ruhig einen Strauß". Nadja grinst: „Siehst du, sie war gar nicht böse." – „Hätte aber böse werden können."

4.9. Heute vor einem Jahr hat alles angefangen an diesem Stand mit Töpferwaren. „Erinnerst du dich, die Obstschale?" – Leider nicht, Nadja hebt unklar die Schultern, nimmt meine Hand, lehnt sich an meinen Arm und möchte sich dann hinlegen. Shashi hilft ihr ins Bad hinüber. Ich versuche dann wenigstens für mich selbst etwas Feierliches zu denken oder etwas Trauriges, aber es fällt mir nichts ein.

5.9. Vor kurzem haben wir Nadjas Smartphone wieder in Betrieb genommen und zuerst einige Nummern gelöscht, um zu verhindern, dass sie wirr herumtelefoniert, (mit ihrer Schule zum Beispiel). Die Kontaktliste beschränkt sich jetzt auf den engeren Freundeskreis. Nadja kann dann nach Belieben telefonieren. Ist ein gutes Training.

Vor einem Monat hat sie noch kaum ein Wort gesprochen, aber gestern (Sonntag) saß sie lange im Bett und telefonierte mit Isabell. Ich fand: „So lange kannst du die Leute nicht in Anspruch nehmen." Sie behauptete allerdings, Isabell habe Probleme und brauche jemanden, mit dem sie reden kann. Dabei hat Nadja die meiste Zeit gesprochen, und von Isabells Problemen war weit und breit nicht die Rede.

Heute, nach einem Telefonat mit Ruth, sagte Nadja: „Ruth will nochmal Kinder kriegen, die ist nicht mehr ganz richtig im Kopf." – Das sagt ausgerechnet Nadja. Wir befinden uns jetzt also in der Phase der „Konfabulationen".

Aber trotzdem: Ich wundere mich, wie so ein Gehirn allmählich wieder zu funktionieren beginnt. Überhaupt muss ich feststellen: Was sich hier in meinen Notizen ansammelt, ist fast schon eine Studie über das menschliche Hirn und seine Defekte. Nadja spinnt, Jelena spinnt, und bei mir stimmt es auch nicht mehr so ganz (siehe „Portemonnaie vergessen").

Kleines Stimmungsbild aus Russland: Vor ein paar Tagen kamen per Rundmail nette Urlaubsgrüße von Cees Brand, vielleicht als Reaktion auf Jelenas Beschwerde über abgebrochene Kontakte. Jetzt also schöne Grüße vom ehemaligen Projektleiter und ein paar Strandfotos. Für meinen Geschmack räkelt er sich ein bisschen zu demonstrativ im Glück und fragt dann noch etwas scheinheilig in Richtung Russland: „Und ihr, was habt ihr im Sommer gemacht? Hoffentlich alles ok?"

Bis heute mehrere Antworten: von Jelena („alles super"), von Boris ein Foto (Waldspaziergang), von Swetlana („es reicht zum Leben"), und von Artjom (noch immer siegessicher). Die sonst eher schweigsame Sinaida schreibt am ausführlichsten: Sie könne nicht klagen, die Preise steigen, aber auch ihr Gehalt – ein bisschen. Außerdem nutze sie ihren Garten jetzt wieder für die Selbstverpflegung, fast wie in den 90er Jahren: Gemüse einlegen, Marmelade kochen, Vorsorge treffen. (Wieder mal schön zu studieren: die Kunst der kleinen Andeutungen. – Wie ist die Lage? – „Wir beginnen wieder mit Selbstversorgung.")

Dieser Krieg und die russische Bevölkerung, die ihn unterstützt oder vielleicht nicht unterstützt, aber akzeptiert: Nach all den Krisen und Enttäuschungen verspricht der Krieg vielleicht einen Aufbruch, ein wenig Glanz in der glanzlosen Geschichte der letzten hundert Jahre: Erster Weltkrieg, Bürgerkrieg, Stalinismus, Scheitern des Sozialismus, Scheitern der Marktwirtschaft. Die Marktwirtschaft hat andere Länder reich gemacht, die Russen hat sie arm gemacht. Auch die Brudervölker sind reich geworden und haben sich von Russland abgewandt, alle nacheinander. So bleibt das dunkle Gefühl der Demütigung; gedemütigt vom Lauf der Geschichte. Nur der Sieg über den Faschismus ragt leuchtend heraus und eignet sich um so mehr zur Verklärung der aktuellen Situation: noch einmal den Faschismus besiegen! Ist 'ne prima Salbe für die Seele.

9.9. Queen Elisabeth ist gestorben. Das ist auch bei RIA.ru eine Hauptmeldung. Gemeldet werden außerdem Preisunruhen in Europa. Die Geographie der Proteste sei beeindruckend, heißt es, von Prag bis Lissabon, von London bis Leipzig. „Die Völker erheben sich!" Sie fordern, die Sanktionen gegen Russland aufzuheben, den Gasimport wieder aufzunehmen, die Unterstützung der Ukraine zurückzufahren, ansonsten drohe eine massive Verarmung Europas. Die vernünftigen Führer unserer Zeit bekommen jetzt eine Chance auf Regierungsverantwortung, z.B. Salvini und Berlusconi in Italien. Führende Politiker Ungarns sind ohnehin der Meinung, mit ihrer Sanktionspolitik habe die EU den Niedergang Europas eingeleitet (soweit RIA).

Wieder einmal der Eindruck, wie störanfällig Demokratien sind. Kaum muss sich der Einzelne oder die einzelne Firma beschränken, schon schlagen sie Alarm. Ist ja in gewisser Weise auch das Geschäftsprinzip der Demokratie (?). Privatinteresse vor Allgemeininteresse (?). Darauf scheint Putin zu spekulieren. Ich erinnere, dass er einmal, lange vor dem Krieg, sagte: Demokratien machen Politik auf der Grundlage von Privatinteressen. Jeder denkt nur an sich selbst. Aber aus Millionen gegensätzlicher Privatinteressen ergibt sich kein starkes Land. Wir Russen dagegen haben gemeinsame Interessen: Vaterland, Solidarität, Treue und damit Stärke.

10.9. Und noch mehr Nachrichten: Nachts, während der Tod der Queen noch im Vordergrund steht, wird gemeldet, russische Truppen zögen sich aus dem Gebiet Charkiw zurück. RIA.ru hingegen berichtet von einer Umgruppierung der Truppen, mit denen **die Befreiung des Donbass einen großen Schritt näher rücke**. In den letzten Tagen habe man 2000 feindliche Soldaten und 100 Fahrzeuge „zerstört". So liest sich das auf Ost, was West „Flucht" nennt.

Grund zur Freude? Eher nicht, aber ein wenig Entspannung.

12.9. Heute kam Nadja mit Shashi von der Therapie, war ganz verschlossen, ging in ihr Zimmer, legte sich wortlos ins Bett. Shashi erzählte, Nadja habe sich in einer Pause mit ihrer Therapiegruppe gestritten. Auslöser waren verschiedene Bemerkungen über den Krieg: die barbarischen Russen, die heimtückischen Russen, die verlogenen Russen. Nadja schwieg zunächst, begann dann aber ganz plötzlich zu schreien, „ihr lügt, die Russen sind gute Menschen". Die anderen erstaunt oder hämisch: „Und der Krieg?" – Nadja daraufhin: „Wahrscheinlich haben die Ukrainer angefangen." – Gelächter und Kopfschütteln, worauf Nadja ein paar „ziemlich unanständige Beleidigungen ausstieß" (Shashi), so dass eine Therapeutin eingreifen musste.

„Sie hat die anderen tatsächlich wüst beschimpft?" – Shashi nickt, aber ich solle das nicht überbewerten, das sei nach einer solchen Krankheit normal. Die Ärzte nennen es „mangelnde Impulskontrolle", das vergeht von selbst.

Kurze Zeit später in Nadjas Zimmer. Ich frage: „Du hast dich gestritten?" Zunächst bleibt sie stumm und verkrampft, dann greift sie nach meinem Arm, „aber die Russen sind doch wirklich gute Menschen". – „Ja, ich weiß, aber ...", und schon komme ich ins Schwimmen. Ich behelfe mich mit Nicolais Satz, die russische Bevölkerung sei das eine, die Regierung das andere. Nadja schweigt, ich schweige ebenfalls und lege endlich meinen Arm um sie.

13.9. Heute wollte sie nicht in die Therapie. Ich rief dort an – gut, heute kommt sie nicht, ab morgen ist sie dann in einer anderen Gruppe. Heute bleibt sie also zuhause, sitzt eine Weile am Fenster, dann will sie mit Shashi die Wohnung putzen. Gesaugt und gewischt ist eigentlich schon alles, aber Nadja entdeckt in den Winkeln noch Staub und auf den Glasflächen noch Flecken. Da kommt sie wieder zum Vorschein, die alte Nadja, penibel und akkurat. Sie scheucht Shashi umher, geht neben ihr durchs Zimmer, dann in Küche und Bad, aber bitte nicht auch noch in mein Zimmer.

14.9. Auch heute wollte sie nicht zur Therapie „oder nur wenn du mitkommst". Einverstanden, ich kam also mit. Zunächst Arztgespräch (wenig ergiebig), dann Einzeltherapie (Bewegungsapparat, Reflexe), schließlich Gruppentherapie (Gehübungen). Im Wartebereich vor dem Therapieraum habe ich Nadja und mich kurz vorgestellt, aber die Gruppe hatte schon von dem Streit gehört. Jemand sagte, „ja, ja, die Russin". Das war nicht böse formuliert, vielleicht ein bisschen spöttisch, aber daraufhin Nadja, „habt ihr was dagegen?" Und dann einer der Patienten (breitbeiniger Cowboy-Typ) grinsend: „Neee, ganz im Gegenteil mein Schätzchen", womit Nadja dann endgültig die Fassung verlor: „Ihr seid doch alles Scheiß-Idioten!" – Was tun? Kurze Bemerkung in Richtung Cowboy, dann raus aus der Gruppe, hektischer Gang durch die Klinik, Rückzug ins Café, das um diese Zeit leer war.

Wir setzten uns, sie halb abgewandt, ich verärgert: „Ich verstehe dich nicht, was machst du da für einen Aufstand? Du wolltest doch nie nach Russland zurück, und jetzt bist du so empfindlich." – „Das hat doch damit nichts zu tun." – Womit sie eigentlich recht hatte. Aber ich verstehe sie wirklich nicht, es gibt noch so vieles, was ich nicht verstehe.

Nach einer Weile hatten wir beide uns beruhigt. Als wir uns schon dem Parkplatz näherten, rief eine der Therapeutinnen hinter uns her. Sie fand den ganzen Streit harmlos, „was denken Sie, was wir hier schon alles erlebt haben!" Solche Situationen müsse man durchstehen – natürlich nicht eskalieren lassen, aber auch nicht einfach abbrechen.

Also gut; wir gingen in die Klinik zurück. Nächste Therapieeinheit in etwas anderer Gruppenzusammensetzung: Ratespiele (man kann es trinken, und es ist weiß ...). Die Gruppe freundlich, Nadja schweigsam und etwas gelangweilt, solche Fragen sind ihr offenbar schon zu einfach.

Zuhause reden wir dann noch einmal über das heikle Thema: „Du hast doch selbst einmal gesagt, die Politiker bei euch und die Oligarchen und Generäle, das seien alles Verbrecher."

Darauf Nadja: „Ist in der Ukraine doch dasselbe."
– „Na gut, lassen wir das Thema."

Aber ich frage mich: Was kommt da auf uns zu? Der Krieg als Streitthema zwischen uns beiden? Sie fühlt sich als Russin angegriffen. Das könnte noch eine ganz spezielle Herausforderung werden. Ich sitze dann womöglich mit einer Putin-Freundin in ein und derselben Wohnung.

15.9. Wieder einmal ein strategischer Artikel von Pjotr Akopow. Titel: „Das Hauptziel ist überhaupt nicht die Ukraine und nicht einmal der Westen."

Akopow spricht erstaunlicherweise von „unerwarteten Erfolgen" der ukrainischen Armee, also von russischen Niederlagen. Er warnt dann aber vor jenen Stimmen, die von einer „Katastrophe an der Front" reden und Putins Rücktritt fordern. (Offenbar gibt es solche Stimmen). *„Aber das Hauptziel ist nicht der Sieg über die Ukraine oder den Westen, sondern über uns selbst. (...) Wir alle – und der Präsident mehr als andere – kennen die Schwächen unseres derzeitigen Staatssystems. (...) Aber wir wissen auch, dass wir als Volk eine starke Seite haben, die Fähigkeit, von ganzem Herzen ehrlich zu dienen, (...) nach Wahrheit und Gerechtigkeit als den Grundlagen des russischen Lebens zu streben."*

Markante Worte! Und durchaus erstaunlich: Zum ersten Mal wird an prominenter Stelle von militärischen Rückschlägen gesprochen, auch von Schwächen des Staatssystems. Darüber würde ich gerne Genaueres hören. Aber es folgt dann eilig wieder die Rückbesinnung auf russische Werte als das eigentliche Ziel. Damit lässt sich sogar eine militärische Niederlage in einen Sieg verwandeln.

Und dann fällt mir da noch eine kleine Nebenbemerkung auf: Die Illusion einer Europäisierung Russlands sei in den 90er Jahre geplatzt, sagt Akopow. Das ist unter anderem an mich gerichtet, an unsere gescheiterten Projekte. Was im Großen schieflief zwischen Ost und West, haben wir im Kleinen verpfuscht. Spätestens sichtbar im „Drogenprojekt" (2002-2005). Für mich ein Wendepunkt. Aus Neugier war Enttäuschung geworden. Meine Reise mitten hinein ins Weltgeschehen war inzwischen eine Reise mitten hinein in die Falle von Besserwisserei und Abwehr.

Es begann im Grunde schon mit unserem Erstaunen/Erschrecken über die teils drastischen Gefängnisstrafen für einfachen Drogenkonsum (bis zu 10 Jahre für eine kleine Dosis). Indirekt sagten wir damit: So könnt ihr mit den Süchtigen nicht umgehen. Und die Russen ihrerseits sagten (ebenfalls indirekt): Ihr braucht uns nicht zu sagen, wie wir mit unseren Drogenabhängigen umgehen sollen.

Ich habe das Grundproblem erst allmählich verstanden: Europäische Fördermittel für internationale Projekte gab es nur, wenn eine „Reformrelevanz" ausgewiesen und „innovative" Ergebnisse definiert wurden – in unserem Fall die Ergänzung von Drogenprävention durch Elemente von Drogenhilfe, also Kontakt mit Süchtigen, der ja bisher tabu gewesen war. Drogensucht war bisher nur ein Fall für die Justiz. Und jetzt kamen wir mit unseren Vorschlägen für eine Drogenhilfe: Gesprächsangebote, medizinische Unterstützung, Akzeptanz, Alltagsberatung usw. Das klang damals ziemlich relevant und innovativ, und die Russen sagten: „Ja klar, das machen wir. Kein Problem."

Aber genau damit begannen die Probleme. Russische Drogenprävention, das waren bis dahin reine Aufklärungskampagnen über gesundheitliche und strafrechtliche Risiken, nach dem Motto: „Mach das nicht, du ruinierst deine Gesundheit und landest hinter Gittern." Neben der Drogenprävention schien um die Jahrhundertwende aber auch Drogenhilfe staatlich akzeptiert zu werden, allerdings war kaum jemand darauf vorbereitet.

Im ersten Projektjahr wurden deshalb eine Reihe von Workshops für russische Sozialarbeiter und Sozialwissenschaftler durchgeführt, teils vor Ort in Russland, teils in Amsterdam, Kopenhagen und Hamburg.

Anfangs war das noch interessant und lebhaft, aber dann wollten die Europäer über Beratungsstellen für Süchtige sprechen. Und die Russen fragten: „Warum soll man Süchtige auch noch beraten?" – „Niedrigschwellige Angebote", sagten wir: „Motivation für einen Ausstieg schaffen, verhindern, dass sie völlig aus der Gesellschaft herausfallen."

Wir sprachen also über „Infektionsrisiko" und über „Schuldenrisiko, Kriminalität, soziale Isolierung, Rechtsberatung". Und mit jedem dieser Begriffe rückte eine echte Drogenhilfe ein Stück weiter in die Ferne. Das Hauptproblem: Es hat keinen Sinn, die Beratung von Süchtigen zu planen, solange diese befürchten, eventuell einem Polizeiinformanten gegenüberzusitzen. So gesehen waren unsere Workshops nur eine Leistungsschau des Westens: Seht her, was wir den Süchtigen zu bieten haben. Die Europäer (und auch ich) entsprechend selbstbewusst bis überheblich; die Russen verbittert. Die Folge: eine große Fluktuation von Seminarteilnehmern, jedes Mal ein paar neue Gesichter und jedes Mal ein paar leere Plätze.

Aber zu den Workshops in Amsterdam und Hamburg kamen dann überraschend auch die Vorgesetzten, Abteilungsleiter, höheres Personal aus Stadt- oder Regionalverwaltung oder Söhne/Töchter von höherem Personal (lauter Sozialarbeiter? – Na ja, im weitesten Sinne vielleicht schon). Natürlich, das hätte man sich vorher ausrechnen können: In diesen Jahren bot so ein Projekt für viele eine erste Reise in den Westen.

Und damit ergab sich auch schon das nächste Problem: Neben Workshops war zwar ein Kulturprogramm eingeplant (Sightseeing und Konzert), aber keine Zeit fürs Shopping. Du lieber Gott, kein Shopping! Dabei hatten die Teilnehmer lange Einkaufslisten von Verwandten und Freunden mitgebracht und die entsprechenden Dollarbeträge. Konsequenz: Während der Meetings waren Anwesenheit und Aufmerksamkeit spürbar reduziert. Kann man verstehen.

Und was den Russen dann in Amsterdam oder Hamburg gezeigt wurde, war wieder ein Superlativ an Leistungsschau – z.B. „Fixerstuben", in denen Süchtige sich ganz legal Heroin spritzen konnten und dafür sterile Spritzen erhielten – in Notfällen auch ärztliche Hilfe. Das Heroin mussten die Süchtigen sich zwar selbst besorgen, aber niemand fragte, woher sie es hatten. Das war nun endgültig zu viel für die Russen. Kopfschütteln und ungläubiges Lachen, ungefähr so: „Ja seid ihr denn völlig übergeschnappt? Da kann man denen ja gleich ein Hotel finanzieren mit Vollverpflegung und einer täglichen Dosis Heroin!"

Gut, das waren die Workshops; und dann ging es an die Umsetzung, auch in den russischen Partnerstädten ähnliche Beratungsangebote bereitzustellen, keine „Fixerstuben", aber Kontaktmöglichkeiten für Süchtige. Die Projektleitung wollte Ergebnisse sehen, wenigstens Zwischenergebnisse, wurde aber vertröstet. Die Russen fühlten sich gegängelt, und das Beratungsangebot für Süchtige hatte dann schließlich doch nur Präventionscharakter ("Sag nein zur Droge!"), kaum juristische Beratung oder soziale Hilfe, keine medizinische Unterstützung, nur das Gesprächsumfeld war hübscher geworden: Weniger Behörde, mehr Café-Atmosphäre. Die Projektleitung sagte, so haben wir das aber nicht vereinbart; und die Russen sagten: „Anders geht es nicht bei uns." (Da hat ihnen die russische Drogenpolitik der letzten 20 Jahre ja leider recht gegeben.)

Ach, und dann die Finanzen! Für die Beratungsstellen waren aus Projektmitteln gemütliche Tische und Sessel gekauft worden. Aber wer konnte sie nutzen? Wo standen sie? Jedenfalls nicht in den Beratungsräumen, vielleicht irgendwo in den Stadtverwaltungen. Und wo waren die Belege? Die Russen sagten: „Wenn ihr irgendwelche Quittungen braucht, kein Problem, machen wir. Und was die Möbel betrifft: Wir werden uns drum kümmern." Am Ende dachten beide Seiten: Wenn wir geahnt hätten, wie schwierig das wird, hätten wir uns nicht darauf eingelassen.

Fazit: Auch die scheinbar einfachsten Elemente einer Drogenhilfe erwiesen sich als undurchführbar. Die Ziele zu ehrgeizig, die Möglichkeiten zu begrenzt, die Grundsätze zu unterschiedlich (der Süchtige: Ist er als Krimineller zu behandeln oder als Bedürftiger?). Die interessanteste Arbeit meines Lebens war damit zugleich auch die erfolgloseste. Da hatte ich einmal in meinem Leben eine bedeutende Aufgabe und habe nichts bewirkt. So bitter wird man es wohl sagen müssen.

Und wenn ich an Sergej denke, dann ist der Vorwurf „Hegemonismus" nicht ganz abwegig. Menschenrechte seien universell, sagt man (zurecht), aber das ist eben doch ein globaler, also hegemonialer Anspruch: Wir definieren, was Menschenrecht ist. Im Übrigen waren unsere Projekte eine Art Nachhilfe-Unterricht. Und auch Nachhilfe ist hegemonisch. Wir haben zu wenig gefragt und zu viel vorgeschlagen. – Stimmt nicht ganz, auch gewisse Fragen hätten wir besser nicht stellen sollen. Und es wäre auch meine Aufgabe gewesen, das zu sehen und zu stoppen: „Moment mal!" Ich war ja der „externe Experte" für den Blick aus größerer Distanz. Aber ich habe es nicht gesagt und auch eigentlich nicht gesehen – nicht in dieser Deutlichkeit. Dafür hat der Krieg es jetzt klargestellt. Die überambitionierten, teils überheblichen Bemühungen um eine Europäisierung Russlands sind ein unrühmlicher Beitrag zur Vorgeschichte des Krieges.

Was mir noch einfällt: eine kleine Szene beim Kauf zweier Bahntickets (für Sergej und mich). Sergej meinte, es sei besser, sie ein paar Tage im Voraus zu kaufen, das erspart einigen Stress. Als wir dann zum Bahnhof kamen und die Halle betraten, verstand ich, was er meinte: Dort warteten rund dreißig Leute vor zwei Schaltern, es dauerte und dauerte, ging kaum voran. Dabei gab es noch zwei Schalter weiter links in der Halle, jeweils besetzt mit einer Bahnbediensteten, aber kein einziger Kunde.
– „Warum gehen wir nicht dort rüber, die haben doch gar nichts zu tun?"
– „Sie sind nicht zuständig für Bahntickets."
– „Aber wofür denn dann?"
– „Versicherungen, Fundsachen, Schadensfälle und solche Sachen."
Ich fand, sie könnten doch auch Tickets verkaufen, und alles ginge viel schneller. Aber Sergej, in diesem Moment noch eher ironisch, sagte, so einfach sei das nicht, die beiden Damen dort an den Versicherungsschaltern haben vielleicht einen höheren Rang, sind höher qualifiziert als die

beiden Frauen, die Bahntickets verkaufen. – Aha, das war also sozialer Aufstieg auf Russisch: ein ruhiger Job, kein Ärger, während sich die Mitarbeiterinnen am Ticket-Schalter ständig herumstreiten mussten, zum Beispiel mit dieser Frau dort vorne, deren Personalausweis abgelaufen war. Da war nichts zu machen, ohne gültige Personalien kein Ticket, der Nächste bitte. – „Aber Moment mal" sagte die Frau, ihre Mutter ist krank, sie muss dringend nach Kemerowo. So ging es noch einen Moment, ich konnte die Frau gut verstehen, aber jetzt sollte sie bitte den Platz frei machen – oder noch besser: Die Bahnbeamtin sollte aufhören, Personalien zu prüfen. „Ist das nicht ein bisschen übertrieben?" Sergej verdrehte die Augen, tippelte hin und her, offenbar rumorte es in ihm, weil er für einen Ausländer etwas relativieren sollte, was ihn wahrscheinlich selbst schon hundertmal aufgeregt hat, „ist ′ne Ausnahme heute, normalerweise ist es nicht so streng".

Schließlich kamen wir in die Nähe des Schalters, noch zwei Personen vor uns, ganz vorne ein Mann mit Krückstock, und wieder ging es nicht voran, mit gebrochener Stimme beugte er sich zur Sprechluke im verglasten Tresen hinunter; eine Stimme antwortete über einen seitlichen Lautsprecher. Ärger lag in der Luft. – „Was ist denn jetzt schon wieder los?" – „Nichts, nichts." Sergej hatte offenbar keine Lust, das auch noch zu erklären. Was ich sehen konnte und halb verstand und mir halb zusammenreimte: Der Mann wollte eine Ermäßigung, war Veteran („ветеран"), aber das Foto auf seinem Veteranen-Ausweis war nicht korrekt aufgeklebt, war ganz lose, war vielleicht ′ne Fälschung. Also für so einen Ausweis gab es keine Ermäßigung. Und damit ging das Gezänk los: Der Veteran, die Bahnbeamtin, die anderen Wartenden. Und es blieb dabei: Entweder der Mann war bereit, den vollen Preis zu zahlen, oder er ließ erst einmal seinen Ausweis in Ordnung bringen.

In der Bedrängnis dieser Situation sagte ich so etwas wie: „Ist das hier eigentlich ein Bahnhof oder eine Polizeistation?" Daraufhin Sergej mit versteinertem Gesicht, "ganz ruhig, ganz ruhig, alles wird gut". – Ok, ok, bin also mal wieder in die Falle für Besserwisser getappt. Ich habe nicht die Tugend der großen Reisenden: Ruhe bewahren, die Szene ganz locker als interessante Erfahrung mitnehmen, und vielleicht irgendwann mal darüber schreiben.

Ich hätte es Sergej aber auch zugetraut, dass er selbst etwas über Polizeimethoden sagt – vielleicht nicht lautstark, aber doch hörbar. Voraussetzung wäre allerdings, dass ich nicht dabei bin. Gut zu wissen: Was bei einem Einheimischen ein verständlicher Zornesausbruch wäre, gilt bei einem Ausländer als Arroganz. Na klar: Der Ausländer sagt: „Diese Russen!" Der Russe sagt: „Diese Behörden! Und dann auch noch diese Ausländer!"

16.9. Heute ist Nadja weggelaufen (aus der Klinik). Als der Pförtner sie bemerkte, war sie schon ein Stück auf der Straße. Sie wehrte sich mit der Erklärung, zuhause ihren Schmuck vergessen zu haben.
Also, ab jetzt heißt es: aufpassen. In den Pausen bei ihr bleiben. Der Ausgang aus der Klinik führt zwar am Pförtner vorbei, aber der hat nicht immer den Überblick. Und einen komplett geschlossenen Bereich gibt es nicht.

18.9. Gestern Abend Ankunft von Galina und Igor in Schönefeld. Eine etwas steife Begrüßung: Galina abwesend, Igor hektisch: die Koffer, der Rollwagen, das Handgepäck, alles vorhanden? Dann ein Lächeln: „Endlich geschafft!" – „Schön, dass ihr da seid. Herzlich willkommen." Beide sahen etwas mitgenommen aus; Gesichter zerknittert, Kleidung zerknittert, hatten ja auch eine lange Reise hinter sich (Petersburg-Moskau-Istanbul-Berlin). Ich brachte sie ins Hotel und bot an, sie morgen abzuholen. Aber nein, sie werden einen Wagen mieten, kennen sich noch gut aus, haben ja schließlich lange genug hier gelebt und wollen auch ein wenig herumfahren.

Als die beiden heute gegen Mittag kamen, sprang Kostja ihnen entgegen, winselte, verlangte Aufmerksamkeit. Nadja saß unruhig in ihrem Sessel, ruckte hin und her, wollte aufstehen, aber es ging nicht recht, sie suchte nach Worten, fand aber nicht die richtigen. Die beiden standen dann vor ihr, hielten rechts und links ihre Hand, sagten nichts. Kostja weiterhin fordernd, bekam ein paar Kekse. In so beklemmenden Momenten ist man froh über eine kleine Ablenkung.

Man setzte sich, erzählte ein wenig, „wir haben uns auf dich gefreut". Nadja in ihrer Verwirrung wollte Tee kochen, ruckte wieder hin und her, Igor drückte sie zurück in den Sessel, während ich in die Küche ging (auch eine willkommene Ablenkung).

Dann saßen wir rings um Nadja herum, Galina sprach über ihre Reise. Nadja, weiterhin auf Russisch, sagte „aber jetzt seid ihr da". Für einen Moment wurde sie sehr wach, erzählte von den vergangenen Tagen, sie ist schwimmen gegangen mit Cathy (ja, in der Klinik, aber zuletzt vor zwei Wochen), sie ist Boot gefahren, sie hat auch manchmal gekocht, und einmal ist sie auch schon Fahrrad gefahren. Galina, aufatmend, wollte nachfragen „Fahrrad?", ich winkte ab, sie nickte.

Dann wurde Nadja schon wieder schweigsam, und die beiden begannen, von ihren Plänen zu sprechen: Was sie machen wollen in dieser Woche, wen sie treffen wollen, einmal auch einen Tag nach Berlin. Nadja hörte zu, oder hörte vielleicht schon nicht mehr zu, schien sich hinlegen zu wollen, sank noch ein Stück weiter in sich zusammen, richtet sich dann noch einmal auf und sagte „хочу домой" (ich will nach Hause") und nach kurzem Ausatmen noch einmal, fast weinerlich „хочу домой". Die beiden reagierten erschrocken: „Bald bist du wieder gesund, dann kannst du nach Hause." Von da an fanden wir in kein Gespräch zurück. Galina streichelte Kostja. Igor fragte, ob er auf dem Balkon rauchen dürfe.

20.9. Heute ein Ausflug nach Wüstrow, Nadja etwas wacher als in den letzten Tagen, ich hörte sie auf der Rückbank mit Galina plaudern. Wir parkten am Anleger, gingen dann zu den Segelbooten hinüber, Nadja schien etwas zu erkennen oder zu hören, vielleicht den Wind in der Takelage, das Klirren und Seufzen in den Drahtseilen. Sie blieb dann stehen und sagte zu Galina: „Bin auch mal Boot gefahren."

– „Ja", sagte ich ganz erfreut, „im Oktober sind wir Boot gefahren, die ganze Havel hinauf."

– Nein, nein, so meinte sie es nicht, sie ist alleine gefahren, sie hatte ein eigenes Boot.

– „Aber wie hat es denn ausgesehen? Und wo ist es hingekommen?"

Sie stand da, fühlte sich blamiert und sagte, wahrscheinlich habe Andrej das Boot verkauft. Er betrüge sie manchmal.

„Ich kann ihn ja mal fragen", sagte ich und hielt das Thema für erledigt – belassen wir es dabei: Sie hat ein eigenes Boot gehabt, gut, dann soll es so sein. Es ärgert mich aber trotzdem. – Später dachte ich: Vielleicht hat sie ja recht; in den Ehejahren mit Roger könnten sie tatsächlich ein Boot gehabt haben, ist doch ziemlich wahrscheinlich. Und wieder einmal nehme ich mir vor, geduldiger mit ihr zu sein.

Unterdessen war Galina stiller geworden, sie hatte ein anderes Thema, schaute sich um, wollte noch zum Park hinüber, zu den Bäumen und Teichen dort drüben, und sagte schließlich, sie vermisse das alles. Es sei ihr noch alles ganz vertraut. Als sei sie niemals weggewesen.

„Und was ist aus dem Schwimmbad geworden?" – „Vermutlich wird es bald geschlossen. Die Finanzierung ist nicht gesichert." – „Wollen wir hin?" – Während Cathy und Nadja zum Wagen zurückkehrten, gingen wir an den Hallen vorbei zum Außenbecken hinüber, zum Lärm und Getümmel vieler bunter Leute. Galina sagte, hier sei sie oft hergekommen. Beim Schwimmen habe sie das Heimweh nach Petersburg vergessen können. Aber jetzt habe sie Heimweh nach Deutschland, es war eine unbeschwerte Zeit. So standen wir noch eine Weile am Zaun, ausgesperrt wie aus einer fern erinnerten Kindheit.

21.9. Heute wollte Nadja den beiden ihre Homepage vorführen. Bevor sie kamen, gingen wir also noch einmal alles durch, aber ziemlich schnell hatte Nadja ihre eigenen Vorstellungen. Dieses Foto hier gefällt ihr nicht: Nadja, etwa vier Jahre alt, in einem angerosteten Kinderauto sitzend. Sie muss kräftig mit den Beinen arbeiten, um über einen buckligen Rasen voranzukommen. Dazu ein verrutschtes Kopftuch. „Das sieht ja ganz blöd aus", findet sie, das müssen wir löschen.

Bald darauf fällt ihr ein: Es muss doch noch andere Fotos geben. – Ja, in ihrer ehemaligen Cloud. – Die will sie sehen. Gut, machen wir, und stehen schon bald vor der Frage, warum ich dieses schöne Winterbild nicht in die Homepage übernommen habe: Nadja zieht mit einer Freundin einen Schlitten durch hohen Schnee. Ich finde es nichtssagend, aber sie findet „das Foto müssen wir nehmen".

Ich: „Weißt du denn noch, wer das war, deine Freundin da?"
Sie: „Vergessen. Aber trotzdem, das nehmen wir. Und was ist das hier?"
Ich: „Tanz am ersten Mai."
Sie: „Woher weißt du das?"
Ich: „Du hast es mir doch mal erzählt."

So geht es eine Weile hin und her, und schon beginnen wir, Nadjas Homepage umzukrempeln. „Dieses Schulfoto da, was schreibst du denn da über einen strengen Unterricht – wieso denn?"

– „Also hör mal, die ganze Klasse steht da steif in Schuluniform vor einer Lehrerin, das sieht doch furchtbar aus." Außerdem ist das Klassenzimmer „geschmückt" mit Fahnen und Plakaten, zweimal Lenin. Und schon die Kinder (auf den Plakaten) standen da wie kampfesstählerne Helden. Du musst Held sein, du musst kämpfen, du musst der/die Beste sein, du darfst nicht nachlassen. „Ich kann mir nicht vorstellen, dass man da Lust hat, zu lernen."
Sie: „Doch! Das hat auch Spaß gemacht."
Ich: „Aber war da nicht auch Stress und Angst?"
Sie: „Ja, manchmal. Aber das gehört dazu. Angst – und dann auch mal wieder Spaß."
Ich: „Gut, dann nehmen wir das Foto und schreiben hin: „Schule, das war manchmal Angst und manchmal Spaß."
Sie: „Klingt ganz blöde."
Als Galina und Igor kommen, wird ihnen alles vorgeführt. „He, seht mal, ich habe eine Homepage." Anfangs auf Deutsch, dann schnell ins Russische fallend, besprechen sie die Fotos – Nadja stolz, Galina entzückt, Igor unkonzentriert. Immerhin kann ich hinterher sagen: „Siehst du, den beiden hat deine Homepage gut gefallen." – „Ja, muss aber noch besser werden."

Als Nadja schließlich erschöpft ist, ergibt sich die Gelegenheit, die beiden nach dem Krieg zu befragen. – „Was willst du wissen?" – „Wie ihr das seht." Darauf Galina: „Das Ganze ist ein Unglück." Auf die Frage, was sie damit meine, hebt sie die Arme, abwehrend und mit ausweichendem Blick, „ach, lass uns nicht streiten". Einen Moment später fährt Igor dann aber fort, er könne verstehen, dass wir (der Westen) die Russen nicht mögen. Wir aber verstünden nicht, warum die Russen uns nicht mögen. „Euer Leben ist so sorglos, so oberflächlich, glänzt so schön."

Dann tippt er auf seine Zigarettenschachtel dazu fragender Blick – ja, er kann hier rauchen. Ich öffne die Balkontür und hole einen Aschenbecher, er nimmt einen tiefen Zug, dann langsames Ausatmen und eine kurze Bemerkung, mehr gehustet als gesprochen: Den einfachen Leuten gehe es nicht um Nato und Faschismus; das interessiert sie nicht, sie fühlen sich einfach nur als Looser. – Kurzes Abstreifen der Asche und dann: „Ihr seid immer so siegessicher, da könnt ihr jetzt ruhig auch mal verlieren – aber lassen wir das."

„Ok", sage ich, „aber falls Russland den Krieg verliert, was dann?"

Galina: „Dann ist alles wieder beim Alten. Aber auch einen verlorenen Krieg würden wir überleben. Die Russen sind da härter als ihr."

22.9. Igor und Galina sind heute an dem Haus vorbeigefahren, in dem sie lange gelebt haben. Galina sagte, es sei ihr vorgekommen wie ein Traum, alles noch so nah und vertraut. Als ob sie nur in die Tasche greifen müsste, um die Schlüssel zu holen. Aber das Leben in Petersburg gibt es ja auch, und es war während der ganzen Jahre hier auch so tief verankert wie ein Traum. Sie wisse schon gar nicht mehr, wohin sie gehöre. Man müsste zwei Leben haben, parallel.

Nachmittags gehen wir am Ufer entlang, Rückweg dann durchs Dorf. Nadja bleibt vor Frau Hankes Garten stehen, pflückt diesmal aber keine Blumen, schaut nur kurz und geht dann weiter zum Hühnerstall. Sie amüsiert sich über das gedehnte Seufzen der Hühner, wenn sie faul in der Sonne liegen. Das muss sie jetzt auch mal probieren. Sie imitiert ein langgezogenes 'Gaaaaag', Kostja springt freudig an ihr hoch.

Und die Nachrichten? Teilmobilisierung in Russland, 300.000 Reservisten sollen eingezogen werden, vielleicht auch eine Million. Finstere Aussichten.

23.9. Mit Nadja ist es heute wieder schwieriger, vielleicht weil die beiden bald abreisen werden. Das ist etwas, was Nadja verschließt. Sie ist unruhig, geht ein paar Schritte in der Wohnung umher, setzt sich, steht wieder auf, hat kein bestimmtes Ziel. Cathy sagt, „lass uns rausgehen". Draußen gehen sie am Ufer entlang, Kostja springt um sie herum, bettelt, aber Nadja beachtet ihn nicht, sieht vor sich hin, sieht vielleicht irgendwo ein fernes Ziel: Alles soll wieder so werden wie früher.

Abends kam Andrej. Längeres Gespräch mit Igor und Galina, kurzes Gespräch mit Cathy und mir: Vertragsverlängerung, „sagen wir: bis 31. Dezember". Er verwies noch einmal darauf, dass er eine Pflegekraft auf Dauer nicht finanzieren könne.

Mein Einwand: Ja gut, aber vollkommen selbständig wird Nadja nicht leben können. Orientierungshilfen sind wohl noch lange notwendig, auch Alltagshilfen und die ganze Medikation. Nadja wird nicht alleine wohnen können, Auto fahren, Kostja versorgen, Bestellungen aufgeben, Anträge ausfüllen etc. Andrej sah mich an, und sein Blick sagte: „Das wäre doch vielleicht deine Aufgabe." Ich ahne, was da auf mich zukommt.

24.9. Dorffest unten im Hof. Gekommen sind 50 bis 60 Leute, sie sitzen an langen Tischen. Nadja hat sich seitlich unter die Birken gesetzt. Cathy ist bei ihr, auch ein paar Nachbarn haben sich zu ihnen gesetzt, was mich ein wenig wundert. Ich hätte gedacht, dass man sie meidet oder es bei ein paar freundlichen Worten belässt. Aber nein, es scheint sich ein längeres Gespräch zu ergeben: Frau Ohlsen, Frau Körner und Cathy. Nadja hört zu, sagt auch das eine oder andere, wirkt jetzt endlich wieder etwas lebendiger.

Dann Herr Ohlsen: Er stellt sich in die Mitte, begrüßt die Gäste, begrüßt auch einen TV-Star, hier geboren, mir unbekannt. Danach das Klicken und Klimpern von Besteck und Geschirr. Ein Glas kippt, Saft oder Wein tropft von einem der Tische, ein paar Leute greifen eilig nach den Servietten.

Igor und Galina kommen, später auch Valeri und Boris aus Berlin. Inzwischen liegt der Hof voll in der Sonne, die Leute sitzen an verschiedenen Tischen, Kostja schnuppert zwischen ihnen herum, wird hier und da gestreichelt, fühlt sich trotzdem unwohl und läuft weiter. Dann ein Mann, der den Grill bedient und ein paar Kinder, die ihre Grillwürste im Blitztempo verschlingen. Ich könnte ein paar Fotos machen: So feiern wir Erntedank im Wüstrower Land.

Die Kinder verschwinden mit einem Fußball hinter den Schuppen, darunter auch Jury und seine Geschwister. Kurzes Gespräch mit Anatole: Sie wollen in Deutschland bleiben, in der Ukraine ist alles kaputt. Also Deutschland ist gut, aber eine größere Wohnung wäre schön, vielleicht in der Stadt, hier in Fährholz braucht man ständig ein Auto, für fünf Kinder. Er lächelt und nickt und wechselt das Thema: Wie es meiner Frau gehe? Er schaut zu ihr hinüber, es geht ihr also gut, das freut ihn. Dann die Frage, ob es mir wieder besser gehe – aber ging es mir denn schlecht? Er sagt „вакцинация" und macht das Zeichen fürs Impfen. – Ach ja, damals im April. Wahrscheinlich hat seither niemand mehr darüber gesprochen. Das Thema hat sich erledigt, niemand mehr trägt eine Maske, niemand fragt nach einer Impfung; nur ich stehe jetzt da als der Sonderling von damals.

Als Nadja neben einigen Gästen am Tisch sitzt, fällt ihr ein Stück Kuchen auf die Erde, sie bückt sich umständlich, aber da hat Frau Ohlsen den mit Erdkrumen beschmutzten Kuchen schon aufgehoben und beiseitegelegt. Daraufhin Nadja erzürnt: „He, das ist meiner!" Frau Ohlsen stutzt, schaut mich an, ich winke ab, Nadja greift sich unterdessen den beschmutzten Kuchen und verschlingt ihn eilig. Prompt muss sie husten. Inzwischen sitzt man in größerer Runde zusammen, Nicolai und Valeri sind hinzugekommen. Es herrscht ein wenig Abschiedsstimmung, weil Igor und Galina morgen wieder abreisen werden. Herr Ohlsen greift das Thema auf: Rückkehr nach St. Petersburg, er war auch mal dort, eine schöne Stadt, sie habe sich erstaunlich schnell erholt nach dem Bankrott der 90er Jahre.

Das ist eigentlich als Kompliment gedacht, trifft aber einen wunden Punkt, denn für Valeri ist die Sowjetunion nicht bankrott gewesen, sondern von Gorbatschow und Jelzin an den Westen verkauft worden. Ausländische Investoren haben den Reichtum aus dem Land gezogen, „der Westen hat uns betrogen".

Dann die Gegenstimmen (Nicolai): Aber Moment mal, das waren doch unsere eigenen Leute, die alten Genossen. Die haben das Staatseigentum unter sich aufgeteilt, haben sich aus dem Westen Kredite besorgt und schlechte Ratgeber, haben ihre Clans aufgebaut, haben sich gegenseitig aus dem Weg geräumt, und wer überlebt hat, ist Oligarch geworden.

Nadja, fast in der Mitte des Gesprächs sitzend, lauscht angestrengt, ruckt manchmal ein wenig, wenn jemand etwas lauter wird oder einem anderen ins Wort fällt. Dann wieder Herr Ohlsen: Entschuldigung, aber der Sozialismus sei doch schon vor Gorbatschow gescheitert gewesen, das habe nur keiner zu sagen gewagt. Die ganze Planwirtschaft war schon lange abhängig vom Ölpreis und von West-Krediten.

Allgemein unruhiges Ausatmen, Stühlerücken, Boris schnippst sich ein paar Krümel vom Hemd und stellt fest, im Sozialismus habe es wenigstens keine Mafia gegeben, keine Oligarchen, keine Drogen. Erst mit Jelzin kamen die Anarchie und all die Probleme aus dem Westen. So reden sie hin und her. Igor allerdings scheint gedanklich woanders zu sein, die bevorstehende Abreise beschäftigt ihn wohl mehr als die sozialistische Vergangenheit. Gedankenverloren spielt er mit seiner Tasse, hebt sie an, um einen Schluck zu nehmen, aber sie ist leer. Daraufhin Herr Ohlsen: Ach ja, sorry, wer will noch einmal Kaffee oder Tee? Während er nebenan in die Hausmeisterwerkstatt geht, um Tee und Kaffee zu holen, stockt das Gespräch für einen Moment, bis Valeri feststellt: Was auch immer man von Putin halte, er habe das Land in Ordnung gebracht, stabilisiert, modernisiert, Russland sei in der Welt wieder geachtet und wenn nötig auch gefürchtet. „Hoppla", ruft Herr Ohlsen aus der Küche: „Und deshalb jetzt der Krieg?" Aber Nicolai hat schnell abgeblockt: „Darüber reden wir heute nicht, wir feiern." Damit ist die Gesprächsenergie verpufft, spürbare Erleichterung aller Anwesenden. Noch einmal knapp am Streit vorbeigeschrammt. Igor ist ohnehin schon beiseite geschlichen, um zu rauchen. Hinter ihm flimmert das Licht über der Bucht, ein paar Ausflugsschiffe ziehen ihre Bahnen.

Später sehe ich Frau Körner und Frau Friedrich an den Blumenbeeten entlanggehen, sie beugen sich über einzelne Blüten, ziehen hier und da ein paar Gräser aus der Erde. Galina dann mit hängenden Armen: „Wäre schön, noch länger hierzubleiben. In Wuppertal wird es wohl ziemlich anstrengend." (Ach ja, eine Woche Wuppertal steht ja noch auf dem Programm.)

Als ich dann bei Igor im Schatten sitze, wissen wir nicht recht, was wir noch sagen sollen. Er wiederholt die Einladung, nach Petersburg zu kommen, sobald es Nadja besser gehe (und der Krieg vorbei ist – was er aber nicht sagt). Wir könnten gemeinsam von Petersburg aus ein wenig herumreisen, Karelien zum Beispiel. Aber das sagt er kraftlos mit gesenktem Kopf. Und wir beide wissen, dass daraus nichts werden wird. Immerhin ist es ein Vorschlag, der den bevorstehenden Abschied ein wenig vergessen lässt. Eine Idee, die den Kontakt aufrechterhält, die Entfernung überbrückt, ein kleines, hoffnungsloses Zeichen.

Allmählich sieht man die ersten leeren Tische. Ein paar Leute beginnen, Geschirr einzusammeln. Herr Friedrich schließt eine Weinflasche, die Rosen blühen, ein paar Wolken ziehen über die Hügel.

Igor und Galina sitzen dann noch einen Moment bei Nadja, halten sie an beiden Händen, reden mit ihr, dann stehen sie alle drei gemeinsam auf und kommen langsam vors Haus. Es ist kühl geworden, Igor tippt mir auf die Schulter: „Wir telefonieren." Einen Moment stehen sie noch bei Nadja und steigen nach einer letzten Umarmung in den Wagen. Man winkt, man hupt, ich mache ein Foto und schließe die Kamera.

25.9. Sonntag. Nachmittags eine Bootsfahrt. Wir fahren bis zum Schwarzen Luch, stoppen das Boot, sehen nach den Möwen und den Enten und trinken unseren Tee. Shashi verteilt ein paar Kekse. Allmählich wird es Abend, der Wind legt sich, am Ufer verstummen die Geräusche, das Boot liegt jetzt vollkommen ruhig unter den Weiden. Wir bleiben noch eine Weile und sehen der Abendsonne hinterher und ihrem Spiegelbild. Es zieht sich vom Ufer weiter und weiter in die Bucht hinein. Die Sonne blendet also vom Himmel herab und aus dem Wasser herauf. Ein Fisch schnappt nach einer Fliege, löst kleine Kreise aus, das Licht gleitet darüber hinweg. Nadja sitzt im Boot, leicht zurückgelehnt, die Augen abgeschirmt gegen die Sonne.

Als wir uns schließlich wieder Fährholz nähern, den Steg ansteuern, sagt sie, morgen wolle sie noch einmal Boot fahren. – „Morgen musst du doch wieder in die Therapie." Aber das sieht sie nicht ein, sie ist doch nicht mehr krank. – Diesmal sage ich einfach nur: „Du bist schon fast wieder gesund." – Und das stimmt ja auch. Manchmal kommt sie mir schon ganz normal vor. Aber dann wieder fassungslos fremd.

Eine andere Frage: Kann sie sich an ihre Krankheit erinnern? An das Krankenhaus? An die Intensivstation, auf der sie so lange gelegen hat? Nadja überlegt eine Weile hin und her und sagt dann: „Da waren immer Ameisen an der Decke."

26.9. Ich hatte befürchtet, nach der langen Unterbrechung werde Nadja nicht mehr zur Therapie gehen. Aber heute kein Widerstand, keine Diskussion. Sie blieb ruhig, beinahe stumm, als wir zur Klinik fuhren.

Das rechte Lager gewinnt die Wahlen in Italien. Auf der politischen Bühne tauchen mit Berlusconi und Salvini zwei Freunde Putins auf. Von G. Meloni kann man das nicht behaupten, angeblich verfolgt sie aber einen „postfaschistischen" Kurs. Richard sagt: „Wenn eine Mehrheit von Wählern für die Verantwortungslosigkeit votiert und eigentlich auch gegen die eigenen langfristigen Interessen, dann hat sich die Demokratie erledigt (... Pause, Atem holen ...), aber versteh mich um Gottes Willen nicht falsch. Das sind nur ein paar frustrierte Gedanken. Aber zum Beispiel: Wenn vor 20 Jahren irgendein Politiker gefordert hätte, man solle sich nicht von russischem Gas abhängig machen, sondern nachhaltige

Energiequellen nutzen, auch wenn sie teurer sind – er wäre niemals Kanzler geworden. Was ist Demokratie für ein System, wenn ... – ach lassen wir das." Damit war das Gespräch beendet.

Aber auch ich wüsste inzwischen nicht mehr so sicher, was ich jemandem antworten sollte, der Demokratie für veraltet hält. Während politische Entscheidungen immer komplexer werden, immer größere Gemeinschaften betreffen, größere Regionen, größere Zeitdimensionen, bleibt das Wahlkalkül kurzsichtig: Mir persönlich sollen keine Nachteile entstehen. Einbußen erleiden sollen die anderen oder die zukünftigen Generationen. Immer mehr Entscheidungen zulasten Dritter. Um die Menschheit oder den Planeten zu retten, kann schon manch einer auf die Idee kommen: Demokratie abschaffen, den Leuten ein paar Pflichten aufzwingen. Gesucht wird nur noch ein weitsichtiger, menschen- und umweltfreundlicher Diktator. Aber solange es an einem solchen mangelt, behelfen wir uns dann doch lieber mit der Demokratie.

28.9. Neu ist, dass Nadja mich nach ihrer Geschichte befragt: „Sag mal, wer ist Victor?"

– „Ich weiß es nicht, er hat dich zweimal besucht, ist aus Berlin herübergekommen."

Sie: „Und wo ist eigentlich mein Auto?" – „Gute Frage, wird wohl noch in Bischofsbrück stehen."

Abends sagt sie: „Das Pferd leuchtet." Ich verstehe: Ein Pferd steht dort hell in der Abendsonne, während im Hintergrund der Wald schon dunkel ist. Später steht sie dann im Badezimmer, kramt in den Schubladen, „was suchst du?" – „So eine ..." (Handbewegung Nagelfeile) – ach Gott, habe ich eine Nagelfeile?

30.9. Nadja und die Zahlen: In den letzten Wochen haben wir gelegentlich damit geübt: „Wann bist du geboren?" – „1971." Prima, das hatte schon mal geklappt. Wie alt ist Andrej? – Angestrengter Blick zur Decke? „Weiß nicht." – Machen wir es einfacher: „Wie weit kannst du zählen: 1, 2, 3 ...?" Das kann sie mühelos, wurde in der Therapie offenbar gründlich geübt. Wir machten ein paar kleine Additionen und Subtraktionen. Dann sagte sie: „Ach hör doch auf mit dem Quatsch; ich bin doch nicht doof."

Ähnlich verliefen heute unsere Datumsübungen: Was ist heute für ein Tag? Was war gestern? Wie heißt der nächste Monat? Aber dann hatte sie genug: „Ich bin doch kein Kind mehr." Ich sehe: Da ist sie wieder, diese Falle. Habe mich jetzt trotzdem selbst ausgetrickst. Wäre es schlimm, wenn sie auch in Zukunft nicht bis hundert zählen könnte? Ist es schlimm, wenn sie Montag und Dienstag verwechselt? Sie ist, wie sie ist, ich werde versuchen, daran zu denken.

Im Moment ist es mit Nadja noch erträglich. Ja, mein Leben ist ein bisschen eingeschränkt, aber es entschädigt mich das glückliche Staunen über die vielen kleinen Schritte, mit denen sie allmählich zu sich kommt. Momentan leben wir in einem fast ungetrübten Ausnahmezustand. Aber es ist nicht abzusehen, wie es weitergehen soll. Wie wird sie leben wollen? Was wird sie tun wollen? Wie werde ich mich dazu verhalten? Alles noch ganz unvorstellbar. Bisher war sie Patientin, jetzt ist sie eine ziemlich komplexe Person geworden. Je gesünder sie wird, desto anstrengender kann das werden. Achtung! Das wird noch Ärger geben. Womöglich Streit. Dazu der irre Druck: Wenn sie nicht bei mir wohnen kann, bleibt nur das Heim.

1.10. Vormittags, als Maik die Lebensmittel gebracht hatte, sagte Nadja, sie wolle selbst mal wieder einkaufen gehen, richtig schön. Und mit schmachtendem Lächeln (das ist eine neue Mimik) fügte sie hinzu: Kaffee trinken und einfach durch die Geschäfte gehen. Ja, gut, kann ich verstehen. Aber das soll Andrej übernehmen, er kennt den Kontostand, muss die Ausgaben in Grenzen halten. Ich will nicht die ganze Zeit neben ihr stehen, mit Blick auf alles, was wir uns vermutlich nicht leisten können. Ich weiß: Ihr macht das Einkaufen Spaß, ist auch ′ne gute Übung. Sie geht vergnügt bis entzückt an den Regalreihen entlang mit einem Einkaufswagen voller Glück. Bei mir dagegen löst schon die Auffahrt auf den Parkplatz ein Fluchtbedürfnis aus. Ich bestelle lieber online; das bietet mir eine angemessene Fluchtdistanz.

Nachmittags waren Roswitha und Nicolai gekommen. Ich hörte sie mit Nadja singen und verzog mich nach draußen. Kostja kam mit, schnüffelte herum, lief zum Steg hinunter, schien Spaß zu haben, wieder im Freien zu sein, in der milden Luft nach dem Regen. Wir sind lange draußen geblieben.

Als wir in die Wohnung zurückkamen, sah ich Nadja mit Vase und Blumenstrauß durchs Zimmer jonglieren. Ich eilte hinüber, aber da hatte sie die Vase schon sicher auf die Fensterbank gestellt. Solche Aktionen beherrscht sie inzwischen ganz souverän, nur ich werde noch jedes Mal unruhig.

Abends noch ein paar Übungen. Aber mitten hinein in die Aufzählung der Monatsnamen (jetzt haben wir Oktober, dann kommt November …) fragte sie unvermittelt nach der Telefonnummer ihres Bruders. Sie möchte mit ihm telefonieren.
– „Aber du hast doch keinen Bruder."
– „Aber doch hab ich einen Bruder."
– „Und wie heißt er? Weißt du, wie er heißt?"
Sie überlegte einen Moment, schaute wieder in ihre geöffnete Handfläche, als sei der Name dort verzeichnet: „Er heißt Nicolai."
– „Aber Nicolai ist doch der Mann von Roswitha, sie waren heute hier."
Sie schaute mich an, geöffneter Mund, erschrocken, wie aus einem Albtraum aufwachend. Ich lenkte schnell ab, zum Glück war es Zeit fürs Abendessen.

2.10. Wehrfähige Russen verlassen offenbar scharenweise das Land in Richtung Estland, Finnland, Georgien, Kasachstan, ja selbst in die Mongolei – Hauptsache raus aus Russland und dem Krieg.

Auch Igor (Telefonat aus Wuppertal) kommt ins Grübeln. Der Wehrdienst betrifft ihn zwar nicht mehr mit sechzig Jahren. Heute sagte er allerdings, es wäre doch besser gewesen, noch ein paar Jahre hier zu bleiben, „bis das alles vorbei ist". Er rechnet also mit ein paar Jahren. Und in Russland scheinen sich die Eliten gegenseitig zu bekämpfen, Putin ist angeblich geschwächt, was kein Anlass zu Hoffnungen ist, eher eine Eskalation des Krieges erwarten lässt. Es sind die Ultranationalisten, die ihn jetzt kritisieren und vor sich hertreiben. Und der Westen driftet weiter auseinander (siehe Italien-Wahl). Am Ende lauert dann womöglich auf beiden Seiten Erschöpfung, Verarmung, Streit. Ein ausgelaugtes Europa.

3.10. Kurz vor zwei rief Shashi aus der Klinik an, Nadja sei verschwunden. Sie sei zur Toilette gegangen und nicht wiedergekommen, sei noch irgendwo im Gebäude oder habe einen Lieferanteneingang genutzt, um rauszukommen. Das Personal sei informiert, man suche drinnen und auch draußen im Park vor dem Gebäude. Kurz nach zwei rief ein Mann an, sagte, er sei Taxifahrer, habe meine Frau nach Hause gefahren, sie habe aber weder Schlüssel noch Geld. Er rief mit Nadjas Handy aus Bischofsbrück an. Ich bat ihn, Nadja zurück in die Klinik zu bringen und alles weitere dort zu klären. Wenig später rief er erneut an, meine Frau wolle nicht in die Klinik zurück, und er selbst wolle mit alledem nichts zu tun haben. – „Ok, dann kommen Sie hierher zu mir nach Fährholz 23, die Wohnanlage." Da war ich wieder einmal hin und hergerissen zwischen Staunen, wozu Nadja inzwischen fähig ist, und Schrecken vor allem, was da noch auf uns zukommt.

Abends noch eine Überraschung! Sergej schickt schöne Grüße und ein Foto. Da steht er mit ein paar Freunden in einem Garten oder Park: buntes Herbstlaub, ein grauer Teich, ein qualmender Grill und Sergej zwischen ein paar Männern und Frauen. Er schreibt nicht viel außer: „hello, greetings from my BBQ-party. Nice people here. (...) Hope you are well, cheers!" Dazu das Emoji „verschmitztes Gesicht".

Wer weiß, was das bedeuten soll. Offenbar so etwas wie: „Wir bleiben in Kontakt." – Also gut. Ich antworte mit ebenso schönen Grüßen und ein paar Herbstbildern von unserer Bucht. Ein lockeres Pingpong, könnte ganz lustig sein. Aber da gibt es eben doch eine große Leerstelle zwischen uns. Die lässt sich nicht einfach ausklammern oder wegdenken. Wie soll man befreundet bleiben, wenn ein Krieg uns trennt?

5.10. Nadjas Taxi-Flucht aus der Klinik bewegte uns (Andrej und mich), mit ihr heute nach Bischofsbrück zu fahren. Nadja wird irgendwann nach ihrem Haus fragen, da war es besser, mit ihr noch einmal durch das Haus zu gehen, bevor es verkauft wird. Wir führten Nadja in den Zimmern herum, erklärten, dass es für sie jetzt sehr beschwerlich wäre, hier zu wohnen wegen der vielen Treppen (die Schulden hielten wir als Reserve-Argument im Hintergrund). Wir fürchteten ein Drama auszulösen, aber Nadja erinnerte sich ohne Wehmut, sagte nur „es war schön" – immerhin sagte sie „es war": „hier war die Küche", „hier war mein Tisch (der Töpfertisch), sie strich ein leeres Regal entlang, nahm einen Kieselstein vom Fenstersims, ging auf die Terrasse hinaus, stand am Geländer, sah in den Garten hinunter, wollte dann noch ein paar Dinge mitnehmen. Das Kapitel war also abgeschlossen.

Abends saßen wir auf dem Balkon. Shashi legte Nadja eine Decke über die Knie. Wir plauderten noch ein wenig über Nadjas Flucht aus der Klinik, über das aufgeregte Personal und einen wütenden Taxifahrer und ein Happy End.

Und während ich das alles jetzt notiere, denke ich: Sie hat sich in den letzten Jahren vielleicht einsam gefühlt in diesem Haus, Roger war gestorben, Andrej ausgezogen. Vielleicht fällt es ihr deshalb so leicht, alles hinter sich zu lassen.

7.10. Richard wieder bei Nadja. Er hat ein Memory-Spiel mitgebracht. Nadja gerät ganz aus dem Häuschen, weil sie sich besser erinnern kann als Richard (der sich Mühe gibt, immer die falschen Karten aufzudecken). Bei jeder Karte, die sie korrekt aufdeckt, quietscht Nadja vor Vergnügen, Kostja springt ihr aufgeregt um die Beine, und Richard hat eine neue Aufgabe gefunden. Das gibt ein nettes Foto für Nadjas Homepage.

Als Richard sich verabschieden will, lässt Nadja seine Hand nicht los; „meinst du, die greifen Russland an?"

– „Wer?"

– „Weiß nicht, die Amerikaner?"

– „Ach, mach dir keine Sorgen."

Darauf sie, indem sie ihn noch immer festhält: „Weißt du, Ihr dürft das nicht machen."

Kurzer Spaziergang mit Kostja. Wir begegnen einem jungen Jogger. Er lächelt und grüßt leichtherzig wie jemand, der noch alles vor sich hat. Sein Leben ist noch nicht vollgestopft mit Ereignissen und ihren Bedeutungen. Mir dagegen hängen die Bedeutungen schwer im Kopf: Was alles geschehen ist und wie es sich entwickelt hat und was es bedeutet für mich, für Nadja, für unsere Freunde, für Deutschland oder Russland, für die Zukunft und den Frieden, ach Gott.

Abends frage ich: „Erinnerst du dich, Richard war hier?" Sie lächelt und sagt „schön". – Endlich mal wieder eine erfreuliche Reaktion.

Völlig überraschend hält sie mich dann am Arm fest, den Kopf leicht geneigt, seitlicher Blick: „Willst du keinen Sex?"

– „Wie kommst du denn darauf?"
Nach kurzem Zögern fällt mir wieder einmal nur die Standardantwort ein: „Du bist doch noch krank." Aber ich weiß selbst, das ist kein überzeugendes Argument. In einem Training für ‚logisches Denken' wäre ich glatt durchgefallen. Aber für den Moment reicht es. Mal sehen, wie es weitergeht.

9.10. Ed hat schlechte Laune: „Jetzt werden sie also die AKWs abschalten, Kohle verbieten, Öllieferungen stoppen. Du wirst sehen, im Winter gibt's keine Heizung, dafür aber viel Krawall."
Als ich in die Küche kam, stellte Shashi ein paar Zweige mit Hagebutten und Herbstzweigen in die Vase. „Ja", sagte ich, „bei uns fällt jetzt das Laub, aber bei euch in Sri Lanka werden Bäume und Felder jetzt wieder grün" (nach der Sommerhitze und dem Monsun). „Das stimmt nicht ganz," sagte sie, ob ich denn schon mal in Sri Lanka war. – „Nein, aber ein paarmal in Indien, ist ja ein bisschen ähnlich." Sie lächelte nachsichtig, meine Antwort war also wohl kein Volltreffer.
Immerhin hatte ich die Möglichkeit, Shashi mit meinen indischen Projekten ein wenig zu imponieren. Also wie war das in Indien? Das waren vor allem Reisen, viele Reisen, also viele Orte, die sich in der Erinnerung nicht mehr unterscheiden. In einem dieser Projekte ging es um Schuldenberatung, in einem anderen um medizinische Grundversorgung – alles nicht mein Fachgebiet, ich war nur als externer Berater beteiligt für Fragen des Projektmanagements. Das hatte ich dann jeweils in einem Gutachten zu bewerten. Shashi sagte: „Schöne Arbeit." Sri Lanka würde mir bestimmt auch gefallen. Dabei hatte ich gar nicht gesagt, dass mir Indien gefiel. Aber ja, es stimmt: Indien hat mir gefallen.
Was ich zwischen meinen Papieren noch finde, ist ein Faltblatt von den Ellora- und Ajanta-Höhlen, ich bin also tatsächlich dort gewesen. Beinahe vergessen. An riesige Buddhas könnte ich mich noch erinnern, auch an Tempel und Statuen, aber nicht an Höhlen, nicht an eine Schlucht, nicht an einen ganz bestimmten Ort in Indien. Das war also in Ellora und Ajanta? Hätte ich eigentlich nicht vergessen dürfen. Dem Faltblatt zufolge ist das alles uralt und ziemlich einzigartig auf der Welt: Nicht Stein um Stein aufgebaut, sondern Stein um Stein aus einem Hügel herausgemeißelt, bis Gebäude, Tempel, Statuen übrigblieben. Ein üppiger Reichtum an Gebäude-

formen, Reliefs und Figuren. Die Legenden und Mythen aus Jahrhunderten sind hier in Stein gemeißelt, darunter nicht nur keusche Motive. – Ja, ich glaube mich zu erinnern an einen extrem heißen Tag, einen staubigen Parkplatz und an Busse, die in der Sonne glühten. Ich erinnere auch, einen Weg entlanggegangen zu sein, Schritt für Schritt durch ein Spalier von Leuten, die mir etwas entgegenhielten: eine Broschüre, ein buntes Tuch, eine Buddha-Statue, „very cheap, thirty rupees". Das könnte bei Ellora gewesen sein.

Und 2011 die Reise mit einer Theatergruppe, die durch ländliche Gegenden zog, um Frauen ihre Rechte vorzuführen. Das habe ich noch ziemlich klar vor Augen: Lehrstücke mit eindrücklichen Schauspielerinnen, viel Musik und Tanzeinlagen. Was ich sonst noch in den Unterlagen finde: Flugtickets Delhi, Hotelrechnung Bangalore, auch die Belege eines Aufenthalts der indischen Partner in Berlin. Kann alles weg. Andererseits: Das war die bunteste, lauteste, geruchsstärkste Zeit meines Lebens, war lebendige Arbeit.

11.10. Vorgestern eine Explosion auf der Krim-Brücke, „großer Schlag gegen Putins Nachschubwege" lese ich. Gestern dann Bombardements ukrainischer Städte. RIA meldet dazu: „Angriffe auf Infrastruktureinrichtungen werden der Ukraine und ihrer Kampffähigkeit nur dann ernsthaften Schaden zufügen, wenn sie mehrere Wochen andauern." (**Stanislaw Mitrakowitsch**). Man kann das wohl lesen als Rechtfertigung pausenlosen Bombardements ziviler Einrichtungen. Erinnert an US-Bombardements in Vietnam?

Nachmittags höre ich Nadja mit Nicolai telefonieren, wenn ich richtig verstehe, sprechen sie auch über den Krieg. Nicolai versucht offenbar, sie zu beruhigen, aber sie sagt wieder einmal: „Immer ist Krieg." Dabei fällt mir ein, dass sie öfter erzählte, ihre Kindheit sei voller Kriegsfilme gewesen, vor allem an den Feiertagen: Tag der Vaterlandsverteidiger, Tag des Sieges, Tag der Fallschirmjäger, Tag der Seestreitkräfte usw. Dazu meist auch Paraden, Veteranenumzüge, Marschmusik, den ganzen Tag Kriegsfilme, Helden der Sowjetunion. Für Nadja eher beängstigend. Noch heute träumt sie manchmal von zerstörten Dörfern und totem Vieh. Verdunkelte Züge rollen in die Nacht.

12.10. Es ist wieder die Zeit der Zugvögel. Schon am frühen Morgen ein mächtiges Vogelgeschrei. Aufbruchsstimmung. In großen Schwärmen flattern und kreisen sie über der Bucht, finden schließlich in ihre Formation, finden auch in ein gleichmäßiges Geschnatter und ziehen nach Süden ins Winterquartier.

Kleine Erinnerung an „Nils Holgerssons Reise mit den Wildgänsen". Steht noch drüben im Regal, mit schönen Bildern. Soll Mamas Lieblingsbuch gewesen sein.

Das führt mich zu der Frage: „Erzähl mal ein bisschen über deine Mutter."
– „Will nicht."
– „Hast du sie denn nochmal besucht?"
– „Weiß nicht."

Gut, reden wir nicht darüber. – Was mir später dann aber einfällt: Nadja hatte einmal gesagt, beim Abschied aus Russland habe ihre Mutter sie verflucht. Ich hielt das für eine flapsige Redewendung, frage mich aber inzwischen, ob es vielleicht doch wörtlich gemeint gewesen war, also im engen religiösen Sinn. Jetzt würde es mich doch interessieren, ob Nadja sie danach noch jemals besucht hat, ob es noch irgendeinen Kontakt gab, eine Aussöhnung. Da Nadja 1971 geboren ist, könnte ihre Mutter um 1945/1950 geboren sein, wäre jetzt noch keine 80 Jahre alt, könnte also noch leben. Andrej geht allerdings davon aus, dass sie gestorben ist. Über sie wurde nie gesprochen wie über eine Frau, die noch lebt. „Es klang immer so, als sei das schon lange her. Und irgendwo sehr weit weg." Er kann sich aber auch nicht erinnern, dass jemals explizit gesagt wurde, sie sei tot.

Und Nadjas Vater? Die Mutter hat ihn ein paarmal als Lügner und Säufer bezeichnet. Nadja fand: „Wie hat sie so über ihn reden können, er war doch immerhin mein Vater." Aber hat Nadja ihn jemals getroffen, oder hätte sie ihn überhaupt treffen wollen? Einmal hat sie erwähnt, er sei verheiratet gewesen. Ich weiß aber nicht – oder auch sie wusste nicht –, ob er schon während der Beziehung zu Nadjas Mutter verheiratet war, oder erst später eine andere Frau geheiratet hat. Vielleicht hat Nadjas Mutter auf eine feste Beziehung gehofft, daher der Name „Nadja" = „Nadeschda" (Hoffnung), der sein Versprechen aber nicht eingelöst hat. Mehr hat Nadja nicht erzählt. Es war ein zu schweres Thema, um es gleich in den ersten Monaten unserer Freundschaft zu besprechen. Reden wir später einmal darüber.

Er war Chemiker, das fällt mir noch ein. Da er verheiratet war, ist es gut möglich, dass er einen Sohn hatte, Nadja also tatsächlich einen Halbbruder. Unwahrscheinlich ist allerdings, dass sie ihn je getroffen hat. Hilft uns das weiter? Ein wenig.

13.10. War mit Nadja in der Therapie, habe mich an Bewegungsübungen beteiligt. Gar nicht so einfach: rückwärts gehen, seitwärts gehen, auf Zehenspitzen gehen, auf einem großen Ball sitzen und sich gegenseitig kleine Bälle zuwerfen usw. Darin bin ich nicht besser als die meisten dort in der Gruppe. Muntere Stimmung, auch bei Nadja. Der Streit um die Russen und den Krieg ist offenbar beigelegt.

Als wir nach Hause kamen, stand Cathys Wohnung offen. Ich sah in eines der Zimmer und sah dort in Fensternähe einen kleinen Altar und darauf ein paar Gegenstände, vielleicht Figuren und Schalen. Auch ein paar bunte Tücher und ein Kerzenständer. Eine feierliche Atmosphäre, auf kleinstem Raum, mit minimalen Mitteln.

Während ich mich dann auf einen ruhigen Abend einstellte, sagte Nadja plötzlich, ihre Mutter sei gestorben. Sie sagte es nicht traurig oder erschrocken, eher ungerührt, so als sei das schon vor langer Zeit geschehen.

– „Wann war das denn?"
– „Vor ein paar Jahren, jemand ist gekommen und hat es mir gesagt."
– „Wie bitte? Jemand ist hierher nach Deutschland gekommen, um es dir zu sagen?"

Diesmal verlor sie nicht den Mut, sondern blieb hartnäckig: Ja, es ist jemand gekommen. Ich solle nicht immer so blöde Fragen stellen.

15.10. Habe die alte Gewohnheit, mir manchmal in späten Stunden ein paar russisch-orthodoxe Chöre anzuklicken – diese Chöre, die mich so mühelos aus der Welt heraustragen, nicht psychedelisch, sondern eher archaisch, quer durch die Äonen.

Gestern fiel mir ein, das wäre vielleicht ein kleiner Versöhnungsgruß an Jelena, „schick mir doch mal ein paar links zu den Chören, die dir gefallen". Und weiter: „Kann man dich eigentlich über einen Messenger erreichen?" Prompt ruft sie heute an und kichert ihr typisches „Hello" ins Mikrofon. Die Kamera schaltet sich ein und zeigt eine Jelena, die sich verändert hat, 6 Jahre älter eben. Aber ich erkenne sie wieder: Kinn leicht erhoben, Kopf und Oberkörper lauern schon in Angriffslust: „Du bist jetzt doch nicht etwa fromm geworden?" Und während sie noch immer kichert, dämmert mir, dass sie meine Frage nach orthodoxen Chören für eine ebenso ironische oder schnippische Bemerkung hält wie ihre eigenen skurrilen Einfälle. Ich beeile mich also zu versichern, dass ich es ernst meine, „ganz ehrlich, ich mag diese Chöre".

Es folgen ein paar Bemerkungen, die in der Behauptung gipfeln, wenn ich Russland je verstanden hätte, wüsste ich, die Russen seien so ziemlich das einzige Volk, das dem Materialismus widersteht.
– „Das glaubst du doch selbst nicht!"
– „Aber doch, ganz im Ernst und ganz ehrlich", dazu breites Grinsen. Da hat sie mich also mal wieder ausgetrickst. Und ich verstehe: Was wir da treiben, ist ein Maskenball, ein rhetorischer Maskenball. „Rate mal, was ich wirklich denke."

Da kann ich nur kurz und bitter sagen: „Also das russische Volk widersteht dem Materialismus! Deshalb eure großen Oligarchen und korrupten Beamten und goldbehängten Priester, und das einfache Volk segnet jetzt den Krieg gegen den westlichen Materialismus."

Sie lacht, „du verstehst uns wirklich nicht", und damit weichen wir in Freundlichkeiten aus: Gesundheit, Arbeit, Wetter und zum Schluss: „Take care!"

16.10. Nadjas Geburtstag. Nicolai und Roswitha waren hier, Gudrun und Sigrid kamen hinzu. Geburtstagsgedränge jeweils mit Blumenstrauß. Valeri kam nachmittags aus Berlin, saß dann lange bei ihr und hörte ihr geduldig zu. In all dem Trubel kam dann auch noch Andrej, gratulierte und brachte eine Wagenladung Kleidung, Bücher und Möbel aus BB herüber. Das Haus dort drüben ist jetzt leer. Kein schönes Gefühl.

Und noch ein ungutes Gefühl: Gudrun aus der Töpfergruppe nahm mich einen Moment beiseite, klang vorsichtig und lauernd und deutete an: Nadja habe sie vor ein paar Tagen angerufen, sie fühle sich eingesperrt, sei mal davongelaufen, manchmal gebe man ihr zur Strafe nichts zu essen.
– Ich konnte Gudrun beruhigen und mich bedanken, es ist gut, zu wissen, was in Nadja vorgeht. Ein verdeckter Info-Austausch mit Nadjas Freundinnen wäre auf Dauer aber nicht gut.

18.10. Noch einmal die rätselhafte Jelena und unser letztes Projekt: Das war 2008/9, keine innovativen Ziele diesmal, nur ein paar Besuche von sozialen Brennpunkten in Deutschland, Slowenien und Russland. Ganz bescheiden als „Erfahrungsaustausch" deklariert und folglich auch genauso bescheiden finanziert. In diesem Zusammenhang ergab sich die Besichtigung einer russischen Mülldeponie. Ein Herr Petrow oder Petrowski übernahm die Führung; Jelena war auch dabei, aber eher gelangweilt. Sie sagte wenig, und was sie sagte, war meist an mich gerichtet, also nebenbei gesagt. Wir kannten uns schon ein paar Jahre; und waren beide in diesem Projekt nur Nebenfiguren, sie: die Verbindungsfrau, ich: der externe Gutachter.

Also die Mülldeponie: Wir fuhren mit einem Kleinbus vor die Stadt, sahen von weitem schon die Krähen oder Raben über einem Hügel kreisen, stiegen aus, Petrow verteilte Gummistiefel. Dann stiegen wir einen Müllberg hinauf, einer der Franzosen oder Engländer in schwarzer Hose, Jackett, Krawatte und dazu die Gummistiefel, absonderliche Gestalt.

Von Raupenfahrzeugen waren ein paar Fahrbahnen für die Müllwagen angelegt worden, rechts und links davon gingen Leute umher, die Müll sammelten: Metallteile, Papier, Glas. Mit Stöcken wühlten sie im Müll, hatten eine Handkarre in der Nähe. Man schien Petrow zu kennen – nicht, dass man ihn gegrüßt hätte, aber man beachtete ihn weder misstrauisch noch ängstlich, man ignorierte ihn einfach und damit auch uns.

Ein Mann war damit beschäftigt, ein Bündel Kartonmaterial zusammenzuschnüren, jemand rief ihm zu, wie viel er dafür bekomme – 30 bis 50 Rubel (?), bei den Schrotthändlern, die abends unten an der Straße stehen. Was er denn früher gearbeitet habe? Der Mann kam einen Schritt näher, hob das von einer Zahnlücke geprägte Gesicht und sagte, er sei Bauarbeiter gewesen, was ihm aber zu schwer geworden sei.

Wir gingen weiter, standen dann oben auf der Müllhalde, auf einem gewalzten Plateau. Man sah den Stadtrand mit seinen Hochhäusern, rechts davon Wälder, ein paar Seen, ein breiter Schilfgürtel, ein idyllisches Bild, falls man den Geruch ignorieren konnte.

Seitlich und etwas weiter unten ein älterer Bereich: verwildert, von Gräsern und Gestrüpp bedeckt und dazwischen ein paar Pflanzen. Tomaten wuchsen dort, auch Gurken und Kohl. Ein kleiner Garten. Ein Mann und zwei Frauen hackten darin herum, Petrow sagte: Alles, was reif ist, verkaufen sie in der Stadt. Jelena flüsterte „sehr lecker", dazu ihr ewiges Kichern.

Im Weitergehen, während man wieder Schritt für Schritt in den Müll einsank, deutete Jelena auf ein Spritzbesteck: Vorsicht, manchmal liegen Spritzen im Müll. So eine Nadelspitze könne einen Stiefel vielleicht durchstechen. Und dann folgte eine Bemerkung, leise lächelnd, aber böse: Ich solle bloß Acht geben, falls da noch ein paar Heroinreste in der Nadel seien, würde ich bald geisterhaft hier auf der Müllhalde herumirren. Das fand sie lustig.

Allmählich stiegen wir auf der anderen Seite wieder hinunter; alles lag dort unsortiert: Hausmüll, Tierkadaver, Batterien, Leuchtröhren usw. Unten zog sich rings um den Berg ein Graben für das Filtrat. Das Wasser sickerte also aus der Müllhalde heraus, wurde aufgefangen, staute sich zu einer schimmernd schwarzen Brühe. Da die Wände des Auffangbeckens aus Lehm waren, sickerte das verseuchte Wasser dann aber doch allmählich in die Umgebung.

Später am Rande der Deponie ein Waldstück und darin ein paar Erdhöhlen, mit Stämmen und Balken abgesichert, mit Zweigen und Kleiderresten bedeckt, darüber Plastikplanen, manchmal ein Ofenrohr. Wir standen etwas betreten herum, während Petrow mit einem Mann sprach: Warum er hier wohne (in der Stadt gibt es immer nur Probleme), wie lange er schon hier wohne (3 Jahre), wovon er sich ernähre (was er beim Schrottsammeln verdiene, reiche für Brot und Wurst), und der Wodka? – Den besorgt er sich auf anderen Wegen, soll wohl heißen: er kennt jemanden, der ihn schwarz brennt. Dann wandte sich Petrow an uns, ob wir weitere Fragen hätten – (nein) –, ob wir ein Foto machen wollten (ebenfalls nein), aber der Mann hatte schon die Jacke gerade gezogen und Haare und Bart glattgestrichen. Es folgte ein Gruppenfoto vor einer Erdhöhle. Dazu Jelena wieder mit einer ihrer allmählich etwas lästigen Bemerkungen: „Da kannst du ja mal wieder deine Verbundenheit mit den Elenden und den Armen demonstrieren."

Später ein Mädchen, vielleicht 15 Jahre alt, das die Halde herunterkam. Es hatte eine Tüte in der Hand, ein Hundehalsband war darin zu sehen. Sie hatte es ausgegraben, einem toten Hund abgenommen, wird es reinigen und mit den anderen Sachen in der Stadt verkaufen. Petrow fragte: „Schule ist schon zu Ende? Und zuhause ist niemand?" – „Doch, alle sind zuhause."

Wir gingen weiter, zum Kleinbus zurück, und auf dem Rückweg begannen die Fragen: Ob es kein Wachpersonal gebe, das die Leute vertreibt; ob man den Schrotthandel auf offener Straße nicht verbieten könne. Wenn die Händler nichts mehr aufkaufen, wühlt auch niemand mehr im Müll (hilft den Leuten aber auch nicht).

Petrow: Alles richtig, alles gesetzlich vorgeschrieben, aber man kann die Leute nicht zwingen. Es gebe außerdem ein paar freiwillige Helfer, die Lebensmittel herausbringen, auch Kleidung. Aber das macht eigentlich alles noch schlimmer, hält die Obdachlosen nur dort fest in ihren Höhlen. „Die Freiwilligen machen ein großes Geschrei, hilft aber nichts. Die mischen sich in etwas ein, was sie nichts angeht, und stänkern herum." (Aha, so sieht er das: freiwilliges Engagement als Störfaktor.) Im Übrigen glaube er nicht, dass der Mann, mit dem wir gesprochen hatten, schon seit drei Jahren hier lebt, so lange überlebt das niemand, jedenfalls nicht, wenn er auch im Winter hierbleibt. Meistens verkriechen sie sich dann doch irgendwo in der Stadt.

Und das Mädchen, das hat ja wohl gelogen? – Gut möglich. Aber es ist sinnlos, Personalangaben zu prüfen. Man kann sie fragen, wie alt sie ist, und sie wird 17 sagen. Man kann fragen, wo sie wohnt, und sie wird eine Adresse nennen. Wenn man viel Zeit hätte, könnte man das überprüfen. Aber falls die Angaben stimmen, bekommt das Mädchen Ärger mit den Eltern; und falls sie nicht stimmen, hat man selbst eine Menge Ärger: wohin mit einer 15- oder 16jährigen Jugendlichen? Vorrang haben die Kinder. Kinder bis 13 Jahre. „Wenn wir die aufgreifen, müssen wir uns kümmern, das ist schwierig genug bei einer Abteilung mit fünf Leuten. Im Grunde kann man nicht mehr tun, als sich umzusehen und regelmäßig Berichte zu schreiben an die Stadtverwaltung und die Miliz."

Und dann wieder Jelena mit einer dahingelächelten Bemerkung: „Unser schlauer Herr Experte hat also mal wieder ein Problem entdeckt." Ich kann mich nicht erinnern, darauf irgendwie reagiert zu haben. Unser ganzes Verhältnis war schon verkorkst und verfahren, und auch dieser Erfahrungsaustausch hatte nur in das alte Ost-West-Dilemma geführt, mitten hinein in die Projektfalle: die Sicht des Westens („dagegen muss man doch was tun, das kann man nicht so lassen") und die Reaktion des Ostens („ihr habt gut reden, müsst uns aber nicht sagen, was man tun und lassen soll").

Oder anders: Gedacht war dieses Projekt als „Erfahrungsaustausch über soziale Brennpunkte"; empfunden wurde es aber als Besuch von Europäern, die ganz wild darauf waren, ein paar Schmutzecken zu inspizieren – nicht sehr vertrauensbildend. „Zeigt her eure Probleme!" Das ist natürlich eine Zumutung. Eigentlich umso erstaunlicher, dass der Kontakt zu Jelena erhalten blieb. Lange Zeit bestand er doch immerhin aus netten Grüßen, Gratulationen an Weihnachten, Neujahr, Geburtstag usw. 2016 dann meine Russlandreise und lange Gespräche mit Jelena über Indien. In den folgenden Jahren lockerer Mail-Kontakt und jetzt, im März, der Paukenschlag: „Ivan saves the world again."

Und worüber reden wir heute? Über den heiligen Alexander Newski, auch über russische Klöster und orthodoxe Chöre. Das erinnert ein wenig an das, was die Klinik für den Umgang mit Nadja empfiehlt: nicht in Konfrontation gehen, mit kleinen Aufmerksamkeiten in Kontakt bleiben, die Verbindung nicht abreißen lassen.

19.10. Roswitha und Nicolai. Wir sind drüben bei Nadja, und wieder fällt auf, wie passiv sie derzeit ist. Vieles, was sie vor ein paar Wochen schon konnte, ist wieder verschwunden (Gespräche, Bewegung, Lieder usw.). Sie ist auch permanent müde, schläft häufig ein. Auf Deutsch reagiert sie nur selten. Inzwischen reden wir wieder auf Russisch – und auch nur die einfachsten Dinge. Widerwillig lässt sie sich von Shashi oder Cathy waschen. Sie kann sich längst alleine waschen, aber sie will nicht. Sie könnte in der Wohnung auch ohne Rollator gehen, aber sie geht nicht. Sie könnte auch reden, redet aber nicht.

Später sehe ich sie allerdings zu dritt ein paar Schritte am Uferweg entlanggehen. Es sieht sehr harmonisch aus. Wieder einmal habe ich das Gefühl, dass ihnen ganz selbstverständlich eine Nähe gelingt, die mir schwerfällt.

Traum. Ich bin zuhause, im Haus meiner Eltern, im Haus meiner Kindheit. Es ist bereits dunkel, als es klingelt. Ich öffne die Tür, draußen steht ein Mann, der sich als Versicherungsvertreter vorstellt, das Haus sei nicht ausreichend versichert, sagt es. Wir gehen durch die Räume, er sieht sich um, zeigt sich sehr angetan, das Haus ließe sich gut verkaufen. Aber ich will es doch gar nicht verkaufen. Er scheint das gar nicht zu hören, sondern geht weiter, nennt ein Preisangebot: 300.000. Wir gehen nach oben, wo es ihm noch besser gefällt., er erhöht sein Angebot auf 400.000; und ich wiederhole, dass ich das Haus doch gar nicht verkaufen will. Dann öffnen wird das Schlafzimmer der Eltern, Mama liegt da unter zerwühlten Decken mit deprimiertem Gesichtsausdruck. Ich erstarre und denke, was macht sie denn hier, sie ist doch schon lange tot. Der Mann nimmt mich beiseite und schlägt 50.000 vor, und ich sage „ja". – Beim Aufwachen dann aber sofort heftige Schuldgefühle.

21.10. Gestern Abend sagte sie mit Blick auf ihr Smartphone: „Morgen wird mein Paket geliefert."
– „Was für ein Paket?"
Es stellte sich heraus: Sie hat sich einiges an Kleidung bestellt, zu einem Gesamtbetrag von immerhin 574 €. Ziemlich üppig. Andrej habe ja keine Zeit, mit ihr einkaufen zu gehen. Und dann hat sie die Bestellung ganz alleine geschafft? Ich war wieder hin und hergerissen, zwischen Begeisterung und Ärger. Einerseits scheint sie inzwischen solche „komplexe Handlungen" zu beherrschen (eigentlich unglaublich); andererseits haben wir da jetzt ein Paket am Hals, das wir wohl retournieren müssen. Beim zweiten Blick auf die Bestellung fiel mir auf: Bischofsbrück war als Lieferadresse angegeben, bzw. voreingestellt, konnte zum Glück noch geändert werden.
Heute nun also das Paket: Hosenanzug, Bluse, Rock usw. Die Auswahl geschmackvoll und alles in Nadjas Größe, die scheint sie noch im Kopf zu haben (oder ist auch voreingestellt). Lange stand sie dann mit Shashi vor dem Spiegel, sie probierten dies und das, kombinierten mit vorhandenen Kleidungsstücken, zupften hier und dort, lachten, kicherten, fanden alles schick und elegant, und an eine Rücksendung des Pakets war nicht zu denken.
Ich rief Andrej an, fragte, ob das finanziert werden könne. Wir einigten uns darauf, Nadja für diesmal die Enttäuschung zu ersparen. Andrej wird aber die Passwörter für ihr Bank- und das Versandkonto ändern müssen. Und damit ist der nächste Streit schon abzusehen: „Warum wollt ihr mir …" „Ihr könnt mich doch nicht so einfach …!" Ich sehe, wir sind hier gerade dabei, uns in Kontrolleure zu verwandeln. Noch so eine Falle. Kommt mir aus den Projekten doch bekannt vor. Hier jetzt statt Projektfalle eine Pflegefalle: kontrollieren, dirigieren. Auch so eine Art von Hegemonie, ich werde das Thema nicht los.

Das Online-Bestellen hat Nadja also tief gespeichert, anderes hat sie dagegen sofort wieder vergessen. Das Kurzzeitgedächtnis: Wohin sie ihr Halsband gelegt hat, wo das Mineralwasser steht, wer sie gestern besucht hat usw. Ein Beispiel:
– „Die Kiste da, wo kommt die denn jetzt her?"
– „Maik war doch da und hat sie gebracht."
– „Wer ist Maik?"
– „Der uns die Lebensmittel bringt."
– „Ach ja."

Und noch ein Beispiel „Wo wollen wir denn hinfahren?"
– „Nach Wüstrow."
– „Wieso nach Wüstrow?"
– „Weil du zum Zahnarzt musst."
– „Aber ich habe keine Zahnschmerzen."
– „Gestern hast du Zahnschmerzen gehabt."
– „So ein Blödsinn!"

Ich muss zugeben, dass es mir nicht viel besser geht: Auf meiner heutigen To-do-Liste finde ich „Vogelfutter, Richard". Aber wieso braucht Richard Vogelfutter? Er hat weder Garten noch Balkon. Oder will er mir ein besseres, preisgünstigeres Vogelfutter besorgen? Das macht alles keinen Sinn. Oder es gibt überhaupt keinen Zusammenhang zwischen beidem, ich wollte einfach nur Vogelfutter bestellen und Richard anrufen. Wann war Richard eigentlich zuletzt hier, wann haben wir telefoniert? Worüber gesprochen? Ich finde keinen Anfang, um den Faden zu entwirren. Interessante Frage: Wie groß der Unterschied zwischen meinem altersschwachen Gehirn und Nadjas krankem Gehirn wohl noch ist? Oder anders: Während sich ihr Gehirn allmählich wieder strukturiert, verliert meines wiederholt die Übersicht.

22.10. ARD meldet: Die russischen Besatzer fordern die Bevölkerung von Cherson zur sofortigen Evakuierung auf. RIA.ru meldet: Die Bewohner Chersons bitten darum, zum linken Ufer des Dnepr übersetzen zu dürfen.

SPIEGEL meldet: Auf dem Parteitag der KP China wurde der frühere Parteichef Hu Jintao gegen seinen Willen von Ordnern aus dem Saal eskortiert. RIA.ru meldet: Hu Jintao verließ aus gesundheitlichen Gründen mit Hilfe zweier junger Leute vorzeitig den Saal. Halten wir fest: Die Bewohner Chersons verlassen ihre Stadt und Hu Jintao verlässt den Konferenzsaal. Das Faktum ist klar, die Bedeutung ungewiss. Wenn man die Betroffenen fragen könnte, ließe sich vielleicht manches klären. Aber auch ein Blick auf die Videos vom chinesischen Parteitag hilft ein wenig. Interessant ist vor allem der Blick auf Xi Jinping und die anderen hochrangigen Kader. Sie sitzen neben diesem Hu Jintao, der aus dem Saal eskortiert wird, und verziehen keine Miene, sehen sich nicht nach ihm um. Ihre ganze Körpersprache sagt: Das ignorieren wir jetzt eisern. Niemand scheint überrascht zu sein. Ich stelle mir vor: Neben mir erleidet jemand einen Schwächeanfall, ich würde mich doch unwillkürlich nach ihm umsehen, ihm vielleicht aufhelfen, ihn wenigstens verabschieden, vielleicht unter dem Beifall der Delegierten, immerhin war Hu Jintao 10 Jahre lang ihr Vorsitzender. Aber so war es nicht, also auch kein Schwächeanfall, sondern ein Saalverweis. Das ist natürlich nur eine Interpretation. Wieder einmal zeigt sich: Die Wahrheit ist ein verdammt fragiles Konstrukt.

23.10. Gudrun und Sigrid waren hier, haben ein paar Töpfereien mitgebracht, saßen bei Nadja, haben alle diese Gefäße angesehen, angefasst, hin und hergedreht und kamen auf die Idee, Nadja könne doch wieder mit dem Töpfern beginnen. Sie werden Nadja demnächst mal abholen und sehen, ob das klappt. – Wäre eigentlich 'ne gute Sache.

Heute auf allen Kanälen: Parteitag der KP China. Xi Jinping festigt seine Macht. Ein Mann, der ganze Millionenstädte in den Lockdown zwingt, nur weil ein paar Corona-Infektionen registriert wurden. Und dann auch noch die Sache mit dem Social Scoring, diese Plus- und Minuspunkte für persönliches Verhalten. Mit modernster Technik und gleichgeschalteten Medien, lassen sich Millionen von Leuten offenbar mühelos kontrollieren und dirigieren. Jedermann weiß, wo´s langgeht, die Gesellschaft funktioniert, die Konjunktur boomt, der Laden läuft, die Maschine brummt. Was mich nur wundert und was ich mir nicht vorstellen kann: Die Menschen selbst, diese Millionen und Milliarden, scheinen damit zufrieden zu sein. Das wäre dann ein ganz neuer oder anderer Menschentyp.

Kein Platz für Illusionen und falsche Gefühle. So gesehen war der Individualismus der letzten Jahrhunderte nur eine sentimentale Neigung zu fatalen Komplikationen. Und auch die demokratische Vernunft wäre demnach nur ein rührseliger Empfindungseffekt gewesen.

Man wird es kommen sehen: Der sentimentale Mensch stirbt aus. In der Evolutionslinie des Homo Sapiens war er nur eine liebenswerte, aber konkurrenzschwache Seitenlinie. Ich müsste mal recherchieren, welche Menschengattungen schon ausgestorben sind: Homo habilis, Neandertaler, der Clovis-Mensch, der Denisova – und jetzt trifft es eben uns, den Homo sentimentalis. Aber vielleicht lässt sich in unserer Spezies doch noch etwas aktivieren, was nicht auszurotten ist, so etwas wie eine DNA für Widerspruch und Neugier.

Schöner Gedanke, hilft uns im Moment aber nicht weiter. Außerdem ist zu befürchten, dass Regierungen, die das Herumschnippeln an der DNA erlauben, dem Menschen auch noch den Eigensinn aus dem Betriebssystem herausschneiden lassen. – Irgendwann wird sich herausstellen, wie hysterisch und/oder naiv unser heutiges China-Bild ist. Sehen wir uns diese Zeilen in ein paar Jahren noch einmal an.

Nachmittags ein Ausflug mit dem Boot. Ich fuhr in die hintere Bucht. Als ich schon eine Weile am Ufer festgemacht hatte, war mit einem Mal ein Reiher zu sehen. Er stand unter den Weiden; das heißt: Ich habe im Wasser sein Spiegelbild gesehen, er selbst, am Ufer stehend, war von den Weiden verdeckt. Er stand also da, ging ein paar Schritte, duckte sich angespannt, schnappte zu, verschlang einen Fisch oder Frosch. Dann hatte er aber doch mein Boot bemerkt hinter den Weiden, er reckte sich, stand einen Moment ganz starr und erhob sich dann mit schweren Flügeln, zog den Hals zurück, flog davon.

Abends Blick auf Bischofsbrück. Der Wald dort drüben verfärbt sich. Braun-gelbes Leuchten den ganzen Hügel hinauf. Sehnsucht nach ein paar Wandertagen.

24.10. In letzter Zeit habe ich für Nadja meist ruhige Musik aufgelegt. Manchmal auch Wyssozki und Enigma, konnte aber nicht feststellen, dass sie etwas erkannte oder überhaupt darauf geachtet hat. Sie wirkt derzeit sehr apathisch. Ich habe das Gefühl, da kommt etwas Ungutes auf uns zu.

Als ich Shashi nach ihrem Eindruck fragte, ist sie wie immer ganz zuversichtlich. Nadja sei nur müde, sagte sie und lächelte auf ihre buddhistische Art.

Gestern rief Nicolai an, Nadja habe ihn nach der Nummer ihres Bruders gefragt, dem vielleicht etwas passiert sei. Aber ich verheimliche es ihr angeblich. „Irgendetwas stimmt nicht", soll Nadja gesagt haben, „ist er im Krieg?" Woraufhin Nicolai erklärte, er wisse nichts von ihrem Bruder. Nadja habe das Telefonat dann abrupt beendet, vermutlich mit dem Verdacht, dass auch er (Nicolai) ihr etwas verheimliche.

Und dann Nicolais Frage an mich: „Was machen wir jetzt damit?" – Aber das weiß ich ja auch nicht. Die Klinik rät in solchen Fällen, nicht in Konfrontation zu gehen, nüchtern und geduldig die Tatsachen darzulegen und mit kleinen Aufmerksamkeiten in Kontakt zu bleiben, die Verbindung nicht abreißen zu lassen, zu vermeiden, dass Nadja sich völlig in eine andere Welt vergräbt. Aber genau das scheint jetzt der Fall zu sein. Wir haben unsere Leseübungen eingestellt, denn Nadja reagiert nicht. Die Übungsblätter liegen auf dem Tisch, Nadja schiebt sie von sich weg, bis die ersten Blätter auf den Boden flattern. Totalblockade. Sie setzt sich ans Fenster und schweigt. Ich denke, sie könnte inzwischen alles lesen, aber sie will nicht. Will kein Schulmädchen sein. Ja klar.

Aber seit Tagen fragt sie wiederholt nach ihrem Bruder. Inzwischen sage ich nicht mehr, dass sie keinen Bruder habe, sondern frage, was sie denn von ihm wisse, wo er lebt, was er arbeitet usw. Sie behauptet, er lebe am Meer, arbeite mit Schiffen. – Und weiter? – Das weiß sie ja nicht, deshalb hat sie mich doch gefragt. Auf meine Antwort, auch Andrej wisse nichts von ihrem Bruder (für ihn ein Onkel), verstummt sie, versinkt in eine resignierte Haltung. Auf gut Glück sage ich dann: „Da hat zweimal ein Konstantin angerufen, ist er dein Bruder? – Darauf sie nach kurzem Überlegen: „Es gibt keinen Konstantin."

– "Aber er hat angerufen, ein Konstantin – Bessonow oder so ähnlich."
– Schulterzucken.

Kleine Kontrollfrage: Ob sie sich an einen Dima erinnert (oder auch ihn vergessen hat).
– Sie überlegt, „Dima? Weiß nicht mehr."
– „Und Roger?"
– „Der ist gestorben, hat sich aber immer um mich gekümmert."

Das sagt sie und verstummt. Auf weitere Fragen reagiert sie nicht, sie schweigt und starrt vor sich hin. Derzeit also wieder Stagnation. Während das Jahr bald zu Ende geht und die Tage schon wieder kürzer werden, während die Pläne für einen Windpark verkleinert und die nationalen Gasreserven vergrößert werden, verharrt Nadja in ihrer Verweigerung. Inzwischen muss ich sagen: Zum Glück gibt es die Diskussionen um den Windpark und die Gasreserven und die Inflation. Die Abstraktheit solcher Fragen beruhigt neben dem sinnlich greifbaren Kummer. Es gibt gemeinschaftliche Probleme neben dem erdrückenden Einzelschicksal. Es gibt etwas Öffentliches neben dem Persönlichen.

25.10. Heute saß sie lange am Tisch, reglos, wieder mit leerem Blick. Shashi brachte ihre Jacke, und ich drängte: „Wir müssen los, ist schon zehn nach acht!" Sie stand auf, zog die Jacke an, wurde immer langsamer, setzte sich dann wieder, und auf einmal sagte sie wieder „хочу домой". Sie will nach Hause. Ich antwortete, dass sie krank sei, aber schon große Fortschritte gemacht habe („прогресс"), sie lächelte, und ich dachte, damit sei das Problem vorerst gelöst; aber dann wiederholte sie ganz kraftlos, fast kläglich „хочу домой".

Ich begann zu erklären, sie könne in Bischofsbrück nicht wohnen, wir sind doch vor kurzem dort gewesen: die vielen Treppen usw. Sie sah mich an, wie jemanden, dessen Lügen man durchschaut. Und sie hat ja recht: Inzwischen käme sie mit den Treppen gut zurecht. Aber die Tilgung ihrer Schulden? Wie erklärt man, dass sie Schulden hat? Und wie erklärt man, was Schulden sind? „Du hast Schulden, darüber müssen wir mal reden"; aber da hatte sie sich schon umgedreht, war in ihr Zimmer gegangen und hatte sich aufs Bett gelegt, steife Körperhaltung. Keine weitere Reaktion.

Ich rief in der Klinik an, beschrieb die Situation, man empfahl mir, das Reha-Programm für eine Woche zu unterbrechen. Vorsichtshalber wird für 3.11. ein CT geplant. Wir verabredeten: Nadja soll eine Woche Pause haben, sozusagen Urlaub. Sie soll schlafen, spazieren gehen und essen, was ihr schmeckt. Sie soll neue Eindrücke bekommen, Filme sehen usw. Danach wäre zu klären, ob sie bereit ist, die Reha weiterzuführen, eventuell begrenzt auf drei Tage die Woche.

Ich ging zu Nadja hinüber und sagte: „Du brauchst in den nächsten Tagen nicht in die Klinik." Wieder keine Reaktion. Ich sagte es noch einmal auf Russisch, sie schaute gleichgültig durch mich hindurch, und ich war inzwischen selbst zu sehr versteinert, als dass ich mich hätte neben sie setzen können, um vielleicht ihre Hand zu halten.

Als Davoud nachmittags kam, sprach er ein wenig mit ihr und erzählte ganz unbekümmert von letztem Sonntag, er war in Berlin bei Freunden, aber auch auf ihn reagierte Nadja mit keiner Silbe, sagte nichts, bewegte sich nicht, sah ihn nicht einmal an. – Später, beim Kaffee, sprach er trotzdem wieder über Fortschritte, aufs Ganze gesehen. Aber ich glaube nicht daran. Ja, gut, es gibt einen Fortschritt, eigentlich einen riesigen Fortschritt, wenn man an den Anfang denkt. Aber im Moment scheint es keine Entwicklung zu sein, sondern ein Vor und Zurück.

Also, was ist die Lage? Einer der Ärzte sagte vor kurzem: Je mehr sie ihre Situation versteht, desto größer das Risiko einer Depression. Da sitzen wir jetzt womöglich mitten drin. Ein seltsam widersprüchlicher Fortschritt: Sie versteht allmählich, dass sie krank ist, aber genau das wirft sie zurück. Von allen Leuten hört sie, sie sei krank. Irgendetwas stimmt also nicht mit ihr, was sie vielleicht als Vorwand empfindet, in jedem Fall als Bevormundung, Einschränkung, Zwang. Man zwingt sie in eine unbekannte Wohnung, die ganze Einrichtung ist nicht ihr Stil, ist kleiner, enger, bescheidener. Sie will nach Hause und wir hindern sie.

26.10. Keine Klinik heute. Wir haben lange geschlafen. Aber was machen wir jetzt mit dem freien Tag? „Nadja, was wollen wir heute unternehmen?" – Keine Reaktion, sie sitzt lange bei Kostja und streichelt ihn. Erstaunliche Ausdauer beiderseits. Mittags will sie nichts essen, schiebt den Teller von sich, er rutscht über die Tischkante, unklar ob dies ihre Absicht war oder ein Versehen im Überschwang des Widerwillens. Shashi und ich sammeln die Scherben und wischen den Boden. Nadja legt sich wieder ins Bett. Ich stehe da, sehe ihr hinterher, schwankend zwischen Wut und Depression. In solchen Momenten würde ich sie am liebsten ins Krankenhaus zurückschicken, dort war alles erträglicher. Sie war dort einfach nur ein stummer, kranker Mensch. Ich konnte neben ihr sitzen und mir schöne Gedanken machen über sie und ihre Geschichte.

Traum. In einer Stadt: Ein Flugzeug taucht über den Häuserblöcken auf, verliert an Höhe, sackt ab, ich sehe hinter den Fenstern noch die Gesichter, bevor die Maschine zerschellt.

Seit einiger Zeit gehören auch Flugzeugkatastrophen zu meinen Albträumen. Schon wenn ich nur die Flugzeugmotoren höre, weiß ich, wie es enden wird. Unglücklicherweise sitze ich meist selbst in der Maschine und sehe uns in Häuserschluchten umherirren, einen Ausweg suchen, bevor wir abstürzen und in Flammen aufgehen.

27.10. Nadja vor dem Fernseher (ZDF): Bilder vom Bombardement ukrainischer Städte, brennende Ruinen, zerstörte Gebäude (die typischen sowjetischen Chruschtschowkas), und auf einmal schreit sie: „Aber das ist doch Russland, schau mal, unsere Häuser!" Und dann Reste eines herausgebrochenen Reklameschildes „...тека". „Das heißt „аптека", eine Apotheke, das ist doch Russisch, ihr lügt, Russland brennt!" Zu sehen ist dann eine alte Frau, die von dem Angriff berichtet – vielleicht auf Ukrainisch. Sie hält einen Korb mit ein paar Habseligkeiten in der Hand, dann dreht sie sich aus dem Blick der Kamera und weint. Und Nadja weint jetzt auch. Ich weiß aber nicht, ob sie verstanden hat, dass hier die Ukraine, nicht Russland bombardiert wird. Als ich das zu erklären versuche, wendet sie sich ab und will nichts mehr wissen.

Da gibt es jetzt also den Krieg, über den wir sie belügen, dann gibt es den Bruder, dessen Schicksal wir verheimlichen, dann ihr Haus, das wir verkaufen, und alle sagen: „Du bist doch krank, du verstehst das alles falsch." Das ist natürlich Horror pur.

Wir, die Gefangenen in drei gegeneinander verschlossenen Welten:
– Nadja, in ihrer Welt ganz isoliert mit dem Verdacht, von allen Seiten belogen zu werden.
– Jelena und Sergej, für die sich die Weltlage erklärt aus einem Staatsstreich der Amerikaner, die 2014 den ukrainischen Präsidenten Janukowytsch gestürzt haben, um ein antirussisches Regime zu installieren und einen Angriff auf Russland vorzubereiten, der jetzt nur noch durch einen Krieg verhindert werden kann.
– Dagegen unsere Sicht: Demokratische Entwicklungen in der Ukraine und der russische Versuch, sie zu unterbinden, und sei es durch einen Krieg, der ganz Europa jetzt an den Abgrund führt. Was unseren Schrecken derzeit noch in Grenzen hält, ist, dass wir glauben, auf der richtigen Seite zu stehen – Wahrheit und Gerechtigkeit und Demokra-

tie usw. – und dass wir letztendlich auf die Schutzmacht der Amerikaner vertrauen (was für mich früher undenkbar gewesen wäre).

War abends noch einmal unten am Wasser, sah ein paar Fledermäuse in der Dämmerung, und habe mich wieder gewundert, wie schnell, geschickt, raffiniert sie sich ausweichen. Nie habe ich sie zusammenstoßen sehen auf ihren verwirrenden Flugbahnen. Fraglich, ob irgendein Computer in der Geschwindigkeit von Millisekunden Mücken identifizieren und die Flugbahnen anderer Fledermäuse berechnen könnte, um die einen zu schnappen und den anderen auszuweichen. – Aber schon lange keine Eule mehr. Seit Anfang September ist sie nicht wiedergekommen.

28.10. Nadja sitzt am Tisch, schweigt, isst ein wenig, lässt sich dann von Shashi in ihren Mantel helfen. Als wir uns schon die Schuhe anziehen wollen, geht sie auf den Balkon, setzt sich und sieht aufs Wasser. Dort sitzt sie eine Stunde später immer noch.

Kurze Diskussion mit Shashi, ob möglicherweise die Gefahr bestehe, dass Nadja sich vom Balkon stürzt. Vorerst können wir nichts tun, als sie im Auge zu behalten. Später rufe ich aber doch in der Klinik an, beschreibe die Situation, sie empfehlen ein Antidepressivum. Alternativ wäre die Einweisung in eine geschlossene Psychiatrie, was aber alles massiv verschlimmern würde. Während ich bei ihr bleibe, fährt Shashi in die Klinik, um das Medikament zu holen. Es habe sedierende Wirkung, sagt man uns, das sei eigentlich nicht das, was wir wollen, aber besser als eventuell ein Drama. Wir sollen also nicht überrascht sein, wenn Nadja noch passiver werde.

Nach Shashis Rückkehr versuchen wir es mit ein paar russischen Videos aus dem Internet (Sketche und Auszüge aus Komödien). Aber Nadja schaut kaum hin, das scheint alles zu kompliziert zu sein. Wir sehen uns dann ein paar Fotos ihrer Schulzeit an (Fotos vom ersten Mai, ewigen Feuer etc.) Das alles sieht sie sich schweigend an. Ein Foto aus jüngeren Jahren weckt sie dann aber doch aus ihrer Stummheit. Es ist nichts Besonderes zu erkennen, ein paar Jugendliche in einem Hof – wahrscheinlich ein Schulhof. Geschätztes Alter: 15 Jahre. Und auf einmal fallen ihr ein paar Namen ein: Pawel und Renat usw. Wir blättern weiter, kommen dann noch einmal auf dieses Foto zurück, Nadja wiederholt all diese Namen und tatsächlich: Sie benennt die Jugendlichen mit denselben Na-

men, die sie vorher schon benutzt hat. Das scheint also zu stimmen. Während ich sie lobe („gut, wie du dich erinnern kannst"), deutet sie auf einen Jungen und behauptet, er sei letztes Jahr gestorben – Autounfall.
– „Woher willst du das wissen?"
– „Jemand ist gekommen und hat es mir gesagt."
– „Aber das hast du doch schon über deine Mutter gesagt. Jemand ist gekommen und hat dir gesagt, sie sei gestorben."
– „Du lügst, sie ist nicht gestorben."
Ich will nachfragen, aber da hat sie sich schon weggedreht und will schlafen. Nur ich stehe noch da in meiner Anspannung. Ich bin ein versöhnlerischer Mensch, Streit lähmt mich, ich versteinere. Wenn nach allem Ärger nicht bald wieder ein Hauch von Glück zu spüren wäre, weil Nadja doch immerhin so weit gekommen ist, wäre das Leben hier unerträglich. Ich setze mich an meinen Schreibtisch und ans nächste Gutachten mit seinen Finanztabellen, was mir immer am angenehmsten ist: geplante Reisekosten prüfen, Personalkosten abschätzen usw. Es ist so nüchtern, das erleichtert ein wenig.

29.10. Heute die vielleicht letzte Bootsfahrt in diesem Jahr. Wir fahren lange am Ufer entlang, dicht unter den Bäumen, Weidenzweige teilen sich vor uns, Schilfhalme streifen das Boot, Enten fliegen davon. Nadja stumm, aber aufmerksam. Sie scheint zu staunen über die Welt, an der wir vorüberziehen.

Abends das Geschrei der Möwen. Sie sitzen hinten in der Bucht, scharenweise, steigen auf, stürzen sich ins Wasser, setzen sich wieder auf die Felsen und klagen.

30.10. Jetzt haben wir den Streit. Frühstück zu dritt, zunächst in ruhiger Stimmung, Nadja entspannt. Als Shashi ihr dann aber Tee einschenkt und ein wenig danebengießt, ruckt Nadja übertrieben weit zur Seite und schreit: „Pass doch auf!" Es folgt ein ziemlich ordinäres Schimpfwort, das ich Nadja nicht zugetraut hätte. Ich weiß: „mangelnde Impulskontrolle". Ich packe sie trotzdem am Arm und sage: „He, so geht das nicht!" Sie steht auf, stolpert, lässt sich nicht helfen und geht in ihr Zimmer. Shashi zuerst erschrocken, dann gesenkten Hauptes schweigend.

Nach einer Weile sage ich, dass ich mal ein paar Tage weg muss. Das wird mir hier alles zu viel. Frage: Ob Shashi und Cathy alleine hierbleiben können?

– „Aber ja", sagt sie und hat sich schon wieder gefangen, „so schlimm ist das doch alles nicht." Ich gehe zu Nadja und sage, ich muss mal ein paar Tage weg, fahre in meine Hütte, ich bin genervt, du bist genervt, machen wir 'ne kurze Pause. – Sie antwortet: „geh nur" (im Ton von „hau ab").

Ich rufe Nicolai an, ob er für ein paar Tage die Fahrten übernehmen kann. – „Ja klar, aber was ist los?" Ich berichte ein wenig, er ist nicht überrascht, „hättest schon früher mal ausspannen sollen, wir kriegen das schon hin". Auch Roswitha kann einspringen, wenn notwendig auch hier übernachten.

Abends rufe ich Davoud an, er hört sich alles an, wundert sich dann aber über das Antidepressivum. Er findet, das hilft Nadja nicht weiter, und wirklich gefährdet ist sie ja auch nicht. „Sie springt nicht vom Balkon. Du könntest es vielleicht besser gebrauchen, so ein Beruhigungsmittel, steigere dich nicht so rein hier." Er verspricht, in den nächsten Tagen öfter vorbeizukommen, einfach mit Nadja zu reden oder zuzuhören, sie erzählen lassen, fragen lassen, „alles ganz ruhig, ganz, ganz ruhig".

31.10. Pause, Abstand, Ruhe. Für die letzten Oktobertage bin ich seit vorgestern oben in der Hütte, hatte ein paar Touren geplant, saß dann aber nur vor der Hütte in der Sonne. Es war noch warm, es war windstill. Niemand rief an. Nicht einmal das Geschrei der Möwen störte den Frieden. Ich sah hinunter auf den See und hinüber zu den Höhenzügen, und sah dann wieder hinunter auf den See, alles still, alles unverändert. Nur dass sich ein paar Wolken über die Hügel schoben, Schatten warfen, weiterzogen und die Wiesen wieder aufleuchten ließen. Und ich selbst saß in diesem Licht, geblendet und gebannt, bis ich in mir die Ruhe eines Baumes spürte.

Man denkt, die Zeit steht still. Aber dann denkt man weiter und sieht: Sie ist doch grausam schnell geworden seit einem Jahr. Ich habe Nadja kennengelernt und beinahe wieder verloren; ein Krieg, der undenkbar schien, hat begonnen; mein Weltbild hat sich verdunkelt; und ich selbst bin müde geworden, mache keine Touren mehr, will nur noch sitzen und schauen. Bin schnell gealtert in diesem Jahr.

Gestern Abend ein Zug von Kranichen. In keilförmiger Formation kreisten sie über dem See, dazu der Lärm ihrer heiseren Rufe. Später sah ich sie auf den Wiesen nahe am Wasser, sie standen dort als graue Schatten.

1.11. Heute früh weckte mich ein Geräusch: Regen schoss über die Dachkante, lief in Rinnsalen davon, eine Regenfront zog am Hügel entlang. Wind fegte über den See, trieb Wellen vor sich her. Lange geschah nichts, bis eine Möwe sich erhob, höher stieg und im Dunst verschwand. Später ein paar Rinder nebenan auf der Weide. Als graue Schatten kamen sie den Hang herunter, vereinzelte Wesen mit kurzem Gehörn. Sie zogen vorüber, den Kopf gesenkt, grasten bei jedem Schritt.

Später eine Wanderung zu den Riener Höhen, meine Lieblingstour. Aber auf halber Strecke bin ich umgekehrt. Ja, es war schön dort, vielleicht sogar atemberaubend. Der Regen hatte sich verzogen, die Hänge glänzten in feuchtem Grün. Das wäre ein guter Grund gewesen, noch weiterzugehen, aber ich stand nur dort und staunte.

Nach Rückkehr in die Hütte ein kurzer Anruf bei Cathy: Alles in Ordnung, keine Probleme, ich kann ruhig noch ein paar Tage bleiben (aber es ist eigentlich schon genug).

Abends und zum Abschluss: Ein Stück oberhalb der Hütte liegt ein flacher Felsrücken. In der Dämmerung gehe ich hinauf, sitze in der Abendluft, langsam wird es dunkel. Bald existieren undeutlich nur noch die weiten Grasflächen und der Fels, auf dem ich sitze. Es ist warm, es ist trocken, die Nacht ist voller Sterne. Immer deutlicher treten sie hervor, während meine Felseninsel immer kleiner wird, jetzt nur noch ein paar Armlängen breit ist, schon mitten in die Sternenwelt hineingehoben. Bald schwebe ich dort oben. Und wenn ich daran denke, dass mich jetzt nur noch eine unerklärliche Schwerkraft hier festhält, dann möchte ich mich irgendwo festklammern auf meinem winzigen Himmelskörper, um nicht hinauszufallen in diesen weiten Kosmos.

2.11. Bin wieder zuhause. Alles ruhig, alles in Ordnung. Nicolai, Shashi und Nadja sind in Mahlsdorf. Kleiner Spaziergang mit Kostja.

Nachmittags, als sie alle aus Mahlsdorf zurückkommen, sagt Nadja mit einer kleinen Umarmung: „Schön, dass du wieder da bist." Sie steht noch einen Moment im Flur, geht dann in ihr Zimmer und legt sich aufs Bett.

– „Und Abendessen?"
– „Nachher."
Shashi lächelt, und Nicolai sagt: „Es hat alles gut geklappt in den letzten Tagen."

Spät dann noch ein Blick in die Nachrichten. Klimaaktivisten haben Museen gestürmt und Bilder berühmter Maler mit Ketchup oder Kartoffelbrei beschmiert. Botschaft: „Warum schützt ihr die gemalten Sonnenblumen von van Gogh mehr als die realen Sonnenblumen in der Natur?" – Berechtigte Frage, aber die Aktionsform wird wohl niemanden überzeugen.

RIA.ru meldet dazu: „Europa hat sich den Barbaren ergeben, aber Russland ist bereit, zu helfen". Und weiter im Text: „Wenn es eine Metapher für die langsame, aber sichere Zerstörung der europäischen Kultur durch die Hände der Europäer selbst gibt, dann ist sie hier (bei den Klimaaktivisten.) Es gibt eine Welt, die nach eigenem Gutdünken das Mögliche von dem Unmöglichen und das Gerechte von der Sünde trennt." RIA nennt das ‚Entsakralisierung': die Zerstörung weltlicher und religiöser Werte.

Fragt sich nur: Wer rettet die Errungenschaften der europäischen Geschichte vor den Barbaren der Gegenwart? – Klare Antwort aus Moskau: „Auch hier werden wir bereit sein, die Europäer zu unterstützen. (...) Weil wir heute die Hauptthüter dieser Kultur und jener Werte sind, die die Europäer selbst so eifrig zu zerstören versuchen." – Hüter „einer Welt, in der Ordnung, Kultur und Hierarchie existieren." Klingt reichlich anachronistisch, trifft aber wohl das Lebensgefühl einer Gesellschaft (oder eines Teils einer Gesellschaft), die nach gescheitertem Sozialismus und gescheiterter Marktwirtschaft in Traditionen einen Halt sucht.

Dabei allerdings nicht vergessen: Ein heutiger van Gogh mit seinen impulsiven Bildern würde unter diesen Bedingungen wahrscheinlich ins Straflager oder die Psychiatrie gesteckt werden.

3.11. Heute früh, als ich nach drüben kam, lief indische Musik. Nadja sah mit großen Augen Cathy beim Tanzen zu. Sie tanzte wie eine Prinzessin aus dem Morgenland, akrobatisch, schlangenartig, elastisch, ließ sich durch mich nicht stören, rief mir zu, ob ich es nicht auch mal versuchen wolle. Cathy ist überhaupt etwas kecker geworden, lockerer. Shashi bleibt zurückhaltend.

Anschließend mit Nadja zum medizinischen Check. Zuerst die Untersuchungen, dann das Arztgespräch, Nadja saß unbeteiligt daneben, willenlos. Ich fragte, ob der Arzt (Dr. Matthies) erklären könne, warum Nadja noch immer so passiv, teils auch impulsiv ist, sie redet wenig, und auch die Beweglichkeit ist eher rückläufig. Dr. Matthies fand, das sei nicht ungewöhnlich, zumal unter „medikamentösem Einfluss". Bewegungskompetenz ist vorhanden, auch Sprachkompetenz. Das wird schon wiederkommen. Die CTs (oder MRTs?) zeigen jedenfalls keine Schwellungen oder andere Probleme.
– „Ein Rückfall wie im März ist also ausgeschlossen?"
– „Ausgeschlossen nicht, aber unwahrscheinlich."
– „Aber sie macht doch eigentlich gar keine Forstschritte mehr."
Daraufhin Dr. Matthies: Alles sei unter Kontrolle. Ich solle nicht so drängen und mir nicht so viele Gedanken machen. In diesem Zusammenhang fiel lächelnd und ganz nebenbei die Bemerkung, ich sei ein bisschen ein „verkopfter Mensch", Nadja werde ihren Weg schon finden. – Das wird wohl stimmen, hätte er mir aber nicht sagen müssen.

Gut, dann noch eine letzte Frage: Wie lange die Reha noch fortgesetzt werden könne? – Ein paar Wochen bestimmt noch. Erst wenn tatsächlich über einen längeren Zeitraum keine Verbesserung mehr sichtbar werde, sei es Zeit, die Maßnahmen zu beenden.
– Und dann?
– Das wüssten wir doch: je nach Stand der Rehabilitation häusliche Betreuung, stundenweise oder ganztägig – oder schlimmstenfalls ein Heim. Aber so weit müsse es nicht kommen, sagte er und klopfte Nadja auf die Schulter, „da wollen wir doch noch ein bisschen was tun dagegen, nicht wahr?"

Das alles berichtete ich dann Andrej, er dankte und wird nächste Woche vorbeikommen. Eine andere Frage: Kennt er einen Konstantin? – „Nein." – Das heißt: Da hat mal ein Konstantin angerufen, Andrej hat ihm meine Nummer gegeben.

Letzte Frage: Nadja erwähnt manchmal einen Bruder, wen könnte sie damit meinen?
– „Keine Ahnung."

Ging abends mit Kostja durchs Dorf, die Müllabfuhr kam, wir sahen zu, wie ein Arbeiter locker vom Trittbrett sprang, wie leicht er die Mülltonne in die Kippvorrichtung hängte, wie lässig er die leere Tonne dann zurückstellte und auf den Wagen sprang, während der schon anfuhr. Was war das jetzt? Turnübung? Ballett? Erinnerung an die vergessene Leichtigkeit des Lebens?

4.11. Typische Dialoge dieser Tage:
– „Nicolai war doch gestern hier." – Nadja: „Nein, er war nicht hier."
– „Wo hast du deinen Mantel hingelegt?" – „Hab' ihn nicht weggelegt."
– „Du hast deine Tabletten noch nicht genommen." – „Doch hab sie genommen." – „Aber da stehen sie doch noch, direkt neben dir."
Es gibt weiß Gott erfreulichere Gespräche.
Cathy sagt einfach: „Schau mal, hier sind ja noch deine Tabletten. Die haben wir ganz vergessen." – Ja, ich verstehe: Cathy sagt „*wir*" haben vergessen", ich sage „*du* hast vergessen", und damit beginnt das Problem. Aber ich hoffe, ich bin noch lernfähig. Andererseits behandeln wir Nadja mit dieser ganzen Vorsicht doch immer noch als Kranke.

Abends ein Gespräch mit Shashi und Nadja. Frage, ob wir unsere Wohnungen tauschen können, für einige Zeit. Ich ziehe in die zweite Etage, Shashi und Cathy hier in die dritte Etage zu Nadja; es gibt ja drei Zimmer hier oben. Shashi schaut nachdenklich zuerst auf mich, dann auf Nadja, die ganz erstaunt reagiert: „Wohnungen tauschen? Aber warum denn?"
– „Es wird mir zu viel."
– „Ich will aber bei dir wohnen. Wir streiten uns manchmal, ist doch nicht so schlimm." Shashi gibt mir einen Wink, steht auf, lässt uns allein.
Ich sage also: „ich weiß nicht, wie es weitergehen soll."
Darauf sie, auf ihre Hände starrend, „das weiß ich auch nicht" – dann nach kurzer Pause mutlos – „ist alles so schwer, macht mir Angst."
Ich zögere einen Moment, sage es dann aber doch: „Mir macht es auch Angst."
– „Dir auch?" Damit rückt sie näher, fasst mich an und sagt: „Bleib da."
– Ich puste erst einmal in die Luft und sage dann: „Ja gut." – Kleine Umarmung.

5.11. Vor ein paar Tagen fragte sie, ob ich ihr russisches Fernsehen einstellen könne. Jetzt sieht sie jeden Abend „первый канал" (der erste Kanal). Anfangs dachte ich, das wird den nächsten Streit geben, etwa so: „Siehst du, die Ukrainer haben Russland angegriffen." Aber ganz so ist es nicht. Nadja schaut wahllos durchs Programm: Filme, Reklame, Sport, auch Nachrichten, und da wird dann tatsächlich berichtet, man habe einen ukrainischen Angriff abgewehrt. Ein russischer General lobt die Kampfbereitschaft seiner Truppen, und Nadja ist beruhigt. Sie kann zwar nicht erinnern, was sie da den ganzen Abend gesehen hat, „aber es war gut".. – Wenn es so ist, dann soll sie weiterhin „первый канал" sehen. Es gibt da einen schönen Nebeneffekt der Strategie, den Krieg herunterzuspielen zu einer Spezialoperation: Alles ist sehr weit weg und „wir haben alles im Griff, schlafen Sie gut". Zu Zeiten dieser Talkshows mit ihren grässlichen Drohungen gegen den Westen schläft sie dann tatsächlich schon längst. Ich hätte nicht gedacht, dass ausgerechnet das russische Fernsehen eine so wohltuende Wirkung entfaltet.

Ein anderer Nebeneffekt: Nadja erinnert jetzt mehr und mehr Einzelheiten aus ihrer Kindheit, zum Beispiel: wie hellhörig die Wohnungen damals waren, man hörte die Nachbarn beim Fernsehen, beim Streiten, beim Sex. Nadjas Mutter hat oft mit einem Besenstiel an die Wand geklopft oder an die Decke.

Ein anderes Detail: Vor kurzem sagte sie, das Spray aus der Toilette sei verschwunden. Sie sagte nicht „Spray", sondern imitierte einen Finger, der auf einen Druckknopf drückt und ein „Pffft" erzeugt. „Wo ist es denn hingekommen?" Sie meinte die Duftsprays, die in den 80er oder 90er Jahren so ziemlich in jeder russischen Toilette standen (vielleicht auch heute noch). Ja, diese kleinen Wohnungen, von großen Familien bewohnt, dazu die engen WCs, meist innen, hinter der Küche gelegen, kein Abzug nach draußen, da war ein Duftspray eine Notwendigkeit.

Was Nadja noch erinnert: Buchweizen, eine richtige Kascha möchte sie auch mal wieder essen.

Ein milder Nachmittag. Dunstiges Licht zwischen den Bäumen am Ufer. Abends dann Wolken, die sich wie Schlammfluten von den Hügeln herunterwälzten. (Kleines Foto für Wuestrow.de.)

7.11. Davoud kam vorbei, sprach eine Weile mit Nadja, sie hörte ihm zu, nickte; einmal lachte sie sogar. Davoud schafft das. Draußen im Treppenhaus sagte er, Nadja verstehe die Situation ganz gut. „Du brauchst manchmal ein bisschen mehr Raum für dich. Aber glaub bloß nicht, dass es ohne

dich nicht geht. Shashi und Cathy sind da und auch Roswitha und Nicolai, denen kannst du einiges überlassen". (Er hat gut reden!) Und zum Schluss noch 'ne kleine Erinnerung: „Vergiss nicht deinen Nachsorgetermin am 2. Dezember." – „Klar, ist notiert."
Als er sich dann verabschieden wollte, begann es in Strömen zu regnen. Wir gingen nach unten und sahen hinaus. „Schöner Regen", sagte er und schloss seine Jacke. Im Irak waren Regentage immer etwas Besonderes. Die Leute eilten auf die Straße, schauten nach den Wolken, hofften, dass der Regen noch eine Weile anhält. Er vermisse das Gefühl, nach langer Hitze und Trockenheit endlich wieder einmal im Regen zu stehen.

9.11. Herr Brenner hat sich verabschiedet, ist über den Winter wieder bei seinem Bruder. Wohnungsschlüssel wie immer bei Herrn Friedrich. Noch ein kurzes Gespräch über Nadja: „Sie hat sich da ja wirklich hart durchgekämpft, alle Achtung." Ansonsten schöne Grüße und eine gute Zeit, „bis dann, nächstens Frühjahr".

Noch einmal die Fotos in Nadjas Homepage; Kindheitstage. Es gibt da ein Bild von Nadja und ihrer Mutter: Winter, dicke Fellmützen und zwei aneinander geschmiegte Gesichter, Mutter und Tochter. „Das ist deine Mutter? Sieht doch ganz nett aus." – Daraufhin Nadja: „Fotos lügen." (Mal wieder so ein vernichtender Satz.)

Und wie war es mit deiner Großmutter? – „Sie war lieb – und Lena auch."
– „Wer war Lena?"

Die Antwort lässt einen Moment auf sich warten, dann ergibt sich ungefähr Folgendes: Lena wohnte unten im selben Haus, hatte zwei Kinder, Nadja hat oft mit ihnen gespielt und gegessen, manchmal auch gekocht. – „Gibt es ein Foto?"

– „Mama mochte sie nicht." Nadja erinnert sich aber an Lenas Wohnung, „Küche, Bad und ein Zimmer und dann noch was, da war immer ein Vorhang davor."

– „Was für ein Vorhang?"
– „Weiß nicht. Vielleicht ein Bett."

Eine Taube, die sich nach dem Regen auf einem der Dächer niederlässt und mit ihrem Gu-gu-guruu beginnt. Entfernt antwortet eine andere Taube.

11.11. Nach ein paar entspannten Tagen ist Nadja heute wieder verschlossen und mutlos. Deutsch redet sie nicht; Cathy lässt sich davon nicht beirren, bleibt unbekümmert, spricht mit Nadja weiterhin ganz selbstverständlich. Nadja scheint auch zu verstehen und reagiert entsprechend. Aber sie selbst spricht nicht – oder nur ein wenig Russisch.

Beim Mittagessen wird sie langsamer und langsamer, schaut auf ihren Teller, schaut dann zu Boden, und sagt wieder einmal „хочу домой" („ich will nach Hause"). Und diesmal beginne ich zu ahnen: Sie meint nicht ihr Haus in Bischofsbrück. Sie meint Russland und Krasnojarsk oder überhaupt ihr früheres Leben. Als ich den Computer hochfahre und ihr die Fotos von Krasnojarsk zeige, bleibt sie zunächst stumm. Ein Foto nach dem anderen zieht vorbei: die Jenissei-Brücke, drei Frauen an einer Haltestelle, Nadja mit Milchkanne und Einkaufsnetz. Es gibt dann aber ein Bild, das ich anhalten soll: ein Innenhof zwischen zwei Wohnblöcken, ein paar Büsche, ein Blumenbeet, eine Bank, darauf eine Frau (vielleicht die Großmutter), sie hat eine Katze auf dem Schoß. Nadja sieht es lange an und beginnt zu weinen. Ich frage „deine Großmutter, deine Katze?", und sie schluchzt. Ich breche ab, halte sie in den Armen und könnte jetzt auch selbst schon heulen.

Nachmittags: Als ich zu ihr rüberkomme, sitzt sie am Fenster, hat sich das große Kopfkissen auf den Schoß gelegt, umklammert es mit beiden Händen, hat das Gesicht darin vergraben. Ich setze mich neben sie, dann hebt sie den Blick, sie sieht mich an, deprimiert, ratlos. Ich nehme ihre Hand. Mir fällt es schwer, etwas zu sagen, ich will wieder nach drüben gehen, diesen ganzen trostlosen Tag vergessen, suche nach einem kleinen aufmunternden Abschiedsgruß. Mit Blick auf das Schimmern der Wasserflächen in der Bucht fällt mir Nadjas Großmutter ein und dieser Satz über den Jenissei, und ich sage (auf Russisch) den Satz ihrer Kindheit: „Dudinka liegt am Ende der Welt, und der Jenissei fließt genau dort hin."

Unklare Reaktion.

Ich wiederhole „Dudinka liegt ..." Jetzt lauscht sie wie auf einen fernen Klang, und ich frage: „Wollen wir da mal hinfahren, nach Dudinka, auf dem Jenissei?" Sie sieht mich an, lächelt und umklammert meinen Arm.

Dann ist es spät geworden. Über der Bucht liegt eine Nebelschicht und mitten darin schwebt eine Mondsichel, steigt auf, entfaltet ihr Zauberlicht. Keine weiteren Ereignisse an diesem Abend.

13.11. Die Russen räumen Cherson, kompletter Rückzug aus der Region rechts vom Dnjepr. Der Westen spricht von einem großen Sieg der Ukraine. Russland spricht von schlauer Kriegsführung und verweist auf Generalfeldmarschall Kutusow, der 1812 die russischen Truppen vor den angreifenden Franzosen zurückgezogen und Moskau geräumt hat. Allerdings war Napoleon damals der Angreifer und Kutusow der Verteidiger. Heute sind die Russen die Angreifer und die Ukrainer verteidigen sich. Man könnte mit Blick auf den bisherigen Kriegsverlauf also eher die Ukrainer als Kutusows Erben bezeichnen.

Was noch auffällt: Die Russen geben die Verlustquote mit 1:7 an: Auf einen gefallenen russischen Soldaten kommen 7 tote Ukrainer. Das garantiere den russischen Sieg, denn die Ukraine könne solche Verluste nicht mehr lange durchhalten. Man müsse sich nur auf den Friedhöfen der ukrainischen Städte und Dörfer umsehen, überall Gräber junger Männer.

Interessante Meldung nebenbei: In Russland steigt die Zahl der Spontanheiraten exponentiell. Der Grund: Einberufene Rekruten heiraten noch schnell ihre Freundinnen, die dann im Todesfall als Ehefrauen rund 80.000 € bekommen, während bloße Freundinnen leer ausgehen. Aus der Zahl dieser überdurchschnittlich vielen Heiraten glaubt ein Mathematiker, die Zahl der neu eingezogenen Rekruten mit rund 500.000 beziffern zu können.

14.11. Gudrun und Sigrid hatten Nadja zum Töpfern abgeholt, kamen mit ihr zurück und waren ziemlich enthusiastisch. Das Töpfern klappt gut, noch nicht perfekt, aber Nadja macht es Spaß, „sie ist gar nicht müde geworden, können wir öfter mal machen". Kehrseite der Medaille: Nadja möchte hier in der Wohnung auch töpfern. „Wird schwierig", sage ich und denke: „Um Gottes Willen".

15.11. Habe das Internet nach Videos aus Krasnojarsk und dem Jenissei durchsucht und festgestellt: Davon gibt es ziemlich viele, die hätten wir uns schon längst mal ansehen können. Abends setzen wir uns zusammen – auch mit Shashi – und sehen uns Krasnojarsk an: einen Zentralplatz mit Springbrunnen, umgeben von hellen Gebäudekomplexen, alles 70er oder 80er Jahre, architektonisch etwas einfallslos, gradlinige Konstruktionen, wenig Abwechslung. Nadja müsste das alles kennen, aber sie bleibt zunächst stumm, muss sich vielleicht zuerst einmal orientieren und sagt dann, das dort müsse die Oper sein. „Ja, die Oper", und dann ein oder zwei Straßen weiter, die Karl-Marx-Straße mit ihren Geschäften. „Ja, genau, und hier, das ist eine Bank." Nadja allmählich enthusiastisch wie eine Reiseführerin: „Siehst du: сбербанк (Sperbank), sieht gut aus, alles in Glas. Und hier ‚обуви', Schuhe." Eine Ecke weiter an einer Bushaltestelle fällt ihr ein, hier hatte sie mal einen Unfall. – „Einen richtigen Unfall? Was denn? – Das hat sie vergessen, „du weißt doch, ich bin noch nicht ganz gesund im Kopf". (Dazu wieder einmal das unschuldigste Lächeln.) Aber sie weiß noch, sie ist irgendwie hingefallen, ein paar Leute haben ihr geholfen. Sie saßen mit ihr in der Bushaltestelle, "dann war schon wieder alles gut".

Und hier gibt es jetzt 'ne Pizzeria, ‚Rosso', guck mal, was die alles haben, halt mal an." (Die Kamera ist auf eine illustrierte Speisekarte gerichtet). „Alles neu, gab's früher nicht. Mensch, lass uns doch mal wieder schön essen geh'n."

Dann geht es noch ein paar Schritte weiter, und der Jenissei kommt ins Blickfeld: Eine breite Treppe führt zum Fluss hinunter an eine Uferpromenade. „Sieht schön aus jetzt, war früher alles kaputt." Dann fällt ihr wieder ein: „Wenn man da langgeht, dann kommt die große Brücke, die Autobrücke." Aber damit ist das Video auch schon zu Ende. Schade, ich hätte gerne mehr gesehen: die Innenstadt, Straßen, Märkte usw. Das hätte Nadja vielleicht noch mehr Erinnerungen geschenkt: das Haus, in dem eine Freundin gewohnt hat, oder die Schule, die wir auf den alten Fotos gesehen haben.

16.11. Hat der Rückzug aus Cherson die Stimmung in Russland verändert? Ich frage Sinaida möglichst beiläufig: „Na wie geht's?" Sie hat meine Frage gut verstanden und schreibt, man rede nicht mehr viel, und sie selbst lese auch keine Nachrichten mehr, was vielleicht nicht gut sei. Aber alles, was derzeit geschieht, finde sie undenkbar. „Und auch die psychische Gesundheit vieler Leute hier ist schlimm. Viele Familien sind im Streit zerbrochen." Das klingt nicht mehr nach einer 80-prozentigen Unterstützung. – Aber Achtung: Kritik kommt jetzt vor allem von ganz rechts außen. Womöglich sehen wir 2024 Prigoschin als neu gewählten Präsidenten Russlands.

Wenn Putin sich verewigen will, dann sollte er jetzt nach langer, schwerer Krankheit ableben. Er könnte dann noch als Held gelten, der

alles versucht hat, das russische Imperium zu alter Größe zu führen. Gescheitert sind dann nur seine Nachfolger.
Und wie denkt Nadja inzwischen über den Krieg? Sie möchte, dass Russland gewinnt, niemand soll Russland angreifen. – Na gut, und wenn Letzteres auch für die Ukraine gilt (niemand soll sie angreifen), dann kommen wir einer Friedenslösung ja schon näher.

17.11. Ein anderes Video aus Krasnojarsk: der Ausflug einer Hochzeitsgesellschaft auf dem Jenissei. Hier ist sie wieder, die Anlegestelle der Schiffe, die ich von den alten Postkarten kenne. Aber das mächtige Abfertigungsgebäude ist jetzt umgeben von Baustellen und Parkplätzen, Imbissbuden und Glasfassaden. Der alte Stalin-Bau hat alles Herrschaftliche verloren, und der ehemals so imposante Spitzturm mit Sowjetstern wird jetzt von allen Hochhäusern um Längen überragt.

Dann die Hochzeitsgesellschaft: Die Kamera konzentriert sich auf die Gäste, das Büffet, die Reden, die Geschenke, die Dekoration. Der Jenissei schimmert bisweilen im Hintergrund. Nicht besonders interessant. „Aber wie war denn deine Hochzeit mit Roger?"

– „Sie war schöner und lustiger als die hier – und ganz ... (sie sucht nach einem Wort).

– „Kannst du dich erinnern, wo ihr gefeiert habt? Wer war da?"

– „Boris war da und Nina und ... weiß nicht. Sonst nur Freunde von Roger, bisschen schade."

– „Deine Mutter?", frage ich versuchsweise. – Nadja stockt, schluckt, „... hätte ja kommen können ..., aber es ist schiefgegangen".

– „Wie meinst du das?"

– „Sie war krank."

– „Erzähl mal genauer."

– „Nein."

– „Vielleicht hättest du mit Roger mal hinfahren sollen."

– „Sag nicht immer, was ich machen soll."

Für einen Moment scheint sich unsere Stimmung einzutrüben, wird aber aufgerüttelt, als im Video die Hochzeitsparty beginnt. Musik und Tanz und Euphorie, und Nadja möchte jetzt auch tanzen. „Los komm!" Ich: „Shashi kann das besser."

Nadja: „Nein – du!"
Aber da ist das Video schon zu Ende. Kein Glück für mich, denn jetzt müssen ein paar alte CDs gespielt werden, damit wir tanzen können, was ziemlich ungelenk und holprig wird. Aber Nadja gerät in Hochstimmung, und Shashi sagt: „Gute Übung, solltet ihr öfter machen." (Na prima.) Abends kommt sie in mein Zimmer und reckt mir den Hals entgegen: "Schau mal, da ist ein Käfer." Ich sehe aber keinen Käfer. „Weiter unten, weiter am Rücken." Ich taste tiefer in ihren Pullover hinein, und da ist noch immer nichts außer vielleicht ein kleiner Krümel, aber da hat sie mich schon umarmt, zuerst mit dem einen, dann auch mit dem anderen Arm. Ich erstarre einen Moment, dann ist auf einmal alles ganz einfach.

18.11. Habe Sergei zum Geburtstag gratuliert, heute antwortet er mit einem kleinen Dankesgruß und zwei Fotos: Sergej in einem Restaurant unter Freunden, alle mir erhobenen Gläsern. Und zweitens: Erster Schnee in Perm, Blick aus einem Fenster auf einen verschneiten Balkon und dahinter die grauen Dächer der Stadt. Dazu das obligatorische „take care".

Kleiner Nachtrag, 2005 in Amsterdam das Abschlussmeeting für das Drogenprojekt: Jelena und Sergej waren auch dabei. Abends ging Jelena shoppen, Sergej machte sich lustig über sie, mochte sie nicht besonders, „too busy, too proud", geh´n wir lieber einen trinken. Und irgendwann sagte er dann ungefähr: „Wir beide verstehen uns, aber du wirst auch verstehen, dass Russland ganz anders ist, hat ´ne ganz andere Geschichte, ganz andere Probleme, und dann kommt ihr und veranstaltet euren Zauber. Interessant anzusehen, aber völlig unrealistisch für uns." – Und damit waren wir dann fast schon wieder bei „this is the end my only friend".

Und das ist womöglich auch das letzte Wort in unserer Freundschaft. Schwer vorzustellen, wie wir in ein paar Jahren miteinander reden werden. Vielleicht bleiben wir höflich und gratulieren uns zu entsprechenden Anlässen und warten, ob irgendwann das Eis doch noch taut.

19.11. Heute wieder die Bitte, fast schon die Aufforderung, hier in der Küche alles fürs Töpfern herzurichten. – „Aber wie stellst du dir das vor? Hier ist kein Platz." – Darauf sie: „Sag doch einfach: Du willst es nicht." Und damit zieht sie sich in ihr Zimmer zurück, scheint mit jemandem zu telefonieren, Tonfall der Entrüstung.

Als ich schon wieder in Schuldgefühlen versinke, kommt sie und sagt: „Vielleicht irgendwo anders im Haus?" Es ist ihr eingefallen, dass es unten eine Werkstatt gibt. Sie meint die Werkstatt von Herrn Friedrich. – Ich fürchte zwar, dass er fremde Leute dort nicht besonders schätzen wird. Aber ich sehe: Nadja macht Vorschläge, stellt nicht nur Forderungen. Und dann denke ich: „Sie hat recht: Im Haus oder im Dorf wird es eine Werkstatt für sie geben. Hätte mir schon längst selbst einfallen können, war zu sehr auf Abwehr programmiert."

Und was sagt abends Herr Friedrich? „Vorübergehend können wir das mal versuchen."

20.11. Nadja möchte abends wieder „ein bisschen kochen". Sie steht mit Cathy in der Küche, Gemüse wird geputzt, Kartoffeln geschält, Fleisch geschnitten (von Cathy). Cathy hat auch sonst alle Hände voll zu tun, einzugreifen, zu korrigieren, Desaster zu verhindern. Der eine Topf kocht über, das Fleisch wird schon schwarz in der Pfanne, vom Salzstreuer löst sich der Deckel, woraufhin sich eine Ladung Salz über das ohnehin schon verbrannte Fleisch ergießt. Aber den beiden scheint es Spaß zu machen. Nadja lehnt sich an Cathys Schulter: „Ist gut, dass du da bist und aufpasst, ich bin doch immer noch ein bisschen dumm im Kopf." Ich staune: So locker kann sie das jetzt sagen, mit ganz unschuldigem Lächeln.

Überhaupt fällt auf: Die Phase der mangelnden Impulskontrolle scheint überwunden zu sein. Und diese Nadja, die da aus ihrer Krankheit aufersteht, ist inzwischen entspannter, bescheidener, sanfter als die Nadja, die ich kannte. Ihre Krankheit – oder was davon noch vorhanden ist – kann sie jetzt nicht nur akzeptieren, sondern mit einiger Raffinesse in Szene setzen. Mag sein, dass dies ein letztes Symptom ist, das allmählich vergeht, so dass sie wieder strenger und penibler wird. Aber ich hätte nichts dagegen, wenn sie ein bisschen so bleibt, wie sie jetzt ist.

21.11. Gudrun und Sigrid waren gekommen, um beim Umräumen der Hausmeisterwerkstatt zu helfen. Mit Herrn Friedrich haben wir Nadjas Brennofen, Drehscheibe und Werkzeug aus dem Keller geholt, Gudrun und Sigrid arrangierten alles, Nadja sah zu, dann kam auch noch Anatol herein, um ein bisschen mitzuhelfen; und ich stand daneben und dachte:

„So einfach kann das sein." – Dabei ist eigentlich alles ganz normal, ein bisschen Nachbarschaftshilfe eben. (Hallo, alter Eremit, willkommen unter Menschen!)

Aber ist das jetzt eine glückliche Wendung der Dinge oder nur eine kurze Phase der Erleichterung vor dem nächsten großen Krach?

Unvermittelt sagt sie dann abends: „Konstantin war Lehrer." Die Frage scheint lange in ihr gearbeitet zu haben. Ich sage also, ein Konstantin habe zweimal hier angerufen. Sie wiederholt, er sei Lehrer gewesen, und sie selbst war Englischlehrerin.

– „Aber in Russland hast du doch nie als Lehrerin gearbeitet."
– „Doch!"
– „Aber wo denn?"

Sie durchsucht ihr Gedächtnis, starrt wieder auf ihre Hand, scheint etwas an den Fingern abzuzählen, setzt ein paarmal zu einem Wort an, und sagt dann: „... In der Nähe."

– „In der Nähe von Nowosibirsk?" Ich schaue bei Google nach und nenne ein paar Orte: Berdsk, Iskitim, Sokur, Plotnikowo ... Aber sie schaut nur hoch in die Luft und schüttelt dann den Kopf. Ich verstehe: „in der Nähe", kann in Russland auch ein paar hundert Kilometer entfernt ein.

– „Du warst also Lehrerin? Aber du wolltest doch nicht als Lehrerin arbeiten."

– Keine Antwort.

– „Wann war das denn?"

– Wieder keine Antwort. Es wird ihr zu anstrengend, sie sinkt wieder in sich zusammen. Aber diesmal hat sie vielleicht nicht phantasiert – oder nur ein bisschen: Vielleicht gab es tatsächlich einen Konstantin in ihrem Leben. Er hat in der Nähe von Nowosibirsk unterrichtet, ein oder zwei Stunden entfernt. Eine Freundschaft oder Beziehung wäre also möglich gewesen. Dann denke ich: Wenn sie aber doch als Lehrerin gearbeitet hätte, zeitweilig, dort in der Nähe von Nowosibirsk, dann müsste etwas geschehen sein, worüber sie früher nicht reden wollte. Oder es war ihr dort einfach nur zu abgelegen, zu dörflich.

Ich sehe noch einmal nach: Aber es gibt in ihrer Cloud kein Foto von Schule oder Unterricht. Das heißt: Es gibt diese Fotos von Leuten an einem Tisch in einer Privatwohnung, das könnte in diese Zeit gehören. Was ich ziemlich sicher weiß: Ihr Studium war 1994 zu Ende, die Kinderklinik war 1997, dazwischen wäre noch mehr Platz gewesen als für Striptease und Kellnern und Secondhandverkauf. Ein oder zwei Schuljahre hätten wohl dazwischen gepasst.

Erinnerung an einen Nachmittag letzten Herbst. Ich stand seitlich hinter Nadja, während sie die Kaffeemaschine bediente. Ihr sonst so munteres Gesicht sah aus diesem Blickwinkel überraschend müde aus, abgekämpft, enttäuscht. Das muss kurz vor ihrem Unglückstag gewesen sein.

22.11. Roswitha und Nicolai waren hier, haben lange mit Nadja gesungen. Sie mochte gar nicht aufhören, kam hinterher glücklich zu mir herüber, „ja, ihr habt schön gesungen", sagte ich. – „Und warum bist du nicht rübergekommen?" – „Du weißt ja: Ich singe nicht" (und hätte auch gerne meine Ruhe gehabt).

Mittags fragt Nadja relativ ruhig, warum die Ukrainer diesen Krieg machen. – Tja, was sage ich da am besten? Auf wessen Territorium der Krieg ausgetragen wird, wessen Bevölkerung bombardiert wird. Sie versteht ganz gut, will dann aber wissen, warum ich so sicher bin, dass ich recht habe. – Wie soll ich das erklären: Mehr als den russischen Medien vertraue ich den westlichen Medien mit ihrer Vielfalt, ihrer Konkurrenz, ihrer Meinungsfreiheit. Aber noch während ich das aufzähle, weiß ich: Das ist jetzt wieder zu kompliziert. Und Nadja beschwert sich auch prompt: „Das ist unfair, du bist besser dran als ich. Reden wir nochmal, wenn ich wieder ganz in Ordnung bin." – „Einverstanden."

Apropos Medien: RIA Nowosti meldet: „Deutschland unterstützt die harte Kreml-Stellungnahme zur Ukraine." Das muss ich mir genauer ansehen. Zitiert werden Leserbriefe an die WELT, in denen Selenskyj wahlweise als Irrer, als Kriegstreiber oder als Handlanger der USA beschrieben wird. Vermutlich haben ein paar russische Trolle diese Leserbriefe geschrieben. Schöner Kreisverkehr: Ein paar Trolle schreiben Leserbriefe, die WELT druckt sie und RIA kann dann melden, wie sehr die Deutschen Moskaus Haltung unterstützen.

Im Übrigen war das Jahr 2022 wohl auch ein Jahr der Experten-Irrtümer. Wird es Krieg in der Ukraine geben – ja oder nein? Würde die Ukraine sich im Kriegsfalle verteidigen können? Werden die Sanktionen ihre Wirkung entfalten? Würde Deutschland den Winter ohne russische Gaslieferung überstehen? – Jedes Mal lagen die Experten falsch oder waren sich uneinig.

24.11. Nadjas Haus ist verkauft, Notar-Termin nächsten Dienstag. Andrej sagt, es gab letztlich doch noch einen akzeptablen Preis. Nach Abzug von Nadjas Schulden werde noch eine kleine Reserve übrigbleiben. Er habe alles durchgerechnet: Mit Rente und Pflegezuschüssen sei Nadja jetzt ausreichend versorgt. Fraglich sei allerdings, ob Shashi und Cathy denn überhaupt noch weiterhin in Anspruch genommen werden müssen? – „Na ja", sage ich, da gäbe es schon noch ein paar Aufgaben: Nadjas Kurzzeitgedächtnis und strukturiertes Handeln trainieren. Medikamente vergisst sie oder verwechselt sie, das geht noch nicht ohne Kontrolle, und am schwersten fällt ihr die Orientierung. Hier in Fährholz ist das kein Problem, aber schon in Wüstrow findet sie nicht alleine vom Bäcker zur Apotheke. Da braucht sie noch viel Unterstützung und Begleitung. Andrej brummt ein „ok", aber die Anmeldungen für ein Pflegeheim könnten wohl zurückgezogen werden. – „Klar", sage ich, „das sehen wir hier alle so." Nadja braucht kein Pflegeheim. Alles Weitere wird sich zeigen. Verschiedene Möglichkeiten stehen uns offen.

Und der Krieg? Beide Seiten melden gelegentlich kleinere Erfolge – insgesamt aber Winterpause. Vorbereitung auf ein zweites Kriegsjahr. Schlechte Vorzeichen. Offenbar folgt der Krieg jetzt etwas anderen Regeln: Welche Seite ist zuerst erschöpft und ausgeblutet, die Russen oder die Ukrainer? Und die nächste Frage: Wann wird dem Westen die Solidarität zu teuer und die Opposition zu laut? Russland leidet unter dem Krieg vielleicht mehr als Europa, aber die Russen ertragen vielleicht auch mehr als die Europäer – oder haben keine andere Wahl, als den Krieg zu ertragen. Putin hat also Zeit, sehr viel Zeit. Während die Regierungen im Westen kommen und gehen, kann er abwarten. Er kann die Ukraine solange in Grund und Boden bombardieren, bis auch im Westen die Ressourcen schwinden. Und am meisten leidet die Ukraine. Wir sind also gewarnt, die Welt ist eine andere geworden. Oder vielmehr: Die Welt ist anders als gedacht.

25.11. Frau Körner treffe ich im Hof. Ihre Katze sei vor ein paar Tagen gestorben, Herr Friedrich habe geholfen, sie zu beerdigen. Das ist jetzt ein tiefer Einschnitt in ihr Leben. Jetzt ist sie allein, seltsames Gefühl, noch immer hat sie morgens den Eindruck, dass Lucy ihr um die Beine streicht. Manchmal spricht sie noch mit ihr in Gedanken.

26.11. Habe Jelena gefragt, ob sie dem kommenden Jahr optimistisch oder pessimistisch entgegensieht (zugegeben: eine ziemlich suggestive Frage). Heute ihre Antwort: Natürlich hoffe jedermann, das kommende Jahr werde besser als dieses Jahr, „du etwa nicht?" – Also wieder mal schön an der Frage vorbeigeantwortet, immerhin klingt es nicht mehr nach großer Kriegsbegeisterung.

Habe Nadja dann Jelenas Mails übersetzt, zum Beispiel „Ivan saves the world again". Nadja fand das lustig – oder genauer: „Die macht sich ein bisschen lustig über dich. Sie nimmt dich nicht ganz ernst, aber ich glaub', sie mag dich." Überhaupt gefällt ihr Jelena ganz gut: Sie ist lebhaft, mutig, sie hat gekämpft in ihrem Leben.
– „Aber der Krieg? Jelena unterstützt doch begeistert den Krieg."
– „Daran kann sie ja nichts ändern."
Nadja mag sie jedenfalls. Frage: Ist sie verheiratet? Hat sie Kinder?
– „Meines Wissens nicht."
Sergej gefällt ihr eher nicht, er ist langweilig, und er verheimlicht etwas.
– „Wie meinst du das?"
Das weiß sie nicht. Aber dann fällt ihr ein: „Sergej glaubt wirklich an den Krieg. Auch Jelena glaubt an den Krieg, „das ist ihr aber nicht so wichtig."
Und was sagt Nadja zu Sinaidas Mails? „Sie klingen traurig, richtig traurig." Der Sohn ist weggegangen, mit den Kollegen kann sie nicht reden, weil man sich streitet über den Krieg. Das macht Angst, und es erinnert Nadja daran, dass sie auch viel Angst gehabt hat, es war eine böse Zeit (die 90er Jahre), aber sie konnte darüber reden. „Weißt du", sagt sie, „da waren auch gute Freunde, in der Klinik, im Internetcafé, eine richtige Familie, alle haben zusammengehalten, aber dann bin ich weggegangen, war vielleicht ein Fehler."

Frage, ob sie nach Russland zurückwolle?
- „Nein, das ist vorbei. Aber schön war es trotzdem."
- „Woran denkst du?"

Zuerst und vor allem erinnert sich Nadja an die Kinderklinik, „wenn so ein Kind endlich wach ist und sich bewegt und dich ansieht und wirklich lebt". Aber auch wenn man nur zusammensitzt und ein bisschen redet und Tee kocht – oder im Treppenhaus zusammen rauchen und reden und abschalten, in dem eisigen Treppenhaus, in dem es immer nach feuchten Mauern roch – oder einfach nur nach Hause kommen und endlich einmal warme Füße haben. Dann richtet sie sich auf und muss lachen: „Manchmal war es so schön, ich hätte mir in die Hose pissen können vor Glück."

Ich sehe natürlich, sie hat da ein paar Dinge ausgelassen (Vadim usw.), aber ich verstehe oder ahne: Je feindlicher die Umgebung, desto inniger die Freundschaften – und umgekehrt. Wo man keine Ansprüche stellen kann an Sozialhilfe, Justiz, Arbeitgeber ... – wo man keine Ansprüche stellen kann, bleiben nur die Freunde oder ein glücklicher Zufall.

28.11. Traum: Mein Vater schickt mich ins nächste Dorf, um Rübensamen zu bestellen. Ich nehme die Abkürzung durch den Wald, ein wenig Dunst kommt auf, die Bäume ziehen sich in den Nebel zurück, einzelne Äste sind noch zusammenhangslos zu erkennen. Dann taucht ein Schuppen auf, dahinter ein Haus. Man hat ein Licht aufgestellt. Auch weiter oben die anderen Häuser sind beleuchtet. Langsam steige ich ein Dorf hinauf, an das ich mich erst jetzt wieder erinnere. Dieses gestreckte, langgebogene Dorf, es liegt an meinem Weg, die Höfe sind beleuchtet, und in den Häusern muss es noch festlicher sein. Aber was feiern sie denn heute? Inzwischen ist es Abend geworden, und hinter den Scheiben wird es immer glänzender. Ein kurzer Tag ist vergangen. Jetzt kommt schon die Brücke, hinter der die Felder beginnen. Unser alter Zimmermann steht an der Straße und winkt wie aus einem anderen Traum.

Tagsüber sehe ich das Dorf so klar vor mir, als müsse ich hier nur in einen Seitenweg einbiegen, dann ein Stück den Wald hinauf. Und ich verstehe: Der Traum hat viel mit Nadja zu tun. Mit ihrer Erholung oder Heilung und mit unserer Entspannung. Aber ansonsten verstehe ich wenig: Das Dorf kenne ich nicht, habe nur das Gefühl, oft dort gewesen zu sein.

Zu welchem Zweck? Und mit wem? Und diesen Zimmermann, woher kenne ich ihn? Ich erinnere eine dünn raschelnde Stimme, immer ein wenig nach Atem ringend. Aber ich wüsste nicht, dass er jemals etwas für uns gebaut hätte.

29.11. Habe in den letzten Tagen ein paarmal recherchiert: Gibt es längere Videos über Reisen auf dem Jenissei, nicht nur Hochzeitsfahrten oder Betriebsausflüge? Ja, es gibt eine Dokumentation von einem Alexei G. Insgesamt rund zwölf Stunden, offenbar von mehreren Reisen auf einem Postschiff (2017 und 2018), vielleicht als Teil der Besatzung. Das könnte ich Nadja mal zeigen.

Heute Abend also der Jenissei: Shashi hat die Sessel bereitgestellt, Nadja sitzt jetzt da, geschminkt, gekämmt, ein wenig parfümiert, schaut auf den Bildschirm, erwartungsvoll. Zu sehen ist die Abfahrt des Postschiffes in Krasnojarsk. Also wieder einmal die Anlegestelle vor dem Stalin-Bau. Alexeis Kamera würdigt ihn allerdings kaum eines Blickes, sie richtet sich stattdessen auf die Reisenden: viele Familien, viele Männer, insgesamt vielleicht hundert oder zweihundert Personen, die Gepäckstücke hin und her tragen. Dazu ein Wirrwarr an Tönen und Klängen wie vor einem Konzert beim Stimmen der Instrumente.

Dann sind im Hintergrund ein paar aufgeregte Leute zu hören, die Kamera schwenkt zu ihnen hinüber, und Nadja blüht wieder auf in der Rolle der Übersetzerin: „Die streiten sich." Jemand hat in Krasnojarsk ein paar Möbelstücke gekauft, sie stehen jetzt in der Gepäckablage, versperren den Weg. Die Möbelkartons sollen zur Seite gerückt oder anders gestapelt werden, damit Platz entsteht für weiteres Gepäck. „Schau mal, was die alles eingekauft haben: auch einen Kinderwagen."

Dann wird die Gangway eingezogen, die Leinen gelöst, über Lautsprecher ertönt Marschmusik. Die Geschäftigkeit stockt, das Gerede verstummt, man steht in gespannter Haltung an Deck. Unterdessen gewinnt das Schiff an Fahrt, kommt in die Flussmitte, treibt an Wohnkomplexen vorüber, später an einem Industriegebiet. Dann bleibt die Stadt zurück. Die Kamera schwenkt auf Felder, Wiesen, ein Ufergebüsch. Ich hätte mir den Jenissei breiter vorgestellt. Ein gewaltiger Strom ist er hier jedenfalls noch nicht.

Es dauert nicht lange, bis eine Brücke mit hoher Stahlkonstruktion auftaucht, das ist die Brücke kurz vor Jermolajewo („Jermolajewskij

Most" auf den Satellitenfotos). Und kurz danach zeigen sich die ersten Gebäude. Das müsste also Jermolajewo sein. Hier irgendwo hat Nadja die Schulferien verbracht. Alles ist klar aus kurzem Abstand zu erkennen: niedrige Holzhäuser, geschnitzte Fensterrahmen, morsche Zäune, eine schiefe Hofeinfahrt, ein leerer LKW-Anhänger. „Schau mal", sage ich und lasse das Bild für eine Weile stehen, aber sie staunt nicht, erinnert sich nicht. „Das müsste Jermolajewo sein." Nadja sieht noch einmal hin und sagt dann „nein". Das war der Moment, von dem ich mir mehr erhofft hatte: Wir sehen Jermolajewo, sie hebt den Kopf und erinnert sich. Es wäre zu schön gewesen. Vielleicht hat sich das Dorf in den letzten dreißig Jahren zu sehr verändert. Oder es ist überhaupt nicht Jermolajewo.

Still, aber aufmerksam sitzt Nadja da, während wir am Ufer vorübergleiten. Ein paar Weiden hängen ins Wasser, ein Boot liegt auf dem Sandstreifen, daneben ein paar alte Feuerstellen, ein verrostetes Fahrradgestell. Hier irgendwo an diesem Ufer hat sie gesessen vor langen Zeiten.

Weiter den Jenissei hinunter: Man sieht eigentlich nur Wälder vorbeiziehen, Boote auftauchen, selten ein Dorf, ab und zu ein paar Leute am Ufer. Für eine Weile fährt das Schiff so nahe an Felsen vorbei, dass man den Müll erkennen kann, der ans Ufer geschwemmt wurde.

Nächste Sequenz: Im Abendlicht kommt ein Holzfrachter entgegen. Er grüßt mit einem kurzen Signal. Daran kann Nadja sich erinnern, an die Frachter und ihre Signale. „Tuuuuut", sagt sie und lacht. Jetzt fällt es ihr wieder ein: Den ganzen Sommer über die Frachter, die auf- oder abwärts fuhren, Signale gaben, und bald danach gab es die Wellen, die ans Ufer schlugen.

Es muss früher Abend sein, viele Stunden später, als sich das Deck füllt, rechts das Ufer immer flacher wird, dann eine Ortschaft auftaucht, hinter der die Angara von Osten her dem Jenissei entgegenströmt, eigentlich als der größere der beiden Flüsse. Jetzt wird er also erwartet. Die Leute halten die Kameras bereit für den Moment, in dem beide Ströme sich vereinen.

Dann ist der Zusammenfluss erreicht, das Schiff fährt auf eine weite Wasserfläche hinaus, über Lautsprecher wird ein Lied abgespielt. Nadja beginnt mitzusingen, sie bewegt den Oberkörper hin und her und sagt dann, ja, daran kann sie sich erinnern: die Angara. Es hat damals furchtbar geregnet, trotzdem standen alle Leute an Deck. Damit Nadja auch was sehen konnte, hat Großmutter sie vor sich her an die Reling geschoben. Das alles fällt ihr jetzt wieder ein, und Shashi findet, es sei doch ein Wunder, dass Nadja nach einer so schweren Krankheit wieder reden und singen und vor allem: sich auch erinnern kann.

Später, schon in der Dämmerung, die Siedlung Lessosibirsk. Zu sehen ist zunächst nur eine lange Reihe von Kränen, die gegen einen letzten rötlichen Lichtschein aufragen. Am Kai riesige Stapel von Baumstämmen unter Flutlicht.

Alexeis Vorliebe für lange Flusspassagen: minutenlang nachtblaue Wasserflächen, vereinzelte Nebelfelder. Am Ufer begleitet uns ein schwarzer Waldsaum, scharf gezackt unter einem undurchdringlichen Himmel.

Nachts oder spät am Abend: Jenisseisk. Eine beleuchtete Anlegestelle. Dahinter ein dunkler Ort; Alexei erklärt und Nadja übersetzt: Jenisseisk war jahrhundertelang das Zentrum Sibiriens, „Vater aller sibirischen Städte". – Wieso „Vater" und nicht „Mutter aller sibirischen Städte"? – Ach ja: „город" (Stadt) ist männlich. Aber die Stadt wirkt jetzt eher ländlich: vereinzelte Straßenlampen, im trüben Licht ein paar niedrige Häuser, kleine Gärten drumherum, Holzzäune. Und über allem schimmert die Silhouette einer Kirche.

Als das Schiff anlegt, habe ich für einen kurzen Moment den Eindruck, das ewige Vibrieren der Motoren erst jetzt zu bemerken, wo alle Maschinen gestoppt sind. Nadja, noch immer angespannt, starrt auf die nächtliche Stadtkulisse. Als ich das Gerät dann ausschalte, möchte sie noch mehr sehen, „weiter, weiter".

30.11. Abends nutze ich die friedliche Stimmung dieser Tage, um noch einmal nach Nadjas Mutter zu fragen.

– „Wir haben uns immer gestritten."
– „Hast du sie noch einmal gesehen?"
– „Nur telefoniert. Ist aber schon lange her."
– „Du könntest ihr doch mal schreiben."
– „Wenn ich wieder gesund bin."

Dann bereite ich das nächste Video vor, rücke den Bildschirm zurecht, Nadja setzt sich etwas aufrechter in den Sessel, Kostja liegt daneben. Alles ist bereit, aber Shashi telefoniert noch. Als sie schließlich kommt, nickt sie und hebt den Daumen für „ok". Wir starten Alexeis Reise auf dem Jenissei, der jetzt wirklich ein Strom ist: breit, weit, windig. Annäherung an ein Dorf. Es ist unklar, wo wir uns befinden. Von Weitem sieht man nur ein paar Holzhäuser und darunter die Anlegestelle für das Postschiff, eine Art Ponton, eine schwimmende Anlegestelle. Sie wird im Winter wohl einfach an Land gezogen.

Hinter der Anlegestelle ein ziemlich breiter Uferstreifen: Sand, Kies und Geröll ziehen sich über hundert oder zweihundert Meter hinauf bis zu den ersten Büschen; offenbar die Folge des jährlichen Eisgangs. Bis dort zu den Büschen wird das Ufer jeden Mai/Juni vom Eis abgerieben: „Frühjahrsrasur". Auf dem Uferstreifen stehen jetzt ein paar Autos, meist alte Geländewagen oder LKWs, auch ein paar Tische und Stände. Ein kleiner Markt erwartet die Reisenden.

An der Anlegestelle, hinter der Sperre, sind allmählich einzelne Personen zu unterscheiden, die jemanden empfangen oder selbst ein Stück mitreisen wollen. Einen Moment manövriert das Postschiff noch hin und her, bevor es fixiert ist. Leute steigen aus, werden umarmt, tragen Kartons und Schränke ans Ufer, dann auch ein Cross-Motorrad. „So war das damals auch", sagt Nadja, „eigentlich an jeder Station: viele Leute, viel Gepäck und ein paar alte Autos."

Kameraschwenk auf den kleinen Markt: Die Einheimischen verkaufen, was der Garten, der Fluss, der Wald zu bieten hat. Wer weiterreist, hat eine Stunde Zeit, sich mit Proviant einzudecken. Das ist etwas, was Nadja interessiert: ein wackeliges Holztischchen, eine Plastikdecke und darauf in der einfachen Ordnung eines Bilderbuches: Obst, Räucherfisch, Marmelade usw. Jetzt fallen ihr all diese Worte wieder ein: „Gurken, Pilze, Radieschen. Mensch, und dann auch Piroschkis." Damals hat Großmutter auch ein paar Sachen gekauft, Beeren und geräucherten Fisch, – ach, einen Räucherfisch möchte sie auch mal wieder essen. „Müssen wir unbedingt bestellen."

Eine Holztreppe führt ins Dorf hinauf, von Brennnesseln umwuchert. Dann ein Blick auf die Hauptstraße: ein Sandweg. Ein Auto kommt auf Alexei und die Kamera zugewankt, kurvt um Schlaglöcher herum, wirbelt Staub auf. Am Straßenrand die alten Holzhäuser. Manche Fassaden sind verrottet, angefault, fleckig. Unwahrscheinlich, dass dort noch jemand wohnt. Aber beim Kamerablick in die Scheiben ist dann doch ein Küchentisch zu sehen und darauf ein paar Tassen, so als wären sie noch täglich in Gebrauch. Draußen grasen Kälber unter den Bäumen. Ansonsten Holzstapel und Hunde. Ein Mann mit einer Schubkarre.

Daran kann Nadja sich erinnern, an diese Dörfer. Aber so arm waren sie damals nicht, nicht so kaputt; oder es ist ihr nicht aufgefallen, weil es damals der normale Zustand russischer Dörfer war. Und doch schienen es damals reiche Leute zu sein, sie hatten viel zu verkaufen an ihren Ständen. Und es waren nicht so viele Alte wie heute. Man sieht jetzt zwar auch ein paar junge Leute mit Sonnenbrillen und grellen Hemden. Aber sie stehen unbeteiligt herum, sind wahrscheinlich nur in den Ferien hier, zu Besuch bei den Eltern oder Großeltern. Fraglich ist, wer bleibt, wenn die Jungen wieder abgereist sind: zwanzig, dreißig, vierzig Alte? Bis Oktober ist der Fluss noch befahrbar, insgesamt also nur fünf Monate im Jahr, dann beginnt schon das Überwintern. Der Kontakt zur Welt reduziert sich dann aufs TV und vielleicht das Internet. In Notfällen wird ein Helikopter angefordert aus Turuchansk oder Jenisseisk, 200 Kilometer entfernt. Also was bleibt: ein paar Holzhäuser, ein paar Jäger, ein paar Fischer, und vor allem ältere Frauen, hier wollen sie bleiben, das ist ihre Heimat: das Haus, der Garten, dann die Wiesen, schon halb verwildert, und dahinter der große, kalte Jenissei.

Welche Zukunft hat so ein Ort? Wahrscheinlich nur den kompletten Rückzug. Alles aufgeben. Alles dem Gang der Zeiten überlassen. Es verfallen die Häuser, Gras wächst auf den Straßen. Die Taiga holt sich alles zurück, nachdem die letzten Bewohner beerdigt oder ins Heim gebracht worden sind.

2.12. Mein Nachsorgetermin. Alles in Ordnung. Kein Rezidiv erkennbar. Derzeit gelte ich als gesund. Nächster Termin Anfang Februar. Der Arzt wünscht schon mal „Schöne Weihnachten!"

Und was sagt der Tod? „Musst dich nicht beeilen. Ich kann warten."

3.12. Das ist jetzt also die Lage: Nadja kann reden und kann gehen, sie kann anstrengend sein, aber auch ganz vergnügt. Mal sehen, wie weit wir noch kommen. Es wird kein Wunder geschehen – oder doch, ihr ganzer Heilungsprozess ist ein Wunder. Und auf ein paar Fortschritte können wir noch hoffen. Größere Spaziergänge, längere Gespräche, schwierigere Themen (die Weltlage). Shashi und Cathy werden noch eine Weile für sie da sein, ich werde mit ihr zu den Ärzten fahren, Richard wird mit ihr Memory spielen, Nicolai und Roswitha werden mit ihr singen, Gudrun und Sigrid werden mit ihr töpfern. Davoud wird vorbeikommen, manchmal werden wir uns einen Film ansehen, Kostja wird uns zu Füßen liegen, und manchmal werde ich davon träumen, mit Nadja zu reisen, richtig weit. Nur die Wohnungssituation muss noch verändert werden, dann könnte es so weitergehen noch ein paar Jahre – vielleicht. Gut möglich ist allerdings auch, dass sich der schöne Frieden nicht lange ertragen lässt, so dass ich „stopp" sage und doch weggehe, mal sehen, wohin.

Aber bleiben wir vorläufig noch optimistisch. Setzen wir uns wieder zusammen, starten wir das nächste Video. „Nadja, zeig uns deinen Jenissei." Heute Abend ist Cathy bei uns, Nadja wird nicht unruhig, schaut eher gebannt und will wissen, wo wir uns befinden. Auf dem Jenissei, irgendwo zwischen Turuchansk und Igarka. Es ist deutlich kälter geworden, man sieht nur noch einzelne Leute an Deck. Da stehen sie wie eingefroren an der Reling, starren ins Wasser oder auf die Wälder, die entfernt vorübergleiten. Manchmal ein Schiff, das langsam näherkommt.

Inzwischen ist der Jenissei ziemlich breit, meilenbreit. Ich lasse das Bild eine Weile stehen. Nadjas Augen gleiten hin und her, scheinen das Bild abzusuchen. Sie starrt nicht mehr, sie sieht etwas, und erinnert sich an die Schiffe, denen sie in Jermolajewo immer entgegengesehen hat, sie sind so langsam, aber dann auch so groß. Und was sie auch erinnert, ist dieser riesige Wald, wenn man aus Jermolajewo rausfährt, manchmal stundenlang nur Wald.

Dann Regenwetter. Ein Reisender kommt kurz an Deck, zieht die Schultern hoch, die Hosenbeine flattern im Wind. Als er zurück ins Schiff will, lässt sich die Tür gegen den Sturm kaum öffnen. Von innen springt ihm jemand bei, hilft ihm, die Tür aufzudrücken. Die beiden lachen und schütteln den Kopf, und Nadja lacht jetzt auch: „Was für ein wahnsinniges Wetter." Dann schaut sie mich an, wieder mit unwiderstehlichem Blick: „Würdest du trotzdem mal mit mir auf dem Jenissei fahren?"
– „Warum nicht. Aber jetzt ist Krieg."
– „Klar, dann eben nach dem Krieg."

5.12. Nachmittags auf dem Rückweg aus Wüstrow, an der Kreuzung in Bischofsbrück glaubte ich in einem Wagen das Gesicht meines alten Freundes und Kollegen Dennis zu erkennen. Er war vielleicht in irgendeiner Angelegenheit nach Wüstrow gekommen und wollte die Gelegenheit für einen Überraschungsbesuch nutzen. Dann bog er in die Straße nach Lossnitz, hätte also tatsächlich zu mir nach Fährholz kommen können. An der Tankstelle hielt er an, stieg aus und war ein ganz fremder Mann.

Die Jenissei-Fahrt. Nächster Abschnitt: Es sind nur noch wenige Passagiere auf dem Schiff, vielleicht 30 oder 40 von den 200 Leuten, die vor ein paar Tagen in Krasnojarsk eingestiegen sind. Der Lärm auf den Fluren ist verstummt, das Bordcafé fast leer.

Ankunft in Igarka. Alexei erklärt und Nadja übersetzt. Was sie sagt, ist nicht ganz logisch, aber es sind lange Sätze, komplizierte Sätze, dieser Jenissei beflügelt sie, sie lebt auf, und was ich verstehe ist: Die Stadt war einmal als Endstation einer Eisenbahnlinie geplant, die Strecke Moskau-Workuta über Salechard weiterführend bis hierher. „Wäre auch nicht schlecht, wir setzen uns hier in den Zug und sind in drei Tagen in Moskau." Aber nach Stalins Tod und dem Ende der Gulags wurden die Baumaßnahmen eingestellt, Reste kann man noch als „tote Trasse" besichtigen: verbogene Schienen, verrostete Lokomotiven, zerfallene Bauhütten.

Alexeis Video zeigt oberhalb des Schiffsanlegers ein Denkmal für die Opfer dieser „Aufbauzeit": Strafgefangene (insgesamt wohl 100.000 Sträflinge, Zahl der Todesopfer unbekannt). Und von den 20.000 Einwohnern, die in Sowjetzeiten hier lebten, sind nur rund 6.000 geblieben (sagt Alexei).

Hinter dem Denkmal führt eine Straße in Richtung Stadt, ein bloßer Sandweg, das ist vermutlich die stabilste Verkehrsverbindung bei Permafrost. Weiter westlich zeigen sich ein paar Wohnblöcke. Nach zweitausend Kilometern zum ersten Mal wieder Wohnblöcke statt Holzhäuser. Modern sind sie allerdings nicht; bräunliche Backsteinbauten, etwa zehn Etagen, ein Teil von ihnen ist verfallen und verlassen – traurige, einsame Hochhäuser hinterm Polarkreis. „Überleg mal", sage ich: „Du wohnst dort in so einem Haus, sagen wir in der zehnten Etage, als einer der letzten Bewohner, schaust aus dem Fenster, siehst ringsum auf tausend Kilometer nur Wald und Sumpf. Und acht Monate Schnee. Ziemlich einsam."

Frage: Wer lebt noch? Wer sind diese letzten 6.000 Bewohner? Vielleicht Wissenschaftler, Waldarbeiter, ein paar Forstbeamte? Viele Menschen haben hier gelebt, aber nur für wenige ist es eine Heimat geworden.

Kann Nadja sich an Igarka erinnern, an diese braunen Wohnblöcke? Nein, das weiß sie ganz sicher, bis hierher sind sie damals nicht gekommen, auf ihrer Jenissei-Reise.

– „Wollen wir die Videos trotzdem weitersehen?"
– „Aber ja, bis Dudinka, ich hab' es dir doch gesagt."
Also gut. Es gibt zwar weiß Gott schönere Reiserouten in Russland. Aber Nadja, geboren am Jenissei, aufgewachsen in der Mitte der großen Sowjetunion, soll ihren Willen haben. Fahren wir also bis Dudinka, für Nadja ein legendärer Ort am Ende der Welt, auch wenn es nur der Hafen von Norilsk ist, im Winter von Eisbrechern offengehalten.

Also weiter: Eine lange Passage, ein leerer Bug, niemand steht mehr dort. Zu sehen sind nur die Reling und ein kleiner Mast vor einer kalten, weiten Wasserfläche. Ich frage: „Wenn kein Krieg wäre und wir jetzt dort reisen könnten, was würdest du tun an so einem kalten Tag?"

Nadja würde Möwen füttern, „schau mal: so viele Möwen". Sie umkreisen das Schiff, begleiten es mit schwingendem Flug. Nadja würde also Möwen füttern, „haben wir nicht noch ein bisschen Brot?" Das kann ich mir lebhaft vorstellen: Sie steht an Deck, posiert vor einer schimmernden Flusskulisse, die Arme ausgestreckt, das Gleiten der Möwen imitierend, „mach doch mal ein Foto". Aber ich fände das jetzt doch ein bisschen zu kitschig.

Abendszenen: Ein dunkler Fluss, auf dem uns ein Schiff entgegenkommt, es zieht vorbei mit ein paar Lichtern. Dann ist nur noch das Ufer zu sehen, weit entfernt, als flacher Schatten. Wäre nicht das Flimmern auf dem Wasser, könnte man denken, es sei ein stillgestelltes Bild.

Angenommen, wir säßen irgendwann in so einer Kabine, Nadja und ich, wir sehen auf den Fluss, stundenlang im Dämmerlicht einer Sommernacht, schweifen ab in Gedanken, zwar jeder in eine eigene Welt, aber doch nebeneinander. So könnten wir noch ewig weiterfahren.

8.12. Heute heller Sonnenschein, drüben in Bischofsbrück leuchtet Nadjas Haus. Es ist noch niemand dort aufgetaucht. Auch im Fernglas hat sich noch kein Handwerker gezeigt, kein Umzugswagen, nichts. Alles ruhig, alles unverändert.

Letztes Jenissei-Video: Eine kurze Sequenz, offenbar ist es früher Morgen. Man nähert sich einem Dorf, ein paar Holzhäuser sind zu sehen, hoch am Ufer, Schornsteine und Antennen. Zum Jenissei herunter führen ein paar ausgetretene Pfade, Kühe grasen dort. Am Ufer eine Reihe von Fahrzeugen und Booten, aber diesmal keine Anlegestelle. Das Schiff drosselt die Geschwindigkeit, wirft den Anker, dreht sich gegen die aus Norden heraufkommenden Wellen.

Inzwischen nähern sich vom Ufer her ein paar Motorboote, manövrieren sich auf die windabgewandte Seite des Schiffes, kommen näher, legen an, eine Leiter wird hintergeklappt. Von verschiedenen Seiten gestützt, reicht eine Frau ein in Decken gewickeltes Kind herauf. Nadja schlägt die Hände vors Gesicht: „Mensch, das Kind, wenn es ins Wasser fällt." Aber dann ist alles gut gegangen, und die Frau klettert jetzt selbst ins Schiff. Schließlich werden noch ein paar Kartons in die Boote hintergereicht, auch zwei Männer mit Angelausrüstung steigen hinunter. Dann wird die Leiter eingezogen, das letzte Boot stößt sich ab, startet den Motor, rauscht davon.

Letzte Station: Dudinka. Alexei erklärt: Die ganze Region ist auf Nickel gegründet und auf Kobalt, Platin und Kupfer, galt lange Zeit als reichste Gegend Russlands und als die giftigste. In weitem Umkreis eine von Schwefelgasen zerfressene Natur. Das ist also Dudinka. Dort hinten muss es irgendwo sein, dort hinter den weiten Wasserflächen. Auf dem Jenissei treiben ein paar Schiffe, klein und leicht verstreut wie Herbstlaub.

Allmählich wird am Ufer ein Häuserstreifen sichtbar, eine Reihe von Kränen, ein paar Fahrzeuge am Kai. Während das Schiff sich nähert, sammeln sich die letzten Passagiere an der Gangway, viele sind es nicht mehr. Sie stellen sich an, steigen dann aus, zeigen ihre Pässe.

Bei kühlem Wind unternimmt Alexei einen Rundgang durch die Stadt: Die Straßen sind stellenweise vom Frost aufgebrochen, in Wellen aufgehoben und abgesenkt. Sie führen an einer Sporthalle vorbei, an einem Kino, einem Museum, einem „Haus der Kultur". Alles ist eingerichtet für ein öffentliches Leben, das in geschlossenen Gebäuden stattfindet. Einige Wohnblöcke sind modernisiert, andere sind aufgegeben. Stahltüren im Erdgeschoss, in den höheren Etagen verrottete Fensterrahmen, gesprungene Scheiben.

Alexeis Video führt uns an Häuserblöcken entlang, viele davon in hellen und kräftigen Farben, die das Grau unserer Reisetage vertreiben. Wo immer möglich hat man die Frostschäden mit Farbe übersprüht, manche Straßenzüge sind einheitlich in Gelb oder Grün oder Blau gehalten.

„Ziemlich schlau", sagt Nadja, „du willst nach Hause, es ist Winter, ewig dunkel, Schnee pfeift dir ums Gesicht, du verlierst die Orientierung. Da reicht ein Blick auf den erstbesten Wohnblock: Gelbe Straße? Aha, dann muss es die nächste Straße sein, die grüne."

„Hast du es dir so vorgestellt – Dudinka?" Ihr kommt das alles bekannt vor, die Straßen bucklig, die Häuser angegriffen, die üblichen Straßennamen (Советская Горького, Матросова). Ganz vertraut sind ihr auch die Geschäfte, die bekannten Nudelpackungen und Biersorten, das graue Brot, das sie nicht mag, jetzt aber doch vermisst. Seltsam sind allerdings die Sockel der Wohnblöcke: Hinter einer Verkleidung kann man mächtige Betonpfeiler erkennen. All diese Gebäude stehen auf Pfeilern, das sichert sie offenbar gegen das Versinken im Permafrostboden. Aus demselben Grund laufen wohl auch verschiedene Rohrleitungen oberirdisch durch die Stadt. Auf dem Mittelstreifen der Hauptstraßen laufen breite Röhren, die manchmal seitlich abzweigen, einen Bogen bilden, unter dem der Verkehr hindurchkurvt. Aus manchem Leck strömt Dampf.

Und was ist mit den Leuten, die hier wohnen? Da stehen ein paar von ihnen auf dem Platz oberhalb der Kaianlagen nahe der Staute eines Lenin, der an diesem Ende der Welt nicht mehr mit ausgestreckter Hand in die Zukunft weist, sondern etwas ratlos umherschaut. Aber die Leute beachten ihn nicht, sie stehen da im Mantel, blinzeln in die Sonne, schaukeln einen Kinderwagen, reden, rauchen, sehen zu uns herüber. Wenn wir jetzt dort wären, Nadja und ich, dann wäre das jetzt wohl der geeignete Moment, jemanden um ein Erinnerungsfoto zu bitten: wir beide, Arm in Arm lächelnd, und im Hintergrund der Jenissei, wie er dort meilenbreit vorbeiströmt, sich teilt, weiterfließt und ein paar Schiffe dem Eismeer entgegenträgt.

Das war also Alexeis Video – für Nadja eine Reise in die Vergangenheit, für mich auch ein Blick in die Zukunft. Zu besichtigen war, was zurückbleibt, wenn die Menschen gegangen sind: verfaulte Dächer, leere Fensterhöhlen, Rost und Gestrüpp. Und auch hier in Dudinka kann man es ahnen: In fünf oder zehn Jahren ist das letzte Nickel abgebaut, die Betriebe sind geschlossen, die Bodenschätze ausgeraubt und die Reichtümer beiseitegeschafft. Das letzte Schiff hat abgelegt, der Jenissei kommt zur

Ruhe. In den nächsten hundert Jahren wird nichts geschehen, außer dass noch gelegentlich die Verseuchung von Wasser, Luft und Erde zu messen bleibt. Und das letzte Kapitel schreiben dann die Archäologen.

Über den Autor

Martin Gross ist fasziniert von Umbruchszeiten. Im Jahr 1990 ging der Westdeutsche nach Dresden, um als Zeitzeuge das Endes der DDR zu erleben („Das letzte Jahr", Spector Books, 2020). Zehn Jahre später wurde er in Russland erneut mit einer Wendezeit konfrontiert, dem Übergang von Jelzins Westorientierung zu Putins Restaurationskurs, den er in seinem Roman „Ein Winter in Jakuschevsk" beschrieb (Sol et Chant, 2022). In „Nadjas Geschichte" durchdringen sich nun persönliche und politische Umbrüche. Der Erzähler begleitet die Russin Nadja nach einer Hirnblutung auf ihrem langen Heilungsweg. Dieser macht ihr die verlorenen Teile ihrer Biografie wieder zugänglich, lässt zugleich aber auch ihr Leben in neuem Licht erscheinen. Denn in diesem spiegelt sich die russische Alltagsgeschichte von den 70er-Jahren bis zum gegenwärtigen Krieg.

Kontakt:

Sol et Chant-Autoren sind per E-Mail direkt zu erreichen. Schreiben Sie an Martin Gross unter der Adresse:

mgross@sol-et-chant.de

Hinweis: Bitte haben Sie Verständnis dafür, dass der Verlag die jeweiligen Nachrichten lediglich weiterleitet. Wir können und werden uns in den Nachrichtenaustausch nicht einmischen und stellen ihn lediglich als Kommunikationskanal zur Verfügung. Ob und in welcher Form eine Antwort auf eine Nachricht erfolgt, liegt vollständig und ausschließlich in der jeweiligen Verantwortung der Kommunikationspartner.

Martin Gross
Ein Winter in Jakuschevsk
Roman
284 Seiten.
Geb. m. Schutzumschl. u. Lesebd.
26,00 €
ISBN 978-3-949333-11-8

Martin Gross hat ab 1998 viele Jahre in Kooperationsprojekten zwischen der EU und Russland gearbeitet und deren Scheitern miterlebt. Davon berichtet er in seinem aktuellen Roman „Ein Winter in Jakuschevsk", der durch den russischen Überfall auf die Ukraine tragischer Weise zu einem Buch der Stunde geworden ist.

Teilnehmend und mitfühlend schildert Gross den sibirischen Alltag der krisengeplagten Bevölkerung: sich durchbeißen, Notlösungen organisieren, Kränkungen einsteckten, Ansprüche und Träume aufgeben. Martin Gross erzählt von Verzweiflung und Galgenhumor, von Offenheit und Argwohn – und von der Liebe, die ihn auch in Sibirien findet.

Aus der scheiternden Ost-West-Partnerschaft wächst die Zuneigung zu den Menschen, die ihn begleiten. Eine Mitmenschlichkeit, wie wir sie in den aktuellen Zeiten der Grausamkeit so dringend benötigen, um nicht der Blindheit des Krieges und den Verallgemeinerungen von „Freund" und „Feind" zu erliegen.

Martin Gross ist der Verfasser des nach beinahe 30-jährigem Vergessen wiederentdeckten Romans „Das letzte Jahr" (Spectorbooks), der 2020/21 für Aufsehen sorgte.